算计

罗杨 茅博 —— 著

图书在版编目（CIP）数据

算计 / 罗杨, 茅博著. -- 哈尔滨：北方文艺出版社, 2024.1
ISBN 978-7-5317-6038-2

Ⅰ.①算… Ⅱ.①罗… ②茅… Ⅲ.①长篇小说－中国－当代 Ⅳ.① I247.5

中国国家版本馆 CIP 数据核字（2023）第 179305 号

算 计
SUANJI

作　者 / 罗　杨　茅　博			
责任编辑 / 邢　也		封面设计 / 黄樗木	

出版发行 / 北方文艺出版社	邮　编 / 150008
发行电话 / (0451) 86825533	经　销 / 新华书店
地　址 / 哈尔滨市南岗区宣庆小区 1 号楼	网　址 / www.bfwy.com
印　刷 / 三河市金兆印刷装订有限公司	开　本 / 710mm×1000mm　1/16
字　数 / 240 千	印　张 / 20
版　次 / 2024 年 1 月第 1 版	印　次 / 2024 年 1 月第 1 次印刷
书　号 / ISBN 978-7-5317-6038-2	定　价 / 68.00 元

目 录
Contents

引　子 …………………… 001	第十五章 …………………… 170
第一章 …………………… 004	第十六章 …………………… 178
第二章 …………………… 014	第十七章 …………………… 187
第三章 …………………… 021	第十八章 …………………… 198
第四章 …………………… 035	第十九章 …………………… 207
第五章 …………………… 047	第二十章 …………………… 217
第六章 …………………… 058	第二十一章 ………………… 228
第七章 …………………… 069	第二十二章 ………………… 240
第八章 …………………… 085	第二十三章 ………………… 246
第九章 …………………… 100	第二十四章 ………………… 257
第十章 …………………… 111	第二十五章 ………………… 267
第十一章 ………………… 125	第二十六章 ………………… 278
第十二章 ………………… 135	第二十七章 ………………… 289
第十三章 ………………… 148	第二十八章 ………………… 299
第十四章 ………………… 159	第二十九章 ………………… 312

— 算·计 —

引 子

长虹区房产交易中心内。

正月十五这天,大厅里往日的喧闹全无踪影,前来办理过户手续的也就八九个人。其中三四个像是一家子,他们在争辩着什么。尽管声音不算大,但在空旷的大厅里,还是能清晰地听到他们的争吵声。

一个50多岁的男子,指着坐在轮椅上的80多岁的老人,略显激动地说:"郁仁青,你不要忘了,这是我爸,你凭什么带着你女儿来抢我家的房产?"

那个叫郁仁青的人70岁上下,瘦高的个子,背有点儿弯。他语气温和,微笑着说:"仁德呀,你不好这样冤枉我的。不是我家静静非要小爷叔的房子,是他主动卖给我家静静的呀!"

"那你们也好意思要?市价1000万的房子,500万卖给你们,这分明是半卖半送。你们这样做是不是太缺德了!"郁仁德更加激动了。

"阿弟呀,真不是我们想占你家的便宜,而是我们想帮小爷叔实现他的愿望。好了,好了,他老人家身患重病,我看我们还是不要惹他生气了,好吧?有啥事情阿拉日后再讲,好吧!"

郁仁德看着眼前这位大堂哥,很是气愤。自己兄妹几个照顾父亲这么多年,父亲却如此轻率地将自己一生的财富拱手送出一半,父亲怎么了?他是怎么想的?郁仁青几年也见不上老父亲一次,他的女儿郁安静更不要讲了。记得仁青母亲七十大寿时,静静还是个七八岁的小女孩。就是要送,也轮不到他郁仁青啊!仁德见老父亲不说一句话,但那双眼睛里充满了决绝的神情。

"老爸,这是为什么呀?平时一点点小事情你都要把我们兄妹叫来左商量右讨论的。今天这么大一件事,你就这样草率?到底谁是你亲生的呀!"郁仁德尽力克制自己，不能在公共场合咆哮。

"我不是跟你们商量过吗？你们自己讲的，我的财产，我自己决定。现在就是我的决定！"郁文廷严肃地说。

"那，那也不能给外人吧？"

"什么外人？静静是你的堂侄女，怎么是外人？好了，仁青啊，抓紧吧！"

窗口工作人员见状，再三确认郁文廷是不是自愿要卖房给郁安静。郁文廷说："你尽管放心办理，我神志清醒得很。我是一名退休教师。"郁文廷本想说自己是退休的中学校长，话到嘴边还是改了口。因为，他清楚一个退休人员，无论退休前是干什么的，在在职人员眼里都是一样的。他强调教师身份，无非想证明自己完全处在清醒状态。

郁安静站在一边，埋着头看着手机，似乎长辈们的争吵与她无关。直到该她签字时，才放下手机。

手续很快办结，郁仁德就这样眼睁睁地看着自家的财产拦腰折损！

"郁仁青，郁仁青，你在哪里？你给我站住！"一个穿着藏青夹克衫的中年人冲了进来，他扑上前去揪住那个70岁的瘦高男人的衣领，愤愤地说，"想跑？没那么容易，不要脸的东西！"

郁仁德赶紧上前掰开那只揪着仁青衣领的手。

"仁道，你，你这是做啥？"刚刚松了一口气的郁文廷见状，厉声喝道。

那个叫仁道的瞪着血红的大眼，冲着老人吼道："你问我做啥？我还要问你做啥？你，你，前两天定下的事情怎么说变就变啦？"

郁文廷好像没发生过任何事情似的，说："啥事情，我讲定了？"郁仁道刚想说，前两天去公证的事，可是，话到嘴边又收住了。那是他作为郁家三子与老父亲之间的秘密，怎可当众讲出。父亲早已料定他不敢说出来，才这样问的。他又恨又气，接着双眼搜索着什么，见郁安静手上抱着个文件袋，便饿狼扑食般上去就抢。郁安静早在他进门时，就吓坏了，见仁道此状，一下子就窜到自

— 算 · 计 —

己父亲高大的身躯后面。仁德拦腰抱住仁道,对仁青父女喊了声:"走呀,还待在这里做啥?"

"郁仁德,你干什么?别拦我!"郁仁道像一头发了疯的雄狮吼叫着。

望着那对父女离去,仁德怎么也想不到父亲会来这一手!他不知道他们兄妹四人到底做错了什么?老头子的脑子是不是出问题了?

—算·计—

第一章

郁文廷退休后的第三年，妻子因病去世。郁仁德怕父亲寂寞，曾提出让父亲跟着他生活。可是，从副校长位置上退下来的郁副校长，被返聘到民办中学做正校长，这可是他事业上的又一次腾跃。其他人60岁回家安享晚年时，郁校长的事业却如日中天。因此，他怎么会早早地跟着儿子儿媳去过老年生活呢？难道要整日在小区里，抱着一只大茶杯，和那些衣着随便的普通老头一起下棋、看棋？或是和他们一样旁若无人地"哇啦哇啦"大声说笑？笑话！自己到底是知识分子，中学高级职称，行政副处级退休人士，岂能天天与一群市井小民厮混在一起呢！

郁仁德和哥哥郁仁义以为父亲不愿离开自己的老洋房，就是要发挥余热，来去自由。直至70岁生日后，郁文廷将荣佩琪老师领回了家，与曾经共过事的荣老师做了半路夫妻。当儿女们赞赏父亲有眼光时，他只是得意地一笑，说："找个洗衣做饭的人罢了。"

此后，溧阳路老洋房里的郁校长不再形单影只了。

有着"长虹文脉缩影"之称的溧阳路英式老洋房，建于20世纪30年代。郁校长的这套房子，产证面积还不到110平方米。但是自带一个独立的小院子，上下除了阁楼，共两个楼面。郁仁道曾多次劝父亲把老洋房租出去，他说老爷子一个人住太浪费了。可父亲坚决反对：我那么多东西怎么办？我的书，我的字画，还有我和你妈的那些东西放到哪里去？仁义仁德从不多言，这种事情讲不好是会产生误会的。直到七年之后，儿女们才明白，他是要和新的伴侣一起生活。

就这样，不知不觉中郁文廷与荣老师共同生活了十几年。这不，他摔了一跤，右腿胫骨骨折。本来就固执倔强的老头，现在越发不可理喻了。

— 算 · 计 —

这次骨折出院后,他说他的大儿子大儿媳嫌他老了,不让他过安生的日子,住院陪护他,一点儿都不用心。还是老三郇仁道两口子对他知寒知暖,老三的女儿小嘴更是像抹了蜜一样的甜。唉,可惜的是他们家条件太差,三媳妇不到40岁就下岗在家了,这些年全靠老三一人的工资生活,尽管他这个父亲没少给他们补贴。眼下这一生气,他就给郇仁义和郇仁德两条路,要么送他去养老院,要么送他到小女儿郇仁芝家。反正不想和这两个儿子打交道了。不满意大儿子,是因为"多做必然多错";不满意二儿子,是因为他自己上班忙,难得帮父亲做事,还总是没耐心,更不要说常陪他去看病了,这便是"不做也错,或叫少做也错",横竖都是错、错、错。

郇文廷的存款、退休金和近十年来的返聘工资,谁也不知道有多少,他总是自己跑银行,存定期。后来又玩股票,据他自己说,股票赚了一些钱。孙子郇宏大学毕业那年,与同学创业,问他借过钱。据说他分文没给,弄得祖孙俩几乎翻脸。

荣佩琪是一直迁就着郇文廷的,只是她不明白,这倔老头子不想和两个儿子打交道,为什么非要住到女儿家?自己有洋房住着不是蛮好吗?再说,他住他女儿家,让我一人住洋房?问他,他就说:"不用你管!"荣老师也就不便多问了。

郇仁芝一家的生活本是柴米油盐、平平淡淡,郇校长一出医院,她家的平静就此打破。郇仁芝知道老父亲是一个极有主意、极爱面子,又擅长指挥别人的人。现在只要在家里稍有不顺心,他就拿大哥大嫂出气,甚至还向荣老师发脾气。当年在学校时,他可是出了名的好校长、好领导。现在对自家人怎么反倒这么刻薄呢?郇仁芝越来越相信有双重性格的人了。再怎么说,也不能叫老父亲去养老院吧!居家养老是我们的传统。于是,她跟丈夫冯一涛商量后,就去哄着老父亲,说自己原本也打算卖房,等安排停当了,就接父亲过去住。

郇仁芝是郇校长最小的孩子。人称郇医生、郇老师。其实她是区中心医院的一名护士。她在护士岗位上干了一辈子，直到50岁退休。现在的各大医院，哪里还看得到50多岁的护士？就连护士长也都是较为年轻的。虽说郁仁芝年轻时漂亮、文静、吃苦耐劳，但能干到退休的护士，在现在的医院里还是为数不多的。不知从何时起，各行各业兴起了管年资比自己长的同事叫"老师"。于是，在科室里，护士们都叫她郁老师，就连年轻的医生和护士长也都这么称呼她，只有老主任叫她小郁，病员和家属们都称她郁医生。

在她所住的小区里，街坊邻居都知道她在医院里上班，也叫她郁医生。

"哟，郁医生，今天下班早吗？"卢家阿姨见急急忙忙回家的郁仁芝便问。

"哦，阿姨你好。家里有点急事。"郁仁芝微笑着答道。

她一口气上了六楼，打开房门。见丈夫正坐在沙发上看报纸，惊讶地问："你这么早回来了？"

冯一涛放下手中的报纸，上前接过老婆的包："下午在市里开会，结束后直接回家了。"

"哎哟喂，早晓得你回来的话，我就不要请假了。"

"啥事情？"

"啥事情？还不是中介带人来看房子呀！"

"又是看房，真烦人。"冯一涛低声嘟哝了一句。丈夫对卖掉自家房子的事情，本是没有异议的。可是他没想到卖房的过程这么艰难。他是一个简单的人，也希望生活中的一切都是简单的，顺顺利利的，不要有任何波折。但是，这样的理想生活不大可能实现。房子挂上网，三天两头有人来看，他不在家就算了，可是双休日是逃不掉的。今天好不容易早回家，还不得清闲，真够烦人！

"叮咚……"

"来了，来了。"郁仁芝应着。

"阿姐好！"敲门的是一个西装笔挺、瘦高匀称的小伙子。不等郁仁芝回话，他就毕恭毕敬地双手呈上名片。

"哦，是袁小严经理，请进吧。"

一 算 · 计 一

"打搅了。"紧随小袁后面的一个中年妇女客气道。

待二人在门外套上鞋套,郁仁芝将他们带进屋。这是一套六复七的房子,装修考究,客厅、餐厅南北相通。南边有与客厅一样宽的大阳台,北边一个小阳台连着厨房。该层楼面有一个带飘窗的大卧室,阳光极好。门对面是一个干湿分离的卫生间。

中年妇女:"这么好的房子,你们为什么要卖掉?"这是买房人通常要问的问题。

郁仁芝照实回答:"唉,我老父亲要同我们一道住,腿脚不好,楼层太高了。来,从这边上楼看看吧。"说着,仁芝在前面引路踏上了楼梯。

中介小袁立马做了个请的动作,让中年妇女紧随郁医生上了楼。

楼上有两间朝南的房间,跟楼下房间一样大小,看得中年妇女掩饰不住的喜欢:"真不错,真不错,房型正,又大气。这间也有个大飘窗,哎哟,我老喜欢的!"

主卧左边是敞开式书房,书房北边的防盗门,直通向一个近20平方米的露台。站在露台上,小区景色尽收眼底。

出门前,小袁满脸堆笑,再次说:"阿姐麻烦了,回头我电话联系您哈!"

"看来这家倒是有意向哟!"郁仁芝关好房门,坐下来,喘息一下。

一直坐在沙发上,见到有人来,仅仅点了一下头,以示打招呼的冯一涛不阴不阳地说:"我不是打击你啊,上趟有一个人不是也大大称赞我们的装修风格他如何如何欢喜,结果怎样?不是也没声音了吗?"

"那可不一样!女人和女人是有感觉的。我觉得她是真心喜欢!"郁仁芝总是在丈夫的打击下,依然那样天真单纯。50多岁的人了,她会把复杂烦心的事情往好处想,往简单里想。

"对了,刚才那个小伙子,你叫他经理?中介公司的经理亲自带客户?"冯一涛显然不见世面,他以为是他们机关,什么职务做什么事,科级以上干部要有组织部门的任命书。

— 算·计 —

郁仁芝起身，上楼把书房里的一个小盒子拿下来，排列了一堆名片。

头衔五花八门，"置业顾问""客户经理""销售经理""高级经纪人""高级营销经理""高级店经理""店长"……冯一涛不看不知道，一看不禁笑出声来："嘿嘿，按照现有行政级别，可能这位是最大的。"说着，他指着那张印有"英英地产王帅帅店长"的名片。

郁仁芝哪里懂得官场上的级别，她只懂在医院里自己的顶头上司是护士长。在她的职业生涯中，护士长换了好几茬，唯有她的身份没变——护士。两年前还没退休，就有人介绍她去一家私人牙科诊所上班。当时，她没考虑便口回绝，说自己是临床护士，又不懂口腔科。来人说，没有关系，就是给器械消消毒，分类摆放和处理医疗垃圾。不忙的，做六休一，每月小三千元。考虑到刚给女儿买房出了部分首付，再过几年丈夫退休，总要存点儿养老的钱。于是，她便在退休后无缝衔接地到那家诊所上班了。

这次下决心卖掉房子，也不完全为了父亲。她跟冯一涛说，他俩都是五十朝上的人了，以后爬楼会越来越吃力，趁房子还比较新，脱手后住电梯房。对冯一涛来说，只要不让他操心，一般都是老婆说啥就是啥。

郁仁道是郁文廷的小儿子，上有两个哥哥，下有一个妹妹。他从小机灵聪明，是男孩子中少有的能说会道之人。要说受宠，恐怕已超小妹仁芝了。正因为爹妈过于宠爱，他在学业上远远不及两个哥哥，高中毕业就进了一家工厂，跟着师父学了电工技术。也因为他能察言观色和能说会道，在厂里得到不少大姑娘小媳妇的喜欢。下班回家，他总喜欢讲厂里的八卦新闻，什么王嫂怀孕了；李姐要结婚了，请我去吃喜酒；宝娣和惠芬闹矛盾了……为此，郁文廷没少批评他。郁文廷认为，在这个知识分子家庭里出了一个这么没出息的儿子，实在太丢人了。

好在改革开放的大潮很快在上海掀起了大浪。具有远见卓识的郁文廷，痛下决心，逼着老三考区里的电大。这当中，郁校长发动了他的社会关系，有曾经的学生找来复习资料，有电大的同学来家里为老三辅导。苦熬了一年，总算

— 算 · 计 —

如愿以偿。当老三埋怨拿个法律大专文凭有啥用时,宝杨区公安分局招民警啦!消息传来,郇文廷沐浴春风,又忙了起来:"仁道呀,怎么样?'机会总是留给有准备的人',爸爸没错吧?""好是好,那我不是又要熬夜苦战了?想想我这三年是怎么熬过来的呀!多少辛苦的呀,老爸!白天在厂里上班,晚上还要读书,哎呀,这哪里是人过的日子呀!"

郇仁道在男孩子里是最受宠的,也是最懒的。和父母一起生活的时间最长,就是成家后,还与父母住了很多年,他习惯了被照顾和被疼爱的日子。能拿到大专文凭,有父亲的高压,更有母亲的无微不至,另外还有其他三个哥哥妹妹都没有的福利机制。三年的大专,郇校长按分数奖励,但不是像小学生得满分才奖励。郇校长给老三的标准就是过及格线,上了六十分的学科都有5元奖金。每当郇仁道熬不住的时候,"真金白银"就会出现在他的眼前,他便咬牙"头悬梁,锥刺股"。

"仁道呀,老话讲得好,'吃得苦中苦,方为人上人',你再坚持坚持。爸爸我想尽一切办法,叫你考上公安队伍!"

仁道看着父亲成竹在胸的样子,懒懒地说:"那就试试吧!"

"不要瞎讲!儿子,有爸爸在,你就放心吧!还像上趟一样,我叫你背什么,记什么,你尽管听我的!"

现在想想,要不是这身警服在身,一个电工怎么能养活下岗多年的老婆和一路读书的女儿呢?

"仁道呀,你看咱家甜甜穿这条裙子好看吗?"谢晓华的话打断了郇仁道的思绪。

"好是好,不过……对了,甜甜生日的时候,潘岩送的那条裙子为啥不穿?多显身材呀?"郇仁道打量了一下说。

"对呀,还是我亲爱的老爸有眼光!好,你们等着。"郇甜甜甜甜地说道。

郇甜甜开着车,郇仁道坐在旁边:"甜甜呀,这两年你爷爷的身体一天不如一天了,他现在越发需要亲人的关心。从小爷爷就最欢喜你,你要懂事的呀!"

— 算·计 —

"放心吧，亲爱的老爸。"

"听我讲。甜甜呀，你跟小毛离婚也有一年了吧？今天爷爷要再问起，你怎么讲想想好？"谢晓华说。

"老妈，跟你讲过多少遍了？不要提那个臭不要脸的东西！我自会跟爷爷讲的。"郁甜甜最讨厌别人揭自己的伤疤了，可是母亲……还好自己继承了父亲的情商！

"爷爷——，您亲爱的孙女来看您了！"郁文廷听出来是甜甜在院子里的声音。

转眼甜甜婀娜的身姿已经飘进了客厅，来到郁校长眼前："亲爱的爷爷奶奶，我想你们了！"说着，俯身拥抱坐在躺椅上的郁校长。这娇嫩的声音，这丰满柔软的身体抱着这位瘦小干瘪的老头，老头的心一下子酥了，本来就不硬朗的身子越发软了。

说起这个孙女的漂亮，那还真不是吹的。两弯柳叶细眉下，一双顾盼神飞的眼睛掩饰不住妩媚妖艳；高挺的鼻梁，鼻尖略微上翘，流露出一股傲骄的心气儿。往往是红唇未启笑先闻，怎不讨人喜爱。

"哈哈哈，还是甜甜最心疼我这个让人讨厌的糟老头子！"郁校长幸福地笑着。

"谁讲爷爷是糟老头子？谁不知道爷爷年轻的时候有多帅，您讲对吧，奶奶？"

"对对对，"荣老师面带微笑，总算插上了一句话，"甜甜这条裙子老好看的。"

听到荣老师的夸赞，郁甜甜索性在爷爷面前转起圈来。郁校长眯起眼睛尽情欣赏这个身材娇小、脸蛋俊俏的孙女来。直到甜甜转晕，倒在她父母坐的沙发上，咯咯咯笑个不停！

"好咧，甜甜，看你疯成啥样子？"谢晓华埋怨中带着笑说。

"疯就让她疯吧！"郁校长开心地说。他实在是太喜欢这个孙女了，从小就很有礼貌，人长得甜，小嘴巴更甜！要说孙辈几个孩子，郁校长最最喜欢的就是甜甜了。虽然是二十四五的人了，还是活泼可爱、伶俐乖巧。

算·计

仁道从卫生间出来："老爸，我就搞不懂了。人家那些吃低保的人整天用水龙头滴水，占水厂的便宜。你这个大校长也做这般事情？"

"还讲呢！"荣老师说，"你爸是该节省的不节省，不该节省的瞎节省！你们看看这满抽屉的手表和银器，都是你爸到二手市场淘来的！"荣老师拉开电视机柜的一个抽屉。

"老爸，你这是浪费钞票呀！"仁道看着这堆"破铜烂铁"心疼地说。他心疼父亲把钱花在这些废品上，还不如多支援支援他的家庭建设！

郁校长跟没听到一样，只管和甜甜说话。

谢晓华凑上来，在抽屉里翻着："哟，爸爸，这只镯子老好看的呀！"

郁校长听到儿媳讲他的宝贝了，便抬起头看了一眼那镯子说道："好看吧？你晓得吧，这只镯子是老货，人家老板讲，是当年红卫兵在川沙的一个地主家里抄出来的！"郁校长十分得意，似乎一个银镯子从地主家里出来，比一只金镯子还要值钱。

"是吧？那要老值钞票的了。"谢晓华拿在手上仔细端详着，虽然是只银镯，但上面的龙凤图案甚是清晰好看，她有些爱不释手了。她不停地夸赞，心想，老爷子最好能说一句"你要欢喜就拿去吧！"

可是，郁校长就是不说这句话，因为他知道这个儿媳妇什么都稀罕，给啥要啥。这不停地说东西好，就是想要了。不给！要是眼前的孙女要，他准会同意。儿媳妇就算了吧。

谢晓华无趣地离开抽屉，心里嘀咕了一句："不就是一只银镯子吗？有啥稀奇的，哼！"她便进厨房帮荣老师做饭去了。

厅里，郁仁道陪着父亲聊天，甜甜依偎在他身边。看着自己曾带着妻女同父母一起生活过的洋房，郁仁道总是不失时机地引导女儿回忆和亲奶奶一起生活的日子。他们时而开怀大笑，时而百感交集。总之，郁校长非常快乐！他甚至想，如果其他孙子和孙女都这样亲近他，该有多好呀！不知怎的，随着年岁一天天增大，他越发希望儿孙们能天天围在自己身边，承欢膝下。想想女儿郁仁芝家已经有了第三代，唉，可惜不姓郁呀！

— 算 · 计 —

"老爸，郁宏最近来过吗？"仁道总是在父亲想念孙子的当口，提这么一嘴，看似不经意，可正中郁校长的穴位。出于面子，郁校长会马上回道："哦，你大哥昨天过来说，郁宏公司里太忙，过了这阵子就来看我。"

郁仁道将信将疑地说："是吧？对了老爸，我好像听讲，郁宏开公司时，在你这里拉过赞助的。"

"瞎讲八讲的！"郁校长最怕儿女们惦记他的钱，"我退休这么多年了，哪里有钞票赞助他？"

可是，郁校长越是急于撇清，郁仁道就越怀疑："算了吧，老爸。你就这么一个孙子，就是帮他也是应该的呀！你放心，我和晓华老理解的！"

听了这话，郁校长急了："我讲仁道，你的意思是，我偏心眼儿了？"

"哎呀！老爸你不要这样讲爷爷好不啦。我最晓得的，在爷爷眼里孙子孙女都一样的！你忘记了，我结婚的时候，爷爷给了一块100克的大金条。对了，还给过姑姑家的亚琳姐姐。对吧，爷爷？"郁校长正要暴发的洪水般的脾气，被郁甜甜给挡了回去。

"嗯，还是我家甜甜明白爷爷的心思。等宏宏和潇潇结婚时，爷爷都会给一式一样的，绝不偏袒谁！"

见此状，仁道不敢再说什么，但心里还是相信谢晓华的话："别看你大哥老实巴交的，他们毕竟生的是孙子，你爸暗地里还不知贴给他们多少呢！你一定要多长个心眼儿！"

郁校长想到孙女离婚后，还单身着，便关心地问："对了甜甜，最近交新男朋友了吗？"

郁甜甜嗲溜溜地说："爷爷，人家还小呢，不想马上再找。过一阵子好吧？过一阵子，甜甜一定带回来一个帅帅的男朋友给我亲爱的爷爷看，好不啦？"她边说边拉着郁校长的衣袖来回晃着。

"好、好，爷爷相信我家甜甜的能耐，一定找的比小毛强百倍！"

"爷爷，不要再提他好吧？"

"好好，不提不提了！哈哈哈……"

— 算 · 计 —

仁道十分怀念母亲在世的日子。母亲最喜欢的就是他的甜甜。毕竟一起生活了多年,再加上母亲一辈子听命于父亲,她是希望在家里、在社会上,都能够实现真正意义上的男女平等。所以,孙辈当中,她偏爱女孩子,以郇甜甜为最。原本以为母亲走后,父亲会分点儿财产什么的。不料,父亲却将钱财紧紧地攥在手中。跟荣老师结婚后,他们也是各自管着各自的钱,生活上是AA制。这老头子如果没有暗贴给他孙子,那他拿着这么多钞票干什么?仁道越想越不明白。

回家途中,谢晓华说:"哎,荣老师讲你爸前几次去美国的钞票都是她大儿子出的,看来她的儿子是老有钞票的呀!"

仁道听后,懒懒地说:"再有钞票,与我们有啥关系?"

"怎么没关系了?他们多花点儿,你爸就少花点儿,我们今后就能多得点儿,你讲对不啦?再讲你们四兄妹,就算阿拉条件最差了。"谢晓华每每讲到这里,就不由地又急又气。急的是,自己拿着下岗的生活费,女儿开销又那么大,三口之家住这么小的房子,自己在厂子里那帮小姐妹面前一点儿面子都没有。可气的是,郇校长骨子里是一个重男轻女的人,他很有可能将自己多数的财产给他的孙子郇宏,丈夫仁道可是没有一点儿办法,真是一个没用的男人!再想想,兄弟三人,老大和老二都是正规大学的毕业生,工资和奖金都比她家仁道高。仁道进入公安后,一直在一线做警员,又忙又累,辛苦一年,收入都不如两个哥哥。真是越想越气!最后不得不哀叹自己是个苦命的人。

— 算 · 计 —

第二章

　　郁仁芝的婆家，有大哥冯一波和妹妹冯一凤。大哥的儿子冯亚森是以事业为重的人。这不，年龄大了，个人婚姻便成了大问题。其他方面他还真不让父母操心。大学的志愿是他自己填报的。当年报考的是华师大经济系，但是他发现自己志不在此，于是在入学的第二年，又转入本校物理系师范专业学习。当同学们毕业都直奔热门的电子信息技术等领域从事高科技开发时，他却回到母校做了一名高中物理老师。他的举动让家人和朋友们无法理解。这不，如今三十五六岁的他，对自己的个人问题，始终没有一个明确的说法。母亲黄黎明着急，奶奶乐景怡更是着急，毕竟他是冯家的大孙子。但凡家人聚会、出游，只要一有机会，没有一个长辈不催的。

　　冯亚森怕见他们，以姑姑冯一凤为最。姑姑的话，他已听得耳朵起了茧子，"亚森呀，大家都像你这样不结婚不生孩子，人类不就灭绝了。你这可是不负责任的想法呀！看你表弟生了对双胞胎，你奶奶多开心啊。可是再开心，那也是他们姜家的后代。你要是结婚生个一男半女，你奶奶还不欢喜坏了？"

　　可是越怕谁，谁就会找上门。这天下午，冯亚森下班回家。一进门就听到奶奶和姑姑在说话。想退出去，已经来不及了。

　　"森森回来啦！"

　　"孃孃今天有空来了？奶奶、爸妈我回来了！"

　　"看你讲的。孃孃啥时候都有空的。今天可是特意为我大侄子来的呀。"

　　一听这话，冯亚森心中咯噔一下，完了，又是介绍女朋友来的。

　　"哎哟，孃孃，不好意思。我今天上了五节课，作业来不及批，我得回房间批作业去。"亚森满脸堆笑地说。

　　一直听着俩人对话的乐景怡，在一旁笑眯眯地看着大孙子，她把茶几上的

一 算 · 计 一

一杯牛奶推给孙子,"今早又没吃鸡蛋是吧?来,牛奶,喝掉它。"她知道孙子怎么想的,于是温和地说,"过来,到奶奶这边来,老远的路车子开回来,人不吃力?休息会儿,再去也不迟。等你爸妈买菜回来,你再去做自己的事吧。"

冯亚森听话地坐在乐景怡身边。

"森森呀,我同你讲,你米兰阿姨的一个表阿姐的外甥女,本来是一家猎头公司的高管,小姑娘能干得不得了。公司里头做了几年后,现在人家自己开了一家猎头公司。这不,一心忙事业,把自己的事情给耽误掉了。三十三了,还没男朋友。森森,你今年不是三十六了吗?多般配呀!喏,我把小姑娘的照片发给你,奶奶刚才都说这个小姑娘老好看的。"冯一凤兴高采烈地边说边把照片发给了侄子,"收到了吧?侬看看呀,这气质多好呀!我侄子一定喜欢的!"

冯亚森看着照片,奶奶的头也凑过来,指着小姑娘那双大眼睛喜滋滋地说:"森森啊,一看就晓得这个小姑娘聪明、能干,你看这双大眼睛,老好看的呢。"

"好是好,奶奶、孃孃,这种'白骨精',怎么会看上我一个教书匠呢?你俩真的是搞笑!"冯亚森有些苦笑。

"我讲,森森呀,不喜欢就不喜欢,怎么好骂人家小姑娘呢?"乐景怡急了。

"就是,就是。再怎么讲,你也是'人民教师'呀!"

"哎呀,您两位真有意思!'白'是指白领阶层,'骨'是指单位里的业务骨干,'精'就是业内的精英。都是溢美之词,怎么是骂人呢?"

"哈哈哈,原来是这个意思呀!"冯一凤愣了一下后便放声大笑起来。乐景怡也笑自己和女儿孤陋寡闻。

"你看,你看,这是……哈哈哈……"冯一凤笑出了眼泪。乐景怡收住笑声,提醒女儿:"好了,好了。一凤呀,看看,看看,你哪里像个女人家,笑得太放肆了!"

冯亚森用好奇的眼神,似笑非笑地看着笑疯了的姑姑,有这么好笑吗?

门开了。

"阿妹呀,你在笑啥?整个楼道都能听到你的声音。"冯一波说。

冯亚森上前接过父母手上的菜,小声地说:"我孃孃疯掉了!"

— 算 · 计 —

冯一波是家里的老大。父亲离世的那一年，他已经在崇明农场插队一年多。他初中毕业，与同班同学黄黎明一起分到崇明旭日农场。他们白天下地干活，晚上和其他知青们打牌、讲故事。知青们都会讲故事，最会讲的当数他们的小队长陈海。可是冯一波和黄黎明都不擅长言辞，大多时候，他俩都是听众。就这样在人生的大好时光里，本应学习更多文化知识的他们，却稀里糊涂地在农场蹉跎自己的青春。直到1978年，冯一波接到一纸调令，叫他去上海前进钢铁厂报到。知青除了高考离开农场让人艳羡外，就是返城进工厂。冯一波感觉这就是天上掉馅饼砸在自己头上。

后来他才知道，是外公乐启钊通过一个在市卫生系统当领导的学生活动，把他调回到母亲身边的。但由于自己的文化水平低，只能去工厂当一名操作工。好在次年，黄黎明顶替父亲也进了上海光明印刷厂当了一名分拣工。

新婚之日，乐景怡看着这对新人，对他们提出的唯一要求，就是有了下一代，一定要好好培养，"现在国家已经恢复了高考，你们俩是被耽误的，但你们的孩子不能被父母耽误掉！"二人谨记母亲的教诲，儿子出生后，黄黎明就向有孩子的工友请教育儿经。其中一个李大姐对黄黎明的帮助最大。李大姐虽是普通工人，但家庭教养很好，父亲是市委后勤部门的一个小头头。她的儿子被教育得懂事、有规矩、成绩好，尤其是自上小学的第一天起，便养成了良好的学习习惯。这一点黄黎明听在耳里，记在心上。等自己儿子上学时，她要完全照搬过来。也不知儿子天生就是个爱读书的料，还是用了李大姐传授的方法使儿子会学习的？总之一路读上来，他们夫妻俩就没为儿子的学习操过什么心。

中考时，冯亚森以区内最高分的成绩进入上海中学。上海中学是多少家长梦寐以求的高级中学。那可是有着历史渊源的"江南四大名中"之一，现在是市教委直属"四大高中"的魁首！冯一波夫妻俩的这份收获，让母亲倍感欣慰。

在那个夜深人静的晚上，乐景怡独自坐在床上，手捧着丈夫的遗像，轻轻地说道："我没看错，孙子像你呀。他会学习，爱动脑筋。唉，你看你怎么就没这个福气，早早地撇下我去那边图清净去了？"一滴豆大的泪珠掉在相框的

一 · 计

亚克力面上,她赶紧在床头柜上抽出一张纸巾,先拭去眼角的泪,又抽了一张,在丈夫的遗像上轻轻地擦拭着,抚摸着。似乎那边的丈夫正在和她交流着。"对了,孙子有今天,也少不了你大儿媳的功劳呀,虽说她文化不高,但她懂得知识的重要。你讲是吧,乾坤啊?这是你冯家的骄傲啊!"

冯一凤在饭桌上,不停地夸着照片上的姑娘,她也不管冯亚森愿不愿意听。她想:侄子今天不答应,我就叨叨下去,嗲好的小姑娘,要是错过了,上啥地方寻后悔药去!于是,为了侄子,也为冯家,她一定要说动他。诚然,会说话,是一种本事。冯一凤平日里就能说会道,巧言善辩,应该属于会说话的。但是,在给侄子介绍女朋友的事情上,她似乎说的太多了。说得多,不代表说得对。尽管她讲起话来声情并茂,殊不知话太多也可能还会叫对方产生反感。会说话,是一种本事;但懂得适时沉默,也是一种修养。冯家姑姑显然不懂这一点。

虽说乐景怡也很为大孙子着急,但是,女儿的方法她也是不能接受的。

"我讲一凤呀,我和你哥嫂也都觉得这个姑娘很不错。但是我们还是要尊重森森自己的意见呀。"她终于忍不住了,然后对孙子说,"这样吧森森,你孃孃今天专程为你的事情跑过来,也是蛮辛苦的,你要不先考虑考虑,过两天给孃孃一个回音,好吧?"

冯亚森立刻回答:"好的,好的,奶奶。谢谢孃孃了。我吃好了,你们慢吃。我批作业去了。"

郁校长安逸地躺在院子里的藤椅上,眯缝着双眼。旁边小茶几上的"天猫精灵"正放着京剧,他的嘴在嚅动,跟着哼唱着。那是童祥苓的经典唱腔《迎来春色换人间》。猛然间,他那摔伤过的右腿上的一颗蚕豆大小的痣,很不识相地痒了起来。"千难万险只等闲,为剿匪先把土匪扮,似尖刀插进……"

他实在唱不下去了,这种痒似乎要钻进心脏,他立即坐起来,伸出左手去抓小腿肚子上的那颗"蚕豆",刚触摸到,他又停了下来。忽然记起小女郁仁芝的警告:"爸爸,你不要不当一回事呀。你要去医院检查的,弄不好是黑色素瘤。"一向注意保养的郁校长,听到是瘤,便没太在意。可是最近这颗"蚕豆"痒的次数越来越多。他有点怕了,赶紧拿起身边的手机,在百度上查起来。

当他输入"黑色素瘤"一词,网页上跳出这样的一段话:"黑色素瘤是一种比较常见的皮肤病。多发生于中老年人,男比女多发。易发于下肢足部,其次是躯干、头颈部和上肢。黑色素瘤早期症状有哪些呢?黑色素瘤早期症状——起初正常皮肤发生黑色素沉着,或者色素痣发生色素增多,黑色加深,继之病变损害不断扩大,硬度增加,伴有痒痛感觉。黑色素瘤的病损有的呈隆起、斑块及结节状,有的呈蕈状或菜花状。……到晚期由血流转移至肺、肝、骨、脑诸器官。……"他越看越害怕,这段话简直就是对他说的。事不宜迟,他赶紧拨通仁芝的电话。

"喂,小妹呀。你上次看到我腿上的那个痣,最近痒得厉害呀。"

"爸爸,除了痒,有没有像烧灼那样的痛?"

他想了想说:"没有。就是痒,你讲不能去抓,我就不敢抓了。"

"爸爸,还是要去医院看的呀!我跟大哥联系一下吧。"

"你等一下,干脆这样吧,小妹呀,今天不是礼拜天嘛,你通知三个哥哥,下午都到我这里来一趟。大家一道商量商量。"

郁仁芝刚想说,这有什么好商量的,可是父亲已经挂断了电话。

郁仁芝立即打给大哥郁仁义,他说没问题。大哥永远是这样,父亲的"军令如山"绝没二话,一定是服从。郁仁德接到仁芝电话时却说:"昨天我和潘岩才去看了老爸,他怎么没讲呀?这好不容易一个双休,一天看老爸,一天自己总要休息一下吧?"

"好了,二哥。咱们平时上班,爸爸看病啥的,不都是大哥大嫂他们陪着吗?"

"好吧,那就下午见!"

仁道接了电话二话没说:"老爸的身体是大事,小妹,我一定到!"放下电话,他就嘀咕了一句:这老头就是事情多!

郁校长有自己的想法,他为教育事业奋斗了一辈子。如今,年过八旬,儿

一·算·计一

女们虽说都有自己的下一代，甚至还有了第三代，但他们只有我这么一个父亲。这种亲情是剪不断的，要说剪断过，也就是老大仁义有十多年不在自己身边，但是血亲是完全可以续上的嘛。他们现在不在我身上多尽尽孝心，更待何时？一想到这一年来，自己有个头疼脑热的，老大和老大媳妇总能陪自己进出各大医院，有时老二、小女儿也能陪陪，这样的情景实在让他踏实、安心和快乐，但是这还远远不够！他会创造更多的机会，让子女们为他付出更多的孝心来。

其实，郁校长的四个子女除了三儿子总说自己实在太忙外，还都是主动尽孝的，但郁校长认为远远不够，在他们主动的同时，他还要不断鞭策，加大马力，这样一来，有时就会叫人感到不太舒服。最不能接受父亲这种做法的就是郁仁德，所以接到小妹电话，他不免发一通牢骚。

牢骚归牢骚。郁校长一声令下，四个孩子下午三点都来到洋房。荣佩琪招呼他们进屋坐下。

"你们要喝点什么？"荣佩琪亲切温和地问。

"荣老师，您不必客气。我们想喝茶自己会倒的。"仁义憨厚地笑着说。

郁文廷不紧不慢地坐到单人沙发上，荣老师随即将他的茶杯递给他。他把茶杯接过来放好，抬起自己的右腿放在茶几上。郁仁芝立即上前将父亲的裤腿挽上去，小腿内侧的那颗"蚕豆"映入大家的眼中。

"蚕豆"微微隆起，中间是深红色，周边有一圈黑褐色。

"哎呀，老爸你也太大意了，都肿这么厉害了您还不着急呀！"郁仁道惊叫起来，他这一叫让大家觉得父亲的病似乎进入膏肓了。

郁仁芝却冷静地用手在"蚕豆"上轻轻按压了一下，问："爸，痛吗？"

"还好——不对，好像有点痛了。咦，小妹？上午打电话给你的时候，就只是痒，痒起来叫人吃不消。这会儿怎么又痛起来了呢？"郁校长想到上午的那种痒，痒得有些心惊肉跳，现在又痛了，越想越觉得情况果然是很严重了。

"老爸，你给我们看有什么用？还是赶紧到医院去吧！上次我就同你讲去医院，去医院，你就是不听。现在肿了就更应该去医院了。"仁德看了一下，埋怨地说。

一·计

"爸爸，明天就去看啊。直接去肿瘤医院。"郇仁芝说。

"对对，小妹说的对，去大医院！"郇仁道附和着。

仁义马上拿出手机，预约挂号。这半年多来，陪父亲看病、住院，仁义在儿子郇宏的辅导下，手机的各种功能都玩得很顺溜！什么设导航、预约门诊、微信语音转文字、扫一扫中英文翻译，等等，绝不像父亲那样只是"百度"！这一点，连在职的仁德也自愧不如。

晚上，郇校长和荣老师看着电视新闻，他的心却异常不安，他想得太多了。"滴"一声，郇校长拿起手机一看，是孙女甜甜的微信："亲爱的爷爷，听爸爸讲，您生病了。我听了之后心里好难受好难受的呀！但是，爷爷不管怎样，您一定要坚强。有我们在您身边，您一定会战胜病魔的！深爱着您的孙女甜甜！（笑脸、拥抱表情）"

"哎，佩琪呀，你看看，关键时候，还是我这个孙女懂事啊！她是最心疼我这个老头子的！再看看其他人，潇潇在美国就算了。老大家的郇宏和小妹家的亚琳，他们就想不到！"郇校长高兴之余，又生出了不满。

"哎呀，我的郇大校长，每个孩子的个性、脾气不一样的呀。甜甜是个外向的姑娘，亚琳一向稳重。郇宏嘛，到底是个男子汉，他要是像甜甜这样会察言观色，细腻乖巧，你一定会骂他'娘娘腔'，没出息的！"

听了荣老师的一番话，郇校长也觉得自己的要求有些过分了，不由地笑着点点头："有点道理，有点道理。"嘴上这么说，心里还是觉得郇甜甜与他最贴心！孙女的微信就如一针缓解剂，让郇校长一晚上的不安得以放松，他终究还是睡了一个比较安稳的觉。

—算·计—

第三章

高架路上。

冯亚琳开着车,付继伟满脸通红地坐在副驾驶位上。表哥姜申的双胞胎女儿过生日,亚琳他俩代表父母出席生日宴。

付继伟几乎要睡着了,说:"老婆,姑姑家我觉得姑父人最好。"

冯亚琳明白,丈夫言下之意,是对姑姑不满。其实,她也不太喜欢冯一凤。虽说姑姑长得螓首蛾眉,是那种"巧笑倩兮、美目盼兮"的大美人,但是她有时势利庸俗,胆大又好多管闲事。当年自己和付继伟谈恋爱,姑姑不知道在妈妈面前说了多少坏话,企图棒打鸳鸯。世俗中的等级观念在她那根深蒂固。姑父姜羽维可是正宗的上只角人家出来的孩子,又是他们电力公司的大工程师,当初怎么会看上姑姑?理由只有一个,除了他和姑姑一起长大外,就是他看中姑姑的漂亮!姑父风度翩翩,又有本事,当然要娶个漂亮的女人做老婆啰!幸运的是姑父没有等级观念,懂得平等待人,他从来没有看不起农村来的付继伟。

付家生了四个女儿,为了生个儿子,被罚了又罚。可想而知,本来就穷的他们,最后连被罚的资本都没有了。付继伟是家中唯一的,又是最小的男孩子。他很争气,从小学习成绩好,有父母的疼爱,有姐姐们为家庭的付出,他考上了上海的大学,留在上海工作,最叫他珍惜的是找了大城市里的姑娘结婚。消息传回家乡,传到那个小村庄,他的父母脸上有光,他的姐姐们脸上有光,就连他家的七姑八姨都跟着沾了光。

记得他们刚搬进自己的房子不久,村里一个没出五服的伯伯生了脑瘤,说是要到上海求医。付家爸爸拍着胸脯:"找我家继伟!"付继伟立刻向老婆大人汇报,亚琳一听便答应了,人命关天岂敢耽搁。谁知,付家伯伯由两个儿子陪同挤进了他们两室一厅的家中。地方小,人多,又是夏天。冯亚琳这才傻了眼。

一 算 · 计 一

　　看着付继伟忙着给亲戚们倒茶，陪着说话，她也不好意思怠慢。端上一盆水果叫他们不要客气。

　　亚琳回房间给母亲打了电话。她说，这乡下来的人，真的太不讲究了。他们在客厅里抽烟也就算了，还把烟头从阳台上直接扔到楼下，这像啥样子！还有，家里开着空调，他们三个大男人竟然赤膊不穿上衣，这叫我怎么进出呀？郁仁芝说，那你叫继伟跟他们讲一下呀！亚琳说，继伟肯定不好意思讲他们的。郁仁芝劝慰女儿，说当初找个外地农村的丈夫，这些事情本应考虑进去的，既来之则安之，克服一下吧。

　　冯亚琳放下电话，想了想把付继伟叫进房间。对他说："你把我给你买的那打背心拿出三件给大伯他们穿上，就说空调房间直接吹冷风不好。"付继伟这才意识到老婆大人不习惯，马上说："好好好。"

　　在屋里，亚琳听着他们的对话。"大伯，亚琳说叫你们把背心穿上，空调房间容易吹凉。""哥，不用不用，我们在老家从来都不穿的！"大伯没讲话，两个弟弟都说不用穿。这把继伟给急的，他硬是将两件背心甩给他俩。"我说穿上就穿上，这不是咱老家的山风。"随后，他把另一件亲自给大伯穿上，边穿边说："伯，亚琳的好意咱要接受，你看你马上要做手术，这手术之前万万不能感冒的。"大伯非常配合地穿了背心，乐呵呵地说："侄儿呀，你这媳妇知道疼人，你小子有福气！"

　　郁仁芝找二嫂潘岩联系了她九院的同学。很快付家伯伯顺顺利利住院、开刀，十天后离开上海回了老家。其间付继伟请假陪同，他自觉不自觉地要看老婆的脸色，好在亚琳是个有涵养的女子，她给足了付继伟面子。付家伯伯回到村庄，在付继伟父母和姐姐们面前将冯亚琳好一顿夸。这十天对冯亚琳来说，比十年都难熬，她和付继伟的生活被完全打乱。付继伟除了说老婆对不起，还是老婆对不起。看着付继伟里外忙碌，她能说什么？付继伟跟她说过，他家最困难的时候，就是村里的这些亲戚帮忙度过的，他父亲一直告诫他，不能忘恩负义。

　　进了小区，冯亚琳叫醒老公。他们上楼开了房门，婆婆正坐在客厅看电视。

— 算·计 —

"妈,我们回来了。小亮呢?"冯亚琳问。

婆婆压低声音:"小梅带着宝宝睡了。"

小梅,梅玉芳,近30岁的样子,付家请的育儿嫂。冯亚琳一怀孕,在皖北农村的婆婆就说要过来伺候月子。得知儿媳妇怀孕了,付家老两口别提有多高兴! 付继伟依照老婆的关照,想办法劝阻母亲先不要来上海。可是怎么都劝不住,在亚琳还有一个多月生产时,这个婆婆就找上门来了。

郓仁芝知道,这伺候月子不是一般人能做的,就算亲家母能做,自己的女儿不一定看得上。护士出身的她,当然最讲究科学喂养。于是她早早为女儿订了月嫂服务。女儿见婆婆找上门,急忙给郓仁芝打电话问怎么办?这么小的房子怎么住?仁芝说:"有什么不好办的?你这个公司里的大高管,怎么一碰到家里的事情就没办法了?月嫂干些啥,叫你婆婆多看多学,月嫂走了以后,你婆婆刚好接手。至于房间嘛,你和孩子、月嫂住一间,你婆婆住一间,继伟就在客厅沙发上将就着吧。"

孩子出生了,婆婆见是个大胖孙子,高兴得给老家打了好几次电话。一个月的忙忙碌碌后,月嫂走了。一切都在郓仁芝的掌握中。可是,唯独没有想到的是,女儿的婆婆没有按照月嫂的一套方法喂养,而是按照他们老家的土法带孩子。这可急坏了冯亚琳。看在老公的面子上,也看在婆婆是长辈的份儿上,她一忍再忍。当她快要爆发的时候,又是母亲给她送来了育儿嫂。

"你好,嫂子。是郓医生叫我来的,我是小梅。"

"小梅,你姓什么?"见到跟自己年龄差不多的女子,冯亚琳问。

"我姓梅呀!"

"梅花的梅?"

"对的!"

"叫什么?"

"梅玉荒(芳)。"

"什么?哪个'荒'?"

"荒(芳)草的荒(芳)。"

一 · 计

冯亚琳心说：怎么用荒草的荒做名字？还愈荒，越加荒凉？不对呀，农村讲究水满草丰，怎么有这种名字？

小梅也被这个女主人弄得不知所措。还是付继伟反应了过来："小梅，你是安徽哪里人？"

"大哥怎知我是安徽人？"

"听口音。我也是安徽人。"

"原来是老乡！大哥，我太幸运了。"小梅像中了彩票一样兴奋。

冯亚琳一听俩人不着边际地认起老乡来，正说这名字的事儿呢！她有点不悦："你俩啥情况？"

"老婆老婆，别急。我知道了，她的名字叫'梅玉芳'——梅花的梅，玉树临风的玉，天涯何处无芳草的'芳'。小梅，对吗？"

"对，对，大哥好厉害呀！"小梅的头点得像鸡啄米一样快。在场的冯亚琳怎么也想不通，老公怎么和育儿嫂进行一番对话就知道了对方的名字，难不成他们安徽话还有暗语？"天王盖地虎——宝塔镇河妖"之类的？

小时候，一直听外公放的样板戏，冯亚琳只知道这是杨子荣和土匪的暗语黑话，并不知什么意思。丈夫和小梅的对话，虽通俗却不易懂，她无法理解其中的奥妙。

晚饭的时候，付继伟才告诉老婆。原来皖北和苏北有的地方在发音上和普通话差距很大，声母"F""H"正好是反着用的。比如，回家说成"肥家"，昏头说成"分头"。让冯亚琳喷饭的是，她和老公的姓全都中招。"付"读成"户"，"冯"成了"红"。冯亚琳心说，我的天哪！中华大地当真是幅员辽阔、方言繁杂啊！好在小梅只管他们夫妻叫哥嫂。

下午，孩子醒了。小夫妻带着孩子和育儿嫂回父母家。这是自他们搬出来自立门户以后的惯例，每个双休要回去一趟。

出门前，小夫妻俩再三关照婆婆，一人在家好好休息。

冯亚琳开着车，老公显然酒醒了，坐在副驾驶位上挺精神。

— 算·计 —

后座上，安全座椅里躺着睡饱了的小亮亮，半岁多了，自己咿咿呀呀地说着话，小梅不时地逗逗他。

"叮咚——"

"外公外婆，付亮小朋友回来了！"小梅每次都用这种方式跟冯一涛和郁仁芝打招呼。

进门、换鞋。冯一涛接过小梅手中的提篮，"嘿嘿，又吃小手了。哦，跟外公说话呀？"

一家人围坐在沙发上，吃着水果，说着话。冯亚琳向母亲汇报中午聚餐的情况："奶奶说想你们了啊。我和继伟商量好了，下周我们若都不加班，周五晚上就过来。周六嘛，你们到奶奶家去报到；周天呢，到我外公家去打卡，听我外公怎么告他大儿子的状。这边若有人看房，我亲自接待。"

自从郁仁芝打算卖房，几乎哪里都不能去，时刻准备迎接看房的客户。虽说中介一般都会预约，自己倒也有个心理准备。最怕的就是中介店门口的过路客，说来就来，说看就要看。女儿这种贴心的安排，着实叫她心里高兴。

小梅对自己能在付家做育儿嫂，是十分珍惜的。一来男主人是自己的老乡，自然感到亲切，二来女主人不会对他们农村人另眼看待，自然感到温暖。平时小两口上班，她与付母又谈得来，一样来自农村，一样的乡音。她觉得付家与自己家里没什么两样。因此，到郁医生家里，她也会主动帮着做家务，自然也受到冯亚琳父母的喜欢。

肿瘤医院专家门诊室外。郁仁义推着轮椅，米兰忙着找座位。刚坐定，夫妻俩能歇口气了，郁校长就说："我要上厕所。"

"好的，爸爸。我来。"仁义推着老父亲，穿过密集的人群，来到盥洗室门口。他固定好轮椅，缓缓地将父亲扶进去。

叫号屏幕上，郁文廷的名字渐渐往前走着。

米兰关切地问："爸，您要吃茶吗？"

"不要，不要，马上排到了。你们两个一会儿好好听医生怎么讲我的病。"

— 算 · 计 —

"好的，好的。"

"哦，哦，晓得了。"

"郁文廷，郁文廷有吧？"门里面一个女声叫道。

"来了，来了。"郁仁义丝毫不敢怠慢，起身推着轮椅，进了诊室，米兰紧随其后。

"医生好！"郁文廷彬彬有礼地先跟专家打了招呼。

"老先生哪里不舒服？"专家50岁左右，在沪上是很有名气的。

米兰急忙弯腰将公公的右腿裤脚管挽起来。郁文廷主诉了病情。

"这么说，老先生，你这颗痣已经有三四个月了，为什么不早点来看呢？"

"医生呀，这是我大儿子和大儿媳。我二儿子、小儿子和女儿还在上班。"

仁义在一旁提醒："爸爸，医生问你为啥不早点来看。"

"我知道。这话我都听不懂吗？我是告诉医生，你们不是都很忙吗？我平时能不麻烦你们，就不麻烦了！"

米兰一听，心说："我们哪次嫌你麻烦了，这半年来，还不是您说哪天到医院，我们就是有再要紧的事，也得放下，来陪您看病吗？你女儿老早就说叫你来看，明明是你自己不想来，怎么变成我们忙，没空陪你来了？"

"这样吧，你这颗痣，我不能完全确定，要做个活检看。"

"医生，什么是活检？"郁文廷问。

"如果是黑色素瘤的话，现在最好的方法就是做活检。也就是取部分皮肤病灶组织在显微镜下观察，来判断病变的类型。"

"医生，今天能做吗？"仁义问。

"不行，这要预约的，这是预约单。平时一定要注意个人卫生，千万不要用手去触碰。"

仁义接过医生递过来的病历和预约单，转给米兰。正要走，郁文廷又问起来："医生，我还有个问题。假设真的是黑色素瘤，你们有治疗方案吗？"

"当然有了。"医生有点皱眉，毕竟一个上午要看上百号病人，这个叫郁文廷的老人没完没了。

— 算·计 —

"那，根据我的情况，你们会有几个治疗方案？"

"我讲老先生，今天你只是初诊，没有做任何检查，怎么会有几个方案呢？等确诊后再讲好吧？小张，叫下一个进来！"医生终于有些不耐烦了，这分明是占用其他病患的时间嘛！

郁仁义边推轮椅，边向专家致歉："不好意思，医生。"

一出诊室，郁文廷进门时的彬彬有礼荡然无存："这医生什么态度？专家怎么了？专家就了不起了？"

"爸爸，你不要这样讲人家医生，你没看外面全是病人？"仁义说。

"闭嘴。你们两个一个问题都问不出来，我多问几句怎么了？"郁文廷的理由是：我挂的是专家门诊号，挂号费比普通门诊高好几倍。多问几句话难道不应该吗？什么态度！

郁仁义将父亲推到大厅比较空的地方："米兰，病历给我，预约单在里面吗？"

"嗯，在病历里夹着的。"

"你看着爸爸，我去预约登记。"

一个上午就这样过去了。回到溧阳路老洋房已经中午12点。荣老师做好了饭菜。四个人吃好饭，米兰洗了碗，两个老人要午睡。安顿好他们，仁义夫妻才离开老洋房。

晚饭时，郁文廷对荣佩琪说："唉，这看病难，看病难，不去医院是无法体会到的。"

"是啊，还好有仁义他们陪着你。"

"哼！有啥用？"

"怎么没用？我可是知道这看病，要挂号、付费、取药，不都是要有人跑的吗？你这叫不知福！"

"唉，吃饭吃饭，我不要同你讲！"

晚上，米兰将看病的情况在电话里告诉了郁仁芝。

"大嫂，今天你和大哥辛苦了。周五去做活检，要不我请个假吧。"郁仁芝说。

"不用，小妹。你们和仁德仁道都上班。我和你哥也没啥事情，放心好了。"

— 算 · 计 —

"那就有劳大嫂了。"

"小妹，一家人不说这个。晚安！"

"晚安，大嫂。"

双休日。不出所料，郁校长见到郁仁芝和女婿冯一涛，好一通数落大儿子和大儿媳妇。

"小妹呀，他们这是嫌我老了，不中用了。你看你看，我是一天都不想见到他们了。你们晓得吗？好不容易挂到专家门诊，我就多问一个问题，医生就不耐烦了。你大哥大嫂不帮我讲话，反倒胳膊肘子向外拐，给我脸子看！你不晓得多气人的呀！"

荣老师说："小妹啊，快别听你爸胡说八道。那天陪他去看病，排了一上午的队，你爸坐在轮椅上，可你哥嫂站了一个上午。"

"哎哟，他们年轻人站站有啥啦？"郁文廷不以为然。

"老郁呀，你搞搞清楚，仁义已经60多岁了，米兰也快60岁了。怎么叫年轻人。"荣老师急着辩白道。郁仁芝知道父亲就是故意的，因为在他80多岁人的眼里，他们都可以是年轻人。

"爸，您别着急，我们也在抓紧时间接待人家来看房。但是市场不景气，我们比刚开始挂牌的时候降了30万。我看呀，你就是欺负我大哥大嫂老实！你别忘了郁校长，米兰他爸可是离休的老干部。人家女儿在这里伺候你，还有我哥和郁宏，知足吧！"这些话只有她这个小女儿敢跟父亲说。她早就听冯一涛讲过，米兰的父亲是正师级干部，参加过新四军，还去过朝鲜战场。老爷子90多岁了，精神矍铄，思路清楚。在干休所里，人们还称他老师长、老领导。这么大的干部，还肯把女儿下嫁到郁家。父亲只不过是个重点中学的副校长，就一天到晚在家里发号施令，指点江山。对自己的儿女就算了，人家儿媳妇又不是你郁校长养大的，凭什么要被你批评和训斥啊！

郁仁芝看到楼下客厅被父亲堆满了东西，又上楼看看，也堆得满满当当。于是她下楼来边说边整理："老爸，这些东西可以放到楼上书房呀。喏，还有

— 算 · 计 —

这些书，哎哟喂，这些书你看不看？不看的话，我帮你整理整理，放到阁楼上去，有的可以卖掉了！"

"小妹，你别乱动。我每天要学习的，要看书的。"

"小妹呀，你可有所不知，他的东西摆得一天世界的，就是不让你动。动了，他要找不到，又要发脾气了！"荣老师无奈地说。

听到妻子和女儿一起声讨，郁校长不高兴了："怎么，你们自己不学习，不读书，还要讲我不好？没这个道理！"

"你看看，你看看，这些地摊上淘来的书，不是讲高层的内部斗争，就是讲某领导与某某的故事。老爸，你可是老党员，这种书很无聊的。"

"有完没完？你今天是来看我的，还是来气我的？"郁文廷爆发了。

冯一涛见状，虽不知如何劝慰岳父大人，但他俩有共同的爱好——下棋。于是，他赔着笑脸："爸爸，你别和仁芝生气。来来来，咱们杀上一盘好吧？"他把棋盘摆好，对着郁宏买给爷爷的天猫精灵："天猫精灵，播放京剧《智取威虎山》。"

"好的，天猫精灵为您播放京剧《智取威虎山》第一场。"

院门打开了，仁义米兰来了。

"荣老师，今天我来做饭，你们都休息。米兰，你和小妹陪荣老师好好说说话吧！"郁仁义说。

"哥,今天谁也别忙,我们带了些熟菜,等会儿陪爸喝一杯。中午咱们吃水饺，我网上订好了，估计一会儿送来！"

"现在真是方便呀！小妹，看来我也要学学电脑了！"米兰说着，要去把餐桌上的熟菜放到冰箱里，荣老师便说："米兰呀，中午就要吃掉的，不要放冰箱，还是我来吧。"

"大嫂，把前天你们陪老爸到肿瘤医院看病的详细情况跟我说说吧。"

"喏，这是报告，这是礼拜一拍的片子，这是前天医生的建议。"米兰从客厅书柜的一个抽屉里拿出来一沓递给小姑子。

"看来情况蛮严重的。"郁仁芝边看边说。

"小妹，医生也这么说。医生建议尽快手术，怕万一是不好的东西，扩散就麻烦了。"

郁仁芝说："放心，大嫂，等会儿吃饭的时候，我来讲讲他！"

"叮咚——"

"我来，可能是水饺到了！"郁仁芝跑去开门。

只见一个穿快递制服的大男孩儿捧着一个泡沫箱子站在院子门口。

"您好，郁仁芝快递。"

"辛苦了，小帅哥。给你一瓶水。"说着，郁仁芝将事先准备好的一瓶矿泉水递给了快递小哥。

"这，不太好意思……"

"拿着吧，辛苦了！"

"谢谢阿姨，再见！"

仁芝回到楼内，把箱子放到厨房冰箱旁。继续听米兰说："爸爸自从不出去工作了，脾气是越来越大。上次摔了一跤，更是越发古怪了。"米兰和这个小姑子不同于其他姑嫂，她俩无话不说。米兰从小在部队大院里长大，几个哥哥到处冲冲杀杀，她却安静、简单。这一点和郁仁芝很像。

郁仁义深知她俩投缘，有说不完的话。所以，一有机会就叫姑嫂俩单独相处。半年前，父亲摔了跤后，米兰没少跟着自己受父亲的气，有时和他闹并不是两人感情不和，实在是她不能忍受公公的强势。小妹一来，叫她畅快地吐吐苦水，对她自己、对他和他们这个家庭都是有益的。

"小妹呀，你看，本来爸爸和荣老师住的挺好，我和你大哥还说要跟你们商量一下，咱们三家一起给二老请个保姆。可是，他一闹脾气，非要到你们家去，害得你们都要卖房子了。不知道的人，还以为我们不孝顺呢！"

"大嫂，你千万别这么想。实话告诉你吧，我本来也想换房子的，只是没有下决心。老爸这么一闹，倒是帮了我的忙。毕竟六楼，我们也爬不动了。"

— 算·计 —

晚上回家的路上，郁仁芝开着车，给坐在旁边的丈夫讲老父亲"作"的故事。

"你说，是不是人越老越怕死了？"

"是啊，你没听说过吗？人老了有三个特征：自私、爱钱，还怕死。人到老的时候，怕死是一定的，正常的。说不定我们以后也会这样。"

"但是，你妈怎么不这样？荣老师怎么不这样？你知道我老爸过分到啥程度？上个月看一个感冒，在家门口的医院验个血常规，对症吃药就行了呗。可是他对我哥嫂说，'一般的医院，我是不去的。三甲医院还必须是专家门诊或特需门诊。钞票不用你们担心！'结果，看个感冒要排一上午的队！真能折腾人。"

冯一涛听完，沉默了一会儿说："好在他俩都是退休的人，有时间。"

"你说得容易！经常这么折腾，谁受得了？"

"当心！"冯一涛看到一辆奥迪SUV突然变道冲过来。郁仁芝也看到了，猛的一个急刹车，两人像听到口令般，齐刷刷先前倾再后仰了一下。

"寻死呀！方向灯也不打！"郁仁芝被吓了一跳，脱口而出。

"晚上，你还是慢点儿开。"冯一涛在岳父面前从不多喝一口酒，所以他很清醒地在一旁提醒。

"你看到的，我又不快的呀！"郁仁芝开得真不快。

"说到哪里了？"

"哦，说到感冒排队。"

"对，就是感冒看完，回家应该没事了吧？哼，下面的话，才真正叫气人呢！他又提起上次骨折住院的事情来了，说哥嫂对他不尽心，'你们两个好好商量过我的病情吗？不懂？不懂你们不会问小妹？你小妹不是在外科的吗？'结果，你猜怎样？我大哥说我只不过是个护士，老爷子居然发起火来！"

"还能怎么发火？"

"老爸说：'护士怎么了？久病都能成医！何况你小妹做了一辈子的护士，看也看会了，你们懂吧？'"

"这老爷子，还真是无理也要争三分啊！"

— 算·计 —

"岂止是三分？他哪次不是争满分的？所以啊，今天在饭桌上，你讲我不要说过分的话，我就是故意要那样讲给他听的。"

"那老爷子一准知道是米兰在你面前告他状了，他不要报复大嫂？"

"不会的。你想呀，几个月前，他知道我嫂子跟我哥闹离婚时，有多紧张吗？他怕的！米兰这样的儿媳到哪里找去？还有，老爷子一辈子要强好胜。在外面那是一等一的风光人物。郁大校长的儿子，真的被他搞得离了婚，他的脸上能挂得住？所以，你放心，我有数的。"

回到家中，知道女儿一家在小外孙睡好了午觉后，就回去了。

郁仁芝打开手机微信。果然有女儿的留言："报告姆妈，今天有两家中介带人看房。一个是美美中介的小华，他说跟您联系过的。还有一个洋洋中介姓刘的。名片在茶几上，他叫您加他微信。"

郁仁芝马上回了一句："琳琳，妈妈知道了。今天辛苦你们了！"

她走到茶几前，拿着那张印有"洋洋地产刘子龙高级置业顾问"字样的名片。按照手机号熟练地加了对方的微信，很快得到了对方的验证。

"阿姐，您好！我今天带的客户对您家的房子很有意向。您的最低到手价是多少？"

"860万。"

"明白了！谢谢阿姐。"后面跟着两个抱拳作揖的表情。

"你回来还在忙什么？"冯一涛不解地问。

"你说我忙什么？你是吃饱喝足什么都不用管。这不琳琳叫我联系今天来的中介吗？"

"那我先去洗澡了！"

郁仁芝清楚，丈夫是从来看不到活的。家里的大事小事都有她安排，他落得个省心。记得装修这套房子时，郁仁芝到一个同事家去玩，看到这样一种将中式与现代时尚元素相结合的家装风格，一下子就喜欢上了。正好自己家买了新房。同事便把装修老板介绍给了郁仁芝。老板既是设计师，又是监理，长兴

算 · 计

岛人士。

设计图一出来,老板就打电话给冯一涛。冯一涛掐断电话,飞来一条短信:"老板,我在开会。请联系郇医生。"

在整个装修过程中,冯一涛没去几趟现场。即便是去了,他也看不出个子丑寅卯来。老板两次打电话过来,他不是在开会,就是在办案。人家就知道了,冯家装修的事,是郇医生一个人的事儿。

老板哪哪儿都好。设计好,对施工队要求严格,就是工期会拖了再拖,兴许是找他的人太多,忙不过来吧。有两次打他电话,手机关机。人间蒸发了不成?可是没过两天一个陌生的电话号码打过来:"郇医生,我是小佘呀!"

"哪个小佘?我不认识你呀!"郇仁芝正纳闷。

"佘德华,佘老板!"

"哦,佘老板呀。你怎么换手机号了?"

"不好意思。手机掉了,刚换的。你家明天进地板,你要过来验收一下吗?"

"我明天中班,上午有空的。"

"好,明天上午工地上见。"

就这样,装修总算保质保量但不保工期地完成了。那一阵子,女儿刚上大学,还好家里没啥事儿,但为了新房子,郇仁芝瘦了一整圈儿。

乐景怡带着大儿子和女儿一家来贺乔迁之喜时,对这套房子的风格非常非常喜欢。见小儿媳明显瘦了,她便把冯一涛好好说了一顿。她说儿子守着这么能干的媳妇,一点儿都不懂得心疼。其实,老太太心里的喜远远大于气,或者说是半开玩笑半生气的。这再一次证明了她乐景怡当年的独具慧眼。

多年来,每逢清明节,她都会双手捧着冯教授的遗像,跟老伴絮叨一番。絮叨大儿子冯一波一家老实本分,平淡无奇。虽说当年国企改革,夫妻俩先后下了岗,但在她的帮衬下,还算过得去。她跟着他们生活这么多年,还是蛮开心的。就是大孙子不把自己的终身大事放在心上,让她有些操心。絮叨女儿冯一凤一家,女儿自己没啥本事,命好,女婿姜羽维温润儒雅、仪表堂堂,是单位里举足轻重的技术专家。外孙和外孙媳妇知道孝敬公婆和她这个老太太,家

一·计

中和美殷实,还有一对聪明漂亮的重外孙女。就是女儿没受到良好的教育,说话、处事不让人满意。至于二儿子冯一涛家,最享福的就是他,家中百事不管。不是她乐景怡自吹,要不是她当年相中仁芝姑娘,哪有一涛今天的幸福和洒脱啊!最后,总会感慨一句:"乾坤啊,讲来讲去就是你没这个福气呀!"

每每向故去的老伴絮叨一番之后,老太太总是哀叹老伴走得早,不免落下两行老泪来。

— 算·计 —

第四章

近八旬的乐景怡，看上去像刚踏上70岁的线。虽然脸上有了不少皱纹，但依然掩饰不住她年轻时的美貌。她穿着讲究，一身素色旗袍，配上一枚银色蝴蝶胸针，颈上戴着一串白色珍珠项链，依然匀称的身材，没有一般中老年人的赘肉，烫过的头发，是精心打理过的。见女儿两口子过来后，便问道："一凤呀，没叫你小哥一家？"

"还讲呢，仁芝他们这半年来，一门心思卖房子，不都是为了那个'作天作地'的死老头子吗！"冯一凤显然有些怨气。

乐景怡惊愕，好半天才严肃地说："一凤，怎么好这样说人家郁校长！你呀，你这张嘴巴什么时候能教我省省心？"

乐景怡本来就对女儿的不懂礼貌有些不满，听到她直接讲小儿媳妇的父亲，更是不高兴。这个女儿一辈子没吃过什么苦。乐景怡家中孩子三男一女，就是在最困难的时期，女儿也是备受疼爱的。于是她从小娇生惯养、任性大胆，还天生了一张刻薄不饶人的嘴。高中毕业后，在大集体厂子里工作。42岁时，厂子垮了，下岗在家。好在她家里的经济条件一直不错，女婿奖金高，现在外孙又是律师。女儿生来就是命好哇！

"不过，姆妈，我给亚琳打过电话了，叫他们小两口做代表。直接到饭店去碰头。"见母亲不悦，冯一凤拉着母亲的手笑吟吟地说。

姜羽维也马上赔着笑："一凤，你这一进门就惹妈不开心，还不快把你给妈买的礼物拿出来？"他把一个礼品袋举到老太太面前。

乐景怡之所以不喜欢女儿讲亲家的坏话，是因为重视和喜爱小儿媳妇。乐家是中医世家，祖传治疗癫痫病在全国那都享有盛名。当年乐景怡的父亲在区中心医院做院长。乐景怡虽说只有中专文凭，可她从小随父亲学习中医，治疗癫痫病的手艺仅在父亲之下。于是，父亲做了行政领导后，只出专家门诊，乐景怡便在中医内科挑起了大梁。

然而，在她事业有成时，一场车祸导致在高校工作的丈夫英年早逝。生活的挫折没有使她消沉，相反，她在父亲的关怀下，坚强地生活下来。小儿子冯一涛和他哥哥冯一波一样，都是老实胆小有余，活泼机灵不足。虽说他比他哥哥有机会，上了大学，毕业后有了一份人人羡慕的公务员工作，可是让他主动去谈个女朋友，恐怕比登天还难。

郁仁芝年轻时，漂亮、单纯且吃苦耐劳，被乐景怡看中了。她亲自给小儿子物色了这个媳妇。

三十多年过去了，老太太常常为自己当年的好眼力感到骄傲。在老太太心里，这个儿媳妇恐怕比她的女儿都要亲。这不，小儿夫妇这个双休不来，她是有点惋惜但又能够理解的。

这时，买菜的大儿夫妇回来了。

"哥，今天在外面吃，你们还买菜？"冯一凤问。

"你只讲请我们吃中饭，又没讲晚饭一道请。不买，晚上吃啥？"冯一波说着。姜羽维上前接大哥大嫂手中的马甲袋。

"放在厨房地上就行了。"大嫂说。

"那你想连晚饭一道吃，有啥难的！反正是我请客，姜羽维买单！"

冯一波笑道："我倒想连吃，可惜不是年轻那会儿了，怕吃了消化不了！"

大家又说笑了一会儿，姜羽维说："时间差不多了，要不阿拉先过去吧。"

"好呀。森森讲，他下了课直接过去。"冯一波等家人都出了门后，将门锁好跟着下了楼。

女儿、女婿请一家人吃饭，总是要考虑到老太太，尽量就近。饭店就在家门口不远处的生活广场边上。

进入包间，乐景怡自然被安排在上座。她招呼着外孙媳妇季惊鸿，一定要

一 算 · 计 一

让双胞胎重外孙女坐在她的身边。

季惊鸿一边让服务员调整宝宝座椅,一边对老太太说:"外婆呀,两个小姑娘不老实,会影响到您的。"

已经上幼儿园的姜美媛和姜丽媛开开心心地坐在老太太身边。季惊鸿也紧挨着孩子们坐在另一边。大家入座后,冯一凤就开始讲这次去日本旅游的见闻,还不停地将手机里的美照翻给众亲戚看。

"不好意思,来晚了。没想到周末也堵车!"冯亚琳和付继伟出现在大家的视野里。

"亚琳呀,你外公也太能'作'了吧?他碰到你大伯和你伯母,真是福气。不说你大伯,他是儿子。可是人家米兰,多温柔,多孝顺啊!如今都被你外公逼得要和你大伯闹离婚!可见这老头子有多过分。"冯一凤和郁仁芝的大嫂米兰是初中同学,两人常有来往。冯一凤自然知道郁大校长的情况。这不,见到侄女便当众为她伯母打抱不平。

"一凤呀,你少说话不会把你当哑巴的!"乐景怡有些不悦。心想,这女儿像谁呢?刚刚为这事和她生了气,怎么就不长记性呢?她总是不分场合、不分时间、口无遮拦的。唉!都是自己没管教好,她又看看女婿姜羽维。只见他跟没事人一样,正和冯一波说笑着。唉,也是被这个女婿宠坏的!

付继伟看着不太高兴的老太太,想活跃一下气氛,便问:"姑姑,你和我姑父今天为啥请客?是家里谁过生日吗?"

冯一凤平时最看不起这个来自乡下的穷小子了。侄女找他,简直是亏大发了!当年他和侄女谈恋爱,自己没少和郁仁芝说这小子的坏话。如今他们不仅结了婚,还生了孩子。更让冯一凤看不起的是,他们的新房是小哥夫妇拿的首付!于是,她心说:"这里有你什么事?"

"哟,小付呀,这你就不懂阿拉上海人的规矩了吧?难不成非要有人过生日才吃饭吗?今朝开心,一开心就想吃饭了,你晓得吗?"付继伟是领教过姑姑的厉害的。听了这话,他自感讨了个没趣,一脸的尴尬还要赔着笑:"哦,晓得了,晓得了!"

— 算·计 —

"服务员！"冯一凤本来有一张桃腮杏眼樱桃口的美人脸，一下子拉了下来，显出三分厉色，本来嗓音就高的她，此时声音又高了至少一个八度，服务员应声过来。

"女士，您有什么需求？"

"什么需求？这菜怎么还没上来？"

"冷菜马上来了。"正说着，一个服务生手举着大托盘推门进来。

"我们先吃冷菜，热菜等一会再上。"服务员摆好了冷菜正要走开，冯一凤说，"回来回来，热菜一个一个地上啊，不要太快了！"

"好的，女士，我们会的。请各位慢用。"

这还没开席，气氛就被冯一凤搞得如此紧张，大家不免有些扫兴。还是做律师的姜申头脑灵光。他最知道怎么给自己的老妈补台，怎么取悦外婆，就说："宝宝们，把你们上周到大剧场表演的《小精灵》，给大家跳一段好不好？"

"好！"大人鼓起掌来。

乐景怡心疼地笑着说："先吃饭吧，宝宝们的小肚皮都饿了吧？"

季惊鸿一边起身，把双胞胎引到一旁沙发前的空地上，一边说："外婆，小孩子，不要紧的。"

"就是，就是，还是先吃饭吧。我好像在哪里听过一句什么'饱跳饿唱'。"大儿媳黄黎明插了一句话，几个年轻人悄悄地笑了起来。

冯亚森开口了："老妈，你又说笑话了。那叫'饱吹饿唱'。"

"是吗？哟，看我又出洋相了。"黄黎明自己也笑了。

"预备——"季惊鸿用手机播放伴奏，双胞胎翩翩起舞。

两张稚嫩的小脸上露出自然而天真的微笑，加上还不太专业的舞姿，逗得在场家人好一阵开心。

开席了。舞蹈掀起的热闹气氛延续开来。乐景怡不停地夸着两个重外孙女。用手里的公筷不停地为她们夹菜。餐桌上一派其乐融融的景象。

"热菜来了。"

席间，姜羽维喝了一口付继伟敬的酒，又夹了一口菜放在嘴里，吃完后说：

— 算 · 计 —

"你们谁知道为什么要讲'饱吹饿唱'？"

姜羽维在冯家是很有威望的。虽说他是学理工科出身，但知识面极广，似乎没有他不知道的。年轻人知道得多，那多是手机的功劳，他们移动手指，便知天下事。可是姜羽维的本事是靠脑子储备的知识来随时精准输出。家里的年轻人无一不服。

他这么一问，大家都想听听。在中学教物理的冯亚森略显惭愧地说："姑父，这字面上意思好懂，但是其中的原理还真不知道。"

"不晓得了吧？其他人呢？"姜羽维高高的鼻梁上架着一副银丝边的眼镜，他左手往上推了一下眼镜说道，"好，冯老师说不晓得，可能就真没人晓得了。那我就讲给你们听听啊。这个吹奏乐器时，一般要用力气，也就是我们通常讲的中气要足，要有体力。这个好理解，对吧？"

众人皆点头。他看大家都在聚精会神听着，吃了口菜继续说："这个饿唱就是人在饿着的状态下，发音和音质往往是最好的。那么，你们要问了：饿到什么程度算饿，对吧？你不能说叫歌唱家三天不吃饭，然后上台演唱。到时候恐怕还没开唱，救护车就要到现场了。"

"哈哈哈……"

"那么，到底在演唱前啥时候吃饭比较好呢？"

"三小时前！"付继伟抢答。

"嗳，继伟，你也晓得？"

付继伟用手指着自己的手机："刚查的。"

身边的冯亚琳踢了丈夫一脚。

"对，最好是唱歌三个小时前就不要进食了。因为，唱歌要用胸腹腔的共鸣与运动。要是吃饱了，就没有产生共鸣的空间与运动的余地了。"

姜羽维讲完，老大冯一波举起酒杯说："羽维，来，走一个！"

他们吃着聊着。见吃得差不多了，冯亚琳伸出纤纤细手："姑姑，把你的美照给我开开眼呗！"冯一凤放下手中的筷子，欣然将手机递给冯亚琳。

"哟，姑姑，你们几个姐妹果然是'中国大妈'的标配呀！"说来也怪，在

一 · 计

家里这个姑姑从不买其他人的账，可就是买亚琳的账。因为她知道侄女有本事，在审美方面眼力极强，很有品位，所以也从不防备她什么。冯亚琳的弦外之音自然就听不出来的。听了这话，冯一凤竟得意起来。

"琳琳呀，不是孃孃吹牛皮。我身上的这些东西都是阿拉惊鸿买的。原本孃孃也不懂什么名牌、大牌的。结果你晓得吗？每趟出去，我们那帮姐妹就会惊叫的。喏，去年去澳洲，戴的墨镜是'迪奥'，这趟去日本，我家惊鸿又给我一条巴、巴……"

"妈妈，是巴宝莉。"季惊鸿插话道。

"对对对，叫巴宝莉。哎，琳琳呀，这条丝巾真真别致，对吧？"

冯亚琳正好看到姑姑和她姐妹们的一张合影，其他大妈都是大红大紫的鲜亮围巾，唯独姑姑的这条经典的黑白色字母图案的丝巾最为雅致，最能夺人眼球。

"姑姑，姑姑，这张里面你最漂亮！"冯一凤多年来轻松、自在的生活，让她除了眼角上有细微的鱼尾纹外，肤色白里透着粉红，依然保持着年轻时的美貌和身材。冯亚琳其实不全是恭维姑姑，还有一个原因，是她自己特别喜欢黑白色系。

酒足饭饱后，聚会以欢欢喜喜的气氛收场，各回各的家。

自从郇甜甜和毛立文离婚后，她就发誓，再嫁一定要嫁给外国人。自己的母亲，一个不到40岁就下岗回家的女人，在家族中着实没有什么地位，加之母亲文化低，完全不懂在什么场合说什么话。嘴巴一张是不过脑子的，她的心眼又多得不得了。不要说家里人看不起她，就连自己女儿有时也觉得她上不了台面。于是郇甜甜发誓，她绝不做谢晓华第二。单凭她的模样和身材，要嫁就嫁给有钱的老外，到时候让郇家老老小小对她郇甜甜，不，是对郇仁道一家刮目相看，要叫他们仰视自己。于是，她在寻找机会。她想象了各种一见钟情的场景，或许是淮海路上的偶遇，或许是地铁上的邂逅，亦或许……

然而，这些"或许"都没有出现。这天清晨，郇甜甜躺在床上似醒未醒，

一·计一

微信里跳出一条信息，是同学吴雁栖发来的。吴雁栖是她小学时最要好的同学。这个姑娘是一个学霸。和别人不同，高考时，她没有报考清北复交，而是上了武汉大学，并在那里找到了自己的人生伴侣，毕业后，她和男朋友双双去了美国留学。

"甜甜，近来好吧？祝福我吧，我要和陈晨结婚了！"看到这句话，郁甜甜像一个在大海上迷失方向的人，见到了灯塔一般。她立即坐起来，背靠在床头回复。

"亲爱的雁栖，我太为你高兴了。当然要祝福你！方便视频吗？"随后跟着几个拥抱的表情。

接着两人视频通话。

"甜甜，我怎么觉得你瘦了？看来毛立文对你的伤害不小呀！"学霸心疼地说。

郁甜甜听到这话，又是心酸又是感动，泪水不由掉了下来。见状，学霸转了话题："甜甜，你今后有什么打算？要不，到美国来吧！"

郁甜甜一听，忙问："我到美国能干啥？"

"申请留学呗！"

"雁栖，我哪里有你的本事！再讲，家里也没这笔钱呀。"

"那就赶紧再找个老公，把自己嫁出去！甜甜，依你这样外向的性格，老外一定喜欢。不如把自己嫁到美国来吧！"

听了学霸的这番话，郁甜甜心中一喜，这不是"无心插柳柳成荫"吗？但她嘴上却说："哪有这么好的事情，我又没啥本事。"

"哎呀，你是找伴侣，又不是找合作伙伴。只要人家爱你，你看中人家就行了嘛，多简单的呀！"于是，吴雁栖跟郁甜甜讲了几个途径。

郁甜甜盘算着，若找自己同龄人，一定是去吃苦奋斗的，那可不行。不管怎样，目前在上海还是过得比较舒服的。要寻就寻比自己年龄大一些的，最好是美国的中产阶层，那样，她就可以养尊处优了。哼，到时候叫郁家和冯家那些人看看！

算·计

郁甜甜的第一段婚姻，仅仅维系了两年多就不得不由她果断终止了。她毕业后，应聘了一家公司。公司的部门主管比她大六岁。人长得高高大大，风流倜傥。两人第一次见面，便来了电。三个月后就结了婚，也叫闪婚了吧。毛立文有房有车，虽不是上海人，但在这家美国人开的公司里，是非常受器重的。新婚后，甜甜调到公司的另外一个部门。结婚半年里，两人同进同出，如胶似漆。可是当甜甜说想要一个孩子的时候，毛立文总是找各种理由拖延。后来他便以加班为由，常常晚回家或不回家。就这样一年过去了。这天，甜甜到茶室冲了杯咖啡回到办公桌时，两个女同事悄悄嘀咕着什么，见她走来马上不说了。甜甜与她们对上视线时，四道光芒飞向她一侧的眼角，那分明提醒她：你家毛立文有事，你怎么就没发觉呢？她尴尬地冲她们微笑一下，便想继续工作。可是她哪里有心思，她猜想着各种可能，但又自觉得没有理由，被她否决。下班后，她直接回到父母家。一进门，就对郁仁道说："爸爸，毛立文可能有外遇了！"

郁仁道一惊，焦急地问："快讲讲怎么回事？"

没等甜甜说话，谢晓华慌忙地从厨房跑出来问："囡囡呀，你怎么晓得的？是真的吗？那个小三是啥人？我去寻她！"郁甜甜说，她早就怀疑毛立文了，这一年多来，总讲他加班。她也去问过几次他们部门的人，他们证明说他的确经常加班，有时还出差。一个以前与她比较好的毛立文部下凯西也证明，他多数时间在加班，就是比其他人走得都晚。

"甜甜，你不要哭了，哭是没有用的。"郁仁道听后，在客厅里走了两个来回，说："听好了，明天，明天中午，你约一下凯西，我找她！"

郁甜甜一听，便阻止道："不要呀，人家又不认识你，再讲你用审犯人的口气同人家小姑娘讲话，吓都吓死人家了。不行，坚决不行！"

"好好好，我不去，你去。那你要向她仔仔细细打听一下，毛立文这一年来跟谁走得近，注意，一定不要放过任何一个细节。"

甜甜抽泣着："问那么细有啥用？再讲人家凯西又没这个义务。"

"叫你问，你就问！要是抓住他的把柄，看我怎么打断他的腿，让他下半生卧床不起！"郁仁道越想越气，"这个小瘪三，敢欺负到我女儿头上，反了！

一 算 · 计 一

到时候，整不死他，他还不知道马王爷有几只眼！"郁仁道牙咬得咯咯咯地响，双拳越握越紧，一双眼睛直射出两道红光。谢晓华母女见状，都吓呆了。好半天谢晓华才小心翼翼地上前推了推郁仁道："我讲，老公呀，你吓着囡囡了！"

当晚，郁甜甜上了学霸给她的那个国外征婚网站。

说来是她的运气好，不到一个月的时间，她就收到一个美国人的邮件。她的征婚居然有了结果。

"老爸老妈，我向你们宣布一个好消息。"

"哎哟喂，啥事把阿拉囡囡欢喜成这副样子？"谢晓华说。

"我恋爱了！"

"哟，真的。"郁仁道也来了精神，"同啥人呀？"

"你们猜猜看！"

"我们怎么猜得到呀，你快讲呀！"谢晓华急了。

"晓得你们猜不到。听好了，是外国人———一个正正宗宗的美国人！"

"啊！"仁道夫妇都张大了嘴巴，半天才回过神来。

"囡囡，你这是怎么想的呀？快讲讲对方是啥情况？"

"保密，等他来了你们就晓得了！"

从此，郁甜甜在网上与刘易斯交流。直到两个月后，刘易斯要来中国了。

上海浦东国际机场。

郁甜甜和谢晓华站在出口处，翘首盼着刘易斯的出现。"来了，来了，出来了！"

远远地见刘易斯大步流星地向郁甜甜这边走过来。他一脸笑容，丝毫不见旅途的疲惫。

刘易斯是一个德裔美国人。40岁左右，身高一米七五的样子，看上去挺朴实。见了不到一米六的郁甜甜，美国人热情伸出右手，郁甜甜也非常主动握住对方的手。

— 算·计 —

"I am glad to see you！"

"I am also happy to see you！"

"囡囡，你们讲的啥？"谢晓华问。

"姆妈，刘易斯说，见到我真高兴！我说我也是。"接着，郁甜甜把母亲介绍给刘易斯。刘易斯用蹩脚的中文说："你好！"

谢晓华心花怒放，不停地点着头说："你好，你好！"

刘易斯在郁仁道家附近的一个便捷酒店住了一周，郁甜甜陪着他逛街、游玩，虽说在美国人的公司上班，日常对话没多大问题，但要深入交流，还得想想办法。为此，郁甜甜还专门买了一个讯飞同步翻译机。

最后一天，刘易斯应邀正式拜见了郁仁道夫妇。天天忙得团团转的郁仁道，本应早点回家的，可是今天所里的事情尤其多。为此，他埋怨过郁校长，自己当年在工厂里多轻松、多神气！所有车间的线路出现故障，谁不是要满脸堆笑地求他们电工间？又一想，还真不能抱怨，要不是当年父亲大人的帮助和安排，自己和谢晓华一样，早就下岗回家了。现在累是累了些，但是每当穿上警服，那种精气神，显然比小电工神气了百倍。说起神气，郁仁道比当年还是收敛了许多。

记得刚穿上警服那年，成都大伯到上海来玩。他和大哥奉父亲之命，去车站迎接。到了车站，仁义要去买站台票，仁道一把拉住："大哥，跟我来！"

他们走到检票口，只见仁道亮出警官证："办案子。"

工作人员立即将两人放了进去。仁义觉得仁道这样做不太妥当，不料仁道却得意地说："怎样大哥，我厉害吧？"

列车进站了。他俩看到车窗里的大伯时，便向老人家挥了挥手，跟着缓缓减速的车子往前移步。仁道只顾眼前，一下撞倒了右侧的一个孕妇。照常理，仁道应该给人家赔不是才对，可他却对着孕妇吼道："喂！你怎么不晓得躲开呢？"

不料，孕妇没有畏惧，反而高声叫起来："你讲啥人呀？你撞到我了，搞搞清楚，我还没讲什么！你凭啥这么凶的？警察怎么了？我怕你呀？"孕妇想起身，仁义立即上去搀扶她，并对孕妇不停地说："对不起，对不起！是我们

— 算 · 计 —

不当心。你没事吧？"

孕妇狠狠地吐出一句："你是警察对吧？我记牢你的警号了！"

"记牢就记牢，我倒要看看你能把我怎样？"仁道依然理直气壮。不管仁义怎么道歉，孕妇根本不理会。车停了，兄弟俩接上了大伯。

大伯问："你们刚才和那个女同志讲什么呢？"

"没什么，大伯，您身体好吧？"仁道一脸灿烂地问。

"好，好！仁道穿上警服真威风！"

仁义拉着郇文昌的手说："大伯，一路上累坏了吧？我大哥一家都好吧？"

"我不累的。他们都好。对了，那个大包里，都是他们买的成都特产。哈哈哈……"

几天后，仁道所在的派出所收到一封群众来信，所长和教导员将郇仁道叫到办公室。

出了办公室，郇仁道不是后悔那天自己对孕妇的态度过于蛮横，而是后悔不该穿着警服去车站。此后，他吸取教训，休息日绝不穿制服。

郇仁道一进家门，谢晓华埋怨地说："哎呀，你怎么才回来？甜甜他们等了老长时间了！"

甜甜和刘易斯也从沙发上站起来，甜甜撒娇地说："老爸，你总算回来了！"刘易斯在饭桌上介绍了自己的情况，最后表示愿意娶他们的女儿为妻。他还说，他回去会很快办理好相关手续，叫郇甜甜也做好各种准备。这一切，对于仁道一家来说，简直是踏上了幸福的快车！

刘易斯回国了。郇甜甜仿佛又找到初恋时的感觉，她每天都与刘易斯视频交流。她时常回味着刘易斯在上海与她相处的点点滴滴。在淮海路，在外滩，在陆家嘴……所到之处，她能感受到周边总有一些女孩子向他们投来羡慕的目光，每逢此时，她就会紧紧地挽着刘易斯的胳膊，将披着秀发的头靠在刘易斯的肩头。想到这些，她的内心开始膨胀，对身边的人越发感到厌烦。她似乎已经到了美国，过上了贵妇生活。她多么盼望刘易斯立刻把她接出去呀！

— 算·计 —

谢晓华更是按捺不住内心的喜悦。这天,她一大早回到自己父母家里。一进门就兴冲冲地说:"爸爸姆妈,我回来了!"

谢母慢慢腾腾地从房间里出来,面无表情地说:"你爸到公园去了。今天怎么想到回家了?"

"怎么,难道你不希望女儿回来吗?"谢晓华满心欢喜地想把甜甜找外国男朋友的事告诉父母,可是母亲的表情,让她有些扫兴。不过,她无所谓。从小到大,她的父母就是这样的,似乎没有什么事能让他们大喜或大悲,倒是应了"宠辱不惊"的成语来。

"姆妈,你晓得吧?阿拉甜甜马上要到美国去了!"

这句话总算提起了谢母的兴趣:"你讲啥?去美国?去美国做啥?"

谢晓华将母亲拽到沙发上,把甜甜怎么认识刘易斯的,刘易斯怎么到上海来求婚,怎么说回去做准备娶甜甜,都一五一十地讲给母亲听。谢母这才露出了笑容。

"这是真的?就是讲我家甜甜就要做美国人了?"一想到家里要有美国亲戚了,谢母高兴地说:"我去准备中饭。"

"我来,我来!"母女俩在厨房里说笑着。谢母突然问道:"你讲你家洋人女婿没有住那种高档酒店?那他能有多少钞票呀?"

谢晓华说:"侬这就不晓得了吧?甜甜讲,人家美国人老低调,老低调的。就是讲越是有钱的人家,越是看不出来的。"

"哦,哦,是这个样子的。"就这样,谢家母女一起展望起未来的好日子。

—算·计—

第五章

郁仁义把病理报告取回来，犹豫要不要让父亲知道真相时，荣老师说："仁义呀，你忘了你父亲可是学哲学的。就算一个没有文化的人，活到80多岁还不明白生死是怎么回事，那不是白活了，何况是你爸爸。"

仁义将报告放到郁校长手中，便说："爸爸，你不要有什么负担，我去问过医生了。他讲只要抓紧治疗就会有转机的。"郁校长看着报告，愣了几秒钟，说："没啥，没啥。"可他并没掩饰住那一丝丝的恐惧。他开始在百度上查各种治疗黑色素瘤的医院、治疗的方法，希望用保守的方法治愈这个病。他决定要"货比三家"，听听不同医院、不同专家的建议。接下来他就将踏上"艰难"的求医之路了。他清楚，在大上海，医疗资源是数一数二的。他要走遍各大医院，寻求最佳的治疗方法。郁仁芝怕他东跑西颠延误病情，建议还是到肿瘤医院做手术，去除病灶。然后，该化疗就化疗。可是，他哪里听得进去，他对女儿说，如此轻率地去吃一刀，今后的生活质量无法保证。郁校长的坚持，再多的儿女来劝，也是无济于事的。

于是，由仁义夫妇陪同为主，仁德、仁芝有时不得不请假一起陪同为辅，郁校长开始了"艰难"的求医之路。

这天说好去逸仙医院看专家门诊。仁德开车，到了医院门口，只见门口立着一个不锈钢的牌子，上面写着"院内车辆已满"，他只得在路边停车，跟大哥说："你们先陪老爸进去，我寻个停车的地方，随后来找你们。"

仁义第一个跳下车，到后备厢取轮椅，米兰下车搀扶公公。

"哎，大嫂，帮我把门关好。"听到小叔子的叫声，米兰回身去关上副驾驶的门。

按照预约的时间，他们在诊室门口等候。

一·计一

"我讲吧，今天幸好仁德来，否则你大哥他们怎么忙得过来？又要停车，又要扶我，还要取轮椅。"郇校长看着自己的"庞大"队伍，颇为得意地说。

"对对对，老爸讲得都对。可我大嫂一人又不是没干过，哪次看病不是我大哥开的车？"仁德心里不服气，实话实说。按照他的想法，他来陪老爸，哥嫂两人来一个足够了，可是老爷子非要把大家都叫来，要不是小妹忙着上班、卖房，最好都来陪父亲，那才叫壮观呢！每次看病，都是前呼后拥着，知道的，你们是病人的家属，不知道的还以为寻啥人打群架呢！

"等会呀，你们要认真听专家怎么讲，我最近耳朵不好，医生如果声音太小，你们要帮我翻译一下啊！"郇校长又开始布置任务了。

"老爸，那不叫翻译，那叫复述！"仁德纠正道。

"仁德，你不要去纠正爸爸。咱们明白他的意思就行了。"仁义想，尽量不要惹父亲生气，他毕竟是病人。

"哪里不好？"专家问。

仁义将病历和病理报告递给医生："医生你好！这是我爸爸的病历。"

专家翻阅着："你们不是在肿瘤医院看过了吗？怎么没有医生的结论？"

"医生，你说的是什么结论？"仁德问。

"咦？病理报告出来，你们首先要拿给当时开检查的医生看看。他要是已经有了结论，确诊了，你们就没必要再过来了，他会直接提出治疗方案的；如果你们不放心，再去其他医院就诊，至少要有上次医院的说法吧。通俗讲啊，你在肿瘤医院只看了一半，就到我们医院来就诊，这不是耽误工夫吗？明白吧？"专家说完，把郇校长一家四口来回打量了一遍。仁德听了这话，再加上医生的眼神，他感到无地自容。刚想说走，仁义说话了："医生，您就帮我父亲看看吧，83岁的人了，来一趟不容易的。求求您了！"

"就是，就是，求您了！"米兰赶紧附和丈夫道。

医生一脸严肃："把右腿抬起来！"

米兰立马蹲下身子，将公公的裤脚管卷起，托起他的右小腿。

医生看了一眼说："根据这个症状和你的报告，我个人认为还是请你的初

- 048 -

— 算·计 —

诊医生得出结论。如果是恶性的，尽快手术为好。"

"啊？医生说的啥？"郇校长佯装没有看到医生的态度，抬头问仁德。仁德正火着呢，没有接老爷子的话。

仁义立即把医生的话重复了一遍。

"谢谢医生，谢谢医生！"郇校长听罢，显出十分感激的神情说道。

出了诊室，仁德终于憋不住了："我讲老爸，下趟出来看病，想想好再来好吧？"

"我哪里没有想好了？"

"想好了，就还没有医生的结论，病看了一半，又换一家医院？你看刚才医生看我们几个的眼神，真让人受不了！"

"这有啥受不了的！我就是看到了，怎么了？我们挂号看专家，看都不看就想把我们打发掉？今天仁义就很好，就是要让医生给我看病！'求医问药，求医问药'今天就是求医了！"

仁义仁德知道父亲又把"求医问药"一词断章取义了。《庄子·天地》有曰："有虞氏之药疡也，秃而施髢，病而求医。""求医"分明是指就医，请大夫看病的意思。三人谁也没接他的话。

从楼上坐电梯下到大厅，郇校长叫仁义扶他上了洗手间。

"仁德呀，爸爸最近身体不好，思想压力大，你讲话别那么冲呀。"

"大嫂，你还不知道老爸？你看今天兴师动众，不是白白耽误时间吗？我请一天假，回去后事情还是要自己做的。真是的！"仁德心里别扭着。

见仁义推着父亲过来了，二人都不言语了。

"是这样的，刚才爸说到吃饭时间了，咱们到外面小店里吃碗面。一起商量一下，接下来怎么办。"

"有啥商量的，吃好饭回家，下趟还是去肿瘤医院，找原来那个医生。"仁德没好气地说。

郇校长一副得了重病的样子，弱弱地说："先去吃饭吧，我都饿了。"是的，这都11点多了。早上6点多出家门，大家都觉得肚子空了。

一·计一

来到医院对面的一家小面馆，他们要了三碗牛肉面，一碗鸡蛋面。郁校长突然说，他要双份牛肉，叫老大去关照伙计。他发现仁德和米兰都看着他，他苦笑了一下，像是告诉他们，又好像自言自语："这种病很消耗人的，不加强营养，哪里来的抵抗力呢？"

面条上来了，三个男人旁若无人地呼呼地吃着牛肉面。米兰先轻轻地将面上的一个鸡蛋吃掉。她还没吃几口，父子三人就速战速决，吃完了！

郁校长一副很满足的样子，笑嘻嘻地说："米兰呀，你不要急，慢慢吃啊！"

"爸爸，下午怎么安排？回家吗？"仁义问。

"我正要和你们商量这事。"郁校长眯缝着眼睛，拿着牙签漫不经心地剔着牙缝中残留的牛肉，"仁德，你今天是请了一天的假，对吧？你看你工作很忙，难得请一趟假，我们就不要再耽误你的时间了。我是这样想的，仁义，你用手机看看今天下午市一院还有门诊吗？副主任医师也行。"

仁义查后说："有的，爸爸。"

"好，那下午直接去市一院！"郁校长所谓的商量，一般都是走走程序而已，告知儿子们一下罢了。

老大夫妇习惯了服从。老二一听就火了："老爸，你什么意思？上午专家的话你没听清呀？要去也是去肿瘤医院，完成你的初诊流程！如果下午去市一院，不是和上午一样，白白耽误工夫吗？"

"仁德，你先不要急嘛。难道你在单位也是这样的？领导干部要沉得住气。"郁校长慢条斯理地说，"怎么会白白耽误工夫？你听我讲啊，我想好了，下午，我们去挂一个自费门诊，不用医保卡。目的是看看这个专家怎么看我这个病。"

郁仁德是个相貌端庄的人，最大的特点是山根高，鼻子显得很稳固。荣老师曾说过，山根高的人，性子急，但不会去占人家的小便宜，是大气有远见的人。然而，就这样的一个人，被自己父亲想一出是一出的做派，差点儿把鼻子气歪了。仁德心说：你就"作"吧！

到了市一院。他们在大厅里找到空位子坐下，郁校长对仁义说，自己在轮椅上坐了一个上午，屁股都坐痛了，想躺一躺。仁义发愁地说："爸爸，到哪

一 · 计 一

里去找床啊？"

"来来来，大嫂你也起来。"仁德反应快，"咱们三个站着，老爸不就有床了吗？"

郁校长就是这个意思。平日里，他除了溺爱老三外，就喜欢老二了，虽说这小子总是和自己唱反调，关键时候，他很拎得清，不像老大木呆呆的。

三人将老父亲安顿在长排椅上，各自站在郁校长身边，看着手机。站了一会儿，旁边有了一个空位，仁德叫大嫂去坐。

开诊了，他们上楼等候着，米兰将保温杯从包里拿出来，递给公公："爸，喝点水吧。"

对面一对老夫妻投来羡慕的目光。郁校长喝了两口，发现那对老夫妇看着自己。他立刻精神起来："两位也是来看肿瘤的？"

"我是陪老伴的。"女的说。

"哦，你们没有子女吗？"郁校长显出十分关心的样子。

"有，两个儿子都在国外，一个女儿还要上班，没有空。"女的又说。

"上班可以请假的嘛！你看，这是我的二儿子，在单位是领导，今天非要陪我看病，不让他请假都不行。喏，这两个是大儿子和儿媳。我平时患个小毛病什么的，他们俩都要陪我的。我还有三儿子和小女儿，他们今天上班，不然的话，都是抢着来陪我的！"郁校长话里话外都透露着他是多么幸福。

"你真有福气！早知道会这样，我们就不该把两个儿子都放出去，女儿在一家合资厂上班，不敢请假的。请一天假，要扣当天的工资不说，还要扣月奖、年终奖。请不起的呀，唉！"

郁校长越发得意起来。正想和人家继续攀谈，轮到他进诊室了。

一位40多岁的女医生接待郁校长。

医生看着递过来的崭新的自费病历，问："老伯伯，您没有医保？"

郁校长支支吾吾地说医保卡丢了，没来得及补。

依然是他主述病情，医生仔细看那颗"蚕豆"，神情有点严肃地说："老伯伯，初步看，这颗痣有些像坏东西。要确诊的话，一定要做检查。"

— 算·计 —

看完病出来，仁义拿着病历，这次不同于肿瘤医院的是，除了预约单，还多了一张验血单。仁义问："爸爸，我们怎么办？"

郁校长生气地说："什么怎么办？回家！"

回家的路上，四个人都没说什么话，一天就这样过去了。

晚上，荣老师问这一天看病的情况，郁校长把自费病历卡往荣老师面前一扔，生气地说："哼，现在的医院只知道赚钱！赚钱！"

"你，你怎么用这个病历卡，你的医保卡呢？"荣老师看着病历中的验血单、预约单问。

"好了，好了，别问这么多了！"

郁校长越想越烦心。手机铃声响了，"喂，老爸。你今天去医院的情况怎样了？我今天在单位上着班，可是满脑子都是你的病情，我实在是不放心呀。这不，刚到家，还没来得及吃饭，就给你打电话了。"仁道也不管郁校长现在在干什么，心情如何，先一股脑地表达完自己对父亲病情的担忧再说。果然，听了小儿子的话，郁校长心情平静了许多。

"没啥，没啥，你们不用这样大惊小怪的。医生说还要做进一步的检查。你就好好上班吧！"

"哦，哦。老爸，你等一下。"电话那头传来嗲嗲的声音，"爷爷，亲爱的爷爷，我告诉您一个好消息。您听了以后，一定会为甜甜高兴的。"

"我的乖孙女，有什么好消息要告诉爷爷？"郁校长已经把今天不开心的事，抛在了脑后。

"喏，上趟您不是问我，有没有再找男朋友吗？您猜猜。"

"有了？"

"爷爷，您太聪明了！对的，甜甜现在正式告诉我亲爱的爷爷，我不仅有男朋友了，还是个外国人——美国的！您开心吧？"

一听说孙女找了个外国人做男朋友，郁校长高兴的同时，又不免担心起来。在他的观念中，中国男孩子娶外国女人做老婆可以，可是我们的女孩子嫁给洋人，他是想不通的。他嘴上说着开心，心里还是有几分不悦。

— 算 · 计 —

"我讲，甜甜呀，你可不能吃亏上当的呀！"

"放心吧，亲爱的爷爷！您好好休息，有空我们就来看您。晚安，爷爷。"

这几天看病下来，郁校长还真没有遇到一个医生提出用保守方法治疗他的病。于是，一到晚上他的手机页面都是百度，身边天猫精灵的样板戏一如既往地忠实地陪伴着他。他不相信，偌大的上海，那么多的医院，就没有一个能按照他的想法来治病的？

这天，郁仁芝轮休，正好有两家人要来看房子。上午，她将家里收拾得整整齐齐。刚准备休息一下，手机响了。

"喂，房东你好！"一个小伙子的声音。

"你好，请问你是哪里？"

"哦，我这里是房产中介。你的房子现在卖什么价？我这里有个客户。"

"860万。"

"多少？"对方提高了嗓门问。

"860万啊！"

"860万？房东，你想钱想疯了吧？"

"你，你怎么这样说话？我的报价低于我们小区的均价，怎么叫想钱想疯了？你会说话吧？"郁仁芝本来是好好的心情，碰到这么一个人，她的火气也上来了。

"你也不看看你是什么房子？那么高，又没电梯，你卖不出去的！"对方开始诅咒了。

"我看，你，你，你才是想中介费想疯了！"郁仁芝气愤地挂断电话。她已经习惯把打电话过来的中介的号码都存在通讯录里，以便下次接电话时知道对方是谁。当她添加这个号码时，才想起来被这个人气昏了，都忘记问他是哪个中介的了。于是，还在生气的她，便在姓名栏输入"垃圾中介男"的字样。然后在心里默默劝慰自己，不要和垃圾人生气，不值得，不值得。快10点了，她想起要给米兰打个电话的。

一·计

"大嫂，怎么样了？"

"还在排队，爸排在67号。你等等，我看看屏幕。哦，现在才叫到49号。"

"大嫂，那你和我哥辛苦了。你看，我今天休息，可是一会儿有人来看房……"

没等郁仁芝说完，米兰知道她要说什么，于是打断了她的话："小妹，你只管忙，你不也是为爸着想吗？这里有我和你大哥，放心吧！"

放下电话，亲人的理解让郁仁芝忘记了刚才的不愉快。

"叮咚——"

"来了，来了。"郁仁芝开门。

美美中介的小华，带着一对40岁左右的夫妻进了门。小华上个月来家拍了VR，说是主推郁仁芝的房子。小伙子彬彬有礼，给郁仁芝的印象不错。

"阿姐，我的这对客户，自己的房子刚卖掉了，他们很诚心想买房的。"

跟上次一样，郁仁芝带着他们上下转了一圈。他们只是看，几乎没说一句话，一直到出门，男的说："麻烦了！"

只有中介小华兴趣盎然，满脸堆着笑说："阿姐，回头我电话联系您。"

"再会，再会！"

关好门后，郁仁芝回想这对看房人的小心谨慎，生怕说出一个字就会泄露他家多少机密似的，不由地笑了起来。她想，你们就算不买，嘴巴上说一句房子的优点也行呀，真沉得住气！哪怕你们违心地讲一下房子的长处，也不枉我接待你们一番吧！真行，该不是碰上了在国家安全部门工作的？竟能如此守口如瓶。她又想象着要是碰上小姑子那样的人，情况就会截然相反了。如果真是那样的人，郁仁芝也不见得能接受。说来说去，她自己是一个中规中矩的人，上面说的两种人她都不怎么喜欢。但是，没办法，要卖掉房子，总会跟形形色色的人打交道。好在自己是护士出身，什么样的人没打过交道。

下午，说好2点有一家要来看房的。这已经3点多了，还没来。郁仁芝拿着手机，给洋洋地产的刘子龙发短信："小刘，你好！请问，你的客户还来吗？"

"阿姐，客户单位有点事情，出来晚了，大概还有半个小时到。等到了我再联系您。"

— 算 · 计 —

"这些都是什么人嘛！不守时间，晚来也不知道打声招呼。"但她又很快地理解了中介，"他们也不容易，联系双方，客户有事晚来，甚至不来了，他们应该更急。算了，现在的年轻人工作压力大，工作不稳定，都挺不容易的。"

还好，半小时后，手机响了，说客人已进了小区。

"叮咚——"

郁仁芝开了门，一个个子不高，顶多只有20岁的小伙子带着一个40岁左右的高个儿男子进了门。

"阿姐，对不起，我客户平时很忙，所以迟到了。"

"打扰了！"高个儿男子有礼貌地说。

"请进吧！"

他们走到楼上的露台。"哎呀！这个露台真好。为啥封上了？"中年男子不解地问。

"做成阳光房不好吗？"郁仁芝反问。

"假使我买你的房子，我一定要把它拆掉。在这儿同朋友们一道喝点啤酒、吃点烧烤，不要太爽呀！"听他的口气，他倒是对这房子挺感兴趣。

"当初封这个阳台就用了近万元呢！"郁仁芝听说要拆掉，无比心疼地说。

"看得出，都是老好的材料。"中年男子似乎挺内行的。

"对对，大哥，你看阿姐家的整体装修还是很不错的。买下来后，你可以随意改动的。"小刘插了一句。

"随心所欲也没必要，我现在哪有时间和精力？讲句良心话，装修是不错的。"

"对对对，那就只改露台就可以了。"小刘讨好地赔着笑说。

送走了今天的第二批客人，眼看到了烧饭时间。

晚饭时，郁仁芝把今天看房的情况跟冯一涛讲了一遍。

冯一涛问："依你的感觉，有没有真心想要的？"

"上午那对夫妻肯定没戏了！下午这个男的，对阿拉露台蛮感兴趣，还要拆掉阳光房，要吃烧烤什么的。"

— 算·计 —

"哦，那就等消息吧。对了，你爸今天看病，情况怎样了？"

"哎呀，看我忙的。等下你洗洗碗。我给米兰打个电话。"

郁校长看病的一天又过去了。他今天似乎心情挺好。吃晚饭时，他对荣老师说："不知道今天小妹的房子被人看中没有？"

"不知道呀！她家的房子房型好，就是楼层高。早晓得，买下面几层多好！"

"你晓得啥？当年买这套房子，小妹就是看中两个层面，她当时就讲，琳琳将来结婚，就算男方家里有房，自己就一个女儿，总要给她留着房间。她还讲年轻人的生活习惯和他们不一样，女儿女婿住楼上，她和一涛住楼下，相互不影响。现在看来，琳琳两口不住在家里，他们自己年纪也一天天上去，加上我这么一催，他们还是决定置换一下了。"

"你的意思，以后还是要到女儿家住了？"

"再讲，再讲，以后什么情况啥人晓得？"

郁校长说完，到卫生间去了。他小完便，把浴缸里接满的一小塑料桶水倒进了马桶。随后，又将小塑料桶放进浴缸的水龙头下面。那只水龙头机械般地"嘀嗒……嘀嗒……"往塑料桶里滴着水珠子。

吃晚饭时，荣老师说："老郁呀，这段时间几个孩子为你的病，跑了不少医院，你看是不是抓紧时间到肿瘤医院去开刀，拿掉那个痣吧！"荣老师看着老大夫妇为了这个老头，几乎没有了自己的生活。关键是他们这样盲目地跑医院，若真的耽误了病情那可是大事情。几个孩子不好说他，就是说的话，老郁也未必听得进去。作为妻子，她不得不提醒。

郁校长听罢，毫不在意地说："这才跑了几家医院？专家们的话要听，要多听，然后就是要对这些话进行分析归纳，最后才能筛选出有价值的信息来。哎，跟你讲，你也不懂！"

荣老师刚想再说什么，电话铃声响了。荣老师起身到客厅拿起话筒。"哦，是小妹呀，你等一下。老郁，小妹的电话。"

郁校长吃得差不多了。他慢慢起身走到沙发边坐下来，再接过荣老师手中

— 算 · 计 —

的话筒:"喂,小妹呀。"

"爸爸,今天没能陪你,情况怎样了?"

"你是讲看病呀!蛮好蛮好。"

"蛮好是啥意思?老爸,我同你讲,你还是马上去肿瘤医院把病灶切除掉吧,不能再拖了!"郁仁芝的口气里充满了焦急。因为,她从米兰那边得到信息,几个专家都建议尽快手术。

而郁校长一听,怎么和荣佩琪讲的一样的。他有些不悦:"好了,好了,小妹。我自有安排。倒是你的房子有什么好消息吗?"

郁仁芝听到父亲转了话题,没啥好说的了,就说:"你今天一定跑累了,早点休息吧。我这边你不要操心,我会抓紧的。"

郁校长放下电话,他又在思考下一步的打算了。

— 算 · 计 —

第六章

　　一周过去了。周三，郁仁德与哥嫂陪着老父亲又跑了一天。坐办公室多年的他，像今天这样马不停蹄地陪老爷子看病，他真的有些吃不消了，瘫在沙发上一动不动。

　　晚饭时，潘岩给他拿出黄酒，他才打起精神："是要吃点老酒解解疲劳。"

　　潘岩一边吃饭，一边问："你爸到底怎么想的？你们知道吗？"

　　"啥人晓得？他就是一拍脑袋，想出一折是一折！我看啊，他就是希望我们几个子女天天围着他转！"

　　"别一讲到你爸，你就火气大。你要懂他，晓得吧？"

　　"怎么懂？他又不和你讲他的真实想法。"

　　"依我看，老爷子是怕吃苦头。"

　　"什么意思？"

　　"你看呀，小妹叫他抓紧时间住院开刀，他为什么不听？照道理来讲，一个护士也算半个医生了吧？他一定是想寻一个不开刀就能解决问题的方法。"

　　"哪里有？"

　　"有哇，你看。"说着，潘岩把一份《新民晚报》放在丈夫手上，指着一个标题——《上海市诺诚质子重离子医院4岁了，累计收治患者1945例》。

　　郁仁德快速扫了一下内容说："我可不给老爷子建议，治好了，是做儿子应该的；万一治不好，照他那种多疑的性格，还不把我骂死！骂死是小事，到时候讲我有心谋害他，我浑身长嘴也讲不清的。"

　　"哎，郁仁德，他是你爸还是我爸呀！有你这样的儿子吗？"潘岩生气了。

　　"哎呀，你不了解老爷子，我是讲我们不要好心办坏事。"

　　"不如这样子，你把这个报纸给你爸看看，叫他自己拿主意。你不是说，

一·计一

你爸有一次教育你和大哥，对他的病情不管不问吗？"

仁德想起八九个月前父亲腿骨折的事情来。当时父亲住在市六院骨科。郁校长拿着手机在百度上查来查去。每天都有问题问医生，早上医生查房，他会用问题拖着主任无法离开，他的床位医生是一位30多岁的主治医师，见了他能躲就躲，如同躲瘟疫般。就像当年仁德学开车的师父讲他最怕两种徒弟：老师和医生。师父只知道教你怎么挂挡位，怎么放离合器，怎么踩油门，侧方移位怎么做，小路考考啥，大路考考啥，徒弟只需要照着做。可是，若是碰到上面两个职业的徒弟就惨了。他们每天都能问出"十万个为什么"来。好了，这次是老师和医生杠上了。教师出身的父亲，见到医生，就把自己从百度上查到的问题，拿来问主任、考医生。仁德从医院回家告诉潘岩父亲在医院的表现时，潘岩就说："这可不好！我九院的同学说，他们医生最讨厌一些病人不懂医，又要质问为什么不吃那种药，为什么要吃这种药？这种大医院，每个医生都超负荷工作，要是天天碰到几个这样的病人，真是要被逼疯了！"

其实，郁校长是一个精明的人。在学校的时候，也经常碰到一些家长，不懂教育，还对老师的教学指手画脚，道理是一样的。可是，如今到了自己身上，怎么就不体谅医生了呢？何况，一个非师范大学毕业的学生，只要考得教师资格证，他可以马上到中小学去做老师。而一个非医学院的毕业生能到医院做医生吗？显然，医师的专业性是毋庸置疑的。

于是，仁德每次去医院看父亲，只要大哥告诉他，父亲今天又找某某医生的麻烦了，他就会去医生办公室，了解一下父亲的病情，随后道歉。他就这样不停地补台。医生们虽说不喜欢这个老病人，但是在给父亲治疗的过程中一样认真负责，这叫陪护的仁义很感动。这就是人们常说的"医者仁心"吧。兄弟俩信任医生，对父亲的病自然不会像父亲要求的那样上心，结果被老爷子训了一顿。

"自从我住进医院里，你们两个好好讨论过我的病情吗？"

"老爸，有医生，我们有什么好讨论的呢？我们又不懂医。"仁德反问。

"不懂？不懂你们不会问小妹？"

― 算·计 ―

"小妹只是个护士,她也不懂的呀!"仁德觉得老父亲很可笑。

"护士怎么了?久病都能成医!何况你小妹做了这么多年的护士,看也看会了,你们讲对吧?"

仁德一听,更是哭笑不得。我的天老爷!这是哪儿跟哪儿呀?

没办法,回到家,就打电话问小妹他们能为老爸做点啥?小妹说:"大哥大嫂每天陪护他,你和二嫂、我和一涛,还有仁道不都是有空就去看他,还要干啥呢?"

"算了算了,不同你讲了!"仁德第二天去药店买了一盒治疗跌打损伤的膏药,买最贵的那种,一下班就送到医院。

郁校长见了,很是高兴:"好,好,这样有助于我尽快恢复。你看,荣老师和米兰给我炖骨头汤、黑鱼汤,你再给我买膏药,这内服外用,双管齐下,我就可以尽快出院了。医院可不是好待的!不过,我们还是要听听医生的。仁德呀,你一会儿去医生那里,问问看吧。"

仁德给医生一看,医生说,我们有西医的一套治疗办法,消炎止痛的药都用着呢。在医院期间,你们最好不要自己带药进来。仁德完全理解医生的意思,这些年来,他看到太多医患矛盾和冲突的新闻。医生这样做,既是对老父亲负责,也是医院的一种自我保护。

当他进到病房,告诉父亲医生不建议用时,父亲的脸拉得老长了。

"唉,这一盒蛮贵的吧?早晓得这样子,你先来问问医生能不能用再买,是吧?我不是埋怨你啊,老二,讲到底还是不够用心啊!"听到最后一句,仁德又来气了。

仁义马上打圆场:"爸爸,你看仁德一下班就过来了,还是蛮辛苦的。仁德,你嫂子一会儿给爸爸送饭过来。咱们就叫外卖吧。"

"我不在这里吃,潘岩等我回家吃饭。晚上还要起草一个文件。走了!"说完他起身离开了病房。

"你看你看,老大,他这是什么样子!"

"爸爸,仁德心是好的,就是脾气大了点儿!你不要和他置气。"

— 算 · 计 —

"哎,我说,听到了吧?你只管把报纸给你爸就行了。"潘岩把晚报放在仁德手上。

"他订了晚报的。"

"知道,这不是几个月以前的吗?就是他看到过,不关自己的病,也早就忘记了。那万一没有看过,就更不知道了。"

潘岩作为郇家的二儿媳,她不太参与家里的是是非非。婆婆去世后,没几年她辞掉公职,自己开了物业公司,平日的忙碌和事业的越做越大,使她没有精力管这些。即便是有精力,她对公公在家里的大家长式作风也比较反感。好在她能干,公公对她还是敬着几分,对她从来没有不合理要求,这也是多年的习惯了。公公深知她能干,有事业,有家庭,女儿也教育得出类拔萃。而且也帮助老二郇仁德的事业蒸蒸日上。在外面讲起这个儿媳妇他是十分得意的。

可能是近期不停地围着父亲转,仁义觉得心里很压抑。清早,他出去遛那只养了13年的老狗。米兰见他穿得太少,说:"遛狗把外套穿上,外面冷。"

仁义没有好气地说:"哎呀,我鞋都换好了,不穿了,不穿了。"说完就下楼了。

米兰心说:"谁管你?爱穿不穿!"

吃完了早饭,米兰说她今天要回父亲家,叫仁义去买菜。

仁义直接往电梯里走。米兰忙叫住他:"买菜为啥不骑车?"

"你不是说,叫我不要老坐在沙发上,多走走路吗?我今天走路去,不就是活动了嘛!"仁义依然没有好气地说。

米兰一听也火了:"我说平时要你加强锻炼,不是说买菜就要走路,买的东西那么重,你走路拿得动吗?"

今天的仁义就是一根筋了,他不耐烦地说:"哎呀,又要骑车去。"

他接过米兰手中的钥匙,开了车锁,将车推进电梯,走了。

一大清早,米兰本来好好的心情,被仁义这么不着调地搞得一下子不好了。米兰生气地想:"关心他,倒落下埋怨,有劲吗?我看这人就是贱骨头!他父

一 · 算 · 计 一

亲天天指挥他到东到西，他连个屁都不敢放！只会在家里冲我撒气！凭什么？上次就不该心软，还原谅他！他顾及过我的感受吗？"

米兰到了父亲家，嘴还翘得老高。米师长从来没见过女儿从夫家回来这么不开心。

"我说，闺女，你不觉得你这个嘴巴可以挂上油壶了？这是跟谁呀？"米师长逗着女儿。

"哎呀，还会有谁？你那个宝贝女婿！"

"听听，听听，你这话谁信啊？你不欺负他，那都是万幸的了，他怎么会给你气受？"

米兰讲了早上的事儿。米师长问起她公公的情况。这才知道仁义的脾气从何而来。他叫保姆拿来巧克力和牛奶说："闺女，来吧，来吧，你最喜欢吃的。"

看着女儿心情不好，米师长心疼地说："兰儿，爸爸知道你这两年受了委屈。但是你有没有想过，仁义调回来这么多年，他父亲给他的压力又有多少？人总是要有宣泄出口的，他在他父亲那里受了气，长期憋在肚子里，没个人说说，那非憋出病不可。你选择了他，那就得和他一起支撑起这个家。多关心他，别让自己后悔。

"你爸我不是在你面前唱高调。你也知道，你妈活着的时候，我对她的关心太少，我每次发了脾气，从来没有想过你妈委不委屈。唉，直到你妈生病了，要离开我了，我这个后悔呀！可是，世上没有后悔的药啊！"

米兰第一次听到父亲说这些掏心窝子的话，才明白原来父亲对母亲也有柔情的一面，更难能可贵的是，在对待母亲的态度上，他后悔了。想想自己上初中的时候，还恨过他呢！

父亲给她的印象就是简单粗暴，对母亲说话，那就是上级对下级，母亲只有服从的份儿；对三个哥哥就是棍棒教育，没什么道理可讲；只有到了她这儿，才是优待、优待、再优待。按照父亲自己说的，他都37岁了，得到一个千金，那是老天爷给老米的一个宝贝。所以，父亲的慈爱让她终生难忘。可是看到父亲对母亲的态度，她恨得直咬牙，为此，她曾替母亲打抱不平，被父亲臭骂过。

— 算 · 计 —

那阵子，她恨过父亲，心里骂他是军阀！可是在自己生病时，父亲对她的关心和爱护，又让她感动。父亲文化不高，战争年代就是凭着勇敢、直率和机智，从新四军的战士成长到班长，从排长到营长，抗美援朝时他已经是团长了。

米兰明白父亲告诉她这些，就是叫她好好与仁义过日子。她望着父亲笑了。拿起一块巧克力放在嘴里，牛奶就巧克力，是米兰的最爱。

郁校长在七八个医院转过一圈之后，终于回到了原点——肿瘤医院。

还是上次的那个专家。专家翻着病历和病理报告单问："老先生怎么拖了这么久，才来看？"

"哦，哦，家里有点事情要处理，耽误了一段辰光。"郁校长的应变能力毋庸置疑，说谎的本领实在是老道。他可以信口开河，面不改色心不跳。他说的谎话让人难辨真伪。所以仁义他们常说，不知道父亲哪句话是真的，哪句话是假的。

听到专家建议他开刀时，郁校长总算说了实话："医生呀，讲心里话，我不想吃这一刀。当然，我不是怕开刀，我都80多岁的人了，还有什么可怕的！我是怕手术后降低我的生活质量啊！确切地讲，我是不忍心拖累我的孩子们。"

医生不解地问："怎么就会降低生活质量了？术后伤口痊愈，你一样可以行走的。"

郁校长听了医生的话，觉得自己的理由是有点站不住脚，他便不作声了。他又看看两个儿子，他们也不作声。

医生抬眼看了看站在郁校长身后的仁义仁德，又回眼盯着郁校长试探着说："既然老先生不想手术，我倒还有一个办法。就是不知道你家经济状况如何？"

"医生，你尽管讲，我经济上没问题！"

"那好。你们应该听说过质子重离子吧？"

郁校长饶有兴趣地说："巧了，医生。我二儿媳妇在晚报上寻到过的。太好了！你能讲讲这是个什么治疗吗？"

"质子重离子技术是一种国际公认的放疗技术。整个治疗过程好比是针对肿瘤的立体定向爆破，对肿瘤病灶进行强有力的照射，又可以避开正常的组织，实现疗效的最大化。也就是说，国际公认的最先进的放疗技术就是质子重离子治疗技术，它在对实体肿瘤进行射线打击时，能对肿瘤病灶进行强有力的照射，同时还能保存正常组织。清楚了吗？"

"哦，清楚了，清楚了。"郁校长一听就明白，他回过头对两个儿子说，"你们两个都懂了吧？"

"懂了。医生讲得蛮清楚的呀。就像你们学校要建新楼，使用定向爆破技术，炸掉老楼，又不损坏周边的居民楼，对吧？"郁仁德说。

"对，你比喻得蛮恰当的。只是费用高，都不能进医保的啊。"医生再次提醒。

"没问题，没问题。我们怎么去呢？"郁校长恨不得能马上飞过去。

"医院离这里比较远，在浦东。你们带好病历和这边的检查报告过去就行了。"

"谢谢医生，谢谢医生！"

出了诊室，郁校长迫不及待地说："仁义呀，你快查一下质子医院的电话，问问他们现在就过去可以吧？"

"好，我来查。"

郁仁德看着父亲春风洋溢的脸，心想：上周我把晚报给你，说是潘岩找到的，你没啥反应，看了个标题就扔到一边了。看来还是医生的话管用。

"爸爸，他们上班的。仁德，你设个导航，这是他们的地址。"

"马上到吃饭时间了，要不吃碗面再走吧！"仁德建议。

"还不到11点，到那边刚好是吃午饭时间。走吧，走吧！"郁校长催促道。

上了车，导航显示路程需要50分钟。

"穿林海，跨雪原，气冲霄汉！……"一路上郁校长唱着他的样板戏，心情甭提多舒畅了。

按说江南之地的上海是寸土寸金，可是汽车下了高架路，眼前的景象却越来越荒凉。放眼望去，大片的土地，没有农作物。很远很远的左前方，有几幢正在建造的高楼，在一大片荒地上，十分显眼突兀。马路两边偶尔能看到一两

— 算·计 —

个厂子，什么塑料有限公司，什么制衣厂。仁德忽然想起北方人说的：鸟不拉屎的地方。他纳闷了，好好的一家大医院，怎么会建在这荒芜之地上？再想想，医生说的质子重离子是一种放疗技术，可能是有辐射吧。嗯，一定是这样。又拐了几条马路，在右前方的一个丁字路口，看到了医院的大门。

大门左侧的石墙上是医院的招牌，右侧有个门卫室。偌大个医院，完全没有市里医院的人头攒动。停好车子，父亲才说："先吃饭吧！"

一问门卫保安，才知道周边根本没有商业街，他们是吃医院食堂的。而食堂不对外，只提供病号饭。

"师傅，附近有小超市吗？"仁德问。

门卫摇头说："没有。"

"真是鸟不拉屎的地方。"仁德抱怨。

仁义马上打开米兰早上准备的一个无纺布袋子。拿出几块独立包装的"万年青"说："爸爸，这里有饼干，先吃两块吧。"

无奈，父子三人进入医院大厅，啃起饼干来。吃好后，郁校长由仁义搀扶去了趟洗手间，回来便在轮椅上打起了盹。

下午开诊了。郁校长是第三号，后面还有五六个人。

排在他们后面的一个中年男子，很健谈，对这种放疗技术似乎也很了解，他在和另外两个人交谈着："同你们讲啊，这种治疗老灵光的。我隔壁邻居65岁的老伯肝癌，就是在这里治疗的。四年了，你们猜哪样？癌细胞没了！不过，不是所有的癌都能收治的，要看情况的。"

郁校长一直认真听着这位男子的话，当听到这里，他对男子说："同志，同志，你蛮内行的嘛！那我问问你，黑色素瘤可以治吗？"

男子问："长在啥地方的？"

"喏，小腿上面。"说着，他示意仁义把他的裤脚管挽起来。

男子听到郁校长夸他内行，很高兴，于是像医生一样，打量了一下那颗"蚕豆"说："应该没有问题的，对，没问题的！"

"那你讲讲哪些肿瘤是不能收的？"郁校长又问。

― 算 · 计 ―

"那种重症的，就是晚期的，还有已经转移的。"

"哦，你懂的真多，很好，谢谢你！"做过老师的人，一般对学生是不吝啬表扬的，对外人也一样。说来也怪，郁校长对自己的儿子们，尤其是对老大老二却鲜有表扬。这可能是因为郁校长认为他们是自家人，又不是小孩子，不需要表扬。所以他的表扬大多是对外不对内的，"外转内销"的概率几乎为零。

就诊下来，医生强调了两点：首先，一个月后才能入院；其次，需要先交35万，多退少补，一周内交上。

"医生，我还有个问题，家属可以陪护吗？"郁校长问。

"可以，一个床位只能一个人陪。"

"你们的伙食怎样？我得这种病，不能缺营养的！"

"这一点，我可以毫不夸张地讲，上海大大小小的医院，没有能比得上我们医院的伙食的了。"医生不无自豪地说。

"那太好了。都吃些什么呢？"

"什么都有。我们的菜谱不是固定的。可以点菜，想吃什么点什么！活杀的鸡鸭鱼都有！"

"真好，真好！"此时的郁校长高兴得像个孩童。

"就这样吧，一周内把钱交上。住院之前，你们还要来两趟。到时候工作人员会提前联系你们的。"

回家的路上，仁德专心开车。仁义在后排打起了呼噜。郁校长憧憬着他的未来。

他的长寿榜样，便是离休多年定居成都的亲哥哥郁文昌。大哥1921年生人，近百岁高龄了。前几年每周还骑自行车往返自己和孙子家。孙子郁海不放心，说每周开车过来接爷爷，可是老爷子很执拗，坚持要自己骑车，还说统共才三四站路，坐什么车！无奈，大家只得迁就着他。大哥身体硬朗，乐观健谈，给郁文廷留下深刻的印象。

要想长寿，就必须要有自己独特的思考和计划。什么专家不专家，他们只晓得叫你开刀、化疗。老郁我听得多了！今天，终于在自己的坚持下，没有走

一·计一

一般病人的常规路。这便是"几天来摸敌情收获不小,细分析把作战计划反复推敲。威虎山依仗着地堡暗道,看起来欲制胜以智取为高"。

郁校长越想越开心,越想越觉得自己高明。看来万事俱备,只等着把钱款一交,就能进入那无痛无伤无损的治疗程序中了。

郁仁义和米兰好不容易有了几天空闲时间。他们把自家的阳台好好清理了一下。这套三室两厅的楼房,是在仁义退休前置换的,主要想着儿子郁宏将来结婚做婚房。按照一般人家的安排,都是老两口住一套两室一厅,给儿子结婚准备两室一厅,尽量不和小辈一起生活。有的人家条件好,直接给孩子准备三室的婚房。可是,仁义和米兰算了一笔账。如果直接将85平方米的小三房置换成三室两厅的大房,除去首付,还要贷款130万元。如果他们自己住的小三房不动,再买一套80平方米的两房,那就连首付都筹不够,毕竟多了30多平方米。米兰父亲家是干休所的军产房,父亲也没有房子给她。所以算来算去,他们能够承受的就是卖掉小三房,贷款买下大三房,以后娶了媳妇,有了孙子辈,三代人一起居住。

郁宏是个懂事的孩子,他知道父亲从小在外地长大,回到上海也是靠自己的工作能力,加上母亲灵通的消息,让他们有了小三室一厅的房子。如今父母说能换一套比现在再多出30多平方米的大三房,客厅和餐厅可以分开来,郁宏很是满意。因为他说他的同学家,有父母年纪挺大的,一家三口只住一室户,同学每晚在阳台上的行军床上睡觉;还有的同学,父母年龄虽然和自己父母差不多,但在厂子里买断了,下岗。家里住的都是很小的房子;有的同学家还和爷爷奶奶一起住。相比之下,郁宏说:"咱家条件算好的!"

就这样,他们有了这套大房子。这套房子最大的优点,是有一个足足七平方米的大阳台。米兰喜欢养花,在阳台上摆满了花盆。米兰叫仁义把买来的营养土和肥料按比例拌好,她把小花盆的花移到大花盆里,再给其他的花剪枝修叶。仁义对这些花花草草没什么兴趣,边拌土边说:"你能不能少养点儿,整个阳台上面晾衣裳,下面全是花盆了!"

— 算·计 —

米兰说:"我不是说你呀,退休两三年了,你就不能学着养养花?人家姜羽维讲,这是修身养性。真不明白,你就一点儿爱好也没有?"

"我回来了!"郇宏进了门,见父母在"大兴土木"。

"哎哟,儿子回来了。今天总算回家了呀!"米兰脱下手套,看了一眼客厅里的挂钟说,"是该烧饭了。"

米兰进了厨房,郇宏也跟进来,问:"妈,我爷爷身体怎样了?还没确定开不开刀?"

"不开刀!"

"啊,爷爷怎么想的?我姑不是早就叫他做手术吗?为啥就不听呢?听说有的肿瘤扩散起来很快的。"

"唉,谁说不是。那他也要听呀!"

"别人的话爷爷听不进我想得通,可是姑姑是护士呀!"

"你还不知道你爷爷的脾气?你二婶给了一个建议,你爷爷倒是真听进去了。"

晚饭时,仁义把前两天和仁德去质子重离子医院的事情详详细细讲给郇宏听。郇宏说,只要能治好爷爷的病,这条路倒是不错。当仁义叫郇宏抽空去看看爷爷时,郇宏只说,过一阵子吧!仁义夫妻知道儿子是个善良的孩子,几天没回家,一进门先关心爷爷的病情。可惜他们一家只是在家里谈论,这种事情仁义和米兰一般不会想到及时汇报给那位"亲爱的爷爷"。儿子在家,仁义非常高兴,满脸的笑容像定在脸上一样。米兰看着他,又好气,又好笑。心说,真是个阴阳脸!不过,她还是希望儿子常回家来,叫仁义多些快乐,少些烦恼。

—算·计—

第七章

乐景怡在退休那年，参加了街道的老年旗袍表演队。表演队成员多是机关事业单位的退休人员。她们一起排练走猫步，一起踏青游"苏杭"，一起去婺源观赏油菜花，一起去丽水赏秋观云海稻田。每每她们身着旗袍，打着油纸伞，走在景区内，不知要吸引多少游客和摄影爱好者的目光，姐妹们自带的摄影师——老伴们时时相随、寸步不离。

在乐景怡的房间里，挂着几幅她的旗袍照，高贵、典雅，风韵犹存。子女辈中，一凤最爱送黄金首饰，俗是俗气了点儿，可是，乐景怡还是欣然接受，难为女儿一份心。大儿媳黄黎明烧得一手好菜，365天全方位地来孝敬婆婆。小儿媳郁仁芝送的礼物，是最让老太太称心满意的，她的礼物实用、贴心，今年给婆婆带来的是一条羽绒空调被。这种被子柔软、轻薄、保暖。在孙辈中，亚森不必多说，理科男，每年在奶奶的生日时只会送上一捧鲜花，再没别的花样。孙女亚琳，年年送奶奶一条真丝旗袍。乐景怡乐得合不拢嘴："这么多衣裳，你叫我要穿几辈子呀？我都80岁的人了！"

亚琳说："奶奶，您就经常换行头，每天不重样嘛！"

"那奶奶真成老妖精了！邻居们看着我天天换，还不笑掉大牙？"乐景怡觉得很幸福。

还有个外孙媳妇季惊鸿，则是在细节上下功夫，什么珍珠项链、珍珠耳钉，不是淡水的，就是海水的；小丝巾、大方巾、披肩，还有各式的油纸伞，每年换着花样买。老太太今年整八十。季惊鸿在专柜，给老人买了一只上好的老坑冰种翡翠手镯。所谓"水多一分，银增十两"，这只镯子，不要说内行，就是外行看着也是格外养眼的。姜申出钱，惊鸿跑腿。他们把老祖宗打扮一番后，一家人驱车去了饭店。

— 算·计 —

这家饭店是沪上有年头的马勒别墅饭店。上世纪30年代的建筑，极具北欧风情的花园别墅。此次寿宴，冯家没请外人，只请了三个亲家和家里的人，共三桌。老太太喜欢热闹，有品位，欣赏年轻人的浪漫时尚，因此，三个孙辈商量好，订了这家几乎与老太太同龄的饭店，可见孙儿们的用心。

这天一早，郁校长就关照荣老师，把晚宴要穿的衣裳和要送的礼物都准备好。下午仁德和潘岩来接老两口。仁德的女儿郁潇潇还在美国留学，平时就他们两口子。但工作忙，很少有机会一起来接送老人出席宴会聚餐什么的。在车上，郁校长又关照家人，他生病的事不要对外讲。

仁道一家子和冯家有些疏远，少有参加聚会的时候。这次老太太大寿，请了郁家一大家子，他们只得硬着头皮来了。仁道不愿来，是因为冯家的人都是全日制名校毕业的。相比之下，自己一个电大生自然比他们矮三分。谢晓华不愿来，是因为她觉得冯家的人好像总比自己家的人高一等。因为所谓的自尊心，在这家人面前她总有一种莫名其妙的自卑感。说来也怪，她是一个早早下岗的工人，和冯一凤、米兰一样，可是，每当冯一凤谈天说地时，她根本插不上嘴。记得有一年聚会，大家在谈各自的见闻，冯一凤讲法国如何如何好玩，其中最美丽的山区博若莱，果味葡萄酒和美味的食物是冯一凤的最爱，那里风景也令人惊叹。谢晓华就插嘴说："我同学在澳大利亚，她说澳大利亚的红酒是很好的！"没想到冯一凤一点不留情面地说："呀，晓华，你去过澳洲吗？你同学说好就好？我同你讲，澳洲的红酒在法国红酒里，那就是小阿弟，晓得吧？你晓得法国的红酒最好的是什么？你们大概只知道波尔多产区的吧？告诉你，最好最贵的是勃艮第的，法国勃艮第，晓得不？"

听着一大串外国名词，谢晓华已经晕了，加上冯一凤不依不饶，她的脸上白一阵青一阵的，还是郁仁芝帮她解的围。回到家谢晓华好一顿哭闹，说仁道没本事，没有叫她出去旅游。要是自己见得多，绝不会叫冯一凤这样欺负。

父母的心态或多或少地影响着郁甜甜。她认为自己有时候很像母亲，自卑的同时又自大，它们像一对孪生姐妹一样，常常伴随着她。她在爷爷家是自信

— 算·计 —

的、自大的,可是在这种场合她往往是自卑的。其实这种心态无疑是逃避自己的缺点,过分夸大自己的优点,以期望能够掩盖自己的不足,但内心并不能得到满足,不过是自欺欺人罢了。但是她比她妈聪明,她的脸上永远是那不露声色的灿烂笑容,让人感到清纯可爱。她心里清楚,要不了多久,自己就会远嫁美国了。要是能在那边扎根,老爸老妈都跟着移民,再也不要看这些人的脸色了!她似乎觉得自己好伟大、好高尚,她这是在为自己的父母忍辱负重啊!

一家三口进入酒店的大门,便被里面的景致所吸引。那挪威式的尖塔、哥特式的尖顶;那中国式的琉璃瓦、老虎窗;那泰山面砖、彩色花砖,还有随处可见的雕刻精美的图案和大堂穹顶上彩色玻璃,它们和高低不一的塔尖构成了神秘奇妙的轮廓,一家人仿佛来到了色彩斑斓的童话世界。

直到冯亚森迎上来和他们打招呼,他们才从梦幻中醒过来。

在寿宴上,总策划兼导演的冯亚森忙前忙后,主持人姜申和亚琳在聚光灯下神采奕奕,仪式简短而喜庆。主角乐景怡红光满面、亲和慈善、气质优雅,身着紫红色旗袍,珍珠项链格外醒目。大大小小的亲人们,有敬酒的,有的给红包。双胞胎重外孙女唱了一首歌曲,献给老人。

"我讲乐医生呀,你们这一大家子真是让我们羡慕呀!"荣佩琪艳羡道。

"荣老师,一样的呀。只不过你的大伟小伟在国外。我听仁芝讲,郇校长的孩子对你们也很孝顺的,是吧?哎,郇校长,你那条腿好得差不多了,是吧?"乐景怡想起了亲家公的骨折腿。

"是啊是啊,多亏四个孩子,还有三个儿媳和女婿一涛。"郇校长爱面子,何况四个孩子对他的确是蛮好的。在亲家面前,当然不能不提儿媳和女婿了。

"我晓得的,米兰这个大嫂做得不错,二嫂潘岩工作忙,但也很尽心尽力。恐怕最差的要数我这小儿子一涛了。他小的时候身体不好,外头有伤风的,他准会感冒,什么麻疹、水痘这样的传染病,他一个都逃不掉的。所以呀,我是顶顶心疼他的,什么事情都不要他管。讲来他是真真地有福气,寻到你家仁芝呀。仁芝这孩子善良、脾气好,又能干,对我这老太太也是知冷知热的。这是

— 算 · 计 —

我们冯家的福气呀！讲来讲去，郆校长，都是你教育得好哇！来来来，我也敬一下你们这些亲家，谢谢你们培养了这么懂事的孩子们！"同在一桌的黄黎明父母也都一起举起酒杯。

另外两桌的都分别过来给寿星和长辈敬酒。冯一波、姜羽维他们一桌男士又在讲什么笑话，一阵阵的笑声，惹得另外两桌老提意见；冯一凤、郆仁芝这一桌女士们，无非是谈些吃的、穿的、老公、孩子之类的话题，一个个也都笑得灿烂。

最累的要数大孙子冯亚森和外孙姜申了。他俩一个摄像、一个拍照，一会儿张罗大家吃好喝好，一会儿还要听姜羽维讲笑话。为了家中的乐老太太，他们不敢有丝毫怠慢。

晚饭结束后，乐老太太宣布自由活动。老人们相邀搓麻将。乐景怡一定要拉上荣老师，说她要是不参加，就三缺一了。荣老师看着坐在旁边的郆文廷，乐景怡马上反应过来说："对了，还要给我们郆大校长请个假，是不？"

"哪里哪里，你们去玩，你们去玩！"郆校长笑道。乐景怡挽着荣佩琪的手与黄黎明父母走了。

退休后，乐景怡和几个医生朋友成为麻友，她们每周要打一次小麻将。几人轮流坐庄，轮到谁家，谁家就要管中午饭和下午茶。这么多年来，这个习惯一直保持下来。上了年纪，不能去参加旗袍秀了，但是搓小麻将，动动脑筋还是有必要的。就是有一个麻友住在浦东陆家嘴，轮到去她家时，另外两个老太太会先到冯家集合，然后由冯一波开车送去。下午，冯一波再去将三个老太太接回浦西。要是轮到上她们这三家，陆家嘴最年轻的老太太就会坐出租车往来。她自己有退休金，在国外的女儿每月也会给她寄美金过来，自己儿子的孩子又是外婆带着，所以她过得蛮潇洒的。

郆校长不会打麻将，除了唱唱《智取威虎山》也没有其他爱好，便早早回房间去了。

— 算 · 计 —

其他老老小小各自约了讲得来的进房间聊天去了。姜羽维带男士们去了自己房间，米兰、冯一凤、仁芝、潘岩她们去了仁德他们房间，季惊鸿带着双胞胎也跟着进去。

姜申对剩下的人说："附近有个酒吧，气氛很好，想去的Follow me！"做律师的姜申，在所里大家叫他"姜Sir"。他入行仅仅十年，已经是上海滩律师界有名的青年才俊了——一个全能式的人物。不管是刑事的，还是民事的案子都不在话下，尤其是擅长接大案子！在这几家亲戚的同辈人里，也是极富号召力的。冯亚森、冯亚琳、付继伟、郁宏等积极响应，鱼贯而出。

仁道一家三口，从餐厅来到酒店大堂。郁甜甜早就按捺不住激动的心情，拉着父亲给自己和母亲拍照片。说真心话，她们母女还是第一次到这样有历史的高档酒店来。甜甜喜欢，是因为这是一栋洋建筑，自己马上要嫁给洋人了，当然要熟悉这样的洋建筑啊！

郁甜甜首先坐在门口的一个单人沙发上，背景是足有两层楼高的花玻璃窗户。她一只手轻托着下巴，笑容甜美，一条腿弯曲，另一条腿自然伸出去，仁道立即按下快门。

"老爸，给我看看！"相机调到相册模式，一个长相甜美，双腿修长的姑娘展现在父女二人眼前。仁道得意地说："怎样？你老爸的水平，没话讲吧？"

此时，谢晓华凑上来："哎哟喂，阿拉囡囡真的好看呀！"谢晓华虽说生在上海长在上海，按她的话说，自己是正宗的上海土著，但此时却如刘姥姥进大观园，眼前的照片令她惊叹不已。

自从知道女儿要嫁给美国人了，她觉得自己的身价也提高了。为了参加今天的寿宴，她让甜甜陪同去巴黎春天买了一件小西装外套，打下折来，还花了八百多元，这个心疼啊！足足在家里念了好几天。直到把女儿念烦了，她不再作声了。一条一百多元的碎花连衣裙外，套上这件小西装，说不上有什么气质，但至少不寒碜。

"姆妈，你也在这里照一张，来。"说着，甜甜拉着母亲坐下去，指导她手摆在哪个位置，腿怎么放。谢晓华乖乖地任女儿摆弄着。

— 算·计 —

"姆妈，你头不要抬得太高，对，对。不要笑得太厉害，否则皱纹太多，哎，微微带笑，好好！"只听到仁道的相机"咔嚓、咔嚓"响了两下。

接下来，他们在楼梯口、沙发、走廊过道，最后，进入自己的房间，几乎照了个遍！

甜甜坐在自己房间的床上，欣赏着相机里的照片，心想：今天真是没有白来，下次一定要刘易斯带自己过来，也要住上一个晚上。

郁仁道与谢晓华躺在大床上，谈论着乐景怡寿宴的气派，谈论着他们的女儿将要去美国的事情。谢晓华说："仁道，过去大伟和小伟请你爸到美国去旅游，你晓得吧，我都羡慕死了。现在我们甜甜就要成美国人了，到时候我们想去就去，想住多久就住多久，你讲对不啦？"

"就是讲！老爷子对人家荣老师的两个儿子，总是夸个不停，好像大伟小伟是他亲儿子一样。这下子好了，等甜甜过去，拿到绿卡，我们也能经常去美国了。"

"哎，我讲你还是要多长个心眼的。虽然囡囡就要是有钞票人家的儿媳妇了，但是你爸的钞票，你还是要盯盯牢的呀！"

"晓得啦，晓得啦！钞票又不烫手，自然多多益善了。"说完他将谢晓华拽进被窝里。

第二天晚上，郁校长经过深思熟虑后，给仁德打电话："仁德呀，晚饭吃过了吧？"

"吃过了，老爸。"

"质子医院不是叫我们先交费用吗？"

"嗯嗯，我晓得。怎么了？"

"你看，我是这样想的，你和仁义一人出一半，也就是各18万，先替我交上去……"

"好的，没问题。你把银行卡号发过来，不是，你拍张银行卡照片过来，我叫潘岩转给你。"

— 算 · 计 —

"好的好的。那我再给仁义打个电话啊。这件事情要抓紧办的。再会啊，仁德！"

"再会，老爸！"

老二如此爽快地答应出钱，这是郁校长意料之中的。这么多年，仁德自己的收入算不上多，但是潘岩的公司好像发展得不错。她有自己的一套管理理念，每年的收益应该不会差的，否则他们怎么会本科时就把潇潇送到国外，今年毕业后还要直接在外读研究生。还有最关键一点，就是潘岩这个儿媳妇做人大气。

郁校长接下来就要给大儿子打电话了。他要看看仁义是怎么表现的。

"喂，仁义呀，我是爸爸。"

"哦，爸爸，有事啊？"

"你还记得上周五不是到质子医院，医院说要先交费的事情吗？"

"是啊，爸爸。"

"仁德很孝顺，他一定要出一半的钱。我想，你们是不是也是这样想的？"

仁义一听便紧张起来。他不是怕父亲要钱，而是怕他立马就要，这一下子到哪里找这么多。

"喂，喂！我讲仁义，你在听吗？"

"哦，爸爸，我在听呢。就是，就是一下子我们拿不出这么多呀！"

"那怎么办呢？拿不出的话，我的这个病干脆也不要治了！"郁校长生气了。刚才跟老二一讲，那么爽气，而这个老大就知道哭穷，这样鲜明的对比，叫郁校长很不舒服！他的脑海里出现了一个怪念头：你说你拿不出，是吧？好，就要给你找点麻烦！在一旁的荣老师，早就听不下去了："老郁，你这是在做啥？"

荣佩琪是个好女人，丈夫病逝后，守寡10年，经同事撮合，跟了老郁。这十多年来，照顾老郁的饮食起居。老郁若去医院看病，她总是亲自陪同，只是这几年年纪上去了，血压也不稳定，每次他们两人看病，都由郁家大儿、儿媳陪同。虽说人家是你的儿子儿媳，出力出到这般田地，也够意思了。这老头子，明知老大家境一般，还要这般折腾，为啥呢？

郁校长马上把电话捂住说："不要你管，这是我跟我儿子的事！"然后，他

— 075 —

接着拖腔拿调地对仁义说："你和米兰想想办法吧！"显然，他的话就是警告大儿子，若不拿钱出来，你就看着自己的父亲无钱治病而在你眼前丧命吧！

仁义还想再说什么，父亲已挂了电话。

看着丈夫一脸愁容，米兰焦急地问："这是怎么了？"

仁义把父亲的意思告诉米兰。米兰也有点不高兴了："我不是听你说，那天在医院，爸说经济上没有问题吗？怎么又向我们要钱了？"

仁义回想了一下说："爸爸多么精明呀，他那天好像是这样说的，'我还有两个儿子。'对，就是这样说的。"

"那就是讲，他和医生讲经济没有问题是包括你们两个儿子的。"

"是啊。"仁义确定。

"那，为什么只叫你和仁德出钱？老三呢？仁道为啥不出？仁芝也是他女儿！"

"你这不是明知故问吗？爸爸有好事总是先想到老三，这种事情，你怎么好提？爸爸一直讲老三家最困难！"

岂有此理！米兰一听就火了："郇仁义，你们这是一个什么家庭？你爸明明知道我们家比仁道家好不到哪里去！为什么我们就该又出力又出钱？这不是明摆着欺负人吗？你爸不是说对你有愧疚吗？还说要补偿你！可是，我看是处处欺负你。难怪一凤要骂他，他做的事情像一个父亲吗？你叫郇宏怎么去尊敬他？"

"你也不能这样讲我爸。他毕竟是老人，还是要教育郇宏尊敬他的。"每到这个时候仁义总是要维护他父亲的尊严。他不认为自己的父亲不好，他也不允许别人讲自己父亲的不好。可是，米兰不服气，她说："一个人的威信是靠自己的表现竖起来的，郇宏是大人了，他有自己的认识。爷爷威信高，他自然会尊敬他的。你又不是不知道，儿子这几年为什么对你爸那么反感！"

仁义说："不就是上次他没借钱给郇宏吗？"

"你看你是什么脑子？仅仅是借钱那一次吗？你还记得儿子大一暑假学车的事吗？"

— 算 · 计 —

仁义总算想起来了。那年郇宏拿到驾照，需要练车，郇仁义借了朋友家的车陪练。他们在江湾新城还没有正式启用的马路上开着，郇仁义不停地给儿子指导。

"好，好，转弯的时候，方向盘尽量打大，多借点路面。很好很好！"

"爸爸，休息一下吧！"

"好，前面有一块空地，那里好停车。"

"爸爸，你快看，爷爷的车！"

仁义熟悉父亲的那辆红色丰田威驰，那是他和仁德帮父亲提的车，他去上的牌照。不会错。但是车旁站着两个人，一个是父亲，另一个是看上去40多岁，穿着碎花连衣裙的女人。"郇宏，赶紧离开，别叫爷爷看到我们。"

他们离开空地，在前面的路口掉了个头。仁义诧异，父亲跟谁在一起？荣老师知道吗？他每次出来都说是到证券交易所看股市。怎么会在这里？

"爸爸，怎么办？要告诉奶奶吗？"

"不急，也许只是偶遇熟人吧。"

可是，仁义他们接连三天都看到父亲和这个女人在一起。第二天是父亲在炙热的太阳底下给坐在车里的女人指挥侧方停车，一遍又一遍。第三天他们看到的就是爷爷一直以来在郇宏心中的光辉形象轰然倒塌的那一刻。红车旁，郇校长与女人在阳光下吃着西瓜，他一只手拿一片瓜，另一只手为女人撑着遮阳伞。他们有说有笑，关系十分亲密。这天，郇仁义总算看清了女人的脸，他努力调动自己的记忆，但这张脸在记忆里没有储存过。这是谁？父亲在家都要叫荣老师伺候着，叫儿女们陪护着。可是，在40多度高温大热天，他却不余遗力地照顾别人！仁义有点儿接受不了，这算哪门子事情？又见，父亲将伞递给女人，他腾出一只手从裤袋里拿出纸巾，在女人的胸前擦拭着，女人没有一点抗拒，反而一脸微笑冲着父亲。两人的关系不言而喻。他这才想到旁边还有郇宏。郇宏的脸上除了大男孩的羞涩，就是一种从来没有过的愤怒。原来爷爷是个道貌岸然的伪君子！他从牙缝里挤出一句："老流氓！"

郇仁义这才像从噩梦中苏醒过来："走走走，今天不练了。"

— 算 · 计 —

还有就是四年前，郁宏大学毕业，说要创业，可能需要爸妈支持。但是，家里仅有的十来万不能动。那时仁义刚退休，米兰厂子早就倒闭了，这么多年只拿下岗的基本生活费。三室两厅的房子还有近百万的贷款要还，哪里能拿出这笔钱？但米兰说，这是好事。可是仁义说，家里的那笔款子不能动，一是两家都有老人，急需用钱时，拿不出来可不行；二是郁宏总要结婚的，虽说房子是解决了，但是结婚没钱也不行！

于是，仁义说："小宏啊，明天我带你去爷爷家，向他汇报一下你的想法，看看能不能先向爷爷借借。"米兰和儿子都觉得这是个好主意。

翌日，父子俩买了水果前往溧阳路。

上大学前，在郁宏的眼里，爷爷是事业上的成功人士，他对爷爷十分敬仰。但是敬仰的同时，还有敬畏。爷爷家规矩多，这个东西不能乱拿，那个东西不能乱动，因此，他在爷爷家是拘谨的、放不开的。这和外公家截然不同。

在外公家，郁宏可以把玩具摆得满地，也可以在院子里和小伙伴们躲猫猫、上树、玩泥沙、玩打仗的游戏。每次玩得一身脏兮兮的，被妈妈训斥时，外公总会说："男孩子，就是要这样玩的。你忘记了，你三个哥哥哪个不调皮，哪个没闯过祸？"因此，在外公家里他天不怕，地不怕！天是老大，他就是老二。可是到了爷爷家，他就得夹着尾巴，挺没劲儿的。所以，他是很不喜欢到爷爷家里来的。郁宏对爷爷，如同一个小学生对自己的班主任那样——敬而远之。

一进院门，郁宏就打了招呼："爷爷好，奶奶好！"

"快进来吧。宏宏呀，你爷爷这几天正念叨你呢！"荣老师笑着。

"是吧，爷爷想我了？"

大家一起坐下来。郁校长关心地说："怎么样，我听你爸讲，你要开公司？"

"爷爷，现在政府提倡大学生自主创业，我和两个同学是有这个打算。"

"毕业之前，我不是提醒你去考公务员吗？"

"可是我更想自主创业。"

"宏宏呀，爷爷可是要批评你了！"此时的郁校长不高兴了。孙子的思想

— 算·计 —

有问题！这可要好好敲打敲打。于是他像班主任教育自己的学生一样，说："做公务员不好吗？可以为人民服务！晓得吧？爷爷是想，公务员是一份稳定的工作。"

郁宏本来就不是那种求稳当的人，完全不像他爸，他生性喜欢闯荡。他想像二婶婶潘岩那样，自己开个公司，自己做老板，干着自己喜欢的事情，多带劲儿！

"爸爸，是这样的，郁宏想开公司，我和米兰觉得孩子去闯闯不是什么坏事情。就是，就是在启动资金上有些困难，我是想爸爸能不能给借个二三十万的？"

听到他们父子俩今天是来借钱的，郁校长脸上显得格外和蔼可亲："哎，哪有孙子向爷爷借钱的？要么就给你，哪有借的道理？"

"那就太谢谢爷爷了。不过，爷爷，您放心，我一有钱了，马上就还给您。我不是白要您的。"郁宏高兴得几乎要从沙发上跳起来。仁义也想，自己的这个主意真是太好了！想想也是啊，父亲就这么一个孙子，不帮他帮谁呢？

"宏宏啊，你先坐好，爷爷话还没讲完呢。"郁校长依然笑容可掬，"你是讲需要30万？"

"嗯嗯，这是最好的。我们准备一百万启动资金。我和另一个同学各占30%，还有一个同学40%，他控股。"郁宏兴奋地说着。

"哦，不过，爷爷现在没有钱呀。你看，我退休这么多年了，经常要去医院看病，这退休金还不够吃药的呢！"

郁宏一听，不理解地说："那，那您早讲呀，绕这么大圈子做啥呢？"

"宏宏，你怎么跟你二叔一样，动不动就急了？"郁校长仍然不紧不慢地说。

"爷爷，我是讲，您要借就借，您不借就讲不借。我们再到其他地方想办法。别在这里浪费时间，我同学还等着我呢，您这样有意思吗？"

"宏宏呀，不要生气，听你爷爷把话讲完吧，乖，不要生气啊！"荣老师劝道。

郁宏终于坐下来耐着性子听爷爷讲话。

"爷爷我呢，也不是没有钞票。那都在股票里，有100多万。只是爷爷想啊，我借钱，借给自己的孙子，外面人知道了，多难听呀。爷爷不能借给孙子，那

- 079 -

— 算·计 —

就只能给！但是给的话，我又没有现钱，都在股票里，拿不出来的。所以，不是爷爷不帮你，是帮不上你呀！"郁文廷小时候吃过不少苦，他知道没钱的滋味，更知道没饭吃的滋味。年轻的时候，为了养活几个孩子，更是每个月的工资用不到月底。直到老大出去后，家境才稍稍好点。所以他明白自己的钱不到关键时候，是不能轻易拿出来的。但是直接说没钱，他们不会相信。说有钱，取不出来，他们总会死心了吧。其中这个道理必须要给他们讲讲清楚。

"好好好，我今天算是明白了。您有钱在股市里，拿不出来，对吧？但是您为啥要把你孙子当猴子耍一遍？这下您满意了，开心了，对吧？"郁宏也不知道哪来的胆量，看来是豁出去了，他越说越火。

仁义见状马上训斥儿子："郁宏，怎么和爷爷讲话！你先出去，在门口等我。"

郁宏起身走到院门口之前，郁校长冲着他的背影喊道："你实在需要的话，我明天到股市里拿出来，也不是不可以的！"郁文廷看着走出院门的孙子，心中突然有一种识破一场惊天阴谋后的得意之感，心说：平时不常来看我，要钱就来了。跟我来这一套，你们父子加起来也不是我的对手！

仁义也明显感到父亲压根儿没想借钱给他们，便说："爸，你不借就不借吧，这样你会伤到郁宏的心的。"

"我怎么伤他的心了？我不是讲了吗？他要急用，我明天就去提前抛出两只股票。你看他，你看他，借不到钱就翻脸不认我这个爷爷了！"郁校长终于收回了刚才那张笑脸。

"那我也走了。荣老师，你们多保重啊！"

"仁义呀，我这里倒是有10万的。"荣老师说。

郁校长拽了一下荣老师："仁义懂事的，他知道你的退休金没我多，他不会要的。是吧，仁义？"

回到家中，米兰知道了这一切。可她没想通，公公这样做是为什么？没必要呀，郁宏可是他亲孙子啊！孩子从小仰慕爷爷，他这样伤害孩子图什么，这不是在本来感情就不深的祖孙俩之间，又挖了一道沟吗？真奇怪。看着儿子生气又焦虑的神情，她有一种说不出的怨恨，恨仁义，怨他父亲，说不清。她不

- 080 -

— 算·计 —

明白这是个什么样的人家。于是，米兰去找自己离休的父亲，最终从父亲那里借到30万，解了郇宏的燃眉之急。

现如今，仁义的父亲又要指挥他们来筹钱。仁义心不甘，情不愿，可是又不敢抗拒。叫他们到哪里去找18万呢？真是急人啊！夫妻俩犯起愁来。

荣老师看到郇校长放下电话后，那略显得意的神情，忍不住说话了："老郇呀，我觉得你这件事情做得不地道呀！"

"哪里不地道了？"

"我总觉得你这个父亲，没有一碗水端平呀！"荣老师感慨地说，"是，老大从小就送出去了，你们父子之间缺少沟通。但是仁义这孩子老实、懂事，你拍拍良心，他回来后哪件事情少做过？手心手背都是肉，为什么一到仁义这边，你就会用一种对待外人的态度去对待他？今天又这样逼他干什么？四年前，你把孙子气跑了，他这几年来过几次都数得清的，何必呢？你又不是没有钞票。"

荣老师见郇校长没有打断她的意思，继续说："老二条件好，一二十万没问题。可是老大家就差多了，何必去为难他们呢？看得出来老大夫妻把你的话当圣旨，他们拿不出钱，再急出毛病来，可怎么好？"

"你不懂，我就是要看看老大他们是不是为我的病在着急。我又不是真要他们的钞票。"郇文廷对这个半路回到自己身边的儿子，总是喜欢不起来。他对仁义要求很高，他认为自己毕竟是生父，中断的父子情完全可以续上。他又觉得仁义已经不是九岁离开自己的那个儿子了。成人后回到他身边的仁义，与自己的要求和想法总是格格不入，怎么喜欢得起来呢？他没有老二"拎得清"，没有老三"讨喜"，更没有小妹"细致入微"，有的只是木讷和不灵光！还有他的儿子，自己的亲孙子，怎么就跟自己一点不亲呢？此时的郇校长绝不会意识到，是他对待郇甜甜和郇宏的不同态度，影响了他与孙子的关系。

"那你就更没必要了。平时，老大他们在你身上花的精力最多。我看你这几个孩子没一个差的，遇到事情是有钱的出钱，没有钱的出力，搭档得不是蛮好吗？你为什么非要搞出点事情来呢？你要珍惜啊，老郇！"说完此话，荣老

算 · 计

师突然伤感起来。是啊,人就应该珍惜当下,珍惜眼前的亲人,看似最平凡的事,却都是最幸福的。荣老师联想到自己的儿子在国外,他们想这样尽孝心,也没机会。

米兰看着发愁的丈夫,心疼地说:"要不,我问问一凤吧!"

"不要问。你一问,冯家都知道了。你叫小妹多难堪呀!"万般无奈之下,仁义拨通了一个电话。

"喂,小陈是我。"

"哦,老科长,好久没有联系了,您还好吧?"

"好,好。谢谢小陈关心。我,我今天是有点事情想麻烦你。"

"老科长,您别客气。有啥事情尽管讲。"

"我,我,我急用钞票,你能借我周转一下吗?"

"科长,不知您要多少?二三万家里是有的,我可以马上送过去!"

"哦,那就算了,我再另想办法吧。"

"老科长,我不是不借给您!您在位时,那么关心小陈,小陈不是没有良心的人。只是其他钞票都在理财呢,一时半会取不出来。"

"我明白我明白。小陈谢谢你。我再想想办法。"

是啊,谁家没事放这么多钞票!米兰不也是把家里的那点钱存定期了吗?仁义对米兰说:"我想好了,没有就是没有。明天我打电话给爸爸,就说借了两家,没借到!"仁义下了决心。

"能行吗?你不怕爸生气?"米兰有点担心。

"我想好了。这近一年来,都是咱俩陪爸爸看病。借不到钱,总不能逼我抢银行吧?"

仁义鼓起勇气打通了父亲的电话。

"仁义呀,怎么样了?"郁校长拖着一副官腔,慢腾腾地问。

"爸爸,我们借了两家,没借到。都讲家里没有这么多,人家说都放在理财里了。要不这样,你看好不好?这18万,我们大概能凑齐5万,其余的13

算·计

万爸爸先帮我们垫着，以后有钱了我们再还你。"

"这是什么话呀？是你们两个儿子拿钱给老父亲治病，怎么叫我垫钞票呢？"

仁义一听，怎么又只是两个儿子的事了，可是他从来不敢顶撞父亲，情急之下，他说："那，要这样的话，老三和小妹他们也该出一份的呀！"说完，他就后悔了。哪有大哥嫉妒自己弟妹的。

"哦，你是讲仁道吗？他家的情况你又不是不晓得，晓华早早就没了工作。甜甜这孩子才离了婚。我怎么忍心再去烦他们？至于小妹，小妹又不是郁家的人。她是谁呀？她就是我泼出去的水，连盆子都一起泼出去的水，晓得吧！你要拿不出来，我只好等死了！"郁校长阴阳怪气道。

"那,那我真的没办法了呀！你就是逼死我,我也拿不出来呀！爸爸——我，我……"一个60多岁的大男人，此时在自己的父亲面前，声音已经带上了哭腔。

仁义拿着手机，待在客厅中间一动不动。郁校长早就挂断了电话。

米兰看着丈夫如此无奈和痛苦，不禁心酸起来。他爸为什么要这样对待他？难道因为仁义不在他身边长大，就对他没有一点感情吗？这跟自己从亲戚那边听来的完全是两码事呀！记得当年他们结婚不久，仁义带着她去浦东看望伯伯和伯母。伯母拉着米兰的手说："小米呀，你可不知道，我这个弟弟一直在讲，仁义从小在外地吃了不少苦，回到上海一定要好好补偿他的，因为仁义对这一家是做出贡献的！"成都那边的哥嫂到上海来，也一直讲："仁义呀，叔叔说他最心疼的就是你呀！毕竟，你离开他这么多年。他还说，以后绝不会亏待你的！"米兰怎么也无法把这些话和眼下公公的所作所为连系起来！米兰最后想，怪只怪自家的仁义太老实，被他爸欺负惯了。但是又一想，仁义可是他的亲生儿子呀！米兰想不通，想得脑仁疼也想不出什么名堂来，于是剩下的只有唉声叹气了。

"哎呀！贝贝你怎么在沙发上小便啊？"米兰叫道。

"对不起，对不起，我刚刚才把它放到地上，是我不好。"仁义说。

"我跟狗说话，你插什么嘴？为什么非要把所有的事情往自己身上揽？跟

— 算·计 —

你有关系吗？"

"是我不好呀。我没看住它，他才尿的呀。对不起，对不起。"米兰一听，丈夫总是把所有的错误揽到自己身上。难道真的被他爸给整傻了？于是，她马上说："算了，算了，它年纪大了，憋不住。我把垫子洗一下就行了。好了好了，没事了。别什么事都往自己身上揽。"

—算·计—

第八章

今天,是郁校长前往质子重离子医院正式办理入院手续的日子。一大早起来,吃过了早饭,他有点兴奋又有点紧张。兴奋的是,凭着自己"货比三家"的策略,终于不用开刀就能治疗那颗"蚕豆"了;紧张的是,治疗过程不知是略有痛苦呢,还是温和无痛?略有痛苦也无妨,就是有一定程度的痛感也无妨,总比吃上一刀好,要是温和无痛那就再好不过了!想着这些,他有点坐不住了,怎么时间过得这么慢?仁义他们怎么还不到?看着郁校长心神不定的样子,荣老师说:"老郁呀,你还是看看晚报吧。"报纸刚翻阅了一个版面,他就去了卫生间。

郁仁芝把车停在院子门口,进了父亲家。

"荣老师早!"

"小妹,早饭吃过了吗?"荣老师问。

"吃过了,您是知道的,我一睁眼就要吃饭,每天的早饭不能晚,更不能省。多年的习惯了。我爸呢?"

"在卫生间里头。"

"都准备好了?"

"准备好了。"说着,荣老师将一个小塑料袋拿出来,"都在这里,病历、医保卡、银行卡、身份证。"

"好,交给我吧。"郁仁芝接过来,放到自己的拎包里。

"小妹来了啊?"郁校长慢慢地从卫生间里走出来。

"老爸早。我大哥他们该到了吧?"

"应该快了。"荣老师往院子里望了一眼说。

又过了十几分钟,仁义夫妇出现在院子里。

算 · 计

"不要进来，直接走了！"郁校长显然对老大他们迟到有些不高兴。

"爸，今天高架的匝道口堵了一会儿，不然早就到了。"米兰解释道。

郁校长跟没听到一样，叫仁芝给他穿好鞋，便由女儿搀扶跟着老大他们出了院门。

"路上当心点。"身后传来荣老师的声音。

"放心吧，荣老师！"仁芝回答。

仁义开车，郁校长坐在旁边的副驾驶位。郁家汽车副驾驶位就是郁校长的专位。记得父亲第一次坐自己儿子仁德的车，不肯坐后排，一定要坐在副驾驶位上。仁德本想告诉父亲，在机关里，领导干部一般都坐后排。可是看到父亲认定前排就是"领导"专座时，他也懒得跟父亲解释。问其为何要坐前面，郁校长说，飞机的头等舱不就是在前面吗？再讲，坐在前面视野好。仁德想，这是郁大校长的理解，便由他去了。

仁芝和米兰坐在后排。一路上，仁芝和米兰聊着冯一凤。冯一凤是米兰的中学同学，在学校里两个人很要好。当年部队大院里的孩子是瞧不上地方上的孩子的，冯一凤是大学校园的子弟，也看不上普通市民的孩子。两人每天同进同出。有一次，她们出校门碰到几个无业青年。米兰虽说是军人的孩子，却没有军人的胆量。因为从小到大，都是三个哥哥护着她。相反，冯一凤的胆子很大，她与这群小流氓周旋起来。每逢讲到这里，米兰无不佩服地说："你这个小姑子，胆大机灵，又能言善辩，一般人不是她的对手。"

直到毕业后，米兰和冯一凤各自进了工厂才分开了。谁承想，后来又成了亲戚。因此，冯家有点事儿，米兰准知道，郁家有个风吹草动，冯一凤也都门儿清。

副驾驶位上的郁校长眯缝着双眼，似乎在听两个女人的闲聊。其实，他在回忆自己年轻时候的事情。

年轻时的郁文廷十分帅气。他的风度和口才，让他很早就出了名。他的政治课堂总是那么极富感染力和影响力，于是他频频亮相于各级公开课上，以至于年纪轻轻已经在当时的教育系统小有名气了。他曾经的辉煌，是其他人无法

— 算·计 —

复制的。若不是遇到那场运动，凭他的能力和才学，还真不会只是一个中学的副校长。

到底是在医院工作的人。郁仁芝很快帮父亲办完了住院手续。但是在入院之前，还要来医院两次，做治疗前的检查。其中还有一项，就是要做一个像船一样的人体模子，以便每次放疗时，病人睡在里面。

她回到家时，已经是下午了。有点累，郁仁芝没做晚饭，等冯一涛回来，两人煮了两碗速冻馄饨算是晚餐了。

冯一涛吃着馄饨，觉得缺点什么，他到厨房把醋瓶子拿出来，倒了一点儿在自己的碗中，然后问："你要不？"

"不要！"

"今天都顺利吧？"

"顺利的。"

"那我看你好像情绪不高嘛。"

"我是在想，要不要把牙科诊所的工作辞了。我爸这次住院的时间比较长。今天他说叫大哥和大嫂每人轮流陪护他一天。我觉得大嫂白天陪陪还可以。夜里总归不方便的。床边就一个三人沙发，无遮无拦的。"

"好呀！我早就不想让你做了。不要犹豫，就这么定了！"冯一涛第一次做家里的决定。

"那我明天去讲一下，叫他们赶紧找人交接。爸爸住院之前，这些事情我是一定要安排好的。"

"你的手机，有信息。"

郁仁芝一看，是大嫂发过来的。

"小妹，今天多亏你了。谢谢！"后面又加了两个"谢谢"的表情。

"大嫂，做啥这样讲，本来我也应该的。好了，今天都挺累的。你和我哥好好休息。接下来大家还要辛苦的！"郁仁芝语音回复。

算 · 计

原来，那晚郁校长挂断电话，仁义拿着手机发呆的时候，手机铃又响了。

"喂，大哥。"

"哦，是小妹啊！"

"对呀，我就是问一下，后天是谁陪爸爸去浦东？"

"哦，应该还是我和米兰吧。仁德、仁道要上班的。"

"大哥，那我和你们一起去，后天早上7点在溧阳路碰头。"

"好的好的。对了，小妹呀。大哥有个事情不知你能不能帮上忙？"仁义想起刚才父亲的那18万来。

"啥事，大哥？"

"就是，就是能不能后天给爸爸垫付一下住院费？"

"多少钱？"

"18万。仁德出了18万，我们……"

"大哥，我手头刚好有一笔20万的理财到期了。我后天带上。你放心吧！"

听到这句话，仁义终于如释重负，刚才的郁闷也一扫而空了。

米兰问："啥事情，这么高兴？"

"解决了，解决了！总算解决了！"

"什么解决了？没头没脑的，仁义呀，你是不是被爸逼疯了？"

"18万，小妹说她有！"

"真的？太好了！"两人欢喜得如孩童般。

"我给爸发个信息吧。"

"爸爸，您好。18万解决了。小妹说她后天带过来，请您放心。"本以为父亲会回复一句："知道了。"可是，一个晚上过去，也没见到一个字。

一大早，郁仁芝到了牙科诊所，几个年轻医生便围着她，问她为什么要辞职，他们很舍不得她走。郁仁芝退休后，就来这里上班，她的热心、善良和勤劳，很快被这里的医生和病人认可。听说她要离开诊所，大家自然不舍得。最不舍得的当然是诊所的当家人——李铁。李铁是同济大学医学院的博士。硕士

— 算 · 计 —

毕业时，他就创办了自己的私人诊所。这些年来，他有了一大批病人，靠着高超的技术和热情的服务，口碑越来越好。郁仁芝进来后，更是处处为诊所着想。李铁的业务不断扩大，除了这家总部，还开了两家分店。其中郁仁芝没少帮他的忙。在再三挽留无果的情况下，李铁终于找来了接班人。辞职后的郁仁芝一身轻松，这样她就可以将全部精力放在父亲治病和买卖房子的事情上了。

进入病房，宽大的房间内只有两个床位。郁校长正好是靠窗位。窗子下方摆放着一个黑色的三人位皮沙发。条件明显比市里三甲医院要好得多。临床的病人家属50岁模样，穿着十分讲究，胸前一条黄金项链格外闪亮，她关心地问："老先生啥毛病呀？"

"黑色素瘤。"郁校长谨慎地回了一句。

"哦，在这儿算小毛病了！"金项链女人轻描淡写地说了一句。

听到此话，郁校长来了精神："那啥病才算大毛病呢？"

"喏，像阿拉先生这样的。"她指着靠门口床上的人说，"肝上的才是大的毛病。"

郁校长不作声了。他坐在床上，看看自己那颗"蚕豆"，似乎也没那么痒了。

"请问7号床，叫什么名字？"一个身材高挑的大眼睛护士出现在门口。

"郁文廷。"郁仁芝回答道。

"这是病员服，请马上换上。然后量个体温。"

"给我吧。"郁仁芝接过体温表，"谢谢护士小姐！"

"不客气。""大眼睛"莞尔一笑，走了。

刚想喘口气，一个40岁左右的医生进来："郁文廷家属到我这里来一下。"

"大嫂，你在这里陪着爸爸，我和大哥去一下。"郁仁芝说，"走吧，大哥。"

医生办公室宽敞明亮，偌大个房间只有四张桌子。另外三张桌子的医生都不在。

"坐吧,是这样的。郁文廷的治疗计划在这里,你们先看看吧。如果没有问题,

— 算 · 计 —

在这个下面签名。"

郇仁芝仔仔细细看了一遍,就交给仁义。她向医生提了两个问题:第一,每周只做一次治疗,其他六天时间是否可以回家?第二,一共要做七次,是不是算一个疗程?一般要做几个疗程?它的治疗原理是什么?

医生见家属提的问题都能提到点子上,他也十分友善地答道:"治疗期间,病人是不能离开医院的,这一点有规定,希望理解。做完七次,就可以回家了,不存在几个疗程。整个治疗过程就是针对肿瘤的立体定向爆破,对肿瘤病灶进行精准的强有力的照射。这种精准度可以避开照射正常的组织,实现疗效的最大化。"

"医生,我还有个问题。"仁义说话了,"这种治疗的治愈率是多少?"

"简单地讲,我们医院就是'三高':治愈率高、生存率高、费用高。有这么两组数据,当然是四年前的。就是在已收治的47例肝癌患者中,2年生存率为93.7%;收治的125例前列腺癌患者,2年生存率为98.1%。从这些患者接受质子重离子治疗至今近五年的随访资料看,在安全性评价方面,绝大部分患者的一些轻微不良反应已完全消失。在有效性评价方面,除1位患者在2016年因突发脑血栓意外离世外,其他患者随访四年生存率达97.4%,全部临床试验患者肿瘤局部控制率达91.2%。"

"这么高,真不错!"郇仁芝说,"大哥你还有什么问题吗?没有咱们就签名吧。"

"好的。那我就签了。"仁义拿起笔签好字。

出了医生办公室,仁芝说:"大哥,你今天提的问题很有水平呀!怎么爸老说你们不向医生提问题,还讲你们提不出问题?"

经仁芝这么一说,仁义才意识到,他自己也没想到,他提的问题这么有质量。为什么父亲在场他就提不出问题了呢?结论只有一个,怕爸爸。父亲在场,仁义就会紧张,越紧张越怕说错话,说错话就会落埋怨。他这些年来,他在父亲面前话越来越少,他不知道怎样说话父亲才高兴。多数情况下,他尽量少说话或不说话,久而久之,剩下的就是对父亲的服从。

"大哥,想什么呢?我讲你同大嫂一会儿就回去吧。今天我留在这里。"

一 · 算 · 计 一

仁义回过神:"不要,你回去,我留着。"

"大哥,不要争了。我看爸爸还是有点紧张的。我对医院熟悉,我留下来爸爸会踏实些。再讲了,要住四五十天,有得让你陪了。"

"那好吧,明天一大早,我来换你。"

"好!"

住院后的第三天,首次治疗。从进入放疗室,开始放疗,再到结束,统共半个多小时。郁校长终于从紧张状态中恢复了平静。回到病房里,仁芝将荣老师炖的甲鱼汤盛上一碗端给父亲。整整一条甲鱼,郁校长连汤带肉呼噜噜地吃了个精光,只剩下一小堆骨头渣子。

"爸爸,你有哪里不舒服?有什么反应吗?"仁芝问。

"我想睡一会儿。"

郁校长昨晚没睡好,他不知道这样的放疗是否痛苦,有些担心和紧张。又不好在子女面前露怯。他一辈子要强、要面子,不管是在孩子面前还是在学生面前,他总是以坚强示人。经历了这第一次,他放心了,也放松了,所以困意找上门来了。

"小妹,你快回去吧,这一周没什么事了。接下来,我在这里看着就行。"在一旁的仁义说。

"好的。今天天好,下午别忘了推爸爸到外面晒晒太阳啊!"

"晓得了!开车子当心点儿啊。"

"哦,我走了。"

下午,午睡起来,仁义给父亲温了一只猕猴桃,然后用水果刀拦腰切开,递上一支小汤勺,郁校长吃起来。8号床位的男人,对自己的女人说:"我想吃苹果。"

"好的呀,我帮你削削皮。"金项链边削着果皮,边说,"郁老伯,还是你好,生活有规律,我家老陈都被带起来了。平时,他从来都不吃水果的。"

— 算 · 计 —

"是吧,水果一定要吃的,还要多吃维生素C含量高的水果,对身体有好处的。"郁校长说。

"老伯,你懂得老多的嘛!"金项链赞道。

郁校长听到对方的夸赞,干脆放下汤勺,说:"我同你讲,这个维生素C最了不起的地方,你猜猜是什么?"

"是什么?"金项链越发有兴趣。

"维生素C可以提高人体的免疫力,晓得吧?"他接着说,"白细胞是人体最好的免疫细胞,白细胞含有丰富的维生素C。当我们的机体发生感染的时候,白细胞里的维生素C就会老快地减少。及时补充维生素C,就可以增强中性粒细胞趋化性和变形能力,从而提高杀菌能力。"金项链听得似懂非懂,只感到老伯知识渊博,频频点头。郁校长天天查百度,不是白查的。

"请问7床在哪里呀!"楼道里传来姜申的声音。

没过一会儿,只见姜申手捧一大束鲜花,站在门口:"郁爷爷、郁伯伯,你们看谁来了?"

随后,乐景怡穿着一条紫色旗袍,外面套着一件深灰色大衣,在冯一凤和冯一涛的簇拥下进到病房里来。

"哎哟哟,亲家母你怎么来了?"郁校长正想下床迎接。

"别动,别动,我们的郁大校长!"乐景怡微笑着阻止道。

冯一涛放下手中的水果和补品,上前拦着岳父:"爸,您就坐在床上。感觉怎样了?"

这是进来的人都想知道的。

"还好,还好,没什么大的感觉。"郁校长看着一房间的人,实在是高兴,"我讲,乐医生呀,小辈们来看看可以了,你怎么还亲自来,老远的路呀。"

乐景怡在沙发上坐定后,便吩咐女儿:"一凤呀,把你煮的虫草菊花茶给伯伯倒出来吃。"

郁校长喝了一口。

一·计一

"怎么样，口感？"乐景怡问。

"嗯嗯，好，好！"

"经常吃吃，有好处的。"说着，叫一涛把一个礼品袋递给她，她抽出来一个盒子说："这里面是一盒上等的虫草。是青海那边的朋友快递过来的。"

"哟，你自己留着吃吧。"

"有，我有的。"

郇校长知道乐家治病的绝活，全国各地都有她家治好的病人，病人朋友自然也就很多了。

乐景怡从拎包里拿出一只精巧的水杯，呷了一小口水说："郇校长，我给你把把脉吧。"冯一凤将母亲扶到床边的椅子上，郇校长伸出手臂。

乐景怡号着脉："舌头给我看看。"郇校长听话地伸出舌头。

"嗯，脉象不错，蛮好的，蛮好的。郇校长还是老会保养的呀！你是不是有口干和便秘的情况？"乐景怡优雅地微笑着说。

"是的，是的，每天喝不少水，就是觉得口干。"郇校长十分佩服这个亲家，中医世家，以治疗癫痫病闻名全国。乐景怡的大哥，三十多年前南下，在南方开了一家中医诊所。只有她始终在父亲乐启钊身边。乐景怡第三代的三个孩子，没有一个学习中医的。倒是在南方的大哥，把这项看家本领传给了他的儿子。如今南方的乐氏诊所掌门人正是乐景怡的大侄子，助手是侄孙子。若是断了这门手艺，那可是要愧对祖宗的！

"郇校长，我在今天的虫草菊花茶里，再给你添上两味药。这个麦冬的主要功效是养阴生津、润肺清心，对口渴、失眠、内热消渴、便秘等都有益处；还有就是花旗参，虽为洋药，但它能提高机体的免疫力，改善心血管，增强中枢神经系统的功能，有助于提高人的记忆力，预防老年痴呆。"

"乐医生脉把得真是精准啊！多谢多谢！"郇校长双手抬起，向乐景怡作揖。

乐景怡笑着站起身："郇校长，一家人别这么客气。看着你精神这么好，我们也放心了。"

"伯伯，您安心治疗，我们有空再来看您！"冯一凤大大咧咧地说着。

— 算·计 —

冯一涛也说:"爸,您好好配合医生治疗,我先陪我妈她们回去了。"

"郁爷爷保重,保重!"姜申随后。

"慢走。仁义啊,快去代我送送他们!"

"哦,好的。"

"哎哟喂,老伯伯,这是你的亲家?气质不要太好哟,有70岁了吧?"金项链问。

"啥70岁?80岁了,上个礼拜刚刚过的生日。"郁校长得意地说。乐景怡这样的亲戚一来,真是给他挣足了面子,又是嘘寒问暖,又是现场坐诊把脉。一般人哪里有这样的待遇?只是自己没有住在特需单间。不过,真的住在单间,啥人能看到这般景致?还是住在这里好。他留意隔壁床位的夫妇,感觉得到,他们很是羡慕他。毕竟郁校长是知识分子,亲家也是知识分子。不像隔壁床位,一副暴发户的样子。女人胸前的那条粗粗的金链子,足以证明郁校长的判断。

金项链好奇地问:"哟,80大寿!一定摆寿宴了?"

"当然摆的了。"郁校长又有机会炫耀了,"你晓得马勒别墅吗?"

"晓得的呀,就是陕西南路上的,是吧?"

"你怎么晓得的?"

"我家就住在附近的。"

"哦,那你进去过吧?"

"没!"

"哎,我们亲家就是在那里办的寿宴!老气派的,我们还在里头住了一夜呢!"

金项链用羡慕的眼光看着郁校长。

"我要上厕所。"病人发话了,金项链赶紧上前搀扶丈夫进了卫生间。郁校长紧锁一下眉头,他正在兴头上,要大讲特讲寿宴的故事,没想到那个得肝病的男人却大煞风景,真是没劲!

此时,仁义送好客人回来了。郁校长对仁义说,自己累了,要躺一会儿。

— 算 · 计 —

仁义赶紧把床头摇下去,准备服侍父亲睡下。

郁校长忽然叫仁义把亲家母送来的那个礼品袋里的东西拿给他看看。仁义拎起袋子,把里面一个圆圆的透明塑料盒取出来,双手递给父亲。郁校长仔细看着,里面是整整十小扎个头一样大的虫草。郁校长又看看旁边床位的夫妻俩,然后像是自言自语,又像是跟仁义说,但更像是对金项链说:"乖乖,这一盒虫草起码要五位数呀!好东西,真正的好东西呀!"这金项链还真的站起身,伸长了脖子往郁校长这边望着,那眼神流露出的尽是羡慕。

说完,郁校长眼睛的余光看到了来自8床的羡慕,他满足地叫仁义放好,这才躺了下去。他的脑海里再现着刚才亲家母到来时的场景,心里实在是愉悦极了。

第二天一早,郁仁芝就将婆婆的四味药茶汤送到医院来。吃好中午饭,父亲刚要午睡,孙女郁甜甜和她妈来了。

"亲爱的爷爷,甜甜看您来了!"一进门,郁甜甜就叫了起来。坐在沙发上的郁仁芝赶紧举起右手,食指放在嘴边,示意侄女小点儿声。

"甜甜来了。"刚要入睡的郁校长小声说道。

"爷爷,您受苦了!"说着,甜甜眼中的泪水就流了出来。好像爷爷到医院不是来治疗的,而是来受刑的。谢晓华也问:"爸爸,还好吧?仁道单位跑不开,他都急死了,关照我和甜甜一定要过来看看你,不然啊,他是不放心的呀!"

"就是呀,亲爱的爷爷,您还好吧?"

看着这对母女焦急的样子,郁仁芝说:"三嫂、甜甜,你们不要急。爸爸是治病,治疗的过程很温和,没有痛苦的,放心吧。"

"就是讲呀,看把我这小孙女急的。好了,好了,爷爷这不是好好的吗?"

郁仁芝心想,三嫂她们真有意思,中午来看父亲,明明知道老人有午睡的习惯。

"三嫂,你们大中午的过来,也不休息一下?"

"哎呀,小妹。你不晓得。上午呢,甜甜起不来的,下午呢,甜甜说要去商场逛逛，只有现在有空了。害得我也捞不着觉睡。"说完，谢晓华看了女儿一眼，没想到遭到女儿的一顿白眼。谢晓华知道自己说错话了。

她们坐了十来分钟后，起身告辞，说已经影响爷爷和病友休息了。

"爷爷，您想吃什么？跟甜甜讲，我们下午就去给您买。"

郁校长拉着孙女的手说："这里啥都有，你过来看爷爷，爷爷就高兴了。去吧，去吧，开车子慢点呀。"

"亲爱的爷爷再见！孃孃再见！"

虽说郁甜甜来得不是时候，但她毕竟是三个孙辈中，第一个来看爷爷的。郁校长一点儿也不怨谢晓华母女打搅了他的午休，相反，他对甜甜的爱又增加了几分。

清早，乐景怡便起了床。她出了房门，见大儿媳黄黎明像往常一样准备早饭。冯一波和冯亚森也陆续起来了。一家人围坐在餐桌旁，吃着饭，商量着接待客人的事。冯亚森迅速吃罢，起身上班去了。

今天是乐景怡的麻友们来家里的日子。乐景怡在两天前就对老大两口子说，叫他们发挥所长，在家里"摆摆桌头"。老上海人在家里"摆桌头"，那可是有年代的事了。过去，家里住的地方不大，菜肴都是自家制作的简简单单样式，可是老上海人都喜欢回忆那一抹清香。

冯一波和黄黎明在农场插队时的小队长，就是最会讲故事的那个陈海，聪明，点子最多，他管理小队井然有序。在干农活上，他对大家要求很严格，插秧不能歪歪扭扭，割稻时，割下来的稻子要摆放成"一条线"。在整理内务上，必须要干净整齐，严格得像军队，晚上十点都要就寝，他还会查岗。但他在提高知青们的生活水平上也会动脑筋。他利用大田的边角地，让知青们种上容易生长的油菜、蚕豆，收获归己，这样就调动了大家的积极性。他组织大家自力更生，去外面捡工程队造房子剩下的砖头，圈起地养猪养鸭搞副业。在大家的不懈努力下，不仅每周能吃到两次肉，还有鸭蛋吃。最让大家钦佩的是陈海烧得一手好菜，冯一波和黄黎明每次都给他打下手，淘米、摘菜、切菜、剁肉，

— 算·计 —

不知不觉中，两人也学到了烧菜的本领。

乐景怡想吃两个孩子烧的大菜了，就安排在麻友们来家里这天。

早饭后，乐景怡休息片刻，便到小区中心花园打上两套太极拳。冯一波和黄黎明则双双出门采购。

上午九点左右，三个麻友都来了。她们个个穿着讲究。最小的浦东阿妹也有68岁了。她进了门就叫道："哎哟，我今天差点出不来了！"

"啥事能绊到你呀？"她们一边砌牌，一边问。三人都知道，浦东常医生一般不会爽约的。

"喏，孙子班级里有小朋友生毛病，要传染，学生们要在家里蹲一个礼拜。儿子一大早才接到学堂的通知，叫我们把孩子接到家里。我一听就急了，今天是我们姐妹聚会的日子，小孙子一来，我啥地方都别去了，你们讲对吧？"

"你儿媳妇要上班的呀，你不接怎么办呢？"乐景怡问。

"我叫儿子给他丈母娘打电话，送过去好了！"

"他丈母娘不是还带她小女儿的孩子吗？"陈护士长问。

"哎呀，就今天一天呀，明天叫儿子送回来。哎哟喂，你们看看，我可是为姐妹们着想，不让你们三缺一，到头来，好像我今天就不该来，是吧？"

从高校退休的陆老师说："哪里，哪里，你来我们才开心呢！你要是不来，我们多冷清呀！"

"就是呀！""哈哈哈……"

午饭马上开始。麻友们洗好手，纷纷入座。

六个冷菜先摆上桌。香干马兰头、酱汁萝卜干、海蜇头、白斩鸡、酱鸭块，还有一个什锦沙拉。看着色泽鲜亮的菜肴，老太太们个个赞不绝口。她们是不喝饮料的，只喝啤酒和苏打水。说到啤酒，四个人也就喝一瓶。这叫少喝怡情，不管多开心，她们都是这么一瓶，从不超量。

"我讲，景怡大姐呀，叫你儿子他们一道来吃呀！"常医生看着冯家晚辈

— 算 · 计 —

为她们忙碌，有点不好意思地说。

"没关系，他们今天是专门为我们服务的！"乐景怡微笑着。

"乐医生，你老有福气的！儿子媳妇这么听话的，真是孝顺啊！"陆老师说。

乐景怡客气道："哪里哪里，你们不是一样的呀！"

陈护士长说："那可不一样的，好不啦。你的儿女都孝敬你，就连你的外孙媳妇，叫什么惊鸿的，也那么孝顺，真正有福呀！不像我家里还有一个啃老族，唉！"

"季惊鸿。讲这个名字还有个典故的。不过，我听完就忘记了。"乐景怡说。

"对，季惊鸿。讲来听听呀，让我们这帮老太太也长点知识，是吧？"常医生道。

"我来讲吧！"陆老师微笑着，她看看乐景怡，乐景怡连连点头，"你们都晓得'惊鸿一瞥'的成语吧。鸿，即鸿雁，也叫大雁。惊鸿就是轻捷飞起的鸿雁。三国时的曹植在《洛神赋》中用'翩若惊鸿，婉若游龙'来描绘洛神的美态。后来就用'惊鸿'形容女性轻盈如雁的身姿了。一瞥，是很快地看一下。与惊鸿有关的成语还有'翩若惊鸿''惊鸿艳影'，都是形容女子轻盈娇艳，美得令人惊叹。"

乐景怡带头鼓起掌来："不愧是大学教授，讲得真好！"

"晓得了。这么讲乐医生，你的外孙媳妇一定是老好看的，对吧？"

"嗯嗯，还行吧。"乐景怡代外孙媳妇谦虚着，满脸挂着幸福的微笑。

"上热菜了！"冯一波在厨房里叫了一声。

要上热菜了，按照规矩，先要撤掉桌上的冷菜。黄黎明过来收拾。如此精美冷菜，撤了真有些遗憾。常医生马上叫道："等等，我老喜欢这个萝卜干的，要不就不要撤掉好吧？"

"没关系，常医生，您喜欢的话，我去帮您调个小碟子好吧？"说着，黄黎明就把客人喜欢的这个冷盘，撤至厨房，装小碟，再放在她的面前。

"黎明呀，谢谢，谢谢！"常医生说，"乐医生，在你屋里吃这顿饭，让我想起小时候，家里来客人，就是这样讲究的。今天真的是老开心的。你让我们

— 算 · 计 —

又回忆起了美好的童年！"

热菜一个个排着队，慢慢上来，什么冬笋塔苦菜、黄芽菜焐蹄髈、白灼河虾。冯一波时不时出来问问菜品的咸淡，是否合胃口。老太太们啧啧称赞。

一条清蒸鳜鱼色泽实在是好看。鱼身上的几道切口已经绽开，露出里面白色的肉，鱼身上铺着薄薄一层青白两色的葱丝，鲜香的热气随之扑面而来。最后上来的是一个三鲜砂锅。

客人们酒足饭饱了。她们称赞着这顿饭菜，黄黎明手捧托盘，送上漱口茶，等客人们一一漱好口，将漱口水都吐到一个小面盆里后，黄黎明又把刚刚绞好的四条热乎乎的小毛巾依次递给大家。老太太们接过毛巾，轻轻抹了抹脸，一个劲儿地说："地道，地道，这个桌头摆得地道呀！"客人们非常认可冯家的"摆桌头"，这也是如今不多见的老上海习俗了。

下午，她们继续"砌城墙"，直到用过下午茶后，客人们才各自离去。

晚饭时，冯一波夫妇本想把中午的剩菜热热就够了，可是乐景怡提醒道："你俩今天辛苦了。不过晚饭要给森森添两个新菜哟！"

"晓得晓得，姆妈。啥时候都不会亏待您孙子的，放心吧！"冯一波笑着。

— 算 · 计 —

第九章

双休日。冯亚琳和付继伟带着母亲煮的四味茶来到浦东诺诚质子重离子医院。住院部楼下的花坛边，仁义正推着郁校长晒太阳。

还是亚琳眼尖。她急忙摇下车窗玻璃，挥着手："外公，大舅舅。"

"爸，亚琳他们看你来了。"仁义随后对亚琳说，"停车场在西边。"

"看到了。"

付继伟过来，把手中的礼物交给仁义："舅，我来推吧。"

"外公，您怎么样了？治疗有副作用吗？"亚琳关心地问。

"还好，还好，比我想象的要好多了。这还是你二舅妈的功劳啊。要不是她看到晚报，我老早就吃上一刀了！"见到外孙女和外孙女婿，郁校长十分开心。

"爸爸，差不多了，咱们还是上楼去吧？"

"好，走吧，上楼吧。"

"郁老伯，又有人来看侬了？"金项链女人问。

"啊，是我的外孙女和女婿！"郁校长满面春风。

冯亚琳微笑着向金项链女人点点头。

金项链打量着冯亚琳，只见她面若傅粉，双眼有神，落落大方。亚琳脱掉外面的米色风衣。露出一套黑色西装来，白色衬衫的飘带打成蝴蝶结。黑色小西装只系了一粒纽扣，阔脚的黑色长裤，把她本来修长的身材，拉得更长。黑白两色，越发衬托出她的气质。再看看付继伟，身着一套藏青色条纹西装，浅紫色的衬衫配深紫色的领带，尽显风流倜傥。

金项链女人看呆了，不禁啧啧赞叹："郁老伯，你家外孙女和孙女婿真是靓女俊男啊，这是不是叫才貌双全啊？我猜得不错的话，他们是白领，我讲对

算 · 计

吧？"

郁校长最喜欢听这样的话了。上次郁甜甜来，金项链就夸孙女和他感情深。何况，外孙女他们真的很优秀。"是啊是啊，被你讲对了，他们都是公司的高管。老能干的！"

"外公，这是我妈给您煮的四味茶，她叫您每天都吃，当开水吃。"

"晓得了，晓得了。这几天吃下来蛮有效果的。口不那么干了，大便也正常了。你奶奶是这个！"郁校长说着竖起大拇指。

"外公，您想吃啥，就跟我们说，我们去给您买。"付继伟说。

"不用你们买，这里啥都有。"说着郁校长拿起床头柜上的一个塑封好的纸张，"喏，这是医院的菜单，像不像餐馆里的？"

付继伟接过来一看："哟，还真是什么都有！这家医院条件真是不错。"

"外公，叫继伟在这里陪着您讲讲话，我和大舅舅到医生那边去一下啊。"

"好的，好的。去吧！"见他们出了门，郁校长对付继伟说，"小付啊，你看你是从乡下出来的，在上海能够立住脚，不容易呀！"

付继伟不知道郁校长说这话是什么意思。也没多想，便应道："嗯嗯，是的外公。"

"那，你今后有什么打算啊？"郁校长在这个孩子面前，打起了官腔来。

"没什么打算，现在公司发展得不错，老板也挺重用我的，好好跟着老板干就行了呗！"

"错了，错了。"郁校长摇了摇头说，"你这种思想是很危险的。你要懂得'居安思危'。要对自己的人生有所规划。不能像你在乡下那样，做一天和尚撞一天钟啊！"

付继伟被说得莫名其妙。心说：我怎么没有人生规划了？如果没有，我会考到大上海的"211"大学吗？如果我做一天和尚撞一天钟，怎么能闯到今天的职位上呢？他脸上显出尴尬的神情，看着郁校长一脸诲人不倦的表情，他还是装出很高兴的样子，对郁校长说："外公，您说得对。我们年轻人就是要有远大的志向和长远的目标。继伟谨记外公的教导了。"付继伟想，我照单全收，

— 算·计 —

您不会有话了吧？

郁校长的头摇得像拨浪鼓一般，心想：孺子不可教也！这乡下来的孩子就是拎不清，少根筋嘛！郁校长感到气氛有些僵持，略微思考了一下，转了话题："你母亲在上海，还习惯吧？"

"开始的时候不习惯，这不每天有孙子逗着，她还是很开心的。"

"你们聊啥呢？"亚琳进来了。

"外公在问我妈在上海习惯不习惯。大舅舅呢？"

"他在外面接一个电话。"

"7床、8床量体温了！"一个小护士走进来。

"给我吧！"亚琳接过体温表。

回家的路上，亚琳觉得付继伟不像来的时候有说有笑。她知道一定是郁大校长"诲人不倦"了。

"怎么，外公给你上课了？"

"咦，你怎么知道的？"

"我怎么不知道？他是我的外公呀！"

"难道他也给你上过课？"

"岂止是给我上过？你回去问问，我妈和我三个舅、我、郁宏，还有在美国的郁潇潇，谁没有听过外公的课？哈哈哈，一个都不会落的，就是郁甜甜要好些！"

"是这样的！我还以为他看不起我们农村人，给我上上课，洗洗脑子。"

"那倒不会，他做了一辈子老师、校长，职业习惯而已。"

"但愿吧。"付继伟清楚，这个外公的骨子里有一样东西，和亚琳的姑姑冯一凤一样，叫他说不明白，但又非常不舒服！农村人怎么了？乡下人怎么了？再说，今天的上海人，有多少是本地的？不都是祖上从外地过来的。上海这些年建造起来的高楼，不都是农民工们出的力吗？

付继伟虽说是外地农村出来的孩子，但是他凭着自己的勤奋和努力考到上

— 算 · 计 —

海的大学。在学校里，也是他的能力和朴实，获取了冯亚琳的芳心。

他非常感谢亚琳，在家人的反对下，坚持和他好了下来。当年郁仁芝本指望着名牌大学毕业的女儿，能找个上海当地人家，有房有车风风光光地嫁出去。不承想，女儿爱谁不行，偏偏喜欢上了皖北山区出来的穷小子付继伟，她的大学同学。郁仁芝不是那种嫌贫爱富的人。她是担心女儿跟着这小子，过不上好日子，她是心疼自己的骨肉。可是，独生女儿的个性就是独立、自我、任性。郁仁芝知道反对是无效的，但支持也是不情不愿的。干脆，随他们去。讲不好哪天他们吹了呢？结果是事与愿违，两人的爱情坚如磐石。

身为公务员的冯一涛老实、本分，当年福利分房的末班车也没赶上。只等着货币分房，按照他当年的级别，一次性领了10多万。可是那年两室一厅的房子已经五六十万。看着天天上涨的房价，仁芝和丈夫商量再加点儿钱，给两个孩子付首付买个一室一厅。可是，女儿女婿听说父母出钱给他们买房，坚决反对，声称要靠自己的力量，绝不做"啃老族"。

信念是坚定的，现实是残酷的。结婚后，小两口住在父母家，计划着过两年能赚够首付，再买房搬出去，不料第三代不期而来，房价还在上涨。在现实面前，他们没有当初那么坚决了。

当郁仁芝拿出一张存了30万元的银行卡时，他们终于妥协了。付继伟表态，说这钱是借爸妈的，等他们以后挣够钱一定还。郁仁芝给女婿面子，答应了是借给他们的。加上女儿他们自己的存款，总算付了首付。

内环外，被称作"老破小"的海天新村小区71平方米小两室一厅，实现了付继伟在上海的有房梦。

回到家，付母已经做好了饭。"爸爸！"见到儿子，付继伟忘了刚才的不快。将亮亮抱起来原地转了几圈，小亮亮咯咯地笑着。

"好了，好了，回来手也不洗就抱孩子，真是的！"亚琳抱怨道。

"好，爸爸带亮亮洗手啰！"

吃饭时，他俩讲了看外公的情况，付母认真听着。小梅一边给小亮亮喂饭，

— 算·计 —

一边自己吃着。

郁宏在郁校长住院的一周后，被仁义劝说着去医院看了爷爷。前一天晚上下班回家，仁义就说："宏儿，你爷爷住院快一个礼拜了，怎么讲你也是他唯一的孙子，抽空去看看他吧。"

米兰在一旁也说："儿子，当年那件事，爷爷可能有他的难处，不要再往心里去了。"

"他有什么难处，我们又没强求他。不借就说不借，一点儿问题都没有。可是他把我耍了一圈后，讲没有钞票。你知道我是多尊敬他的！再加上之前那件事，我就觉得那不像一个老人做的事情，他不配做爷爷！"

仁义马上严肃地训斥道："没老没少的，怎么可以这样讲你爷爷！"

"哼！"郁宏不服气。母亲只提借钱的事，而在郁宏眼里，爷爷的不检点才是他最厌恶的。怎么尊敬他？那么不堪的老头！

"好了，你们父子也不要再纠缠以前的事了。儿子，奶奶一直讲，爷爷其实很喜欢你，那次的事情他做得不妥。奶奶说，爷爷碍于面子，总不好让他给你道歉吧。他也真的后悔了。"米兰的确听荣老师提到过这件事情。就是不知道公公是真的后悔了，还是荣老师希望他们祖孙俩早日和好，而有意对她这么说的。为什么当时公公会如此耍弄自己的亲孙子呢？她始终也没想明白。

米兰见郁宏不作声，便趁热打铁："你是晚辈，爷爷年事已高又得了这么一种病，不去看望他，别人不会讲你不对，会说爸妈没有教育好你，知道吗？"

米兰说完，郁宏便拿起了电话，"喂，吴倩倩。我明天上午有点私事，不进公司。你跟麦总和董总讲一下，我下午过来。"

"好的，郁总。"

孙子出现在面前，是郁校长天天盼望的，又是让他感到意外的。他高兴地叫仁义拿床边的水果给郁宏吃，老眼上下不停地打量着孙子。郁宏对爷爷这种少有的热情，感到不自在。郁校长似乎下了很大的决心，趁金项链扶着老公如厕的当口，对孙子说："宏宏呀，爷爷知道你还在生爷爷的气。那件事情是爷

— 算·计 —

爷考虑得不周到。现在爷爷得了癌症,讲不定哪天说走就走了。你是爷爷唯一的孙子,是郁家真正的血脉。你看,你能原谅爷爷吗?"

郁宏本来想到医院看一下,走个过场而已。却不料爷爷给他打了张感情牌,"姜还是老的辣",老江湖就是老江湖,郁宏感情防线立刻决堤溃坝。

"爷爷,我也有错,我不应该用那种态度对您,我错了!"仁义被这一幕惊呆了。不过,他是非常高兴的,他们祖孙终于能相互谅解了。

在父亲住院期间,郁仁芝没怎么接待看房人。父亲出院后,她想得抓紧时间,打了几个中介的电话。

"喂,是小刘吗?上次你带的客户有意向吗?"

"阿姐,不好意思。我客户说,你家虽然装修不错,但还是楼层太高了!"

"喂,是小陈吗?"

"您好,您是?"

"我是幸福花苑小区26号602的郁女士。"

"哦,是郁姐呀!我正想跟您联系呢!"

"是吧,有好消息了?"

"嗯嗯,我客户就是那对小夫妻,您还记得吧?"

"记得记得,你讲。"

"他们很有意向,就是预算不够。他们正想问问您,能不能800万给他们?"

"小陈呀,你知道的,我已经降过30万了。这样吧,我再让10万,820万给他们,好吧?"

"姐,那我再和客户沟通一下。"

"好的,好的。谢谢啊,小陈。"

"不客气,阿姐。"

"叮咚——"

"啥人呀?"

— 算·计 —

打开门，站在门口的是一位看上去40来岁的女人，一身白色衣裙，胸前蓝色布带子系着一枚白色吊牌。

"你寻啥人？"

"您好，阿姐。您这套房子是不是正在出售？"

"是啊，你是？"

"我叫管彤彤。"说着，女人举起挂在胸前的吊牌给郁仁芝看。郁仁芝看清了，是"英英地产"的置业顾问。女人又将吊牌翻个面，"这是我的身份证。"

如此规范的上门服务，虽说冒昧了点儿，但是看着"310"打头的身份证号，郁仁芝还是放心地说："请进吧！"

"你是上海人呀？"郁仁芝再次确认一下。

"对呀。是这样的，我有个客户让我帮他找房子，已经有小半年了。他的要求比较高，又要小区环境好，有车位，又要两层楼，上下不受影响。男客户经常在家里办公，怕被两个孩子打扰。女的上班要乘地铁，你们小区出门正好是一号线。所以说，你这套房子基本满足了我客户的需求。他们明天晚上来看房。这之前，我总要熟悉一下房子，不然，怎么推介给他们呢，您讲是吧？所以冒昧上门，打搅了。"

郁仁芝一听，觉得这是一个聪明能干的中介，她会根据客户需求，为他们"度身定做"，这可是郁仁芝第一次碰到的。不像大多数中介，只要有人来看，他们就联系带看。有一次有个中介把客户带到楼下了，客户一听没电梯，楼都不上就走了。更让郁仁芝生气的是，中介也不给她说一声，让她在家等了足足半个小时。"怎么搞的，电话讲已经进小区了，怎么还不见人？"郁仁芝打过去一问，才知客户不上楼，已经走了。这把郁仁芝给气的，"不来了，你讲一下呀，叫我在家里穷等，啥地方都不敢去！""不好意思，阿姐，是我忘了，对不起，对不起了！"

她对眼前这个既知"彼"，又要知"己"的女人，更有好感了。

"我能看看房子吗？"

— 算·计 —

"可以，请进！"两人起身，管中介看着客厅和餐厅说："这套房型老好的。南北通透，你家装修风格蛮别致的啊。"说着，进入房间，"这个真大，有十六七个平方吧？阿姐，你家是西边套，这个转角大飘窗也是个卖点哟！"

"楼上同位置也有这样一间。"郇仁芝补充道。

"太漂亮了！阿姐，你这套房子我都老喜欢的！"

"是吧？那我卖给你吧！"

"我哪里买得起，阿姐笑话我了！"

回到楼下客厅，郇仁芝给管中介拿了一瓶矿泉水，管中介欣然接过。

"小管，讲真心话，我是第一次碰到上海人做中介的。你有40岁了吧？"

"哈哈哈，我已经是奔五的人了！"

"真的？保养得这么好呀！"郇仁芝还真不是吹捧对方。

"四十八，是不是奔五了？过两个月儿子就要结婚了！唉，原先我在一家小公司做财务，公司倒闭了。在家里待着太闷，我又不喜欢跳广场舞、搓麻将，就喜欢跑。这不，朋友介绍，做了房产中介，哎哟，算算也有三年多了。"

两个上海女人，就这样一面之缘，便聊个不停。直到有电话进来了，管中介才起身告辞。

晚上，郇仁芝把白天的情况说给丈夫听。冯一涛的第一个反应，就是觉得挺危险，怎么好轻易地叫陌生人进门？他提醒郇仁芝，一个人在家千万要注意安全。

"大白天的，我怕啥？照你的意思，事先预约的就安全了？"

"也不是，我晓得，你一辈子最大的优点就是把所有人都想得很好、很善良，最大的缺点也是这一点，没有防人之心。"

"哎哟，放心好了，我有数的。"

第二天晚上，管中介带着客户如约而至。

照理来说，这个管中介是顶顶拎得清的人。可是，看过房子的几天，都没有音讯。奇怪了，郇仁芝忍不住要问个究竟。这不问不要紧，一问才知道，管

一 算·计 一

中介到手的鸭子飞走了。郁仁芝再问详情,管中介说:"阿姐,我能到您家里去详细谈谈吗?"

"好的呀,我今天正好没什么事。"

看着一脸愁云的管中介,郁仁芝拿了瓶矿泉水递给她,请她坐下细细道来。

"阿姐,你晓得现在房市低迷,调控又严格。一些不守规矩的小中介,做事就不上路了!"

"不要急,慢慢讲。"

"我这个客户一向老信任我的。那天从你家出来,讲得好好的。你不是当场给他们让20万,我想810万真的差不多了,说明你是诚心要卖的。从你家出来,我们到店里,我帮他们算了税费和贷款,还有每个月要还的金额,当时夫妻两个老满意的。讲好下周双休他们来下定金,签合同。可是,啥人想到,他们离开我们店里,小中介的人就跟上去,讲我给他们介绍的房子卖得太贵。他们有同小区的同房型,讲是一个台湾人急售,豪华装修的,中介费也比我们公司便宜,只收他们一个点。"

"那台湾人出价多少?"

"啥人晓得!反正女客户在电话里头把我好一顿讲。什么如何如何信任我,我却报这么高的价,一定是和房东串通好的,什么中介费要两个点,这种钞票简直太好挣了!您讲,气人吧?这种人家,我辛辛苦苦为他们寻房源,再带看,陪了快半年,白忙了,真是气死人了!"管中介越说越气。

听了管中介的话,郁仁芝想了想说:"小管,你先不要生气。如果站在客户的角度,他能买到同户型,而且又便宜的房子,也很正常呀!你快不要生他们的气了。"

"哎呀,阿姐呀,买啥人的当然是他们的自由,我没话讲!可是,他不能否定我这半年的付出吧?更不能随意猜忌人家吧?讲我和你串通好赚他的钞票。你讲,这种人垃圾吧?"

"算了,算了,买到自己心仪的房子,对他来讲是圆满的。你一时半会没有收获,这也是暂时的。依我看,你自己其实也有收获呀!"郁仁芝又将坏事

— 算 · 计 —

情往好里想，把人家中介往好里劝。

"我有什么收获？"管中介一脸的委屈。

"你收获了人生经历，认识了这样一种人呀！"

"阿姐，我觉得你真是一个简单得不能再简单的人了。我收获人生经历有啥用啊？我的这单业务没有了呀！"管彤彤喝了一口水，接着说，"不过，同你讲讲话，心里好受多了。"

"小管，你的为人我很欣赏。我听说，好像你们中介有房屋独家委托服务，是吧？"

"有呀，阿姐，您的意思是？"

"对，我就是想委托你为我服务！"

"太好了，谢谢阿姐的信任！"小管转忧为喜，立刻站起身来，深深鞠了一躬。

"那，接下来怎么做？"郁仁芝把管中介拽到沙发上坐下。

"姐，很简单，我明天给你送一份委托合同，你只需要写上委托时间期限就行了。这样，我们周边的几个门店帮你力推。只不过，我们在推之前，还要做一些前期工作。比方讲，我们要向上级申请经费，然后请专业的摄影师来拍个动态的VR和照片。以后，就不会有乱七八糟的中介给你打电话了。"

"那再有电话我不接吗？我不接他们会不停地打呀！哎，那我讲，房子卖掉了，好吧？"

"不行，你就讲不卖了。否则，他们会问，你要买到哪里，我们可以帮你。这不是又烦到你了吗？"

"哦，有道理，有道理！还是你们有办法。"

"不过阿姐，还有一项费用的事情要同您讲清楚。"

郁仁芝立即想到丈夫的话，要有防人之心："讲好我是到手价的。"

管中介见她有些警惕，便轻松一笑说："晓得的，晓得的。阿姐，你最低到手价是多少？"

"810万呀！"

"好，根据我对市场的了解，你房子的合理价格是840万。合同上我们就

一·计

签838万，不低于828万。假使帮您卖掉了，你给我们公司一个点。也就是讲，若828万成交，你到手是819.72万，直接比你到手价810多了9.72万，这是低估。要是以838万成交，你到手是829.62万，也多卖了19.62万。咱们双赢，你看可以吧？"管中介到底是财务出身，一口气报了一大串数字，郇仁芝也会抓关键，记住了9.72和19.62两个数字。

"小管，你这业务可真是熟练！佩服佩服！"

"阿姐，过奖了，只不过是加加减减而已。那就这么定了？"

"好！"

送走了管中介，郇仁芝心情十分轻松，她有预感，房子会很快卖出去。

"喂，荣老师。"郇仁芝拨通了郇校长家的电话。

"小妹呀，我正要给你打电话呢。"电话那边传来荣老师的声音。

"爸爸和您都好吧？"

"都好，都好！你放心。就是昨晚上你爸又提起你卖房子的事。你不晓得，他这次住院，你照顾他照顾得最好，他就讲等你买了新房，他一定要同你和一涛一起生活。我就问他，我怎么办？他讲一起到小妹家！小妹呀，你这个爸爸不知道怎么想的。我是拿他没办法。"

"荣老师，没关系。我今天打电话就是要告诉你们，我马上把房子独家委托给一个中介，这样的话，很快就能卖出去的。"

"是吧？那你等等，你直接跟爸爸讲讲吧！"说完，荣老师将话筒给了身边的郇校长。

这次住院治疗"蚕豆"，让郇校长真正体验到了女儿是他的贴身"小棉袄"。虽说儿子、儿媳表现也不错，但哪里有护士出身的女儿细心、周全？他甚至想起去世多年的原配来，他感激她，感激她能给他留下一个这知冷知热的女儿！现在听说房子很快会有着落，他非常高兴。放下电话前，他说："小妹，我们静候佳音！"

一 算 · 计 一

第十章

不像开刀做大手术，郁校长的黑色素瘤中的癌细胞，被质子医院的定向爆破给击碎了。虽然那颗"蚕豆"还在腿上，但它的内部组织已经发生了质的变化。据医嘱，黑色素瘤周围可能会有一些液体渗出，属于正常现象，注意清创即可。郁校长再次问及，若是复发，是不是要进行第二个疗程？医生答，只做7次，不存在几个疗程的说法。

郁校长又问："为什么？"

医生说："质子重离子治疗属于先进的放射治疗方式，相当于普通放射治疗方式的升级版，特点是射线的能量较高，通过正常组织时损耗较小，而把射线全部集中在肿瘤病灶上。所以能够将对人体的损害降为最小，而治疗癌症的效果又发挥到极致。换句话讲，这个疗程就足以杀死癌细胞了，除非在放疗之前癌细胞已经转移。"

出院之后的郁校长，忽然觉得自己年轻了一二十岁，心情也随之开朗起来。医院结账后，他把仁德和仁芝给他垫的医药费悉数还给了他们。仁德推辞说："还什么还，潘岩讲明是给你治病用的。她工作忙，你住院她也没去看过你。"

"不需要，一码归一码，拿着吧。"

郁校长和先前一样，躺在院子的藤椅上，天猫精灵里放着样板戏，他左手握着手机，转发来自朋友圈的各种信息。接着上"百度"找寻如何防癌的信息。《山东人胃癌少，全靠爱生吃葱和蒜？》一文映入眼帘。看完后，他想，蒜是个好东西。看来，这吃蒜的事要立刻摆到议事日程上来了。

郁校长吃蒜，一开始是一天一顿，午饭时吃三瓣蒜，后来则中午和晚上各吃一顿，一顿吃五瓣蒜。荣老师是不吃蒜的人，自然怕闻到蒜味。可是，郁校长是一家之主，凡家中大小事情，都是他说了算。这是他们自结合以来十多年

— 算·计 —

的习惯,并非是荣老师怕郇校长。过去在单位工作时,他们是上下级关系,彼此相互尊重,无所谓谁怕谁。现在他俩是夫妻,荣老师是大户人家出来的女子,教养极好,从不与他计较。加之郇校长这一年来身体不好,她自然遇事让他三分。好在楼下蒜气弥漫,楼上自己的房间还是清新怡人的。自打郇校长摔了一跤后,他在客厅里安了一张单人床,这样,他不用上下楼,自己进出院子也方便。

昨晚,仁德打电话说,今天他和潘岩要来看望父亲和荣老师。郇校长叫荣老师备好水果和咖啡,等他们到来。

当年在全市物业管理刚刚起步的时候,潘岩就以自己名字的谐音成立了攀岩物业有限公司。后来与朋友合股收购了两个小物业公司,她是大股东、董事长兼总经理。如今她的公司可是了不得,全市已有七八个分公司。平时的繁忙可想而知。女儿郇潇潇高中毕业后,直接去国外留学。郇校长对这个儿媳妇从不敢有半点要求。相反,每次潘岩要来,他都像迎接上级领导一样,让荣老师忙上一阵子。

仁德进了院子,见郇校长正躺在藤椅上,说:"老爸,我们来了!"

"哟,来了?"

郇校长想坐起来,潘岩迎上去说:"您别动,您好好躺着吧。听仁德说,您感觉不错,是吧?"

"是的,是的。别讲,这三十几万花得值。"郇校长现出满意的微笑。

"来,潘岩,喝杯咖啡吧,你们爸爸特意关照的。"

"荣老师,最近您辛苦了。爸这个病让您受累了!"潘岩接过咖啡。

"哪里哪里,我什么也没做,都是他们兄妹几个在忙,还有你大嫂米兰。"荣老师见他俩都站在院子里便说,"还是进屋里坐吧。"

仁德扶着郇校长进入客厅,潘岩手拿两杯咖啡随后进入。

茶几上摆满了各种水果。潘岩把杯子放到茶几上,冲鼻的大蒜味,让她实在忍不住开了口:"哎呀,好浓的大蒜味道,你们这是……"显然潘岩是真的受不了。

"还讲呢,爸爸这几天顿顿吃大蒜!还讲要和家里人商量,成立一个什么

算·计

专门研究大蒜的机构。他讲，他要亲自给总理写封信，要把大蒜里的精粹提炼出来造福人类，还说以'郁氏'命名。"

听到这里，潘岩忍不住笑了，她说："据我所知，大蒜保健品老早就有人研发出来了。我倒是建议爸，不要直接吃生蒜，你们老年人，胃受不了那个刺激的。回头我叫人帮您买来，您试试看。"

多日来的构想，就这样被儿媳妇给否了，郁校长不甘心。他想，你一个管物业的，不可能知道大蒜开发的事情。本来郁校长还准备叫潘总加入的，看来她没兴趣。无所谓！自己的亲家乐医生一定会感兴趣的。于是，他嗯嗯啊啊地应付着。

大概坐了二十分钟的样子，潘岩和仁德对视了一下，仁德马上说："老爸，潘岩还有事，我们这就走了。"

"吃了中饭再走吧？"荣老师热情挽留。

"不了，我的确还有事。我下午要到两个新小区去看看，我们物业刚刚竞标上。"说着，潘岩从拎包里拿出一个信封，双手递给荣老师，"这是两万块，我听说爸要吃虫草的，我也不会买。您叫小妹帮着买一下吧。你们多保重！"

"哎哟！给这么多呀，那就谢谢，谢谢了！"郁校长在一旁说道。荣老师接了过来。

"那我们走了。"

"老爸，荣老师，再见！"

车上，潘岩终于忍不住"噗嗤"笑了出来，"仁德，你爸想什么呢？还'郁氏大蒜精'，你看看，整个房间全都是大蒜味道，臭死了！荣老师怎么受得了？真是太好笑了！"

"老爸一辈子自信、倔强，你又不是不知道。我觉得他能想出这些来，再正常不过了。你呀，少见多怪。"

"我是讲，毕竟是做过校长的人，他不是会上网吗？到网上搜搜，多了去了！"

"他又不会网购。他最熟练的就是'百度'，晓得吧？"仁德手握方向盘，

— 算·计 —

看着前方说道。

"喂，小何。"潘岩打通自己秘书的电话。

"您好，董事长。请吩咐。"

"不好意思，是私事。你帮我在网上买几瓶'大蒜精'，挑好评多的。"

"明白，董事长。寄到哪里？"

"溧阳路家里的地址。"

"好的，我马上办！"

"辛苦！"

仁德说："你还真给他买？"

"这叫'焦点访谈'——让事实说话！再讲，吃大蒜精气味比他直接吃大蒜肯定要小得多，我是同情荣老师。"

荣老师一辈子与世无争，平和善良。培养的两个儿子尤其优秀，他们没有靠父母，当年出国留学，申请的是全额奖学金。毕业后都在国外发展。要不是20多年前老伴病逝了，自己又不愿意到国外去，这位祖籍无锡的大小姐，怎么会和郁校长组成家庭呢？两个儿子得知母亲找了自己的同事为伴，知根知底，也都很赞成很放心。

这十几年间，郁校长也受荣老师儿子的邀请，多次出国旅游度假。荣老师嫁给郁校长，就是求个老来伴。虽说她退休金没有郁校长高，可两个儿子每年都给她汇美金，所以不差钱！虽说平时潘岩与荣老师接触不多，但是荣老师在郁家的作用，潘岩是知道的。尤其是对仁义大哥一家的爱护，令潘岩感动。对郁校长在家里的霸道做法，潘岩是很看不惯的。

潘岩看不惯郁校长，是因为郁校长常常把官员作风带回家。在家里，他总是高高在上，把子女当成自己的学生，想批评就批评，想教育就教育。殊不知，一个人在社会和家庭之间，是要有角色转换的。就拿郁校长来说，在单位的教师面前他是领导；在学校的学生面前，他是教书育人的老师；回到家中，他应该是丈夫、是父亲、是爷爷和外公。可是，他对待儿女，更多的是大家长制作风，

— 算 · 计 —

是师道尊严的作风，在老大郇仁义的身上尤为明显。老大刚懂事时，就被送给了郇校长的亲哥哥，近三十岁才回到父亲身边，尽管仁义老实、厚道，不善言辞，因为多年的疏远，郇校长还是不喜欢他。如果其他子女做错事，可能就不是事，但仁义要犯同样的错，郇校长就坚决不能容忍。他的居高临下，不可能让他去理解他人，同情他人，可怜的还是郇仁义，他的亲儿子。"爱屋及乌"的反义词应该就是"恨屋及乌"吧？连孙子他也是从骨子里看不惯。孙女郇甜甜可以在他面前撒娇发嗲，郇宏却不能乱说乱动。仁义回到上海这些年，郇校长从来没有和这个儿子进行过真正的感情交流。仁义无论怎么做，郇校长都不待见他。正如冯一凤常对米兰说的："你家仁义就是后娘养的！"潘岩和仁德知道父亲对大哥的态度，他们自然是看不惯的。他们认为一个父亲对待所有子女应该公平，一视同仁，这样他才会有威信。若父亲做得不像父亲，又怎么能叫儿女信服他，敬佩他呢？

　　说起不公平，有一件事情让潘岩印象深刻。郇甜甜结婚之前，郇校长将自己的沪籍车牌转送给了郇仁道，替换了仁道家的外地牌照。为了遮人耳目，郇校长对老大老二说，他是以略低于市场价——8万元卖给仁道的，同时翻出手机里的照片用以佐证。仁义仁道不看不要紧，一看两人一个感觉："这哪里是8万的现金，分明写着'此地无银三百两'啊！"仁德回家学给潘岩听，说："老头这一招太蹩脚了，完全污辱我们的智商！要么悄悄给了，别声张，没人去追究；要么大大方方给了，凭大哥和小妹的为人，也没人去声讨。来这么一遭搞笑吧？"潘岩听了只说了一句："这就是真实的郇校长！"

　　荣老师正在楼上房间和大伟一家视频。

　　"姆妈，郇叔叔身体不好，您年纪也大了。我和珍妮都希望你们请个住家保姆，费用我跟小弟两人出。您和郇叔叔商量一下吧。"

　　"儿子，真的请保姆，也用不着你们出钱，我和你郇叔叔都有钱的。你们自己多保重，工作上别太拼了啊！我怎么看珍妮好像瘦了呢？是不是太辛苦了？"

　　珍妮笑着对婆婆说："哪有呀，妈，我还是老样子。"

— 算 · 计 —

"你们又上班,又要照顾两个孩子,不容易呀!"

"还好呀,妈放心。迈克已经是大学生,很懂事,平时也很照顾妹妹,是个称职的哥哥。杰茜马上要读高中了,我们现在轻松多了。"珍妮说。

"好吧,好吧,就讲到这里吧。"荣老师怕影响两个人上班。

"那姆妈,您自己当心身体,向郁叔叔问好。不早了,您快休息吧。"

早饭时,荣老师说:"大伟他们昨晚跟我视频了。我看太晚了,没叫你。"

"怎么,他们都好吧?"

"蛮好的。就是他们提了要帮咱们请保姆,讲费用他和小伟出。"

"嗯,这两个孩子都蛮懂事的,蛮好!"

"你同意请了?"

"是啊,你看你远不如几年前,手脚慢了许多。不过,真的请个人住在家里,我怕不习惯。"

"你的意思是?"

"我们平常也没什么事情,要不,请个钟点工吧,烧烧饭,洗洗衣裳,打扫打扫房间,足够了。"

"也好,也好。"

"但是费用不能叫你的儿子出。"

"老郁,都是一家人,分那么清楚做啥?"

"那可不一样。你嫁给我,就是我郁家的人。这个费用就叫我的三个儿子出吧,统共没有多少。"

"那仁义家里的情况比较特殊,他就算了吧?"

"这可不行!他们分担我们的生活费,那是天经地义的,就这么定了!你跟大伟讲一下,郁叔叔家的三个儿子出钱。"郁校长知道荣老师的儿子都是很有经济实力的人。他只是想表达自己的儿子虽然比不过他们,但就算请住家保姆,也是出得起钱的。毕竟是当过校长的人,别搞的好像他是没有本事的人,还要续弦儿子的钱,讲出去多没有面子!

— 算 · 计 —

荣老师本想再说几句，见郇校长如此坚定也就作罢。

说要寻钟点工，郇校长来了精神。他给仁义打电话，叫仁义先联系他家附近的两个保姆介绍所，他明天上午要亲自前往，去挑钟点工。

第二天上午十点，仁义推着郇校长，来到离家最近的小晴保姆介绍所。负责人是一个30岁左右的女人，她热情地接待了郇校长父子俩。

最后，郇校长在五六个钟点工里挑了一个白白净净的女人，30来岁的小樊。郇校长像查户口一般，把想到的问题问了个遍，最后还要问仁义有没有补充。好在这个女人算灵慧，闯过了"九九八十一关"，进了郇家的老洋房。

三天下来，小樊做事勤快，郇校长对她不是表扬，就是鼓励。说小樊烧的菜味道不错，只是关照以后要少油、少盐，不要放鸡精。

一周下来，郇校长十分满意，试用期一到，他便让仁义去中介签了正式合同。

双休日，除了潘岩外，四家孩子悉数报到。

仁义和米兰一大早就来了，郇校长在他们面前一个劲儿地夸钟点工，说小樊真是个细心体贴的人，做事利索、照顾他们细致入微。两人一听，这不正是自己希望的吗？真好。于是，仁义佩服地说："还是爸爸眼光厉害！"

米兰和丈夫一样，为公公能找到这样称心如意的钟点工而高兴。公公突然又来了一句："是啊，一个非亲非故的外人比自己的儿女都尽心尽力，很是了不起呀！"这话说得叫米兰心里有点不舒服。

"老郇呀，我劝你别过早地下结论。你想呀，这第一周是试用期，我们出的钞票比人家多，她当然会尽最大力表现了。"荣老师也听到刚才的话，怕伤了老大他们，提醒道。

"你这就不对了！现在社会上就是有太多像你这样的人，总是把人往坏里想。难道人与人之间最起码的信任都不能有吗？"郇校长不高兴了。

"不过爸爸，荣老师提醒的有道理。我老爸他们干休所，就有这种情况。有个老团长去世了，老伴瘫痪在床上，家里请的保姆，干活偷懒，趁老人子女上班，在家里横行霸道。有一天，老人儿子下班回家早，发现这个保姆正在训斥他妈妈，把他给气坏了，就把保姆赶走了。"

一 · 计

"是啊,我也不是讲小樊就一定不好,再观察一段时间嘛。"

"哼,我看人不会有错的!"郁校长以自己阅人无数的资本不服气地说。

下午,郁仁芝两口子来了。

"哟,今天客厅里老整洁的嘛!"郁仁芝惊喜地说。

"小妹呀,你不晓得,你爸对自己请来的钟点工很是满意。讲来也是,这小女子嘴巴甜是甜的,哄得你爸老开心的。平时我们不能碰他的宝贝,是吧?这个小樊却跟他一边商量一边收拾,看看,干净多了吧?"

"是啊,所以老爸可得意了。这不就是'敢教日月换新天'了!"郁仁芝说。

冯一涛依旧和老爷子展开棋战,天猫精灵又响起《智取威虎山》。

仁芝与荣老师闲聊。荣老师把上午老大他们来的情况简单一说,仁芝立即走到郁校长身边,坐在沙发的扶手上,单手搭在父亲肩上说:"爸爸,怎么,听说你寻的钟点工都赛过你的儿女们了?"

郁校长举起来的棋子停在半空:"谁讲的?怎么可能呢?外人再好,也比不上我家小妹对老爸的好,你讲对吧?"

"嗯嗯,这才是大实话。"郁仁芝得意地笑着回到荣老师身边坐下。

院门开了,仁德和仁道两口子拎着大包小包走了进来。

"小妹,小妹——"仁德边走边喊。

仁芝跑出房门,"二哥,三哥,你们这是买了些啥东西?"说着,她接过谢晓华手上的一个马甲袋,关好院门。

"仁德、仁道来了!"

"荣老师好!一涛,又跟老爸杀上了?"

兄妹仨把大包小包直接拎到冰箱旁。

"这都是啥呀,这么多?"荣老师问。

"都是杀好的鸡鸭鱼,潘岩弄来的。讲是散养的鸡鸭和水塘里的鱼。"

"这么多,怎么吃呀?"荣老师有些发愁了。

"老三和小妹他们不是在吗?叫他们一起帮下忙,一人带回去一点就解决

— 算 · 计 —

了。我车上还有一些，等会儿回家我再到大哥家去一趟，大家都有了。"

"仁德呀，潘岩有啥总是想着我们。你看，上趟叫人送来的崇明大米，还有这么多的呀！"

"荣老师，这个也好办，你们不是请钟点工了吗？午饭和晚饭请她一道吃嘛！"

"对呀，仁德，还是你办法多！"荣老师夸道。

"我们小时候，没得吃，那是真发愁。现在不缺吃也发愁，这就不应该了，您讲是吧？"仁道插了一句。

"好、好，老郁呀，你看你这几个孩子，一个比一个孝顺！"荣老师故意这么说，回敬他上午那句说外人比自己孩子好的话。

谢晓华说："小妹，你们去陪爸爸，我来帮荣老师分配。"说着，她便蹲下来，将鸡鸭鱼均等地分为三份。荣老师叫她把鸡都拿走，郁校长不吃鸡的。谢晓华便不客气，立马放进自家的马甲袋里，还特意把最大的一包摆在冰箱的另一边，生怕被拿错了。

回家的路上，谢晓华对仁道说："哎，你有没有注意到仁德讲的一句话？"

"哪句话？"

"就是，仁德讲车上还给大哥他们留了一份。"

"怎么了？"仁道实在不知道老婆要说什么。

"什么怎么了？就是讲，假使今天我们不是碰到老二，这些鸡鸭鱼根本就没有我们家的份。哼！他们总是这样子，什么好事都想不到我们！"

"不要瞎讲好吧？甜甜生日时，潘岩不是还送了一条连衣裙吗？我听甜甜讲，网上的价钱要好几千呢！"

谢晓华一下子不知道说什么了，但她心里明白，这兄妹三个和她家仁道没那么融洽。

"反正不管怎样，今天要是不去，这一大包东西肯定没有了！"谢晓华继续嘟囔着。仁道没理睬她，心想：就是个头发长见识短的女人，这点小便宜也要占！

— 算·计 —

谢晓华为自己能占到潘岩送来的便宜有些得意。在这个家里，她最怕的就是这位二嫂。那是在婆婆病故后，谢晓华擅自将洋房的门锁给换了，害得仁义和仁德进不了门。敲开门后，仁义、仁德问为什么要换家中的锁，谢晓华说不出个所以然，用了一句"防贼"来搪塞。防贼？谁是贼？

仁义回家后，把谢晓华换锁的事情讲给米兰听，米兰问为什么？仁义说不知道。仁德回家后，同样把事情告诉了潘岩。潘岩火了，非要拉着仁德去溧阳路评理。仁德拗不过，小夫妻一起来到父亲家。谢晓华见潘岩来质问她，一开始理直气壮："妈妈刚刚走了，我怕这几天进进出出人多，万一丢了东西，啥人负责？再讲老锁本来就有点问题了。"

潘岩一听，这是什么混账逻辑："怎么，你把大哥二哥当贼防着了？凭什么？"

潘岩问得好！谢晓华前一天晚上就跟仁道说："你妈死了，家里的东西要看看牢，你爸正悲伤着呢，万一老大他们把家里值钱的东西拿走怎么办？"

仁道想都没想就说："明天你把锁换一下就行了嘛！"谢晓华觉得这是个好主意，于是白天换好锁，给公公一把新钥匙，说家里锁坏了，换了一把新的。

"二嫂想多了，真的是锁坏了，不信你问爸爸。"谢晓华看着情绪低落的公公说道。

"是吗，爸？"公公点了点头。

潘岩觉得这事情蹊跷，又问："谢晓华，你不要以为这些年你和爸妈住在一起，你就可以为所欲为。你肚子里的那点小九九我还不知道？是怕我们把家里的几件古董拿走吧？我告诉你，你打错了算盘！不要忘了，妈走了，爸还健在，你不要动歪脑筋好吧？"

谢晓华被潘岩点中了要害，立刻耍起泼来："潘岩，你不要用小人的心猜君子的腹！啥人这样想了？你冤枉好人！你，你不要脸！呜呜呜呜……"

"姓谢的，你给我听好了。不要脸的标准我一定是不合格。倒是你若没有小人之心，你急什么急？还有，那叫'以小人之心度君子之腹'，有点文化好吧？

— 算·计 —

最后，再告诉你，有理走遍天下，骂人算什么？说明你是狗急跳墙！"

对于二儿媳的据理力争，郁校长听得真真的，他知道潘岩有水平，他也知道潘岩瞧不起谢晓华。看着谢晓华哭闹，他对潘岩说："算了吧。你是大学生，你弟媳文化水平不高，得饶人处且饶人吧。"

潘岩扔下一句话："谢晓华，请你加强自身修养，少动歪脑筋，不要理亏时，就骂人，就耍赖，丢你娘家的人！"

回家的路上，仁德说："老婆真厉害，我一句话都插不上。真解气！"潘岩说得谢晓华哑口无言，最后气急败坏地骂人。潘岩的母亲曾说过，"我这个女儿呀，厉害是厉害，但是她不浑，她懂道理、讲道理。"

领教了潘岩的厉害，谢晓华面上服帖，心里憎恨。这么多年了，她是能不见潘岩就不见，但是今日有小便宜，不占白不占。

真是被荣老师言中了。一个月内，郁大校长前后换了五个钟点工。当然，实话实说，这真算不上小樊的错。

这天，小樊在炖甲鱼汤，火开得比较大，被郁校长看到了。他说："小樊呀，这个火要开小点，文火炖，你晓得吧？你看火苗都跑到锅外头来了，这是浪费能源呀！"

"哦，老伯，我晓得了。"随即她把火苗调到最小。

午饭后，小樊不小心摔了一个盘子，郁校长便吼了起来："你手脚轻一点好吧？到底会不会干活？"

郁校长的反常，让荣老师感觉奇怪。午睡前，荣老师问："老郁呀，你是哪里不舒服了吧？"

郁校长不否认，把裤脚管撩起来说："喏，伤口这两天又有液体渗出来了。"

"难怪，你今天讲人家小樊两次了。人家只是来帮工的，又不是你的孩子，不好这样待人的。我马上给仁芝打电话，问问她怎么办吧。"

下午老两口午睡好了，仁芝带着一大包清创的东西来了，什么无菌生理盐水、过氧化氢溶液、医用棉球、小镊子等。

— 算·计 —

仁芝帮父亲清创后，父亲心里安稳了许多。

"爸爸，我这是按照上次医院的办法给你处理的。这周咱们连续清创三天看，如果不好，我们还是要去医院的。"

然后，郁仁芝打通质子医院的电话，询问当初的主治医生。医生说是正常现象，叮嘱说病人一定要注意个人卫生。千万不能包扎伤口，要通气的。郁仁芝这才放心了。又安慰了老父亲一番，走了。

晚饭后，小樊洗好碗，对荣老师说自己今天接到老家电话，家里有急事，明天就不来了。荣老师明白，人家受不了这个气。劝都没法劝，她称家有急事，不能不让人家走呀。本来每月一结的工钱，荣老师按照天数给了小樊。另外还多给她一百元。

"拿着吧，我虽然不知道你家里有多大的事，给家人带点礼品总需要的。"

"阿姨，你是大好人，谢谢了。"

郁校长换了五个钟点工。相比之下，第一个小樊确实很不错。大概是先入为主吧，按照郁校长说的，后面的几个，一个是"聪明面孔笨肚肠"，头脑不够灵活。一个连上海话都听不懂，郁校长当年上班时，学校是要求教师讲普通话的，退休这么多年再去讲普通话，更觉得拗口了。再有一个钟点工是大手大脚，不懂得节俭。水龙头开了就不知道关，关照她洗菜的水倒到卫生间小桶里，可以冲马桶，可是一天到晚都听到哗哗的冲水声，就是郁校长不心疼，荣老师也觉得太浪费了。什么洗洁精、洁厕净，用起来都是"大手笔"。洗洁精多了，碗是洗得干净，可是二次污染又来了。这最后一个，只能是马马虎虎将就着用，郁校长嘴上不说后悔的话，心里绝对是后悔，后悔不该让小樊走。那天自己要是放低点姿态，道个歉，不就没事了吗？可是，做了二三十年校长的人，都是听别人给自己认错道歉，从来没有给别人道歉的道理。错了怎么办？错了就错了！

仲景医院中西医结合肿瘤科门诊室外。郁校长坐在轮椅上。身边站着仁义、

— 算·计 —

米兰和仁芝。在清创效果不佳的情况下，郁校长决定换个医院看看，他自己在百度上查到的这家中西医结合门诊。

今天是仁芝帮父亲主述病情。医生看了伤口，说目前没有其他的办法，还是继续清创吧。他把病历翻到"门诊就医记录册"，看了病历上居住地址一栏，说："溧阳路附近有个中西医结合医院，可以帮你清创，这样就没必要往大医院跑了，你看好吧？"

郁校长没接话，他还没想通，觉得这个医生又想打发他。

仁芝说："好的，谢谢医生了！"

"不客气。"

"医生，照你这么讲，我今天不是白白排了一个上午了吗？"郁校长终于说话了。他不甘心，和以往一样，他挂的是专家门诊，就被这么一句话打发了，这钱也太好赚了！

"老先生，话不能这样讲。你看啊，你首诊是在肿瘤医院，然后在质子重离子医院放疗。放疗后出现这种情况，照道理你是应该到这两家医院的。但是看你这么大年纪，这么多子女陪同。你们是他子女吧？"三人均点着头，医生继续说，"所以我给你推荐你家附近的医院，让你少跑路。我们这个科主治哪些疾病，你们到楼下宣传栏自己看，好吧？后面还有病人。"

仁义推着郁校长，仁芝和米兰向医生道谢跟着出来。

"什么东西！"郁校长终于骂出声来。

"爸爸，你不能这样的。我觉得医生还是蛮负责的。你看他讲得有道理呀。是肿瘤医院和质子医院给你看的病，有问题是要找他们的呀！但是人家医生还是帮我们解决了问题的。"郁仁芝觉得老父亲不讲道理了。

"解决什么问题了？他那叫推诿。推诿晓得吧？啥屁专家，烂糊三鲜汤（指马马虎虎，不负责任），哼！"郁校长气愤地爆了粗口。

"爸爸、仁芝，你们看。"米兰指着宣传栏。

"中西医结合肿瘤科，……近年来针对西医尚无特效疗法的疾病、西医难治性疾病、西药毒副作用大的疾病进行筛选，选定肝癌、大肠癌、胰腺癌三个病

— 算 · 计 —

种为本学科临床研究和基础研究主要攻克方向，并逐渐加大对乳腺癌、胃癌、肺癌、食管癌等研究力度，通过中西医结合治疗肿瘤以改善患者生存质量、延长患者生存时间，突显中西医结合–病征结合诊疗优势……"郇仁芝故意把这一段读给父亲听，"爸爸，你真不能怪医生，这下晓得了吧，人家的主攻方向是什么？他们没有研究到黑色素瘤，总不能给你瞎看吧？"

郇校长终于没声音了。

自从郇校长得了这个病，比以前更骄横了。他不止一次地提醒子女们："你们只有我这一个父亲（他明明知道对于仁义来说，他有两个父亲——生父和养父）。我现在得了癌症，这就是绝症！你们要抓紧时间孝敬我。不然，等我百年后，你们谁没有尽孝到位，到时候哭是来不及的。"他从来不提死不死的，但凡涉及"死"字，他一定要用"百年"来替代，因为他要想尽办法延续生命，他的长寿榜样是郇文昌。说他骄横，只有仁义知道一件事。仁义没有向任何人提及过，包括米兰。那也是在一家三甲医院，看完病，郇校长称去厕所，结果他们离开米兰和仁德后，他叫仁义推着他到主任办公室去，说有问题要请教。见了主任，他说他来投诉刚才给他看病的医生。主任听后，说这个医生没有错呀，他的诊断过程没有毛病呀。可是，郇校长说："你们医院如此偏袒这么不负责任的医生，怪不得医患关系这么紧张，我要到市里去投诉你们！"郇校长本来想吓吓医院，出口恶气，不承想，他今天运气不好，碰到了一个年轻气盛的新主任。那主任说："要是你这么不讲道理，我也就告诉你，只要你再来我们医院看病，我还就治不好你了！"

在场的仁义第一次发现自己父亲的蛮横，他为这个曾经做过中学校长的人感到汗颜。他不停地跟主任道歉，速速将父亲推出办公室。

— 算 · 计 —

第十一章

　　自打有了微信朋友圈，多年没联系的同学、老师、朋友，一股脑的都被圈了进来。米兰这边有发小群、小学同学群、初中同学群、厂姐妹群……冯一凤就比米兰多了一个群——旅游姐妹群。她俩的交叉点是初中同学群。

　　几十年没聚在一起的人，随着陆续退休，都有了空闲。初中群主也是每次活动的召集人——班级里事业有成人士陆曙光陆总。今年的聚会安排在郊区的一个叫作"玫瑰假日田园"的农家乐里。

　　餐桌上，陆总感慨地说："一凤呀，没想到，在座的个个都老了，唯独你是风采依旧呀！"

　　见冯一凤和米兰依然形影不离，一个头发全白的男同学说道："你们两个关系好，用时下的一句话讲，'兄弟之间的最高境界，就是别人认为我们是同性恋。'你俩把'兄弟'换作'姐妹'就OK啦！"

　　"要死了，李大头！"冯一凤笑骂着。

　　"大头，还记得当年你给冯一凤写情书的事吗？"陆总调侃道。

　　听到这句话，他们这一桌炸开了锅："对呀对呀，老有意思的！""大头，再讲讲呀，叫我们一起回忆一下那个青春不再来的美好岁月吧！""就是呀，老有劲儿的！""讲呀，讲呀！"被唤作李大头的同学，不好意思，涨红了脸。冯一凤却像跟自己没有关系似的，混在同学中起着哄。

　　"好了，好了，人家那时还是小孩子，不懂事的呀！"大头害羞地说。

　　"我看是想吃天鹅肉吧？"一个身材肥胖的女同学说。

　　"哈哈哈……"又是一阵哄笑声。

　　"要是当年一凤嫁给你，你们俩一起下岗，那还不去喝西北风！"胖同学继续说，"一凤呀，听讲你老公是大工程师，国家电网的。那可是很厉害的呀。

真是学得好，不如嫁得好！"胖同学很是羡慕。

一个矮小的女同学说："一凤，你和米兰在班级里可是老清高的。不瞒你们哦，我那时候做梦都想成为你们的好朋友，可是你们看都不看一眼我哟！真的好伤心的呀！"

胖同学说："是呀，是呀，我老有同感的！你们看米兰，那当年可是一支潜力股呀，也就是讲，她们两个虽然不是大富大贵，但都是家庭殷实的小康人家，多好呀！"

"可不是嘛，到头来她俩还成了亲戚。老天真是偏心眼呀！"矮小的女同学做哭泣状。

米兰笑笑说："哪有你们讲的那么好？要晓得，家家有本难念的经。"

"哎哟，好了，我们都这把年纪了，不要担心我们会抢你老公！"

"哈哈哈……"又是一阵大笑。旁边三桌开始走动敬酒了，他们才停止了一阵接一阵的哄笑。

回到家，姜羽维问，开心吧？冯一凤嗲嗲地说："聚会当然开心。哎，今天我同学又提到你了。"

"提我做啥？"

"提你有本事，讲我嫁得好。开心吧？"

"我有啥本事？你这帮同学也是，没有见过真正有本事的人。"

"谁讲你没本事？我觉得他们讲的完全对的呀。"冯一凤认真起来。

"我再有本事，也没有我老婆有本事呀。"姜羽维显得很惊讶的样子。

"又瞎讲了，不许嘲笑人家学历低。"

"岂敢，岂敢。你老公的意思是讲，老婆大人本事比我强，我本事再大，不会生孩子吧？而老婆大人为我们老姜家生了这么棒的儿子，能不强吗？"

"讨厌，这么大的年纪了还不正经！"

"我们讲话要讲道理的，我怎么不正经了？我对自己的老婆讲生儿子，怎么就不正经了？"

— 算 · 计 —

姜羽维的家庭比较特殊。上世纪60年代中期，父亲被人诬陷进了监狱。母亲很快与父亲划清界限，抛下他们姐弟三人出走。只有四岁的姜羽维被两个姐姐送到冯家。看到老同学的托孤信，冯家爸爸不禁流下热泪。从此，冯家多了一个和老二冯一涛同龄的孩子，老大冯一波那年八岁，冯一凤只有两岁。在几乎记不得事的时候进入冯家，姜羽维没有任何不愉快的记忆，他只知道，他与冯家的两个儿子除了姓不一样，其他都一样。加上他天生开朗乐观的性格，在家里就是一个开心果。

大学的宿舍区位于中定路、中顺路和中年路上。十多栋的家属楼都是日式风格，有独栋的洋楼，有双拼的洋楼，还有联排的洋房。冯教授家住的是位于中定路上的第五宿舍。这栋双拼的洋楼朝南的窗户透进的阳光让家里更显明亮和温暖。木制的地板，赤脚踩上去有一种舒适感。楼下的房间是冯教授的书房。二楼楼梯口旁有个衣帽间，除了放置家人的衣物，还可以收纳一些小物件。

二楼的走廊，白色的墙壁让空间看起来比较开阔，墙上挂着几幅字画，极富艺术感。三个卧室都不大，但各有两扇窗户，南边两间房光线充足，北边房间若遇阴雨天会有些暗，其他时间光线还行。房间统一的白色墙面和红漆木地板对比鲜明，简约而温馨。

从小冯一涛和姜羽维就住在北边房间，里面安放的是高低床。小时候，他俩经常抢着睡上铺。最后冯教授规定，每人睡一个月，公平对待。

四个孩子的活动天地有学校，有几条路上的家属院，还有一个精神乐园便是冯教授的书房。从姜羽维完全记事开始，就和冯一涛趁冯教授不在家时溜进书房，翻看各种书籍。他们先挑薄本的看，像《唐诗三百首》和《宋词一百首》，随着年龄的增长，姜羽维开始阅读《西游记》《三国演义》《三国志》《史记》。

有一天到了晚饭时间，姜羽维不见了踪影，夫妻俩问孩子们，都说没看见。乐景怡看着一凤说："你不是一天到晚跟着你羽维哥哥，你应该知道的。"

冯一凤想了想说："下午我们在小棣家玩的时候，他还在的，后来就不知道去哪里了。"

冯教授马上叫乐景怡带着孩子们挨家挨户去问，他去中顺路和中年路找。

— 算·计 —

"爸,我跟你去!"冯一波说。

"走!"

问遍了左邻右舍,不见姜羽维的踪影。冯教授和老大回到自家小院门前,与乐景怡他们正好碰到。"这孩子会到哪里去呢?这要是出点事,我们可怎么向老姜交代呀?"乐景怡焦急万分。

冯一涛突然拉着父亲就往家中书房走,推门一看,大家都松了口气。只见姜羽维坐在书橱下方的地上,身体靠着书橱,歪着头,微微张着嘴,睡着了。冯教授示意不要叫他,轻轻地把他手边的书拿起来。他醒了,看着一家人都站在面前,他揉了揉眼睛,才发现自己不知何时在书房里睡着了。

饭桌上,乐景怡把几个菜又重新热了一下。冯一凤说:"羽维哥哥,妈妈找不到你,都急哭了!我也是。"

姜羽维羞愧地低下头。

"没事了,没事了,孩子。只要不是走丢了,都不是什么大事。"冯教授抚摸着姜羽维的头说,"你一个五年级的小学生,就去看陈寿的《三国志》,能看得懂不?"

"嗯,大部分可以看懂吧。"

"好孩子,从小喜欢读书,将来必定有出息。"

"爸爸,我也喜欢看书。"冯一涛说。

"爸爸,爸爸,我也是!"冯一凤也跟着叫了一声。

冯一波瞪了他俩一眼。

"好,好,都是好孩子!将来都会有出息的。"

冯一凤冲着大哥做了一个鬼脸,得意地"哼"了一声。

"孩子们,不讲话了,快吃饭吧。"乐景怡催促道。

与冯家兄妹朝夕相处,姜羽维自然与这家人有着密不可分的情分。姜父平反后,姜羽维曾接到过二姐从加拿大寄来的一封信。得知当年大姐报名到新疆接受再教育,后来和一个同去的上海知青结婚生子,留在新疆了。母亲曾向两

一 算 · 计 一

个姐姐打听姜羽维的下落，而姐妹俩商量好，这辈子绝不让母亲知道她儿子的下落。母亲背叛了父亲，不顾一切地抛下他们，一走了之。几年后，父亲又病死在监狱里。两姐妹流离失所，无家可归，在她们的心中只有对母亲的恨。二姐在信中最后写道："小弟，你记住，这辈子你就是冯家的儿子，永远都是他家的儿子！"

后来，姜羽维瞒着二姐，托人去找过母亲，不料早就改嫁的母亲在他上大三时，因病去世了。

恢复高考第二年，姜羽维考上了上海交通大学，冯一涛考上华东政法大学。一年出了两个大学生，可是把乐景怡给乐坏了！

姜羽维是个知恩图报的人，他把自己上班后第一个月的工资，悉数交到乐景怡手中，感谢冯妈妈的抚养之恩。他从小就喜欢冯一凤，当天，他给自己提了亲。半年后，他"冯家儿子"的头衔上又多了一个"冯家女婿"。

别人家的女人在外面说了不合时宜的话，做了不合时宜的事，丈夫少不了一顿训斥，因为男人都是要面子的。可是，在姜羽维眼里，那都是小事。难怪乐景怡常说，这个女儿一半是自己没有教育好，还有一半就是被这个既是儿又是婿的姜羽维给宠坏的。

米兰回到家中，一样的轻松快乐。只是仁义是个不解风情的人，更没有姜羽维的风趣和幽默。见到开心的老婆，只是平平地招呼了一句："回来了。"

"嗯。今天到你爸家里没啥事情吧？"

"没啥，就是成都的大哥和我视频了一下，说养父现在的精神没有原来好了，睡眠时间越来越长。但刚刚体检过，各项指标都不错。"

"那就好。大嫂和孩子们可都好？"

"说都好着呢，就是郇海的儿子二十好几了，也不找女朋友，给他介绍，他不肯。为这事，家里老小还闹得不开心。"

米兰没接话，心想，家家都有本难念的经啊。

"对了，周六郇宏带倩倩到你爸家里见面的事，讲好了没有？"

— 算 · 计 —

"哦，讲好了。爸爸和荣老师都很高兴，他们说总算盼到孙子要结婚了。"

郁宏下班后，带着吴倩倩回家。米兰把饭菜烧好，吴倩倩帮着取筷子拿碗。一家人全坐下来后，仁义说："今天我去了爷爷家。他们听说你俩要过去，都很高兴，爷爷要把你叔婶、姑姑姑父都叫去，一家人一起见见面，认识认识。"

郁宏看着吴倩倩只是笑，不说话。吴倩倩被他看得不好意思了，小声说："讨厌，吃你的饭！"

仁义和米兰相视一笑，他们明白，这俩孩子幸福着呢！吃完饭，郁宏说，和倩倩出去走走，顺便送她回家。

米兰说，如果太晚了，就住在家里吧。郁宏说，她妈不让她在外面住。米兰听了，不说什么了。米兰算是保守的人了，留着准儿媳住一晚，又不是没有房间。没想到倩倩妈比自己还传统。

经过中西医结合医院的两个多月的清创，郁校长的伤口终于不再有液体渗出，渐渐地愈合了。这个双休日，儿女们都来了，郁校长说，有大事相告。最后到的是仁德夫妇。

郁校长说："今天有两件大喜事，我要向你们宣布一下。这第一件事，就是我的腿完全好了。不仅伤口愈合得好，而且又做了一些检查，各项指标都正常。这第二件事嘛，佩琪还是你来讲吧。"

本来已经一脸灿烂的荣老师听到郁校长叫她说，更是合不拢嘴了。她说："你们爸爸很久没有这样高兴了，他能这么快康复，全靠你们几个孩子的努力。你们都是孝顺的好孩子，我可是这个家庭的见证人哟！"

"好了，好了，叫你讲正题，你讲到哪里去了？"郁校长着急了。

"老爸，叫荣老师讲呀！平时不都是你讲得多吗？难得叫人家荣老师讲讲的。"仁德看着荣老师笑说，"您继续讲，慢慢讲。"

"是我不好，是我不好。这一高兴就跑题了。是这样的，今天中午吃饭之前，我们家要来两个小客人，他们是谁呢？就是咱们宏宏带他的女朋友来见各位长辈！"荣老师与这家的老老小小也相处了十来年，早把这里当作自己的家，早

— 算 · 计 —

把眼前的这些人当成自己的亲人。为了不让孩子们尴尬,当年约定郁校长的孩子一律称她"荣老师",自己的大伟和小伟称对方为"郁叔叔"。

"是吗?这么讲,我们很快要吃喜酒了!恭喜大哥大嫂!"仁芝高兴地说道,"大嫂,就是去年我在你家碰到的那个小姑娘?"

"是的,是郁宏公司里的同事。"米兰说。看得出米兰对这门亲事相当满意。

"这不,我和米兰今天叫大家见见面,帮我们一道把把关。"仁义也乐呵呵的。

"好了吧,大哥。现在讲把把关是不是不真实了?"一直没说话的冯一涛开口了,"这都谈婚论嫁了,还讲把关,大哥啥时候也学会虚伪了?"

"一涛呀,这句话不应该从你嘴巴里讲出来,你啥时候也学会开玩笑了?"仁德说完,大家都笑了。

仁道夫妻俩一时半会儿插不上话,他们就在一旁赔着笑脸。

潘岩见大家说得差不多了,提出了现实问题:"大哥大嫂,婚宴订了吗?在哪里,多少桌?需要我和仁德做什么?"

"不用的,不用麻烦你们上班族。所有的事情,我都拖着一凤,她能干,特别是对婚宴的要求能讲得清清楚楚,还能跟人家砍价,真的老厉害的。都放心吧,有她在,我们不会吃亏的。"

吃好中饭,老人要午睡了。大家刚要走,郁校长叫荣老师上楼拿出一个红色的丝绒面礼盒。

郁宏和女友吴倩倩接过礼盒。

"打开来看看,欢喜不欢喜?"郁校长说。

郁宏说:"倩倩,你打开。"

"不,不,还是你打开吧。"吴倩倩显得有些不好意思。

"你开,你开!"

女友不好意思再推,便轻轻打开盒子,"哇,这么大一块!"

一根明晃晃的金条被塑封着。上面写着"中华黄金,投资金条"的字样,下方一行小字"Au9999 100g"。郁宏不懂,可是吴倩倩忙说:"爷爷,这也太贵重了!"

— 算 · 计 —

"没啥没啥,这只是我们给你的见面礼。等你们结婚的时候,爷爷还要表示的。"

爷爷真是大手笔!郁宏睁大了眼。给倩倩一个见面礼就是好几万元的大金条。等到吃喜酒那天,爷爷还不知道要怎么表示呢!原来当年爷爷没借钱,是考虑到自己办喜事再给。看来是自己错怪爷爷了,还好上次在质子医院当面给爷爷认了错。

米兰在旁提醒:"还不快谢谢爷爷奶奶?"

"谢谢爷爷奶奶!"两人异口同声。

回家的路上,郁宏开着车,女友坐在旁边,仁义夫妇坐在后面。今天的两件事,值得高兴。

郁仁义说:"这下好了,爸爸的病治好了,我们也不用成天陪他到处看病,可以好好归划一下我们自家的生活了。"

"是啊,离结婚宴还有不到三个月的时间。对了,倩倩,我们的房子已经装修五年了,你有什么要求呀?"

"没有的,伯母。我妈妈讲了,真正刚装修的房子住人不好,四五年的反倒最好啦。"

"我讲倩倩,你是不是可以改改口了?"郁宏说。

"嗯嗯,今天得到爷爷奶奶的同意了,我是要改口了,爸爸妈妈!"吴倩倩笑着说。

听着准媳妇的话,米兰想起上周回家看老父亲的情景。

得知最小的孙辈要结婚了,老爷子甭提多高兴。他对女儿说:"我都90多了,你三个哥哥的孩子都成了家,就是这个小宏宏让我着急。虽说是外孙,那也是孙儿呀。你妈在世的时候,也最疼你,你的孩子我们就更疼爱了。"

本是高兴的事儿,被老父亲这么一说,米兰不免伤感起来。她马上调整一下情绪:"爸,您身体这么好,接下来就等着抱重外孙了,多开心呀!"

"这次你们办几桌酒呀?"

一·计

"不多，您看，咱自己家不是上海的，没有多少亲戚。郁家那边多一点，冯家只请跟咱家有来往的，倩倩家的亲戚和郁宏同学同事，一共十七八桌吧。"

"很好，很好。不能大张旗鼓、铺张浪费，你说是吧？"

"嗯，我知道。"

"你等着。"老爷子到自己房间里拿出一张银行卡说，"这里面是20万，小宏宏结婚，你们要花点钱的！"

"爸，不要的！上次郁宏拿您30万，这几年刚刚还了一半，不能再要了。"

"兰儿呀，你听爸爸讲，上次是小宏创业投资，那是公对公。他们公司走上正轨，有了利润，他就给我了。这个钱呢，你三个哥哥都有，我都给过了，他们的孩子结婚，每人10万。这里为什么给你20万呢？"父亲叹了口气，"其中10万是你妈的遗嘱。你最小，又是个女孩子，从小不争不要，不像老二老三媳妇。"听到这里，米兰泪水流了出来："爸，您这么一说，我更不能要了。您自己留10万，我只要妈妈给的10万，您看好吧？"

"我说傻闺女，你爸93岁了，又不是39岁，我还能活几年？你不要，今后不都是你那几个哥哥的？"老人家早就想好了，外孙的30万全收回来后，也是要贴点给女儿的。这边能给女儿多少，尽量多给点儿。天不欺负老实人，人更不能欺负老实人！老爷子明白，仁义是个好女婿，从小在高原受了不少苦。就是他有个太强势、太霸道的父亲，自己女儿也跟着受了不少气，尽管女儿从来不说，老人心里如明镜一般。

"你咋流眼泪了？"仁义看米兰半天没出声了，一看她就叫了出来。

米兰马上抽出一张纸巾："昨晚没睡好，眼皮子一酸就要流泪的。"

细心的倩倩问："妈妈，不要紧吧？"

"不要紧。对了，倩倩，下周带你去亚琳的姑姑家，她家卧室里的墙布很好看。我是这么想的，我们也把涂料换成墙布。不是传统的墙纸，真的是布，整张的没有接缝。胶水也是环保的，叫糯米胶。我想你们一定会喜欢的。"

"好的呀，多谢妈妈！"

— 算 · 计 —

　　米兰对这个准儿媳，还是十分满意的。自己给郇家做了半辈子儿媳妇，郇校长的强势，她从来都是顺从的。自打她和仁义相识后，郇文廷嘴上说如何如何心疼这个从小吃了不少苦的儿子，而事实上，他的行为完全是相反的。所以，她也明白了，无论仁义和她怎么孝敬，都不如仁道夫妻的几句甜言蜜语管用。她想着，等倩倩嫁入郇家，她一定要像心疼儿子一样，心疼这个儿媳妇，就当又多个女儿。想到这里她就笑出了声。

— 算·计 —

第十二章

清明节小长假的第二天,上海的天气出奇地好。天空晴朗、四野清明,阳光撒在身上,暖意洋洋。早樱花开得烂漫,鸟儿唱着悦耳的歌,树木披上了绿色的盛装。

昨日郁、冯两家人各自祭扫,相约今日来到南部一处的郊野公园,听说很不错。姜申和冯亚森两人负责选好地点、定好时间,冯、郁两家到指定地点集合。

进入郊野公园,一看介绍,大家就惊呼起来:"哇,这么大怎么玩呀?"喜欢事先"备课"的冯老师发话了:"不要叫,听我的安排。带小朋友的,可以去花展区、动物观赏区,其他人可以自由选择活力森林区、鹭鸣田园区和滨江漫步区,我就选森林游憩区,在这里恭候大家,祝大家玩得开心!"

"都注意安全啊!"姜申补充道。

在滨江漫步区,郁宏和吴倩倩手拉着手,走着,说着,笑着,展望着即将到来的新生活。吴倩倩比郁宏小两岁,虽然也是同济大学的毕业生,但她是二本线进去的。吴母在两家家长见面时,就对仁义和米兰说,自己的女儿运气好。虽说是二本,但毕竟是同济大学,毕业后拿着同济大学的毕业证,跟一本入校的毕业证一样。没想到的是,这孩子一下子就被郁宏的公司给录取了!第一次见面,未来的亲家如此坦诚,这让仁义和米兰都十分高兴,这就是缘分呀!

郁、冯两家的男人们除了郁宏陪着吴倩倩去浪漫了,其他大老爷们一律跟冯亚森来到游憩区。

"没想到此地如此开阔!"姜羽维说道,"芳原绿野恣行时,春入遥山碧四围。兴逐乱红穿柳巷,困临流水坐苔矶。"

"姑父真是好兴致,'莫辞盏酒十分劝,只恐风花一片飞。况是清明好天气,不妨游衍莫忘归。'"付继伟接着吟出后四句。

— 算·计 —

姜羽维听到付继伟接句，他便问："你们可知我为什么喜欢程颢这首诗？"

"简单呀！清明诗歌写雨、写悲者居多。难得这首写晴、写悦。"冯亚森说。

"嗯，回答得好。我的理解是诗人认为人生中拥有的事物和感情，终究有一天也会烟消云散，好高骛远不如抓住当下，珍惜今天所有的美好就是珍惜自己的一生。"

"哎哟喂，啥地方来的酸味道？好酸好酸哟！"郇仁德在一旁夸张地叫起来。

几个人反应过来后都笑了。

冯一涛附和着："是啊，我刚才还以为自己已经穿越到北宋了呢！"

"哈哈哈……"

姜申说："今天是清明，我给你们讲一件神奇的事，有兴趣吗？"

"有，有，我在老家的时候最喜欢听奇闻逸事了。"付继伟道。

姜申看大家都等着他讲故事，便说："前几天我一个当事人朋友，来找我叙旧，几年没见了，非要请我吃饭。当时我正看到一篇文章，关于人有没有灵魂的。"

"我问他，人死后会有灵魂吗？你们猜他怎么回答？"

"要么讲有，要么讲没有呗！"郇仁德说。

其他人都摇头。

"他居然说，肯定有！更神奇的是，他说他以前还能看到。"

"这么神，啥情况？"连知识渊博，上知天文下知地理，文理兼修的姜羽维也好奇起来。

"快快讲来！快快讲来！"郇仁德催着。

"这个当事人啊，在年轻的时候，家遇不幸，他一时无法接受，便一人上了武当山。一日清晨，他在展旗峰下的紫霄宫前，见一道士身轻如燕，在栏杆的扶手上练功。那扶手，不出10厘米宽。此人轻功十分了得。我那当事人在旁边等着，机会一来，他便上前行礼作揖，要拜师习武。不承想，道士不语，离他而去。一连数日均是如此。直到有一天，他大胆上前拦住道士去路。道士才说：'贫道见这位小哥身板单薄，不是习武之人，罢了，罢了！'

一·计一

"他便说：'真人师父，您都没收，怎知不行？'

"见我这位当事人如此执着，道士又说：'不如这样吧，贫道见小哥慈眉善目，又不乏坚忍之性，尚有一颗仁善之心，就教小哥开天目吧。'就这样，他在山上待了好几年，每天都要念咒。他还念了一段给我听。"

"不妨学学，让我们长点见识。"仁德说。

姜申回忆了一下，"什么'祖师在上，弟子在下，上帝有敕，令吾通灵，击开天门，九窍光明，天地日月，照化吾身，速开大门，变魂化神，急急如律令。'"

付继伟问："结果他学成了没有？"

姜申说："当然学成了。这就是他在前面讲的，人死后有灵魂。因为，他说他能看见！"

"这么神奇，那灵魂长成啥样子？"仁义总算出声了。

"我当事人说，他下山后，谨记师父教诲，此法不可停滞，要天天习得。一日，他接到口信，称邻村的一个表亲不行了。他和母亲赶去见最后一面。正当这位老人咽下最后一口气的时候，他突然看到从老人身上升腾起一股烟雾，慢慢飘上了屋顶，不见了。紧接着，老人的后人，便号啕大哭起来。他一下子反应过来，这是旁人看不到的，而自己开天眼成功了。还有更神的，他讲有一次在公路上，他目睹一起车祸，一个人被汽车撞飞后落地的一刹那，一股烟雾从他身上'嗖'地一下升空了。所以他说人死后灵魂的离开是不一样的。"

"哟，此人当真很神呀！后来呢？"付继伟充满了羡慕和崇拜。

"后来，他的生意逐渐做大了。没有时间去练习，现在不行了。我这个当事人很特别，他跟一般生意人不一样。他不是那种一味逐利之人，他记得道士对他的评价，讲他有颗仁善之心。所以，他慈善做得很好。"

"如果讲人有灵魂，那么发生在我老家的一件事，就是灵魂附体吧？"付继伟想到母亲经历的一件事来。

这时，听了半天没说话的冯家老大打断了付继伟的话："你们看看，一群大学毕业的人，不讲科学，倒在这里宣扬迷信，真不像话！"冯一波是不相信神鬼之类的。当年他们在农场，什么事情没经历过，到头来都是知青们自己在

一·计·一

作怪。

"大哥呀，我和你的看法不一样。"姜羽维非常敬重这位文化不高，却非常善良朴实的大哥，但是今天不一样，他们年轻人提出了一个很可能客观存在的，但人类还无法解释的现象，"因为宇宙实在是浩瀚无边，人类到目前为止，不知道的东西高达95%。我觉得，咱们是自家人一起探讨探讨，大家不出去讲就行了。对吧，大哥？"

"嗨，你们在讲什么，这么热闹呀？"郇宏带着未婚妻回来了。这才知道，已经是午饭时间。前去自由活动的各路人马陆续过来了。冯一凤、米兰、潘岩坐在不锈钢长条凳上，双胞胎紧靠着冯一凤。

"郇宏，你去叫服务员来帮我们点炭火。"冯亚森说，"其他人把烤串都摆出来，准备烧烤大餐啰！"吴倩倩跟着郇宏跑了。

亚琳、季惊鸿立刻清理了桌子，打开带来的两个大泡沫箱子，将里面的食材取了出来。仁芝招呼着大家入座。

他们烤着，吃着，聊着，那热闹劲儿就甭提了。郇仁义最喜欢参加这样的活动。他可以无拘无束，不必看任何人的眼色行事。自打与冯家结了亲戚，他特别羡慕冯家的生活。乐老太太不用发号施令，也不用诲人不倦，她的子孙们就能磁铁般紧紧围在老太太周围，虽说今日老太太不在现场，子孙们也都那么规规矩矩，真是让仁义好个羡慕！

郇校长连续两日不见子女，心中不悦。虽说，那三个孩子之前已经将三天假期安排告诉了他，但是他觉得他们还是不够懂事，像今天就一定要玩一整天吗？

下午，关键时刻，仁道一家三口出现在他眼前。仁道他们昨天扫完墓就去了谢晓华父母家。今天一早，仁道就催促老婆孩子早点到父亲家里，可是郇甜甜向来是晚睡晚起的夜猫子，任凭父母叫她，她就是躲在外公家的亭子里不肯出来。无奈，仁道只得在岳父大人家里吃了午饭，又在沙发上小憩之后，才携妻女进了溧阳路。

见到小儿子一家到来，郇校长开心起来。甜甜坐在郇校长旁边和他聊着天。

— 算·计 —

她回忆起儿时，和亲奶奶共同生活的情景。仁道和晓华则陪着荣老师聊着大伟和小伟在国外的生活。不知不觉，已到了吃晚饭的时候。荣老师说："今天我们不做饭了，就在弄堂口的饭店吃点吧。"

"好的，荣老师。今天我来请客。"仁道说。

"哪能叫你请。你们来家里，就要我们来请。"荣老师说。

仁道推着郇校长，甜甜在旁边，晓华挽着荣老师一起出了院门。

假期的最后一天。郇校长起了大早。荣老师问，怎么不多睡会儿？他说心里有事睡不着了。

上午，仁义和米兰过来了。郇校长虎着脸问，情况怎样了？仁义知道父亲是问前天扫墓的事，于是说道："蛮好的！"

"怎么个蛮好？"

"我爷爷奶奶的墓清清爽爽，碑文清晰。爸爸，这个墓碑五年前调换的，就是不一样。对了，郇宏讲，我妈这边的碑最好也调个新的。这20多年下来，风化得厉害，上面的小字都不太清楚了。"

米兰插话道："爸爸，郇宏讲了，今年年底分了红，他来负责。"

郇校长一听便说："不忙，不忙。调换是可以调换的，但是这么一件大事，怎么能孙子一个人讲就可以了？仁德一家呢？仁道一家呢？仁芝一家呢？对吧，这么重要的事情，那是要大家寻个时间，好好地坐下来商量的！"

仁义一听，心说不就是换个墓碑吗？上面的内容照搬，这有什么好商量的？但他不作声，米兰也不说。荣老师说了一句："现在的空气不好，过去的石碑上百年都不会风化，这才20来年就不行了？"

仁义想了想说："是不是当初我们选的石头不好？不过，我看调换的人家蛮多的。都是那种黑色的大理石，字也是机器刻出来的。不像妈妈的那块，还是以前的手工凿的字。"

郇校长不说什么，大家都不再提了。其实，仁义和米兰本以为由郇宏出钱给奶奶换个墓碑，爷爷一定会夸奖孙子懂事，有家族观念。可是，刚才这么一

— 算 · 计 —

提，父亲马上泼过来一盆冷水。好好的想法，为什么在这个家里就行不通呢？叫仁义想不通的是，又不让父亲出钱，交给孙子去办多好，为什么我们做什么都不好，都不行？但凡父亲说要商量要讨论的事，要么是很紧急的，要么就是不了了之的。

日子过得飞快，眼看婚礼将近。冯一凤还特意和米兰陪着一对新人去了一趟苏州婚纱一条街。万事俱备只欠东风。

郁校长吃过晚饭，坐在座机旁，翻开通讯录。他要打多个电话时，才会使用家里固定电话机的。

"136……"郁校长看着通讯录，口中念着号码，"喂，仁义呀。"

"爸，我是米兰。您等一下，仁义，仁义，爸爸电话。"

"喂，爸爸，有事啊？"

"婚礼准备得差不多了吧？"

"都准备好了。仁明大哥今天下午已经到了，住在我家里。他说明天去看望你和荣老师。"

"正好，我是这样想的。明天你、仁明、仁德、仁道，还有浦东堂兄弟一起过来，大家碰个头，我有事要和你们商量。"

仁义愣了一下说："好的，我来通知他们吧。"

"不用了。我来通知。哦，要不你通知一下仁德和仁道，明天上午十点。"

"爸，仁芝不通知吗？"仁义怕父亲忘了，提醒道。

"不用。这是我们郁家的事，小妹不要参加了。"

仁义明白了。每逢父亲说要商量家事，一般郁家的媳妇和嫁出去的女子，都不能参与的。

"135……喂仁青啊，我是小爷叔。"

"喂，大嫂，我找仁和，他在家吗？"

在沪"仁"字辈全部通知到了，郁校长放下电话，轻松地哼起了杨子荣的唱段："共产党员，时刻听从党召唤，专拣重担挑在肩……"

— 140 —

一·计一

翌日上午十点，晚辈们统统到了。郁校长得意地说："我们郁家就是好传统，有事一呼百应。自家亲哥哥的儿子仁明自不必讲。看看仁青和仁和，多懂事啊。小爷叔看到你们就开心！"

"小爷叔，您有啥事情尽管吩咐。我和我大哥绝不含糊！"仁和表态。众晚辈皆点头表明态度。郁校长看大家的精神头，他的战前动员还没开始，士气已如此高涨，好，堂兄的小儿子就是拎得清！

"是这样的。你们都晓得，郁宏是我郁文廷唯一的孙子，后天要办酒席了。今天请各位过来，就是叫大家听听，看我们这边的准备工作做得如何？主要看有没有什么疏漏，明天还有时间。这样吧，仁义呀，你先给大家把总体情况介绍一下吧。"

听到父亲先点自己的名，仁义不由得有些紧张。他紧张的不是当着众兄弟面发言，毕竟自己也做过科长，而是婚宴的筹备都是米兰和冯一凤她们带着孩子们一手去办的，自己哪里能说出个所以然来。于是他嗯嗯啊啊半天才说："就是一般人家结婚那样的，都差不多了。"

"你敢说都差不多了？我就问你两个问题：客人到场后，负责签到接红包的人落实了吗？还有浦东亲戚过来，特别是那大伯母88岁了，一定要过来参加郁宏的婚礼，你们安排人员接待了吗？"

"小爷叔，我们这边不用这么客气的，单独安排人手做啥。我三个妹妹会照顾老太太的。"仁青说。

仁和立即响应他哥："是啊，是啊，小爷叔，自家人，您直接派任务好啦。"

就这样，大家七嘴八舌不停口，最后一个个伸出拇指把郁校长夸。

中午饭是仁义请客，在父亲家门口的小店里。

回家的路上，仁义开着车。

仁义对仁明说："哥，你说你叔叔有意思吧？郁宏的婚事，前前后后都是米兰和冯一涛的妹妹在忙碌。他今天这样来一下，浦东大伯母一家还以为是他在忙里忙外的呢。"

"仁义呀，你就是太实在，这就是叔叔的精明之处，你没听出他今天的意思吗？"

— 算·计 —

"啥意思？"

"他孙子的婚宴，他就是一个总指挥，晓不晓得？他的目的达到了，仁青他们回去一定会告诉他们的母亲和姐妹，你们这一代还要叫小爷叔操心，他的孙子更要叫他操心。"

"他可是从头到尾没有过问过呀，这是为什么呢？"

"当然是为了树立他在家族的威望，显他的本领呀！"

仁义咀嚼着仁明的话，觉得很有道理。这个大哥是60年代初的大学生，看问题就是比自己透彻。

"哥，你这次来参加郁宏的婚礼，爸还给郁宏这么多钱，真是不好意思。"

"这有什么不好意思的？郁宏也是他的孙子呀！其实，昨晚我给米兰的那笔钱，是爸两次给的。上周他叫我进他的房间，给了我一个信封说，这三万块是给上海孙子结婚的钱，我就收下了。前天他又叫我进他的房间，背着继母，又给了三万。当时我就提醒他，不是给过了吗？可是，爸说没错，让我只管带给你就行了！"

听到这里，仁义不由心中一热，眼泪差点流下来。养父的恩情深似海呀！

仁义九岁那年，郁文廷无暇顾及四个子女。当年正在上海探亲的郁文昌见到弟媳带着四个孩子十分艰难，便在离开上海之前提出是否能将老大仁义领走，代为抚养。

夫妻俩商量了几日，同意了。从此，仁义离开了溧阳路的洋房。记得上火车的时候，他哭成了泪人，他不想走，他不愿离开自己的爸爸妈妈。可是父命难违，随着火车西去，他成了一个青藏高原的孩子。

养父把他抚养成人，供他上了大学。大一那年，养父离休，安家在成都，大三那年养母去世。眼下养父已96岁高龄，他老人家还惦记着仁义这个养子。仁义想着想着，泪水遮挡住了视线。他赶紧抓了身边的餐巾纸拭去眼泪。

"仁义呀，叔叔还是老样子，一辈子争强好胜。这么大年龄了还要和晚辈争功，挺有意思的。你说，他和咱爸是同一个爹妈生的，可是兄弟俩的性格完全不一样啊。"

— 算·计 —

"是呀,哥。我大二回上海度暑假时,叔叔可能是最消沉的时候。我听婶婶说,当时有人故意整他,后来还是从教育系统上去的一个副区长了解他,知道他的才学,保了他。"

"他经历了这么多风风雨雨、生死离别,不该是这样的状态。对了,仁义,我发现这几十年你的变化太大了,要不是我了解你,简直不敢相信现在的你和小时候的你是同一个人。小时候,你看你多调皮,闯了祸,爸要打你,妈要护你。有一次,我都跪下来向爸求情。"

"怎么会忘呢?忘不了的,哥。我知道,爸若不对我严格管教,万一我不成材,他不能向自己的亲弟弟交代。最让我感动的是妈,在这边家里我是老大,可是在那边家里我是老小,妈对我的那种爱护,近乎溺爱,几次爸爸打我,都是妈上前护着我,为了我,她没少和爸爸吵架。"

"仁义,你真的变了,变得胆小怕事。我看你很怕叔叔啊,为什么?"

仁义想了想:"我说不上来,反正我想,他把我调回上海也不容易,这么大年龄了,很多事也没必要去争个是非高低的。再说,都是些家里的小事,你说对吧,哥?"

"哎,这点你很像咱爸。爸是经历过战火的,他一辈子与人为善,从不与人相争。他这种人,不争名,不争利,不争权。人家像他这种资历的,不是正厅就是副厅,爸离休时,才是个正处级。"

婚礼当天,宾客满座。签到的,送红包的,与新人拍照留念的,还有熟人碰面打着招呼相互问候的。仁德推着郧校长走来时,一对新人迎了上去。荣老师把米兰叫到一边,塞给她两万块说:"米兰,这是我个人的一点点心意,替孩子们收下。"

"荣老师,爸爸那天不是给了金条的吗?我不能再要您的。"

"你先拿着,听话。以后我再跟你解释。"

"大嫂,恭喜恭喜呀!"潘岩走过来,递出一个小红包,"这是我们做叔婶给侄子的,我就不再面上给了。"说完,又在米兰耳边嘀咕了一句,"一张银行卡,

— 算·计 —

收好。"

米兰看着荣老师和潘岩:"咱都是自家人,你们为啥要这般客气呢?我,我不能收的。"

"好了,是给宏宏他们的,收了,收了吧。快去招呼客人,这里有潘岩陪着我就行了。"

米兰的父亲带着三个儿子、儿媳和孙子浩浩荡荡地进来了。90多岁的人,腰板挺直,不愧是军人出身。他声如洪钟,爽朗的笑声,让在场的人感到欢喜。老爷子见到郇校长:"哈哈哈,郇大校长,恭喜恭喜呀!"

"同喜同喜,米师长!"郇校长由仁德扶起来,谦恭地伸出双手与老亲家握手。

待米老爷子坐定,冯一波夫妇陪着乐景怡过来与他打招呼。老爷子见到乐景怡又是一阵爽朗的笑声:"乐医生呀,几年不见,你怎么还是这么年轻呀?快快说来,你们医生是不是有什么长生不老药啊?万万不可吃独食,用现在的话说,就是要'分享',哈哈哈,你要分享给我这个老头子哟!哈哈哈……"

"还讲呢,您听听您这声音,比年轻人的声音都洪亮,我看呀,您活到120岁都没问题!"

"哈哈哈,乐医生真会说笑话,哈哈哈,哈哈哈……"

婚礼既简朴又热闹地顺利完成了。小两口做好礼金登记后,向父母报账。仁义说:"你们收了这么多钱,我们一分不要。但是,以后亲戚的还礼由我和你妈来还,你们朋友同学的钱你们自己去还,明白吗?"

郇宏笑着说:"明白,爸妈放心。"

"这里一张卡,里面是外公给的20万。但是郇宏你要知道,开公司的时候外公给过你30万,你还没还清,所以这个钱咱们不能要,暂时放在我这里。还有成都爷爷给的六万和你二叔婶给的六万都暂时放在我这里。你们没有意见吧?"米兰说。

"没有,没有!"郇宏和吴倩倩齐声回答。

一 算 · 计 一

"好,这里还有荣奶奶两万,姑姑的一万,你三叔的一千八,你们拿去。"说着,米兰把现金推到小两口跟前。这些钱大多数都是要还礼的,夫妻俩再三关照一对新人要保管好。

郇宏的婚礼结束后,仁道一家人回到家中,两口子洗漱完毕,正准备休息了,只见甜甜拿着手机,哭着从自己房间出来:"老爸老妈,刘易斯不要我了!呜呜呜……"

谢晓华一听几乎惊叫起来:"囡囡呀,你快讲讲,怎么会这样呀?"

"哇——"甜甜不说话,反倒大哭起来。谢晓华将女儿搂在怀里,怎么劝也劝不住。

原来,在交友网站填写个人信息时,甜甜向对方隐瞒了结过婚的事实。甜甜用自己的思维方式去对待刘易斯。她完全不知道,刘易斯不会在意她结过婚,甚至结过几次婚都不会在意,他在意和需要的是一个真诚、真实的中国女孩儿,在刘易斯看来,隐瞒就是欺骗,甜甜就是一个骗子。而甜甜觉得很委屈、很伤心。她的初衷是想以完美示人,她也不是真想隐瞒一辈子。本打算过去结了婚再告诉刘易斯,没想到自己在刘易斯心中竟成了一个骗子。难怪人家说,这外国人都是死脑筋。她越想越委屈,越想越伤心。记得吴雁栖当时提醒她,那个网站只是一个婚介平台,千万要擦亮眼睛,有很多骗子,让自己不要上当受骗。没有遇到骗子是自己的幸运,甜甜万万没有想到,刘易斯把她归入骗子之类,是自己的大不幸。在郇宏大喜的日子里,郇甜甜却大悲了一场,她病了……

她整天昏昏欲睡,哀叹自己的命苦。恍惚中,她又看到那天中午,她和凯西在公司对面的一个商业广场见面。西餐店里氛围好,她们边吃边聊。郇甜甜谨记父亲的嘱咐,问了半天,凯西说,真没看到毛立文跟哪个女人走得近,在她看来,都是正常的工作关系。正在甜甜感到失望的时候,凯西无意间讲到自她调到另一个部门后,毛立文手下来了一个长相俊朗,刚刚大学毕业,十分惹人喜欢的年轻人。毛总走到哪他跟到哪,加班他俩走得最晚,出差毛总只带这个名叫樊迪刚的人。她们私下都在讲,有毛总的赏识和提携,这小子以后前途

— 算·计 —

无量。

回到家中，郁仁道听完女儿的汇报，思量着：一两年不近其他女色，与自己的妻子房事不多又坚持不要孩子，不正常呀！于是他有个大胆的假设。假设这两个人有什么，那么这一年多的事情就好解释了。

于是，郁仁道先瞒着妻女，自己着手调查此事。很快，樊迪刚的基本信息查到了。郁仁道分析了一番，决定到现场抓现行。

他得到女儿从凯西那里获得的消息，确定毛立文这一天加班，就吩咐甜甜这天下班也在公司里等着。见女儿不解，他双手搭在女儿的肩上，认真地注视着她，胸有成竹地说："甜甜，你只管听你老爸的安排，相信我！"

"嗯嗯。"甜甜眼中一热，流出泪来。她紧紧地贴进郁仁道的怀中，双手抱着那粗壮的腰。郁仁道将女儿轻轻推开，用粗壮的手抹去女儿两腮上的泪珠，"走，上班去！"

郁甜甜没有吃晚饭，时间越晚，她越是心神不宁，坐立不安。老爸怎么还不来？凯西也没信息。她只知道今晚要出事，但是会出什么事？爸爸一定是要亲手抓住那个破坏自己家庭的小三来。她设想着，如果抓住小三，她就像母亲关照的那样，上去先给她吃两记耳光，然后拽她的衣服，扯她的头发，叫她颜面扫地，看她还要不要脸！哎呀，自己好像做不出来，那是泼妇干的事情。要不，要不就上去打毛立文。对，就打他，谁叫他先背叛的！

"滴"，打开微信是凯西的消息："甜甜，我们几个都下班了，现在只有毛总办公室有灯光了。"

"收到，谢谢你凯西。"

郁甜甜的心跳得更厉害了，长这么大，从来没有什么事情让她这样劳心劳神。她突然担心起父亲来，他是警察，他要是看到自己的女婿和小三厮混在一起，他肯定会上去暴揍毛立文一顿的。哎呀，要是这样，警察打人，那是知法犯法，万万要不得。看来母亲的话绝不能听，我的想法也不能去做，如果发生了事情，一定要把父亲看看牢，千万不能出事。要是因为自己，父亲丢了饭碗……郁甜甜不敢再想下去。

一·算·计一

晚上九点，郇仁道一身便装出现在公司楼下。保安问找谁，他说女儿下班还没回家，来接她。保安叫他登记，他亮出警官证。保安赔笑道："您这边请！"

看到久等的父亲来了，郇甜甜安稳了许多。

"老爸，你怎么才来，急死我了！"

"急啥，拎包拿上，跟我来！"

他们又上了两层楼，直奔甜甜曾经工作过的部门。他俩蹑手蹑脚，来到毛总办公室门口，郇甜甜正要推门，被父亲一把拉住。郇仁道侧耳听听，没有说话声，再仔细听，有细小的窸窸窣窣声，凭着职业的敏感，他脸上露出一丝不被人察觉的冷笑，紧接着，他挺起胸膛，猛地推开了门。

父女俩被眼前的情形惊呆了。这个情形是郇仁道预料之中的，但哪里是郇甜甜能想到的，她就是做一辈子梦，也不会梦见如此场面。顿时，像有人往她嘴里硬塞了一把苍蝇般，她再无法控制那翻江倒海的胃，她感到恶心，可是胃中没有东西，竟干呕了半天。毛立文和樊迪刚听到开门声，早已像触电般，被对方推出了一米开外。

郇仁道厉声喝道："姓毛的小瘪三，解释一下吧！"

"我，我，我……"

只见郇仁道一个箭步跨上前，挥起一拳，朝毛立文一侧的脸上击了过去，毛立文当场摔了个趔趄。"我，我什么？你竟敢男女通吃！我打不死你！"郇仁道正要扑上去，再补几拳，郇甜甜突然回过神来，撕心裂肺地叫了一声："爸，不能打！"扑上去紧紧拽住仁道高高举起的手臂。这个举动感动了毛立文，他以为郇甜甜在心疼他，于是说："甜甜，对不起，都是我的错。"

"滚！滚得远远的！"这一声响彻了整个大楼，她已哭成了泪人。

郇甜甜拉着父亲的手臂往外退，郇仁道边侧身移步边用左手指着毛立文，又指着已经蹲在地上吓傻的樊迪刚，满腔怒火，竟说不出一句话来。

回到家，谢晓华见状，问是不是有小三，甜甜只是哭，郇仁道不说话，好半天他用异常平和的语气说："准备离婚吧。"

郇甜甜在迷迷糊糊中又想起自己的第一段婚姻来。

— 算 · 计 —

第十三章

郁仁芝接到管彤彤的电话。称有人看中她家的房子，请她带好房产证和身份证到店里去一趟。

进入英英地产店里，几个中介人员立即站起来打招呼。郁仁芝正想说约好的，只见管中介笑盈盈地从里面的一个房间出来："郁姐，来了！"管中介把郁仁芝带到她刚出来的那个房间对面的房间里说："姐，您稍等一下。"

很快，她身后跟着一个不到40岁的男人，"姐，这是我们的王店长！"

"您好，郁姐。我是王帅帅。"说着，他递上名片。

"哟，人如其名。"郁仁芝寒暄着。

"过奖了，阿姐。是这样的，这个客户之前让别的中介带看过您家，他现在要委托我们来做这单生意。"

郁仁芝一听，这是好事呀。

"这是我帮他算的税。"王店长又说，还把一张写着几行字的纸递过来。郁仁芝瞟了一眼，个人所得税、增值税、契税，总数是41万多。

"阿姐，您的最低价是810万，对吧？客户的意思是能不能税各自付？"王店长用试探的口气问。

"他是不是在做梦啊？"郁仁芝一听就火了，"现在都是些什么人呀？"

"姐，姐，您别生气，这不是商量吗？"

"没什么好商量的，到手价810万。简直就是强盗！我已经是降了又降了。"

"郁姐，我们店长会再做客户的工作，您别生气。现在的客户都是这样的。等您去买别人的房子，也是一样的呀。"管彤彤劝道。

"我可不会这样。我会事先做好预算，怎么会这样没底线占人家便宜的。再讲我又不是炒房团的。拿了房款自己还要买房住。你们讲，就好比你们这里

— 算·计 —

是超市。一个面包八块钱,你们打折六块钱,我现在一定要你们四块钱卖给我,行吗?这不是一样的道理吗?"这时的郇仁芝也不知哪里来的火气。其实,人在做一件难做的事,长时间的拖延后,是会厌倦的。卖房也是如此,这套房子本是无电梯的高楼层,又是这么大的面积,脱手就没那么顺利。郇仁芝跟中介们打交道,真的感到疲劳了,也厌烦了,胸腔似乎揣着一个微型炸药包,遇上点火就会爆。

"那这样吧,您稍等,我再去跟他沟通。"王店长又进了对面小房间。

管中介说:"郇姐,您喝口茶。"

郇仁芝看着热情的管中介,她意识到自己有点过分了,便深深吸了口气,尽量心平气和道:"小管,我不是委托你们是838万吗?怎么王店长报给他810万?"

"是这样的,上次委托协议在昨天已经到期了。在我们没有得到您的再次委托前,就按您的最低价报价,王店长也是想尽快成交吧!"

王店长敲门进来,手里又多了两张纸。"这样,阿姐,我跟客户讲了,到手价810万,少一分都不行。客户说,他再考虑考虑。阿姐,您看上次的委托到期了。今天再续一下吧?三个月,好吧?"

"两个月,两个月一定帮我卖掉!"郇仁芝觉得自己快要撑不住了。她知道有的人家卖房,挂出来几天就能成交,而自己的房子几个月了,看房者一批又一批,不要说一涛烦,自己也觉得烦了、累了。

"好,就两个月,谢谢姐对我们的信任。"接着王店长压低声音说,"姐,签好协议您就先走吧。一会儿出了这个门,您就很生气地大声说:'小王,以后这样的价格不要来同我讲!'彤彤,你就在旁边劝姐别生气,好吧?姐要理解,这也是营销策略。"

"好吧。"一式两份的协议签好后,郇仁芝如王店长导演的一样走出了店门。

晚上,下班回家的冯一涛,听了仁芝白天去中介门店的事后说:"依我看,哪里来的什么客户,人家就是忽悠你去续签协议。跟真的一样,还配合人家演

一 算 · 计 一

一出戏，也就是你了！"

仁芝呆呆地眨了几下眼睛，说："没道理呀？你讲中介吃饱饭没事做了，兜这么一圈对他们有什么好处呢？"

"当然有好处了。你想呀，你委托他们的价格这么高，他们要拿到你这一个点有多难啊！今天他们谎称有客户，来压低你的价格，试探你的底线，出手不就快了吗？"

"他们不是只能赚买家的两个点吗？按协议他能多赚一个点的！"郇仁芝一下没转过弯来。

"讲你聪明，这下怎么回事？时间就是金钱，与其两个月卖不掉你的协议房，还不如相同时间里，多卖几套小房或像今天他们压低价格的我们家的这种房。"

"那我明天要不要去寻他们？"

"那倒不必，大家生活都不容易。虽然我们看穿了他们，但这不是什么大不了的问题，不必揭穿。再讲他的本意是好的，目的就是把我们的房子尽快卖出去。这种正规的中介是有底线的。"

"嗯嗯，反正我今天也表明了态度，少一分也不卖！"

"好。"

"小妹过来了。"荣老师见到仁芝来看爸爸，赶紧说，"你爸一大早跟我不开心了！你去哄哄他吧！"

"哦，爸，我来了！"郇仁芝进了客厅，见郇校长在写字台边翻东西。她便问，"您寻啥，我来吧！"

自从郇校长摔了一跤后，他就叫儿子们把楼上书房里的书桌搬到了客厅一角。书桌上、旁边的两个凳子上，都堆满了各种书籍，钟点工小樊走了之后，再也没人敢动这些书。见女儿来了，郇校长便说："小妹呀，你看没看见过我主编的一本书？"

"你寻它做啥？"

"是这样的，我工作时的首届学生建了一个群，有学生提到我这本书，我

一·计一

就想寻出来看看。"

"哎哟喂，几十年前的事了，不可能在这里呀！"郁仁芝把老父亲扶到沙发上，"要到阁楼上去看看的。这样吧，一涛一会就到了，叫他帮你上去寻寻看，好吧？"

"不要，小妹。我要你去帮我寻。"

"爸，我不是讲你啊，你怎么像人家三岁小朋友一样，想要啥，马上就要，一刻都不能耽误！都是他们把你给宠坏了！"

"你这小鬼头，怎么同你老爸讲话？"郁校长有些生气了。

"你生气了？怎么越老越小气了？讲好，不生气，我马上上去帮你寻，要是还生气，我马上就回去了！"

这招真灵，郁校长立马说："好，老爸不生气，帮我寻吧。"

郁仁芝脱下外套，上了楼。二楼有两个房间，仁道他们搬出去后，他们的那间就改为父亲的书房了。

"小妹呀，当心点啊！"楼下传来荣老师的声音。

"晓得了！"通向阁楼的是一个很窄很窄的木制扶梯。阁楼的小木门，没上锁，只有一个铜制的门闩扣把门和门框合在一起。

仁芝轻轻打开门，进去翻了起来。

楼下，冯一涛进门了。他把买来的东西递给荣老师，问："仁芝没来？"

"还问呢，你爸爸叫她上阁楼寻书去了。"

"要我帮忙吧？"

"不用，上面那么小的地方，屁股都调不开的。"

"爸爸，你精神不错嘛。要不要杀两盘？"

"好，杀两盘！"郁校长在女婿面前一向是和蔼可亲的。虽说一个女婿半个儿，毕竟不是自己的儿，彼此之间客客气气，和睦相处，倒是蛮好的。天猫精灵自然又工作起来了。

大概过了一个多小时，仁芝在楼上叫道："寻到了，寻到了！"恰逢一局棋结束，女婿赢了。郁校长正觉无趣，听到女儿的喊声，他坐不住了："一涛，快，

— 算·计 —

快帮忙接一下去！"

"好的。"冯一涛上到二楼，见郁仁芝正背对着自己往下挪步子，"来来，先把书递给我！"

郁仁芝将一本发黄的、不到一厘米厚的小册子递给冯一涛，上面写着书名是《人的聪明才智来自何处？》，主编是郁文廷，由农村读物出版社出版。

"嘿嘿嘿，就是这本呀！"接着，郁校长就给冯一涛讲这本书的来历。郁仁芝被荣老师叫到卫生间洗头洗脸。

当年郁校长就读于华东政法学院哲学系。毕业后在高中担任政治老师兼班主任，他思如泉涌、能言善辩，的确有很多学生因他的思辨能力崇拜他。就连他的诡辩论也是极有造诣的，一般人和他辩论，别想占任何便宜。他可以含糊其词、模棱两可，也可以偷换概念、偷换论题，更可以以偏概全、断章取义、以人为据。

而郁校长的这些本领，现在也只能让荣老师、仁义、仁德，有时也轮得到仁道、仁芝来"享用"了。

郁校长拿着这本小册子，十分得意地对女儿女婿讲起这本书写作的背景来。他说那是刚刚改革开放的时候，他的这本书被编到《通俗政治理论丛书》中，虽说只有两万多字，那可是从全市政治理论工作者的文章中挑选出来的。冯一涛听罢，说："爸爸的业务能力就是强，又能讲，又能写，我们要好好向您学习的。"

郁校长听了女婿的赞美，心里乐滋滋的，但嘴上却说："哪里哪里，老了！现在你们这代人才是单位的中坚力量啊！"

随后，郁校长关心他们的房子，郁仁芝只是说快了快了。荣老师夸赞说："小妹呀，我觉得你的耐性真好，这么长时间让人家来看房，接待，要叫我老早就烦死了！"

郁仁芝笑着："还讲呢？昨天我还跟中介发了通火呢！"接着，她把去中介门店的前前后后说了一遍。荣老师听完，才知道卖个房子还有那么多花样，直呼不容易。

一 算 · 计 一

参加完郁宏的婚礼，冯一波和黄黎明更着急儿子的事。黄黎明这天接到一个电话，称自己在康康保险公司的9万元保险不划算，回报太低。黄黎明一下子警觉起来，自己的保险理财怎么会让一个用手机联系她的人知道，怎么回事儿？

那人称，他原来是这个保险公司的业务员，现在跳槽到另外一个新公司。公司为了答谢老客户，吸引新客户，原先保险依然存在，但收益年利率给到20%。只要拿着保单和身份证先退保，在新公司续保，到年底即可有收益。考虑到儿子要结婚，自己和一波的退休金又很低，她有点动心了。

下午，以前厂里的两个姐妹也打来电话，讲到这件事情。其中一个和黄黎明一样犹豫不定，而另一个却很坚决，说这么高的年利率，太诱人了。自己又不会炒股，存银行利息没搞头，还是这种保险理财好。赌一把，要是真的能拿到高收益，就赚了，要是拿不到，给我们原先保险公司的也行。黄黎明一想，反正半年的时间很快就会过去，就同意了。

三个女人约好一同去办理了手续。

几天后，冯一波和冯亚森父子才从乐景怡那里知道此事。那天办完手续后，黄黎明越想越不对劲儿。回到家后，她将此事告诉婆婆。乐景怡说："黎明呀，你胆子真够大的。但愿不会是上当啊。"

"妈，我不敢告诉一波，我怕他骂我。"

"没关系。过几天，我来同他讲，放心吧。"乐景怡知道，这件事如果被骗，是没有后悔药吃的。大儿媳没什么头脑，却总有占小便宜的心理，她不上当谁上当啊。

冯亚森第一个反应就是：姆妈，你可能被骗了！

冯一波最生气："这么大的事情为什么不跟我商量？你眼里有我这个人吗？你晓得吧，你这叫穷折腾，越折腾越穷，越穷越折腾。姆妈，你看她都做些啥事情？"冯一波清楚，他和黄黎明回城后，在厂里都算干得不错，两人每月都有奖金。可是到了90年代中期他们陆续下岗了。要不是母亲这么多年的贴补，

- 153 -

— 算·计 —

他们怎么挺得过来？儿子大学毕业后，他们才真正有了一点自己的积蓄。

黄黎明看丈夫对她不依不饶，便委屈地哭起来："我不也是为家里着想吗？人家郇宏都结婚了，亚森还是单身，我就想着多赚点钱嘛。"

"哎哟，姆妈，快别哭了。你儿子这么优秀，还用你和我爸发愁？我自己的事情，我有数的。经济上就更不用你们操心了。好了，好了，再讲半年以后才知道结局，说不定没啥呢，对吧？"冯亚森显得很轻松的样子笑着劝说道。

正如乐景怡所言，黄黎明为老冯家培养了这么懂事的好孩子。这个孩子对父母、对奶奶以及对冯家其他人都是非常好的。常言讲，儿子跟娘亲，一点不假，此时冯亚森最心疼母亲了。乐景怡见亚森劝住了他妈，她这个当娘的当然要管住自己的儿子。

"一波呀，好了。黎明也是为家里着想。就算错了，她已经知道了。谁不会犯错？你敢保证你不犯错，你没有犯过错吗？"

"姆妈，我这也是提醒她，叫她吸取教训。"

"好了，好了，这件事情都不提了。听到了吧？"

"晓得了。"冯一波再没出声，但他歪着脑袋怒视着黄黎明。

冯亚森想到母亲的作为，完全是"羊群效应"起了作用。

冯亚森之所以不让父母为他担心，是因为他是学校的骨干教师，这么多年来，工资和课时费也不少，大部分都上交给了母亲，母亲都帮他存着呢。听说做家教收入高，那冯亚森为什么不做呢？要说做家教，单凭他的资历和能力是不愁没有学生的。但是，他看得清楚，这家教市场，良莠不齐、鱼龙混杂，虽说是家长们所追逐的，但也是他们最痛恨的，冯亚森不想去蹚这潭浑水。他常年受聘于两家社会教育培训机构，拿着属于自己的课时费，放心，更安心。

"喂，阿哥啊，惊鸿讲给你介绍女朋友，好不啦？"姜申在电话里问。

"好呀，啥人呀？"冯亚森问。他知道，姜申不会轻易跟他说这类事的。

"是这样的。有个姑娘，30多岁了，大专毕业自己开了一家宠物店。和男朋友分手两三年了，你晓得为啥事情吗？"

算 · 计

"我哪能晓得？"

"男朋友不喜欢宠物，希望她结婚前关掉宠物店，谈不拢，掰了。我叫惊鸿同你讲啊，等一下。"

"喂，阿哥，我是惊鸿。这个小姑娘后来就发誓，一定要寻一个跟她一样喜欢小动物的男士。前两天，我去给凯文打防疫针，跟她闲聊，我一下子想到你了。我想，外婆家里几十年没有断过猫咪。听爸爸讲，当初他们搬出冯家自立门户时，妈妈也是带着一只小猫咪出的门。昨天我特意去了这个姑娘的店，我把你的大致情况同她讲了，她同意认识一下。你看，好不啦？"

表弟媳妇亲自做媒，他不好多说什么："那就先谢谢你了，惊鸿。"

"不要客气的啦！那我把你的手机号给她，加你微信，你通过一下啊。"

"好！哎，惊鸿，你叫姜申听下电话。"

"好的，稍等一下。"

"喂，我讲，你们两口子怎么像嬢嬢一样的啦？"

"瞎讲，冯亚森，我警告你，不要狗咬吕洞宾，好不啦。讲不定真成了，你要给我送18只蹄髈的。好了，拜拜，拜拜！"

"拜拜！"

一个月后的周日。早饭时，冯亚森看着乐景怡腿上的猫问："奶奶，欢欢该打针了吧？"

"哟，今天太阳从啥地方出来的？我家森森关心起我的欢欢了？"奶奶看着孙子笑着说。

"昨天我不是在外面上了一天课吗？今天想轻松轻松，换换脑子，帮家里做点事。"

"哦，针倒是不用打。去洗洗澡，清理一下倒是蛮好的。黎明啊，等会你把会员卡给森森。"

"不用，不用。奶奶，听说嬢嬢家附近一家宠物店蛮好的。我正好要找姜申谈点事，顺便的事！"

— 算·计 —

"那可不行，不行！"乐景怡叫起来。

"你这孩子，今天怎么了吗？奶奶的猫咪，洗澡、吹风、清理耳道、剪指甲，一样都不能马虎的。我和你妈每次去，都是要盯牢的。"冯一波说。

"好吧，好吧。我去，姆妈把卡准备好。"冯亚森不想和家里人再多啰唆。吃过饭，拎着猫笼，驾车直奔姑姑家里。

"哎哟，亚森呀，你今天把奶奶的心肝宝贝拎过来做啥啦？"冯一凤叫起来。

"姜申讲您家门口的宠物店老好的。我想来看看。"

"他晓得啥？他去过？申申，你去过？"

"我是没去过，惊鸿不是一直去的呀，我听她讲的呀！"

"哦，要不，把我家凯文也拿去洗洗吧。"冯一凤说。

"交给我，孃孃，保证完成任务！"

"不行不行，要盯牢他们洗洗清爽的。"

"亚森秒懂。猫咪洗澡、吹风、清理耳道、剪指甲一样不能马虎，对吧？"

"对对对，嗯，不愧是我们冯家的孩子。"冯一凤赞赏着。

"要我陪你去吗？"姜申向冯亚森挤了一下眼说。

"不劳姜律师大驾，走了。"冯亚森一手一只猫笼，直奔宠物店。按照店主人翟雯虹小姐给的微信定位，冯亚森很快找到了。

雨习习宠物美容店，开在姑姑家小区旁边的沿街商铺里。"你好，请问翟小姐在吗？"冯亚森一进门，看到吧台一个小姑娘便问。

"她马上来。您稍等一下吧！"

"好。"这是一个100多平方米的大开间，被玻璃墙隔成好几个部分。什么萌宠粮食、零食区、洗澡吹风区、美容修饰区、防疫驱虫区，还有寄养服务区。全是玻璃的，通透、明朗、整洁。里面还有两个小姑娘正在给寄养的猫狗喂食、处理粪便。

"您找我们店长有事吗？"小姑娘问。

"哦，也没啥事，我给两只猫咪洗澡的。"

"好的，她们那边马上就好了。请稍等。"小姑娘指着喂猫狗的两人说。

— 算·计 —

门开了,翟雯虹进来了。她看到冯亚森已经来了,马上问:"是冯老师对吧?"

冯亚森站起来说:"是的,你好,翟店长!"

"真不好意思,一大早我去跟小区的保安队长说点事儿。对了,您的车停哪里了?"

"停在我姑姑他们小区里。"

"以后您来,就停这个小区吧,停车费我们店给出。"

"好的。"

"凯文呀,怎么又长胖了?冯老师,你姑姑这只布偶跟我可亲了。"只见翟雯虹将笼子打开,抱起了那只布偶猫,"这只是什么猫,让我看看。"她把凯文放进笼子,又拎起装欢欢的笼子,说道:"哎哟!这只喜马可是有年龄了,十几年了?"

"13年了。"

"嗯,当年上海滩上,这种品相的喜马是很贵的!"翟雯虹打开笼门,将欢欢抱在怀里,细细打量,"老是老了,不过品相实在是很好的。你妈妈养的?"

"我奶奶养的。"冯亚森发现翟雯虹果然喜欢小动物。他听说过,喜欢小动物的人,一般有爱心、善心,还很有耐心。这一点冯亚森似乎已经感觉到了。

"小丽,你把两只猫拿进去吧。"说着,她将欢欢放进笼子。

"好的,店长。"小姑娘把两只猫笼子拎进去了。

"冯老师,您看上去比照片上年轻多了。"翟雯虹大大方方地说。

"是吗?小翟,我提个建议好吧?你不要这么客气地叫冯老师,叫我老冯就可以了。"

"那可不行!"

冯亚森一惊,这一个多月,两人在微信里聊得很好。大有相识恨晚的感觉。今天怎么和自己保持距离,这么客气了?

"你,你这是?"

"您看,您现在在我的店里,您是上门的顾客,我当然要客气了。"

冯亚森松了口气笑了。

算·计

"再讲,您又不老,叫老冯不行。"翟雯虹想了想说,"对了,叫你'大冯'好吧?"

"嗯,好!我在冯家正好也是老大。"

"来吧,我带你参观一下小店吧!"

—算·计—

第十四章

今天是郇文昌97岁的生日。每年的这一天,仁明大哥都会带着一家老小到饭店给老爷子祝寿。

郇文昌远在成都,但是他与养子仁义父子情深。自调回上海工作后,仁义只要有去西南出差的机会,就会到成都看望养父。

照理来说,仁义退休后,应该有更多的时间去陪陪老人家的。不料,这两年生父这边离不开他,大病小病要去医院。仁德他们都在上班,荣老师也上了80岁,他这个老大不陪着父亲,谁陪呢?米兰跟自己一样,有个90多岁的老父亲,她却把所有精力扑在郇家老人身上,父亲那里全靠她的哥哥们。想到这一点,仁义觉得愧对米兰。用冯家姑姑的话,父亲"太作"。没办法,老小孩儿,老小孩儿,可能讲的就是父亲这种人。

"爸爸,生日快乐啊!""生日快乐,爸!"视频一开始,郇文昌就听到上海的小儿子和儿媳给他的祝福!

"快乐,快乐,大家快乐!小宏宏呢?我的小孙子呢?"郇文昌乐呵呵地问道。

"爷爷,我在这里!"郇宏突然跳到屏幕前,然后把吴倩倩拉过来,他们俩异口同声:"祝亲爱的爷爷福如东海,寿比南山!生日快乐!"

"好,好,好。这个小姑娘叫什么名字来着?"

"爸爸,她是您的小孙子媳妇,叫倩倩。"米兰说。

"哦,对,对,叫倩倩。哈哈,哈哈,倩倩呀,叫小宏宏带你到成都来玩!"

"好的,爷爷。我还没去过成都呢!"

"一起来,一家人一起来。"郇文昌越说越高兴。看着养父精神矍铄,仁义从心里感到幸福。这老爷子最大的优点,就是笑口常开。也许经历了战火,死

一 算 · 计 一

里逃生，才会如此笑对人生吧。

最后，郁仁明把手机拿在自己手上说："仁义呀，我单独问你一件事。"

其他人再次祝福老爷子后，仁义拿着手机走到餐厅坐下："哥，什么事？"

"我记得郁宏结婚那天，我坐在叔叔旁边，他对我说，'最近我准备给四个孩子一人一笔钱。'我就想问，你们一人拿到多少？你要是不方便说，就不要说，我就是突然想到了随便问一问。"郁仁义和这个哥哥的手足情分没话说。单就小时候那次，哥哥跪在地上求养父原谅自己，就使仁义终生难忘。还有什么不能跟他说的。只是仁明提的这件事，让他十分诧异："没有呀，郁宏结婚都大半年了吧？爸爸从来没提过。"

"不可能呀，叔叔亲口和我说的。还说不能搞平均主义，仁德条件好，仁芝是嫁出去的，只有你和仁道，是他最心疼的。尤其是你9岁离开上海，在高原上受了不少苦，他这辈子一定要好好补偿你。他说他不会说话不算数的。当时我回来就给爸和你嫂子说了，大家都认为，叔叔做得真好。你嫂子说你有福气。"

看着仁明说得如此认真，仁义不停地回想着，父亲是不是说过，自己没有在意？可是他怎么想，也没想起来有过这样的事情。照父亲的习惯，一点点小事他都能把大家召集起来开会、商量、讨论。这么大的一件事情，不可能的！

"哥，我想了一下，绝对没有的事。"仁义坚定地说。

"哦，那有可能叔叔觉得时机不到吧。"

仁明这么一说，倒让仁义想起父亲给郁宏金条的事来："哥，还有一件事，可以证明爸爸可能只是说说而已。郁宏订婚后，爸爸给他们一根金条，当时两个小家伙很开心。爸爸就说，那只是一份见面礼，等郁宏结婚的时候，他还要表示的。结果你猜怎么着？"

"没有表示？"

"对！那天他是空着手来吃喜酒的，只有荣老师塞给米兰两万块。荣老师特意强调是她自己的一份心意。"

"哦？可是叔叔不该把耍心计的手段用到自家人头上呀。你和郁宏可都是

算 · 计

他的嫡亲儿孙呀！"

"哥，你是了解我和米兰的，我们从来不会占他的便宜。话说回来，想占也占不到他的便宜。我们生气的不是他不给你什么，我们从没想要他的什么。生气的是他不想给你，却到处说给了你。你说，我们冤不冤呀？这次所谓的那'一笔钱'，今天要不是你问我，我们还蒙在鼓里。而他给你们的印象却是这个叔叔有情有义，一切都想着子孙。万一以后我什么事情没给他做好，你们一定觉得我郁仁义不知好歹，你说是不是？他要是也跟浦东那一大家子讲了这件事，浦东亲戚一样会说我们这家人没良心，不懂事，你说是不是？哥，还好你今天问我了。"郁仁义越说越气。这是自己的亲爹，真是不服不行。

"这样吧，要不等爸爸和叔叔视频时，我故意问问他。"

"哥，我看算了吧。我相信你问也是白问。你问他一个问题，他会有十个答案等着你，而且，每个答案都是对的。哥，辛苦你和嫂嫂这么多年照顾爸了，你们也保重，毕竟都70多岁的人了。"

"晓得，晓得。叔叔那边嘛，也多包涵着点，你们是晚辈嘛，相信你和米兰会处理好的。"

"放心吧，哥。"

米兰早就说，儿子婚礼后，一定要单独请冯一凤吃饭。结果，不是米兰没空，就是冯一凤出国旅游。在一个城市里住着，不承想要见面吃个饭，还真不是一件容易的事。一顿饭居然约了大半年。

米兰这天总算有空了，冯一凤刚从美国回来。米兰说请冯一凤去吃苏浙汇，冯一凤说，就两个人怎么吃？不如去吃快餐。于是，两人约好在一家茶餐厅碰面。

工作日出来聚会就是好，上午十点她们就来了，整个餐厅没几个客人。米兰点了两杯桂圆红枣茶，一小碟西瓜子和两个杧果布丁，还有一个四季水果拼盘。

"我讲米小姐呀，点这么多怎么吃得掉呀！"冯一凤叫起来。

"慢慢吃呀。快讲讲你去美国的见闻吧！"米兰兴奋地说。两个好朋友，

一·计一

就是没有机会一起出去旅游。冯一凤属于说走就走的那种，反正不是老公出钱，就是儿子出钱，实在是令米兰羡慕不已。以米兰的家境三五年去一趟国外也是可以的，国内一年一趟也是不成问题的。可是，郁仁义没退休时，她怕仁义下班回来没有热饭热菜。好不容易熬到仁义退休了，他是家里老大，他父亲那边的事情又拴住了他。仁义为父亲东奔西跑，自己若和小姐妹们出去游山玩水，她于心不忍。现在，倩倩又怀孕两三个月了。所以，每次冯一凤回来，她也只好听听见闻，神游一下。

而冯一凤又不是那种旅游时会有感悟的人，那是有较高文化修养的人才具备的，比方说她家姜羽维。而冯一凤旅游，就是没有去过的地方，都要去，到了那个地方，就和姐妹们旁若无人地摆出各种姿势拍照片。真是应了流行的那句话："上车睡觉，停车撒尿，下车拍照。"回到家里，过一段时间拿出照片，一看什么都不知道。

这会儿，米兰一问，她就说："喏，你先看看照片吧。"于是，两个女人看着手机里的一张张照片，对上面的大妈们评头论足。

当米兰看到著名的黄石国家地质公园的照片时，她惊喜地叫起来："这个就是公园里的叫，叫老忠实间歇泉，对吧？"

"行呀，米兰，你比我这个去过的人都清楚呀！"

"这不是听说你们要去，我就在网上看了看照片。看介绍讲，它是每隔90分钟喷发一次，一次大概喷发4分钟，喷得最高最美之时是前20秒，因为它从不叫旅客失望，所以叫老忠实。"

"米兰，我同你讲，这个黄石公园真的老值得去的。里面大是大的！有温泉、大峡谷、大瀑布，还有哇，你往后面看，对，再往后，好，你看这个夜空，好看吧？这就是黄石的夜幕奇景。"冯一凤指着自己手机里的照片说。

看着这几张繁星点点的夜空，仿佛那星星唾手可得。米兰不禁赞不绝口："太美了！太美了！"

两人到下午一点钟才吃了午饭。随后，米兰为冯一凤点了一杯卡布基诺，自己要了一杯摩卡咖啡。

一·计一

"哎，下趟，你和我一道去玩。再过半年你家倩倩要生了，你更是哪里都不能去了。"

"我哪里有你这么潇洒的？"米兰苦笑了一下说，"对了，你说仁义他爸有意思吧？上半年他跟来上海的成都大哥说，他给了仁义他们几个孩子一大笔钱！"

"有这种事，不是蛮好嘛。这下你就更能出去了。"

"哎呀，你听我把话讲完呀！"米兰把仁义和大哥说的事情一五一十讲给冯一凤听了。

冯一凤立马大喊道："哪里有这种不要脸的老人！哎呀呀，这不是那个什么，那个什么，对，就是'又要做婊子又要立牌坊'吗？"

"嘘，你轻点呀！"

"我讲，米兰，这个老头实在太虚伪了。他为什么敢这样吹牛皮？就是晓得你和郇仁义老实。换作我，你叫他试试看！"说着，她举起拳头。

"怎么？难不成你敢打老年人？"米兰提醒道。

冯一凤立刻放下拳头说："对呀，你看，老人变坏了，你还可以教育教育，要是坏人变老了，真的一点点办法都没。你讲，他为啥要这样？"

"我哪里晓得？"

一阵沉默后，时间也差不多了。"唉，我可怜的米家小姐！"说着，冯一凤顺手挽起米兰的手臂，两人走出了茶餐厅。

米兰在郇家遇到不愉快的事，她从不回娘家诉说。记得婆婆去世那年，仁道夫妇擅自将溧阳路的门锁调换了，说是防小偷。仁义仁德进不去父亲家门。米兰知道后挺生气，她说："这两口子太过分了，防什么小偷？你们哥俩儿是小偷？"但她也没办法，她知道十个米兰加仁义也斗不过仁道夫妇。有一次，她不小心在父亲家里提到此事，没想到三个哥哥一听就火了。三哥说："你和仁义也太好欺负了。把谁当贼？看我怎么收拾这对狗男女！"

"对呀米兰，还有我和大哥，收拾他们还不是小菜一碟？"

"哎呀，哥哥们，你们这是干什么？"米兰知道三个哥哥都当过兵，都有"擒

—算·计—

拿格斗"的本领,可是,现在是法治社会,开什么玩笑?

从那以后,她更是什么事都不讲给他们听了,还好有冯一凤这样的闺密。

米兰和冯一凤约会的这天,也是郇校长要仁义陪他去浦东走亲戚的时间。

浦东伯伯郇文麟前年仙逝于家中,他和老伴育有五个子女,老大仁青和老小仁和,中间是三个姊妹。郇校长这次出访,是经过慎重考虑的。第一,88岁的老嫂子在郇宏结婚那天能携子孙20多人来贺喜,理应回访;第二,自己的病没有走传统的思路——手术、放化疗,而是用最前沿的技术手段,将肿瘤消灭在萌芽之中,得炫耀一番;第三,和老嫂子叙叙旧,虽说在同城,但都这么大年龄了,见一次少一次了。

仁义和父亲上午9点从溧阳路出发,可是一出门就开始堵车。仁义说:"爸爸,现在是上班高峰,我们出来添堵了。"

"没关系的,反正我们有的是时间。"仁义一听,父亲完全没有领会他的意思。他觉得这时与上班族抢道路,心存歉意,而父亲的想法就跟退休老人手拿公交免费老人卡一样,反正不付钱,什么上班高峰不高峰,挤上车再讲。运气好的时候,还有年轻人让座位,多么惬意呀!好像晚报上报道过,有的老人吃好早饭,上公交车,坐到终点站不下车,一路再坐回来。中午午睡起来,再出去换一辆公交坐。虽然父亲还没有那样过分,但心理状态却是一样的。

还好,上了内环高架路,车子跑了起来,半个小时后,下了高架进入芳甸路,父亲认识这一片了,说:"这不马上就到花木路了?"

"是的,马上到伯母家了。"

郇校长清楚地记得,当年徐汇区要造八万人体育场,堂哥郇文麟家在动迁之列。"宁要浦西一张床,不要浦东一间房"。可是老夫妻跟一般人的思路不同,他们放弃了近郊,选择了浦东,目的是为了多分一套房子。现在想来老两口有远见啊。当年的荒芜之地,如今成了城市副中心。

"仁义呀,你看这里的变化多大?记得你伯伯他们刚搬过来时,我们到他

— 算·计 —

家来一趟,要换乘两三辆公交车,还要乘摆渡船的。现在,就算堵车,不到一个小时就到了。"

进了伯母家。父子俩坐下来,保姆送上茶。

"阿嫂,身体还好吧?我都怕郁宏结婚那天把你给累着了。"

"文廷呀,看你讲的,我又不是无锡泥人。没事的,阿嫂我身体还行的。"

郁文麟夫妇一直跟着小儿子住。这也是他们当年分的最大的一套房子。另外三套都是两室一厅的。

"阿嫂,仁青平时过来吗?"

"过来的,都在一个小区。他每天都过来吃中饭的。自从盘妹走了以后,十多年来,他也没再寻一个,怕女儿静静受气。现在屋里头,数他的生活是最困难的,退休工资还不到三千块。仁和小夫妻好,经常想着他大哥。怎么样,你和荣老师都好吧?"

"好,很好!阿嫂,今天小阿弟就是来同你汇报汇报情况的。哈哈哈……"

这时,摆在大厅一角的落地钟响了起来,"铛,铛,铛……"直到响过10下。

"伯母,家里这台落地大钟真漂亮。米兰讲她就喜欢大钟报时的声音。"

"是吧?你晓得吧,这座钟是仁和托朋友从海关弄来的,才6万块。你去市面上看看,仁和讲要16万呢!"

"怪不得!伯母,这是德国的赫姆勒牌子,懂行的人都讲'瑞士表、德国钟'呀。"仁义走到跟前细细打量着。

"是吧,反正我是不懂。就记得他花了一小半的钞票,买了这么大的一只钟。"

郁校长见两个人大谈钟表,这可不在他今天的计划里。于是,他说:"好了,仁义呀,叫伯母少讲话,讲多了也是劳神的。对吧,阿嫂?"

"哎,不劳神,不劳神,见到阿拉仁义就开心。这个孩子本分、懂事,好不啦!"说着,又端详着仁义,"你自己看看,一双眼皮子厚厚的,再看看啊,这只鼻头也是肉嘟嘟的,一看就晓得是个厚道的人。"

"好,阿嫂讲的都好。不过,阿嫂,你是最清楚的,我家仁义从外地调回上海,我费了多少功夫啊!"

算 · 计

"晓得的，晓得的，你都讲过多少遍了。不就是你跑到区政府，寻了一个副区长。副区长讲，阿拉仁义原本就是上海人，历史原因，到了外地。好在他是大学毕业生，可以做人才引进，我讲得对吧？"

"哇，阿嫂，你太厉害了！记得飒飒清。"郁校长立刻竖起大拇指，心里高兴，这话题总算引回来了，"是啊，阿嫂。哪家父母亲不是为自己的孩子着想的？你看我这辈子，奋斗到中学高级职称，正处级待遇退休。这是我这辈子拼搏的结果。对了，仁义那天不在我那里，我的学生们提到我出的书。他们印象深得不得了啊！'人过留名，雁过留声'，人的一生不能虚度，总要做些有益于后人之事嘛。"

仁义静静地听着。郁校长喝了口茶，继续说："阿嫂，你晓得我溧阳路的那套房子吧，上次叫人来估了价，你猜多少？能卖这个数。"郁校长右手伸出一根手指，没等嫂子开口，他接着得意地说，"1000万！我想这辈子我算对得住祖宗和孩子们了。你再问问仁义，他们现在一套三房两厅的房子，还有仁德他们的四房两厅，仁道的都是我送给他们的。"

听到这里，仁义有些纳闷了。自己这套新房子是为了郁宏结婚，四五年前才置换的，现在还有100多万的贷款呢。仁德那套更是跟他没有关系了，那是潘岩挣钱买的。怎么到父亲嘴里，就变成他送的了呢？了解家里状况的人，一眼就能看明白。若是要送，他也应该送最困难的仁道呀，为什么仁道到现在还住在70多平方米的房子里呢？要说自己的房子跟父亲有关系，那倒是真的。

记得大学毕业后的第二年，郁校长写信问郁仁义找女朋友了没有。郁仁义说，先前谈了一个，吹了。郁校长告诉仁义千万别找女朋友，否则回上海难度就高了。

仁义问养父和仁明大哥，该不该回上海。养父肯定地说："该回！回到你的生父身边，我也算圆满完成抚养任务了。"豁达的养父丝毫没有提仁义以后要如何报答的事。仁明哥也说，回上海，个人的发展空间大。可是兄弟俩就不能朝夕相处了。

在他还犹豫不决之时，父亲的一封感人肺腑的信，打动了他。

— 算 · 计 —

回到上海后,仁义经人介绍认识了米兰。郇校长向教育局申请,增配了一间厨卫三家合用的老公房。说来仁义他们的运气真好,刚住了三年,他们得到小区里的三栋楼要拆迁的消息,其中就有他们住的这栋楼。说是被一家银行买下来盖金融大厦。得此信息,仁义和米兰当晚赶到郇校长家中,劝郇校长和荣老师把户口迁到他们名下。

郇校长却显得十分淡定,因为他对这种信息将信将疑。这样的好事,都是人家上层保密的,他们两个普通人,又不认识什么银行的人,哪里来的消息?

看着父亲不屑的样子,仁义说:"爸,是真的。是我们隔壁的小伙子在厨房悄悄告诉米兰的。你大概还不晓得,隔壁就是这家银行的单身职工宿舍。"

"是吗,米兰?"郇校长还要求证一下。

"是的,爸爸。是那个小伙子讲,户口很快就会冻结的。到时候想进都进不来了。"

荣老师听明白了:"老郇呀,不如迁过去一段时间。如果是假消息,你再迁回来嘛。"

"对对对!我们也是这样想的。"

"那,好吧。讲好只迁我一个人的。荣老师的户口不在我这里。"

果然,本来按照户口人头,仁义他们只能得到两室一厅。可是有了爸爸的户口,爸爸又得了一套一室一厅的房子。按照冯一凤的逻辑,父亲当初借给儿子一间房,儿子因此获得两套房。儿子应该将原先的一间房还给父亲,并附上利息——多给父亲一个厅。可是,这么多年来,父亲总是以各种方法提醒仁义:你的房子是父亲给的。当年的一室一厅,郇校长给了仁道。后来仁道他们换了个两室一厅,申请了组合房贷,把仁道的公积金用了起来。至于仁义和父亲的房子,正如荣老师所说,到底是先有鸡,还是先有蛋,讲不清楚的。可是父亲坚信先有鸡。好,就算仁义借了父亲的这只鸡,下了蛋后,仁义把鸡完璧归赵,还附上喂鸡的大米,是不是算两清了?

就算没有两清,又为什么要分清呢?人家的父母爹娘为子女、为儿孙做了什么,都不是挂在口头上的,因为他们相信子女们会记住他们的恩情。可是自

— 算 · 计 —

己的亲爹就不那么自信,就怕他们会忘记,动不动就提醒。

房门打开了,仁青走了进来。
"小爷叔,你好!"
"仁青来了!我和你妈谈了一个上午了。"
"仁义,你怎么不去寻我呢?"
仁义笑笑说:"我今天的任务就是照顾好爸爸,做他的司机。"
"小爷叔,你福气老好的!"
郁校长更加得意了。
"静静的儿子几岁了?"郁校长关心地问。
"明年要上初中了。"
"快是快呀!仁青,这些年来,你为了静静,不容易呀!你爸在世的时候,我们就是好兄弟。你最困难的时候,小爷叔也没帮上什么忙。不过,我答应过你爸,我会帮助你的。"
"还好,还好,都过来了。谢谢小爷叔!"
"是啊,文廷呀,仁青这几年过得不错。静静是个孝顺的孩子。"伯母说道,"倒是你以后要多关心你家老大。仁义当年被你送走,吃了那么多苦。他对你们家做出了这么大的贡献,可以讲是劳苦功高的呀!对不啦?"
"对的,对的。阿嫂讲得对!"
仁义听着,不免对伯母更加敬重了。
中午,吃过饭后,郁校长父子告别了仁青和他母亲。回家的路上,郁校长坐在副驾驶睡着了。仁义也有些犯困,强打起精神将父亲送回溧阳路。
等他回到家中时,米兰已经到家了。米兰看到丈夫一脸的疲惫问:"伯母好吧?"
"蛮好,蛮好,伯母讲叫你下趟带着郁宏小两口一道过去玩儿。"趁小两口还没下班,仁义把今天父亲讲他给三个儿子房子的事,学给米兰听了。米兰一听,想了想说:"要是我是伯母,一定会想,你郁校长的三个儿子都是大机关

— 168 —

— 算 · 计 —

里工作的,怎么一点本事都没有,房子还要靠老父亲送?是吧?"

"对呀!我听下来,爸爸就是这个意思。也就是讲,他是刻意要给伯母这个印象的。"

"那他有没有讲到,我们每个月还在还贷款的事呢?"

"没有。我想他也不会讲。"

"他不讲你讲啊!"米兰急了。

"讲这干啥?当场揭穿他?你晓得的,我不会这样做的。"

"我明白了。难怪一凤今天还提到的,你爸就是欺负你老实!"米兰说着来了气。

"好了,好了,烧饭吧。郁宏他们一会儿要下班了。"

米兰本来心情舒畅,被仁义这么一说,又生了气。她在生仁义的气,这么多年,仁义总是由着他父亲不切实际地胡说乱讲。她更生公公的气,自己和丈夫这些年为他的付出,从没有得到过认可。相反,常常是出力还受气!她觉得仁义有些窝囊,跟着他生活,有时感到很憋屈。要不是顾及儿子郁宏,要不是看到仁义被他爸欺负的可怜相,早和他离婚了。再与冯一凤相比,自己怎么活得这么累呀?真是上辈子欠他们郁家的!

— 算·计 —

第十五章

"喂，郁姐。上周从浦东过来的夫妻，今天要带女儿女婿复看您家的房子，方便吗？"

"方便的，小管。你上次讲，如果有复看的，就有希望，是吧？"

"对呀。那我就叫他们下午过来，两点半左右，可以吗？"

"好！"放下电话，郁仁芝有点激动，这都快一年了，来看的人家少说也有五六十家了。她愣是耐着性子，坚持着，再坚持着，丈夫冯一涛老早就不耐烦了。本来双休日是自己和家里人休息放松的时间，是国家的法定休息日。可这一年来，双休日往往成了郁仁芝家看房专属日。要说上门看房，也就算了，基本上来的中介和他们的客户都还懂得礼仪，大家客客气气的。

最让郁仁芝心烦的是那些小中介没完没了的骚扰电话。开始的时候，但凡有人来电，郁仁芝都十分礼貌地问对方贵姓，是哪个中介的。随后，她便把这些人都加到通讯录里，以便下次来电知道是谁打过来的。于是，在她的通讯录里可见英英地产小王、佳佳地产小袁、美美地产小胡、云云地产小谢……若遇到胡说八道的中介，郁仁芝也不客气，就会在她的通讯录里加入这样的字样：黑中介、无赖中介、垃圾中介、人渣中介。标完了怎么办？郁仁芝想不出其他的词，便有了黑中介1、无赖中介1、垃圾中介1、人渣中介1。以此类推，黑中介2……一般归到这类的电话，她都不接了。可是，你不接，有的就给你发信息。冯一涛曾经跟她说过，叫她别生气，直接拉黑对方就行了。可是郁仁芝说："我倒要见识见识这些人还能翻出什么新花样来。"

第一次听说有人来复看，怎么能不让她兴奋呢？想想就要笑起来。于是，她赶紧楼上楼下擦灰、拖地，把家里收拾得干干净净，清清爽爽。她要让看房人越看越喜欢。

— 算 · 计 —

下午，一家四口如约而至。看到两个年轻人高高大大的，郁仁芝不禁倒吸一口气。女孩子身高约175厘米，男孩子几乎跟门框一般高。管中介给他们发好鞋套。郁仁芝在门口微笑着说："请进吧。"

"打搅了！""您好阿姨！"他们与郁仁芝打着招呼。整个看房过程几乎都是这家的妈妈在介绍，一看就知道，她第一次来的时候，就非常用心了。两个年轻人不停地点头。到了楼上，男孩子突然问："阿姨，你们家的门好像比一般的要宽呀？"

郁仁芝笑着说："小伙子好眼力。这是装修老板特意将80厘米宽的门加到90厘米的。他讲这样派头大。"

女孩说："对呀，是比一般的要宽。咦，佳昊，还是你细心呀！"

"阿姨，这个房子价钱最低是多少呀？"

郁仁芝谨记王店长的话，不能轻易把底价报出来。于是，她笑着说："我是全权委托小管他们公司的，最低价也报给他们了，你们可以和他们谈。"

"是的，你们若是看中了，接下来就到我们店里谈具体事宜。"小管看了一眼郁仁芝说。

"怎么样，囡囡？"女孩父亲说话了，"要是满意的话，我跟你妈这段时间也没白跑，是吧？"

"哎，你这老头子，满不满意，价钱还没谈呢！"显然母亲还想再砍砍价的。

"那阿姨叔叔，要不你们一家先到我们店里，我们店长跟你们谈谈具体价钱。如果你们接受，我再叫房东过去，好吧？"

"好，好，打搅了。"

"郁姐，我们先过去，有消息我打你电话。"小管站在门口，边说边做了一个打电话的手势。

大约过了个把小时，小管来电，叫郁仁芝带好房产证和身份证到门店去一趟。看来有门儿。已经穿好了鞋，郁仁芝又换下来，穿着拖鞋到一个抽屉里拿出银行卡，拍了个卡号，然后才出门。

— 算·计 —

老远就看到小管在店门口迎候了。小管把她带进上次的那个房间说:"姐,稍等。王店长在对面和他们谈着呢。"

"小管,知道他们是干什么的吗?哦,我不是想打听别人的隐私。我是想判断一下这家人的素质。"

小管一听,笑了:"郁姐,真巧,刚才在回来的路上,小姑娘的妈妈跟我讲,两个人都是体育大学毕业的硕士。女儿在同济大学教体育课,女婿留校在体育大学当老师。这个房子他们不嫌楼层高,只要大。"

"哦,真的小管,就像你们讲过的,无论什么样的房子总归会寻到它合适的新主人的,一点不假哦。"

王店长敲了两下门进来了,"郁姐,你看这是他们要付的税。这下面是我报给他们的底价。"说着他指着纸上的数字,"那个阿姨对房子是满意的,但还是觉得税太高了。她讲,女婿是外地人,他们老夫妻俩是卖掉市中心的一套小房子来给女儿交首付的。之所以往北边走,一来考虑上班近,二来是'舍地段,求面积'。所以,这么高的税,他们还要贷款200多万,对于刚工作的小年轻来说是比较吃力的。"

郁仁芝最听不得人家有困难。眼下这家人,和自己家多像啊!看这样子男方家里是拿不出钱的,好在女方父母有房子可卖,这一点比自己家要强些。房子挂在网上一年了,除了大环境不景气外,就是自己的这套房楼层不好。总算有这样一家人喜欢自己的房子,看来就是缘分到了。自己的心里价位是810万到手。让就让吧,于是她说:"要不就810万给他们好了!"

王店长说:"郁姐,您真好讲话。但是我不能这样告诉他们。好,您休息一下,我再去跟他们谈。"

"小管,我不明白。王店长为什么不直接降到810万呢?这好不容易有人家看中,能卖就卖了吧。"

"姐,不能按你想的做。否则他们会想你这么痛快,一定还有下降的空间。这是我们的策略,要分析掌握客户心理。"

"哦,明白了。"

— 算 · 计 —

王店长又进来了，"郇姐，您看谈到815万，怎么样？我跟他们这样说的：就这个价了。房东是医生，听说两个年轻人刚工作，一下就降了13万。她自己也有女儿，深知年轻人都不容易的。"

"是吧，太好了。那你们要的一个点，就没了呀！"

"没事儿，姐。只要您满意就行。再说，不是还有买家的两个点吗？那这样吧，接下来，你们两家坐在一起谈谈细节。没问题就签合同，他们今天可以付30万定金。"

等细节谈得差不多时，郇仁芝说她要给丈夫打个电话，通报一下，若没有问题就签约。

经过一天一夜的折腾，吴倩倩为郇家生了个3.6公斤的男婴。仁义夫妻俩和吴倩倩父母在产房外，终于见到护士小姐抱出个婴儿叫道："吴倩倩家属，吴倩倩家属……"

听到了叫声，一家人一下子围了上去。襁褓中，婴儿圆乎乎的小脸十分可爱。郇宏激动地说："我当爸爸了！"一家人还想再多看几眼，护士小姐已把孩子抱走了。

"爸，爸，倩倩给你生了个重孙子！"仁义在电话里向父亲报喜。郇校长高兴地说："好哇，好哇，我做太爷爷了！佩琪，佩琪，听到了吧，你做太奶奶了！哈哈哈……"

荣老师说："这可是双喜临门呀，老郇！前天小妹他们的房子签约了，今天你又做太爷爷了，真是好日子，郇家的好日子呀！"

"对了，咱们去浙江的计划不能变的哦！"

"放心吧，坐月子有米兰和倩倩她妈足够了，耽误不了仁义陪你的。"

孩子满百天，郇、冯、米家聚在一起。郇校长这天满面春风，在餐桌上，大讲特讲他这三个月的见闻。

— 算·计 —

　　这三个月，仁义陪着他到处游玩，当然主要是苏浙皖三省。为了出行方便，仁德他们给郁校长买了一种可以折叠的轻便代步车，他也是偶尔坐坐。他的状态似乎又回到了年富力强的年纪。荣老师一直陪着他。他们跑得最远的地方，是浙江衢州廿八都古镇，那是隐藏在大山深处的人间仙境。跑得最北的是江苏泰州的溱潼古镇，溱潼故称秦泓，旧有"犬吠三县闻"之说。最西边他们到了安徽泾县查济村。虽然这里的住宅也是常见的青砖黑瓦，但聪明的查济人能"依山造屋，傍水结村"，民居的分布格局巧妙地运用中国古典园林艺术的借景、对景等手法，形成"堤内损失堤外补""门外青山如屋里，东家流水入西邻"的"天人合一"的格局。按郁校长的话说："中国古镇万万千，最灵古镇属江南。"

　　他们每到一处，必小住三五日。虽说仁义也喜欢这些古镇，但他不理解父亲为什么只游玩古镇和古村。今天，乐景怡老太太提出来了。郁校长得意地说："我这一辈子呀，出生在老洋房，长在老洋房，结婚生子都在这老洋房里。可是工作之后，就眼看着一批批老建筑、老校舍被拆掉，一所所新学校、新校舍建起来，到处都是钢筋水泥，哪里还看得到老建筑的影子？记得我退休之前，去过松江一中、宝山罗店中学，那都是古色古香的老校舍，估计也都拆了吧？"说到这里，他有些感慨，"虽然讲我家的老洋房和那些古村古镇风格不同，但是它们的共同点是具有年代感，有历史、有故事，你们讲是吧？"

　　"看来郁校长跟我老米这个扛枪杆子的人不一样。你们文化人就是山山水水，有情调，浪漫。我老米这辈子只知道枪杆子里面出政权，哈哈哈……不一样啊，喝酒，喝酒。"米师长说。

　　"来来来，小宝的爸爸妈妈来敬酒了。"郁宏手里握着一只红酒杯，倩倩举着一杯鲜橙汁。

　　冯一波、姜羽维、冯一涛、冯亚森、姜申、付继伟及郁家兄弟他们这一桌，跟以往一样热闹。他们从不在乎酒宴的主题是什么，他们只管自己的话题。所谓吃什么不重要，跟谁吃才重要。

　　话题由冯一波提起，他和黄黎明是这帮亲戚中唯二插过队的知青。前不久和陈海他们刚聚过会。"我同学陈海问：'有没有听到过，前一阵子外地回沪知

— 算 · 计 —

青向市政府要待遇。讲他们拿着外地的退休金在大上海生活,实在是举步维艰。'各位怎么看?"

"我听到过。"姜羽维先开口,"这个话呀,要分两头讲。先讲知青这边,当年正值风华正茂,学习文化知识之时,却响应国家号召,奔赴大江南北。恢复高考走了一小部分,知青返城回来了一大批,可是还有不少知青留在了他乡。直到退休,有的投奔兄弟姐妹,有的投奔当年先回沪的子女。如今他们老了,病痛缠身了,那点退休金顶啥用?所以他们有困难找政府,不能讲没道理。人民的政府为人民嘛。一点错都没有。可是,话再讲另一头,上海市政府是为上海市民办事的政府,各位也都能体会到,这不必多讲。没有上海市的户籍,有的福利是没法享受的。地方政府,他是有心无力的呀。"

冯一涛说:"照妹夫的意思,他们应该去北京?"

"不不不,不是的。有事都去北京,那还要地方政府干什么?"姜羽维继续说,"自己的孩子自己抱。不是上海户籍的知青们,照道理应该寻他们户籍所在地的政府。可是,问题又来了,有些知青多是来自老少边穷地区。他们的政府还忙着脱贫攻坚,根本无法考虑到这些知青啊。总之,两难,两难呀!"

"但是,姑父,我看到一篇文章上说,知青当中有很多能人呀,出了不少顶尖人才。"付继伟道。

"你只看到了金字塔的顶端。你们有看过一个知青作家的文章没有?标题好像是《如今,大约有85%的知青都是低消费人群》。"冯亚森说。

"想想我们这批崇明农场的知青,运气真的是算好的呀!我和黎明是很知足了。"冯一波说道。

郇仁德忙说:"那是因为你家亚森优秀。亚森讲的那篇文章,我也看过。"

大家一下子都沉默了。显然这个话题有些沉重,与百日宴气氛不大相符。

"来来来,举个杯,举个杯。"姜申打破沉默,"祝今天的主角小宝,健康成长,长命百岁!"

"好,干杯!"

— 算·计 —

这一桌上,女士们则围着郁家小宝,赞美不已。小宝长得胖胖的,皮肤白白的。这才100天,就已经十六七斤了。大家你抱抱,我抱抱,直呼养得好。冯一凤抱着孩子说:"米兰啊,你们给宝宝都吃了什么?看呀,看呀,这头发又浓又密,黑里还带点儿棕色,怎么像在发廊里染过似的。"

"是啊,这脑门子鼓鼓的,很饱满,就像老寿星的大脑门!"黄黎明说,"这叫,叫天庭饱满,地,地什么……"

"大伯母,那叫'天庭饱满,地阁方圆'。"冯亚琳笑着补充道,"就是说咱们的小宝有富贵吉利的面相。"

"对,对,亚琳呀,什么话经你们这些读过大学的人讲出来,就是不一样啊!"黄黎明说,"对了,亚琳,每次聚会,你怎么总不带你家亮亮?"

"这不是有小梅和继伟他妈给看着吗?我带个孩子出来,他一闹我是搞不定的。哈哈哈……"

"要说几家的女孩子,我家亚琳是最潇洒的。别看她在公司里管着几百号人,可是对家里的事,对自己的孩子,她是一点耐心都没有的。"郁仁芝说道。

等大家把宝宝放进童车里,季惊鸿带着自己的双胞胎女儿,站在童车前,让两个孩子看看小弟弟。

季惊鸿问老大:"美媛,弟弟的眼睛大不大呀?"

"弟弟眼睛又大又亮。"老大说。

"妈妈,妈妈,弟弟的眼睫毛也很长的。"老二观察得更细致。

"我们丽媛真聪明。"季惊鸿夸着老二。

"呜哇,呜哇……"宝宝哭起来了。

"妈妈,弟弟是不是饿了?"老大问。

"倩倩,倩倩,小宝该吃奶了。"米兰叫起来。

吴倩倩赶紧从旁边一桌过来,和她母亲、婆婆米兰一起推着小车,给小宝喂奶去了。

"人家倩倩奶水好,郁家宝宝才会长这么好。不像我家美媛和丽媛,完全靠吃奶粉养大的。"冯一凤带着羡慕而又遗憾地说,她马上转了话题,"我们得

— 算 · 计 —

过去给长辈们敬敬酒了。"

郁校长喜得重孙子，高兴了好一阵子。那天仁义向他报喜时，他就叫仁义去了他家一趟。他亲手将一万元现金交到仁义手中，说是给重孙子的。看着大家的赞美、羡慕，他能不开心吗？

— 算 · 计 —

第十六章

　　郁仁芝从买家拿到首付款前，就让管彤彤帮她找房。168平方米的复式房，换成120平方米的平层三房，管中介颇动了一番脑筋。这天，她给郁仁芝打电话，说和平公园附近有一套她需要的房子，12楼，房型、价格都符合她的要求。郁仁芝在父亲家，她对管中介说："我正好在附近，过去不到三公里的路。你说几点到，发个定位给我。"

　　"好的。我再跟房东敲定一下时间，发你手机上。"

　　"怎么，小妹呀，刚来一会儿就要走？"荣老师问。

　　"嗯，中介帮我寻到房子了，离这里很近，我等会要去看看。"

　　手机"滴"的一声，"和平名苑小区。半小时后在小区门口碰头。"对方发语音过来。

　　"好的，我马上过来。小区好停车吗？"

　　"好停。房东有一个产权车位。"

　　"太好了！这就来，一会儿见。"

　　"一会儿见，郁姐。"两人一阵子语音来去。

　　"爸、荣老师，我走了，再会！"

　　"小妹，你开车当心点。"荣老师关照。

　　"哦，晓得了，再会！"

　　和平名苑小区入口。管中介和王店长已在此等候。进了小区，车停在16号门牌前的一个空车位上。

　　"今天王店长亲自带看，真是辛苦啦！"郁仁芝边走边说。

　　"郁姐是我们的重要客户，我们必须认真对待。再说这里离我们店有点远，

一·计一

我开车过来，比小管的电动车要方便。"

"我想在进大楼前，是不是先在小区里转一转，了解一下环境？"

"没问题，一看就知道郁姐是个有品位的客户。这样，我们一起陪您转转，这边请。"王店长对郁仁芝还真不是奉承。郁仁芝虽说没有受过很好的艺术教育，但是她的审美素养却是与生俱来的。譬如刚卖掉的那套复式房的装修风格，譬如她家客厅沙发后面那幅国画名家的画，再譬如她家阳台上的花花草草，无不体现了她的生活情趣和艺术爱好。有人说，获得幸福生活的条件是理性素质，体验人生幸福的感受，要有感性素质。虽说小区都是小高层建筑，但楼间距较宽，中央花园绿化、健身器、儿童乐园、景观喷泉一应俱全。这让郁仁芝十分满意。

现如今，郁仁芝从房东转变成买房客户。进了电梯间，王店长关照说："郁姐，等一下您只管看房，不要提价钱，他们报价是788万。您看中的话，我们会帮您谈的。"

一进门，郁仁芝很客气地与房主打了招呼。交谈了几句，才知道房主夫妻都是三甲医院退休的医生，大约六十五六岁的样子。他们卖掉房子到国外和自己的儿子一起生活。

郁仁芝看了一圈，印象不错。她只问了一句："这个小区是哪一年建造的？"

男主人说："2000年开盘的。"

郁仁芝记得佘老板曾讲过一句，上海的二手房子，要买就买2003年以后建造的。因为之前的民用住宅建筑楼板基本上都是预制空心板，质量没有后面造得好。

出了16号门洞，管中介问："郁姐，这套房子您满意吧？"

"其他都是蛮好的，就是以前的房子材料没有现在的好。他们这个房子，房龄长了点。我一个装修朋友讲，最好买2003年之后的。"

"姐，我明白您的意思了。您是不是晓得2000年前的房子楼板是预制板的？"王店长问。

"对呀，你怎么晓得的？"

"郁姐，我们王店长对上海的各类房子都是有研究的。"

— 算 · 计 —

"是这样的，姐。这个预制板的优点呢，它是保温、隔热比较好。但是防水、防渗效果差，由于板与板之间有固定的板缝，一般施工没到位的情况下，很容易漏水、渗水，所以眼下装修这种老房子地面时，一定要做防水层，否则就会漏水或渗水到下层，给邻居带来不便，也会给自己带来不愉快。"

"那我看就算了吧，再帮我看看别的。"

"姐，您听我把话说完。您讲的那是多层楼房的建筑方法。这样的高层建筑都是混凝土一次浇筑出来的，放心好了！您讲到2003年以后的多层楼房也都是按照高层住房的要求这样造出来的。"

"是吗？"

"对呀。您回家和大哥商量后，我们再来看。到时候我帮您一起看。您是看不到任何缝隙的。"

管中介又说："姐，这家人是要移民的，房价有比较大的空间，还有就是在这个地段，买房能有一个产权车位这是很难得的。"

"这倒是。那你们帮我在价格上再谈谈吧。"

"好，放心吧，姐！还有您别忘了，您的优势是付全款。"

是的，全款付房钱，流程很快。

这套房子王店长和管中介为郁仁芝谈到772万成交。直接给她省了16万。她想拿出十万进行改造应该差不多了。

拿到钥匙后，郁仁芝把米兰和冯一凤叫来，看看哪里要重新装修一下。

米兰在房子里转了一圈说："厨卫有些旧了，是不是要重新弄一下？"冯一凤赞成，她说："两个卫生间，主卫做浴缸，客卫做淋浴房。马桶可以换我家那种一体式智能马桶。"

米兰又说："既然厨卫都动了，客厅和房间干脆也贴一凤家的那种墙布，装修完了，不用放味，直接入住。郁宏结婚前，我们就这样做的，比刷涂料环保、温馨、花色多、还好看。"

"我知道，我知道，你家倩倩选的几种图案我都挺喜欢的。看来叫你们来

— 算·计 —

叫对了。走，到门口去吃个饭，答谢一下两位。"

于是接下来便找装修公司，设计、施工。三个月后，他们准备搬新居了。

除外环线内严禁燃放鞭炮外，上海人喜迁新居的另两个老传统依然保留着。其中一件就是搬进新房子的第一个物件是竹竿，不难理解寓意——新生活节节高。说起郁仁芝这几根竹竿，实属来之不易。早年间，街头巷尾总有人推着自行车叫卖竹竿，"晾衣裳竹头，晾衣裳竹头……"那自行车上捆扎着粗头细脚、长短差不多的竿子，多的时候有十来根。卖竿人若是骑行，他的腿硬是被车座两边的竹竿绷成了罗圈腿。现如今家家用的是不锈钢晾衣竿，这种衣杆多为两三节可以伸缩的，很方便实用。可是女婿付继伟说，包在他的身上。郁仁芝问："继伟，你不会为了两根竹竿，回乡下一趟吧？实在不行，我看到有些人家买一捆甘蔗，不是一样的吗？"

"妈，您别管。反正我有办法。"

周六一大早，付继伟跟母亲说，自己今天加班，下午回来。其实，亚琳知道他联系了公司的一个小哥们，去嘉善姚庄拉竹竿。去年，付继伟他们几个同事去小哥们家玩过，他们村子的主业就是做竹子生意。吃过午饭，小丁就开着自家的小货车把付继伟和竹子送到郁仁芝家楼下。

"小丁，上去坐坐吧。喝杯茶再走。"

"付哥，咱俩就别这么客气了。以后有啥需要尽管讲。再会！"

"好，那就后天公司见。慢点儿！"送走了小丁，付继伟把六根竹竿分两次送上了六楼。

郁仁芝看着女婿满头是汗，递给他一个毛巾，惊喜地说："哎呀，继伟，你还真弄来了。"

"是啊。"冯一涛过来接过竹竿。

付继伟说："爸，您慢点儿。下面还有。"

"怎么还有？"冯一涛问。

"是啊，我弄了六根。这不是六六大顺，节节高吗？"

郁仁芝笑得合不拢嘴："继伟呀，真有你的！"

— 算 · 计 —

搬家这天，六根竹竿分三组，两根一组用红丝带扎好。迁入新居，按照上海人的另一个习俗，就是要给左邻右舍送糕点，意思是大家高高兴兴。这幢大楼，一层有六户人家。据移民的老两口介绍，其他五家都是老邻居，平时见面都很客气。郁仁芝挨家挨户送完糕点，搬家的整个过程结束。

这套三居室的房子，客厅餐厅面积大，西边是一个大窗户，采光极好。三个房间呈两南一北的格局。房间比他们原来住的要小得多。好在冯一涛找到小房间宜居住的理由——房小聚气，他们对过去的大房间才没了过多的依恋。厨房和卫生间紧邻北房间。那老两口见冯一涛夫妇是本分客气的人家，又得知郁仁芝是他们的同行，最后将产权车位连同房子一并过户给他们，没有单独再收车位钱。

郁仁芝是个讲究礼尚往来的人。与老两口交房那天，郁仁芝送给他们一套宜兴紫砂茶具，说是让他们出国在外记着家乡。老两口当时激动得差点流下泪来。

冯一涛站在南房间阳台上，周围景色一览无余。左前方是浦东陆家嘴的高楼大厦，最耀眼的还是东方明珠塔和上海环球金融中心，一个色彩最亮，一个个头最高。

"仁芝呀，你的眼光不错啊。这套房子老灵光的，就是我上班要远一点了。"

郁仁芝走到丈夫身边，抱着他的手臂，说："我老早看过了，比过去是多了近10公里的路，但是你再跑两年也就退休了呀。"

这倒是实话。等退休了，他们每天可以去和平公园溜达，也可以在阳台上看风景，想想就蛮好的。好地方，好地方啊！这再次证明母亲给他冯一涛寻的媳妇能干啊。

"对了，你爸讲要搬过来，你问问他，啥时候过来？"

"他就是讲讲呀。你相信他会过来吗？他这几个月到处游玩，我听大哥说，他在怀旧呢。他可舍不得他的老洋房。"

"问问吧。他要过来，就住隔壁那间。北边的留给亚琳他们回来住。"

一 · 算 · 计 一

溧阳路家中。

冯一涛和郐校长下棋。郐仁芝和荣老师说着话。

"小妹呀，问都不用问，你爸不会到你家里去住的。这座洋房是你爸一辈子的记忆。他怎么会离开呢？"

"那你们还是请个住家保姆吧。"

"不瞒你讲，两年前我家大伟就让我们请个住家的保姆，费用他和小伟承担。可是你爸不让，真不知道他是怎么想的。"

"等一下吃饭的时候，大哥他们来了，大家一道同他讲讲看。"

天猫精灵里正播着少剑波的经典唱段："朔风吹林涛吼峡谷震荡……"

郐校长终于听进去儿女的话了，讲好下周面试住家保姆。他想好了一套面试方案，并叮嘱仁义哥仨都要到场做面试官。

上午九点，第一个应聘者来到家里。郐校长像当年为学校招聘教师一样，正襟危坐，三个儿子相伴左右。

他和蔼可亲得像拉家常一样，问人家是哪里人？家里都有哪些人？到上海几年了？之前都服务过怎样的人家？最拿手的菜是什么？不愧是教师出身，约好的半小时来一个，郐校长总能在25分钟左右完成一个应聘者的面试。当面试完第四个时，仁德终于忍不住了："老爸，我还有事，先走了！"

"还有最后一个，再一道听听，最后大家要商量商量的呀。"郐校长竭力挽留。

"你自己看谁好，就留谁，有啥好商量的。"仁德走出院门，一个女子问："请问，这是郐校长家吗？"

仁德刚要说话，只见仁道也跟了出来，"二哥，我也有事，先走了。"

郐仁德知道这是最后一个面试者，"对，请进去吧！"仁德不用问便知，这是父亲到保姆介绍所，先跟人家亮明自己身份的缘故，否则人家不会上来就问是不是校长家。仁德就不明白了，一个退休都25年的老人，曾经的职务和权力就那么值得他老人家留恋？在他眼里父亲不过是个普通的、曾经在基础教育岗位上工作过的一名教师而已。

一·计一

记得多年前，仁义、仁德和仁道在父亲家聊起单位的事情来。没想到父亲兴致极高。一会儿讲仁义不够进取，否则怎么才是个副科级干部。一会儿又说，仁德呀，你这个副处级的主任也做了四五年了吧？一般讲'副二正三'，你正处什么时候能解决呀？仁道是半路出家，不算。见老大老二没人接他的话。他以为儿子们愧疚，于是他说："嗯，看来你们两个都不如你老爸呀！"

仁义不知父亲何意，问："爸，仁德和你级别是一样的呀。"

"谁讲的？我可是正处级待遇退休的！不瞒你们讲，最近组织上还让我填表格呢！"

仁德一听就反感起来："别开玩笑了好吧？你一个70多岁的人了，哪级组织会叫你填表？"

郁校长一听，急了："你怎么晓得没有？我告诉你，郁仁德，组织上不仅让我填了，还让我填了两张表！"

父亲火了，仁义马上拉了一下仁德的衣角，"仁德，好了好了，你没听出来吗？爸爸是跟我们开玩笑的，你别去较真了。"

话音刚落，郁校长的嗓门更大了："谁讲我跟你们开玩笑了？我这就去书房找给你们看！"

"好好好，我们相信了。爸爸，你不要生气！"郁仁义拦住正要起身的父亲。

"哎呀，讲起来你们三个都很优秀，我比你们差了一大截。老爸，您千万别跟我二哥生气呀。"仁道也劝了起来。

荣老师听着父子四人在楼下吵起来，便在楼上探出头来问："怎么了，这是怎么了？父子四个不是蛮开心的吗？怎么像小朋友一样的？"

仁德一看惊动了荣老师，马上说道："没啥，没啥，跟老爸讨论一个问题。好了，好了，我先回去了。"就这样，父子四人不欢而散。

今天这一个上午，郁仁德的感觉是，父亲哪里是在选保姆，简直是皇上选妃子！无聊极了！因为他发现父亲对长得有点姿色的女子，总会问得很多很细。这让他不由得想起古代皇上的三个选妃标准来：外表条件、自身才能和出身。嗯，今天父亲好像不止看了这三条。

— 算·计 —

回到家，仁德一屁股坐在沙发上。

潘岩过来说："怎么，又同你爸不开心了？"

"你讲，这老头子在干什么？我看他这辈子最遗憾的是没登上皇帝的宝座！"

"他毕竟是你爸，哪有儿子这样讲自己爸爸的？好了，凡事迁就点他，不就行了？"

"怎么迁就？过去老妈迁就他，我们做子女的迁就他，现在的荣老师也要迁就他，凭什么？他当他是谁呀？"仁德更气愤了，"我老妈在世时处处迁就他，护着他，甚至崇拜着他，结果不到60岁就走掉了，根本没过上几天好日子！我们迁就他，大哥小时候被他送出去，在大西北吃了多少苦？成年后，在成都有一份好工作，守着那边的养父和大哥多好，结果被他要回来，到现在还要迁就他！荣老师和他结婚也有七八年了吧？还是得迁就他！我真搞不懂，这样的父亲何德何能？这么多人都怕他，迁就他。在我眼里，他就是一个伪君子！要不是他当年所作所为，我老妈能那么辛苦吗？大哥会被送出去吗？老妈也不会积劳成疾早早过世！"

潘岩知道仁德的脾气。他心善、直率，最见不得那种阴险的、会算计的人。这也是自己当年看上仁德最重要的一点。她理解他，他从小在这样一个家庭里成长，他是非常叛逆的。

郇校长很聪明，在外人面前他是一副仁慈、儒雅的形象，真的有不少学生崇拜过他。在家里，他把妻子哄得可以为他做任何事，并且是心甘情愿地去做。对身边的儿女，郇校长又是那样严厉，孩子们觉得他们面对的不是父亲，而是一位从来不知道表扬他们的班主任。他们敬畏他，不愿意和他交心。说来也奇怪，郇校长的严苛，不是一般家长的粗暴打骂，而是他的语言里总是充满了令兄妹感到恐惧的东西。正因为如此，街坊邻居从来都听不到郇校长打孩子的事情，都赞扬郇校长有知识，有涵养。特别是仁德考上大学，仁芝考上卫校之后，郇校长听到的都是邻居的溢美之词。就连仁道上电大，也被邻居们津津乐道。于是，郇校长心里十分得意，然而，他教育孩子的成功经验是邻居们想学而无法学到的。当年送出去的老大，回到自己身边，也是个大学毕业生。眼看着最没出息的小儿子，让自己一逼，也逼出个警察来。无论在学校里，还是在同学中，当然更包括邻里乡亲，无不夸赞他郇家。

　　直到结婚另立了门户，郇仁德才真正独立了。这些年来，他对父亲的要求，想听就听，不想听就抬屁股走人。但是对父亲生活上的照顾，他和潘岩从来都不会吝啬小气。比如这次请住家保姆，荣老师建议她自己的儿子出一半费用，却被爱面子的父亲给顶了回去。于是，仁德和潘岩商量好，大哥他们平时出力多，意思一下就行。仁道家提都不要提，谢晓华把那个家看得紧紧的，就是一个貔貅——只进不出。仁道的零花钱，都是要问谢晓华要的。早年间，单位的工资卡，他是如实交给老婆的，但是奖金是发现金的。月奖、季奖和年终奖，他总能根据自己的需要留下一点的。可是后来工资制度改革，奖金一律也打到卡里，他的手头越发紧起来。仁芝嘛，按照郇校长的逻辑，女孩子嫁出去了，不必出钱。这样一来，仁德他们出大头，保姆的事情就算解决了。

　　晚上，仁义发了条微信。说父亲已选好住家保姆，明天上岗。保姆就住在书房里，简易床也安放好了。

　　仁德语音说："大哥辛苦了。我和潘岩每月给你五千元，然后由你每月和保姆结账。"

　　仁义回说："我们无论如何不能只出一千元呀。"

　　仁德说："大哥，咱俩就别算这么清了。这两年来，你和大嫂付出了多少，我和潘岩心里有数。再讲，郇宏刚成家生孩子，你们要用钞票的地方多呢。行了，就这样吧。对了，记得老爸不是还让你每个月给养父寄钱吗？你负担够重了。"

　　仁义刚想说，从去年开始，仁明大哥就不让他寄钱了。仁明说，养父那边每月离休金一万多，他哪里用得完？还说上海叔叔怎么就不为仁义的这个家着想呢？真有这样爱管事又管不到点子上的父亲。

—算·计—

第十七章

付继伟做梦也没想到,公司裁员名单上会有他的名字。他很想去找老总,他想说,自己需要这份工作。他认为凭自己的表现,怎么也轮不到他被裁呀。忽然间他想起亚琳外公的话——"居安思危"。被裁员可不是自己的人生规划。

他来到亚琳公司的楼下,等着她下班。他要和亚琳商量,接下来怎么办。他不能回家告诉母亲。若是母亲知道儿子没工作了,非急出病来不可。他想着首先把小梅辞掉,亮亮马上要进幼儿园了;其次自己要立即去找新的工作,争取做到无缝衔接。虽说亚琳和她父母对他的要求没有那么高,但是自己要脸面,从贫穷的山区出来,靠的是自己的打拼。可是要在上海立足,如果不是亚琳父母的支持,哪里会有今天的生活。他不能吃软饭,不能叫亚琳的家人瞧不起,尤其是她的外公郁文廷。

他们没有回家,两个人进了一家环境比较好的小店。他们要把能商量的事情都商量好,因为回到那个小家就没有这么好的机会了。

付继伟沮丧地说:"琳琳,我真的做梦也没想到,我会丢了工作。"

"我讲,你不要灰心。这里不留你,自有留你处!"

"哪里这么容易?唉,我们外地人要在上海立足真的很难很难呀!"

亚琳听罢,说:"你怎么会这样想?公司添人减员都是很正常的事。你怎么会扯到外地人不外地人上去了?"

"琳琳,你还记得我讲过我小学的一个同桌吗?"

"叫付玲珍的?"

"对,她后来不是在北京落户了吗?可是,上次我到北京出差去看她。她讲了一段话,我当时没在意。现在想想,真的很有道理呀!"

亚琳问:"什么话?"

算·计

"她说，我们这些'北漂、沪漂们'自己的家乡已经回不去了，但常住地又不会接纳我们这些异乡人，如此下去我们此生注定是要漂泊的。"

"继伟，你别这么悲观。我觉得你跟她不一样。她和她丈夫都是外地人，她有这样的想法不奇怪。而你，至少你上海有自己的亲人，你完全可以有归属感的呀！你看，我爸我妈都很喜欢你，我们还有出生在上海的小亮亮……"

"讲到孩子，玲珍就更悲观了，她说，我们的下一代，仍将找不到精神故乡，今天漂在北京，明天漂在上海，无根无牵挂。这样想想，孩子居然比我们还可怜，到那时他们已经没有身份认同了。"

听了付继伟的话，亚琳觉得是因为他今天的心情，导致他对这些话很敏感。继伟平时是一个比较乐观的人，再说他有本事，不怕找不到新的工作。

"继伟，我相信你的能力和你的才华。千万别多想。"

"要不，我们先把小梅辞了吧？"

亚琳说："我觉得小梅先留着，咱们还没到请不起育儿嫂的地步。等过了这个暑假再讲。至于你的工作，我是不担心的。以你的为人和能力，不怕没有饭吃。"

双休日回到父母家里，他们只带了付亮。郁仁芝一听，他们准备辞了小梅，她马上说："别辞，别辞，我同事赵医生讲过的，她家也需要育儿嫂呢。当时她就很羡慕我们家请到这么好的育儿嫂。回头我问问，下半年亮亮进了幼儿园，小梅正好可以去帮她家。"

冯一涛和付继伟在聊天。冯一涛也说，相信继伟的工作能力。在家休整一下，给自己充充电，不一定是坏事。自从仁芝他们搬进和平名苑后，小亮亮每次都要外公抱他看东方明珠塔。

冯一涛和付继伟来到阳台上，"爸，我来抱吧，这小子现在挺重的。"

"不嘛，不嘛，亮亮不要爸爸抱，亮亮要外公抱抱。"

"好，先亲外公一下，外公抱。"

付继伟失业在家有一段时间了。这天，姜申召集冯、郁两家男士到松江的

— 算 · 计 —

一个农家乐聚会。付继伟接上岳父，赶到农家乐时，其他人都先到了。冯亚森笑着迎上来："小爷叔，你们怎么才来呀？"

"不是讲好来吃晚饭的吗？"冯一涛说。

"啥人讲的？我们这里下午茶都吃了老半天了。"姜申也过来了。

"是我不好，是我不好，记错时间了。"付继伟赔罪道。

"好，继伟呀，今晚先罚你三杯，好吧？"

只见，先到的冯一波、姜羽维、仁义、仁德他们正坐在葡萄架下喝茶聊天。郁仁德一见付继伟马上说："继伟，继伟，快来，正讲到去年踏青，你要讲一个什么故事，后来没讲成的？"

"哎哟，你们让我先喘口气好吧，总要有个过渡吧？叫我缓缓，缓缓……"付继伟笑着。说真的，他还真没想起来自己要讲什么故事。

"对的呀，叫继伟先吃杯茶再讲，不急的。"姜羽维不紧不慢地说道。

他们这两大家人有个不成文的规定，一般聚会时，都不要把手机拿在手上，就像姜羽维说的："有手机控的人，回家自己愿怎么控就怎么控，既然大家出来聚会，就一定要讲话、要交流、要沟通，否则聚会有啥意义呢？"

仁德说："上次姜申讲的那个老总，有点神。不过，后来我也看到过一些相关的文章，应该有一定的可信度。"

付继伟这才想起发生在自己舅姥姥身上的事。

当他正准备开讲时，姜申说道："继伟，你要是故事讲得精彩，我这边是有奖励的哟！"

付继伟认真地说："真的，什么奖励？"

"你先讲，讲得好，我不会让你失望的。"

付继伟想了想，说："这是真事儿，我妈亲眼见到的。故事要从我外婆的一个妹妹，就是我姨姥姥说起。那是50多年前的事情了。我姨姥姥意外被人打死了，留下两个未成年的女儿。不久，姨姥爷又娶了一个老婆。那女人也带了两个孩子。一天，姨姥姥的两个孩子跑到我外婆家，哭着说，后妈打她们，还不给饭吃。我外婆赶紧把家里的地瓜从锅里拿出来，给她们。可是她们吃了

— 算 · 计 —

几口，就跟我妈和我舅他们到村里玩去了。直到晚饭时，这群小孩才回家。在饭桌上，大家正吃着饭，我的舅姥姥突然倒在桌边的地上不省人事，只见她蜷缩成一团，突然说话了：'你们太狠心了，怎么不给我的两个孩子吃饭呀？她们挨后妈的打骂，你们怎么就不管呀？你们太狠心了！'"

冯一波不明白了："继伟，继伟，你是不是讲错了？那两个孩子不是你姨姥姥的吗？怎么你舅姥姥这样讲？"

"大伯父，我一点也没讲错。奇就奇在这里。你们知道吗？我舅姥姥说话的音色语调，不是她自己的，而是死去的姨姥姥的声音。这下可把我妈他们几个孩子吓坏了。我妈说，他们吓得躲到屋子的一角。见我外公和我舅姥爷上前去叫她，我外公给她掐人中，好半天，才醒了。等大家把她扶到床上，问她刚才怎么晕倒了？结果她说她不记得了。后来，我妈才知道，我舅姥姥常年体弱多病，村里人迷信，说是我姨姥姥灵魂附在她身上了。我妈说，外公叮嘱他们几个孩子，千万不要到外面乱讲，否则要被说成宣扬迷信给抓起来的。"

"后来呢？"郁仁义问。

"后来，又发作过几次。不过我们那边的老人说，身体虚弱，毛病多的人不一定短寿命。还真是的，这个舅姥姥现在还健在，倒是她那个健壮的丈夫只活到60多岁就走了。"

听完，大家一阵沉默。就连插过队的冯一波也没声音了。他也是第一次听到这样的故事。

见大家不作声，付继伟又说了一遍："我讲的是真的。我妈就在我家，不信你们去问。还有，我小姨姥姥也可以做证。"

姜羽维说话了："继伟呀，我们不是不相信你讲的故事。我是在想啊，这是什么原因呢？有没有人能给个科学的解释呢？"

"继伟，你讲的故事很有研究的价值。可惜，我们不是科学家。来来，喝口茶休息一下。"姜申说。

"还算精彩吧？"付继伟问。

"精彩！"

— 算 · 计 —

"岂止是精彩，那是惊奇！"

"拿来吧。"付继伟向姜申伸出手。

"什么？"

"奖励呀。"

"对对对，与朋友交，尚能言而有信，何况是自家的亲戚呢？"说着，姜申从自己的手包里取出一张名片，"下周一去找这个人。他们公司正在招你这样的人才。"

"真的？不过，我上个星期应聘的那家公司也让我等通知。"

"没关系呀。如果两边都要你，主动权不就在你手上了吗？"

第二天上午回到家，付继伟把这个好消息告诉亚琳。亚琳深知老公的实力。想想这几个月来，付继伟白天四处找工作，还不能早回家。他不是上海人，没有其他的亲戚，更没有同学好友可走动。大学里的同学，都在奔事业，有谁会赋闲在家中，等他去拜访呢？再说，在他看来，自己失业是无能的表现，怎么好让大学同学知道？多丢人的事呀！这期间，他也去过丈母娘家，帮着做点出力气的活。但这种活不是天天有的。常言道："福无双至，祸不单行。"可是他付继伟就是"福已双至"。两家公司都准备录用他，他最后选择了另一家，他不想让人认为他是靠亲戚才找到的工作。他给姜申打电话想说明一下，姜申笑道："祝贺祝贺！非常理解！"

住家保姆进入郁校长家，转眼有三个月了。仁义和米兰也就十天半个月地去看一看父亲。自打倩倩上班后，照看小宝的任务就落在两家老人的身上。起先讲好的，小宝由爷爷奶奶带两周，然后再送到外公外婆家，由他们再带两周。可是几个月下来，双方老人都说太累，吃不消。郁宏也心疼他们，便说，要不就像亚琳家一样请个育儿嫂。他的建议一提出，立即遭到两家老人的一致反对。这个说，现在的年轻人就是不知道节俭，大手大脚惯了。那个讲，你自己那点儿工资养儿子还马马虎虎，怎么能请得起育儿嫂？最后，还是仁义提了一个建

— 算·计 —

议：把原来每两周一班，换成每一周一班。就是两个年轻人辛苦点，孩子的大多数用品需要搬来搬去。吴爸爸第一个赞成，他说："这样安排好。这就是我们原来上班时的作息时间。那个时候，周一到周五就累了，坚持一下，就休息啦。很好，很好！上班的感觉回来了，就这么办！"试了几周下来，效果果然不错。

这周，仁义他们休息，一大早就来到父亲家。进了院子，只见父亲躺在藤椅上，优哉游哉地捧着手机。

"爸爸，看手机呢？"

"我讲你们还知道来呀？我给你们记着的，整整两个礼拜没来了。"郁校长一脸的难看，"养儿有什么用呢？"

"爸，我们昨天才把小宝交到他外公外婆手上，这不今天就来看您了。"米兰笑着解释道。

"仁义呀，你们来了？"荣老师从厅里走出来，"带小孩子老辛苦的啊！小宝好吧？"

"哎哟喂，佩琪，难道你没听清吗？他们是四个人带一个小孩子，能辛苦到哪里去了？要讲辛苦，还是我们那个年代辛苦。当初，两口子都要上班，三四个孩子的吃喝拉撒哪一样不是我们自己做呀？什么老人帮呀，保姆带呀，都没有的呀！仁义呀，好好想想吧，把你们四个拉扯大多么不容易的呀！"

仁义在一旁听着，不说话，任凭父亲怎么说。可他心里明白，在离开上海之前，作为家中的老大，他已经很懂事了。在他的记忆中，母亲永远是忙忙碌碌的，很少见她坐下来休息。倒是父亲回到家就看报纸。那时，自己放学回家，就帮着照看弟妹们。母亲烧好了饭，他就擦饭桌、取筷子拿碗，给小妹戴围兜。吃完饭，爸爸看书、备课，自己则帮母亲收碗筷，有时也帮着洗洗碗。离开上海后，仁义也能想象得出，母亲那更加忙碌的身影。

"大哥大嫂来了？我给你们倒好茶了，在屋里茶几上。"保姆拿出两个小方凳笑盈盈地说。

"你好，小孙。谢谢啦！"米兰打了招呼接过小凳子坐下来，仁义也坐下来。

"要讲啊，这个小孙很不错的，像自己的女儿一样的。你们晓得吧？大前

— 算·计 —

天家里没有米了,我要打电话给你们,小孙马上讲,不要打给你们。你们猜,她叫谁去买米的?"郁校长不等仁义他们回答,继续说,"想你们也猜不到。她打电话叫她先生送来的!晓得吧?他先生在开出租车。这不是耽误人家做生意吗?"郁校长特意用"先生"一词,来突出他对待人的一种平等态度。

"叔叔,您不要这么客气的,我家小周也是顺路的。"小孙笑着说。

"小孙,谢谢啊!"仁义说,"仁德上次拿过来的米吃光了?那是我疏忽了,下次我们会注意的。"

荣老师说:"米兰,你上来一下,我问你点事情。"米兰跟着上楼去了。

"仁义呀,最近跟你养父联系过吗?"郁校长打着官腔问。

"视频过了,他挺好的。仁明他们向您和荣老师问好。"

"嗯。仁义呀,这个养育之恩不能忘记的。现在每月都给养父寄钱了吗?"

仁义不敢撒谎,如实地说:"本来我们是每年春节给养父2000块。后来你不是说每个月都应该给吗?我就对仁明大哥讲,每年春节一次性寄6000元。已经6年了,可是从去年开始仁明大哥说不需要寄了。"

"他讲不需要就不需要了?"郁校长又不开心了,"需不需要是我哥哥的事情,寄不寄是你们孝不孝的事!仁义呀,性质完全不同的嘛!当然,我这里你们每月给3000,米兰退休金少。但是再怎么样,每月多挤出500元,我看还是不成问题的嘛!"郁校长一副站着说话不腰疼的样子。

仁义苦着脸说:"那我再跟仁明说一下吧。"

郁文昌和郁文廷两兄弟,中间有两个姐妹,在年龄上他俩就相差16岁。抗战爆发后,郁文昌离开上海,到大西南参加了抗日队伍,还去过缅甸。新中国成立后,他留在西南,后来又支援建设,去了青海。离休后,定居成都。他的乡音早已被满口的四川话替代了。这些年他年事已高,很少和上海弟弟联系。他们的沟通主要靠仁义和仁明。这边郁文廷的上海话,仁明听不懂,老父亲听不清,而那边仁明的成都话,郁校长又听不懂。郁文昌一个近百岁的老人,不会用手机,更不要谈微信了。

算 · 计

荣老师把米兰叫进楼上的房间里，说："米兰呀，你们不要生爸爸的气啊，他讲话就是这个样。他在外人面前就讲你们如何如何孝顺，在你们面前他又会讲外人怎么怎么好。其实，他心里有数的。昨天他还私底下跟我讲人家小孙，讲她好是好，就是太能吃。米饭每顿要吃满满两碗，菜吃得也厉害。唉，你这个爸爸呀，跟我年轻时认识的郁老师完全不一样的。现在为了点米饭也要斤斤计较。"

"对呀，人家吃饱了饭，才能有力气干活呀！我看这个小孙还是蛮勤快的，是吧？"

"勤快的。烧的小菜也蛮好吃的。"

"荣老师，您放心，爸就是这样的性格。我和仁义了解他，不会生他的气的。"

"我晓得，你们对他真是百依百顺的。这是他的好福气呀！"米兰想荣老师叫我上来，不仅仅是为爸爸解释吧？于是，她问："荣老师，你还有什么事？尽管说，不要客气的。"

只见荣老师拿出一个信封，塞到米兰手里："这是一万块现金。你听我讲，我家大伟的孩子都大了，小伟的孩子也都上初中了。我有退休金，他们每年还给我钱。请住家保姆，你们和仁德又出费用。你讲，我一个80多岁的老太太要那么多钱干什么？所以呀，我想三个月给你们一次，每次给一万。不要给你们爸爸知道，这是我的一点心意。"

米兰推着信封，说："这可不行呀，荣老师，再怎么讲，我们不能要你的钱。"

"哎！"荣老师把信封再次塞到米兰手中，"我不是讲清楚了吗？不是让你们的，我是替我两个儿子出的保姆费。快收着吧。听话啊。"

米兰感动得眼圈红了。自从母亲去世后，她再没感受到母爱。现在，眼前这位仁义的继母，能如此细心，懂得他们生活的不易。怎能叫她不感动呢？

"行了，就这么办。你们带孩子辛苦，也买点东西给自己补补吧。"荣老师笑着拍拍米兰的手说。

自从郁校长做了太爷爷，他就把小宝的一张满月照作为自己的微信头像，

— 算 · 计 —

小宝满百天，他又换成了小宝百天大头照。在上海的郁家有三个群，其中一个就是郁校长和自己的孩子、浦东的侄子侄女的一个群。侄子侄女们每次在群里总会说："看得出呀，小爷叔多欢喜自己的重孙子哟！""是啊，是啊，小宝可是我们郁家正宗的第四代，我大哥这边静静的儿子是人家汪家的后代。""我们浦东这边就看仁和家的郁斌了。""这么一讲，郁宏的小宝目前为止是我们郁家唯一的第四代，难怪小爷叔这么喜欢小宝贝！"群里面热闹非凡，郁校长看得心花怒放。这正是他想要的效果。

可是在浦西，郁校长和自己儿女们的群形同摆设，几乎没有什么有效信息。偶尔仁道会发上一条"早上好！"可是没有任何人去回应。更不要说在群里提及重孙子了。记得过年时，孙子孙媳带着小宝来拜年，小宝见了太爷爷就哭，这叫郁校长的脸很挂不住。过去他听老一辈人说过，小孩子冲着老年人笑，说明这个老人会长寿；如果小孩子见了哪个老人就哭，说明这个老人身体不好，恐怕不久于人世。郁校长年轻时是不相信的，而现在他有些在意了。孩子见他就哭，他心里总是不舒服的。

相反，荣老师一逗小宝，小宝就"咯咯咯"地笑个不停。荣老师会自然地给郁校长解围，她看着小宝说："我们小宝是要有人逗的。哎！逗了，才开心的。太爷爷不会逗你，你就要脾气、'耍大牌'，对不对，啊，对不对？"两个"耍"字说得短促并加了重音，小宝一听就"咯咯咯……"笑个不停。这时候，郁校长会不太自然地跟着笑一笑。

对外，郁校长内心是颇为得意的，因为郁家大群里的侄子侄女们不断的赞美赞叹，让他常常感到十分愉悦，很有满足感。但是，对内，尤其是在仁义和米兰面前，他却显出无所谓的样子，一副"儿孙自有儿孙福"的样子。眼下，当务之急就是要想方设法动用子女们所有的精力和情感，最大限度地为自己服务。他认为，他作为父亲为了这个家付出最多，因此，他索求的回报自然是多多益善。仁德潘岩抓不住，仁道舍不得抓，仁芝不用抓，那是自己的贴心小棉袄，他就拼命抓仁义和米兰。必须要在自己的有生之年，尽情享用这些回报。

这不，他又不失时机地对仁义说："仁义呀，听新闻里讲，现在郊区建了

一 算·计 一

不少公园，是吧？"

"是的，爸爸。您想出去走走？"

"那要看你们有没有时间了。"

"这周我们正好没事。您想去哪一个？"

"我听仁芝讲青松郊野很不错的，是吧？"仁义知道父亲指的是清明节他们去过的那个公园。

"好的，爸爸。明天天气很好，那就明天去？"

"嗯，可以。"

翌日早上，仁义和米兰来到溧阳路，接上郁校长和荣老师，带着保姆小孙前往郊野公园游玩。

进入园中，郁校长依然坐在轮椅上。他看这么大的公园便说："仁义呀，你去服务中心租把轮椅叫荣老师坐上。"

"老郁，我的腿又没有问题，我不要坐！"荣老师叫道。

仁义不知所措。"你愣着做啥？叫你去，你就去。"仁义赶紧到公园服务中心去了。

仁义推着父亲，小孙推着荣老师。米兰紧随其后，浩浩荡荡的游玩队伍出发了。他们看看这里，逛逛那里，心情极好。郁校长不停地说："还是郊区空气好哇！"

一辆公园电瓶车过来了。"仁义，你快去问一下，我们坐游览车兜兜风不是蛮好吗？"

仁义立马上去问，人家回答这是园内工作人员用的，游人只能租多人脚踏车骑游。郁校长听了很不高兴，他大声地对不远处的工作人员说："我可是退休的老干部，你们这种做法太不人性化了！"

两个工作人员听到这个轮椅上的老头莫名其妙的指责，不由得笑了。米兰也觉得好笑。

荣老师埋怨道："老郁，老郁，这是公园的规定，你朝两个小青年吼啥？

一 算·计 一

真是的！"保姆小孙看着这一切，没有说一句话。

"哼！我怎么不能讲他们两句了？他们这样对待退休老干部就是不对！"仁义听着父亲嘴硬又毫无意义的指责，觉得有点好笑。心说：他这只是一个普通的退休教师，要是像他养父那样真正的离休干部，还不知怎么趾高气扬、颐指气使呢！反正陪着父亲出来，就不要怕丢脸面，因为怕也没用，谁叫自己有这样一个万分自信的父亲大人呢！走累了，他们坐在烧烤区的凳子上。仁义问："爸爸，要不要吃烧烤，公园里有套餐的。"

"不要吃，不要吃，这些都是垃圾食品。什么烧呀烤呀的！小孙呀，把我们自己带的点心拿出来，都吃点，休息一下就回去了。"大家听着郧校长的安排，都不敢有半点儿反对意见。

— 算 · 计 —

第十八章

　　黄黎明的保险终于到期了，几人赶到那家保险公司，果然是人去楼空。黄黎明的双腿当时就软了，差点没站稳。这下糟了，这么多钱拿不回来，怎么向家里人交代？儿子今冬明春可能要结婚了。自己这是在犯什么傻呀？情急之下，她首先想到的是儿子："喂，喂，森森呀，妈妈的保险当真被人骗掉了呀！怎么办，怎么办呀？"

　　"姆妈，我马上上课了。这样吧，您给姜申打个电话，他会告诉你们怎么报警，好吧？不要急，不要急。我下课后，再打给您。"

　　"怎么讲，你儿子怎么讲的？"那两位姐妹问。

　　"喂，大舅妈，啥事情呀？"姜申问。

　　"哎哟，申申呀，坏事情了！"

　　"大舅妈，不要急，慢慢讲，我听着呢。"

　　……

　　按照姜申的指点，三个大妈拿着相关资料，到案发属地的派出所报案。等排到她们，黄黎明先到受理窗口。还没等黄黎明开口，里面的警察一看材料就说："怎么又是这家公司？"

　　"啊，警察同志，不止我们被骗吗？"黄黎明问。

　　"是啊，这几天受理了不少。"

　　"警察同志，我们的钞票能讨回来吗？"黄黎明最关心这一点。

　　"不晓得。我们这里只负责接待受理。下一个。"

　　这几天，黄黎明是茶不思饭不想，她肠子都悔青了呀。冯一波本想比上次更严厉地骂她一顿，可是骂有什么用呢？她已经够自责的了。乐景怡也不停地

— 算 · 计 —

宽慰大儿媳妇。在乐景怡眼里，黄黎明就是受的教育少，见的世面少，接触的就是她们当年厂里的小姐妹们，很多事情看不清，被人家一讲，自己就没了主意。冯亚森知道这种钱十有八九是追不回来的。可是，自己的钱是母亲保管的，否则过阵子取出来，就讲是追回来的也好。而现在怎么才能让母亲放下这桩心事呢？只有等等消息再说了。也许波及人多、金额大、影响大的案子，警察会重视的。

双休日，乐景怡说要给欢欢洗澡。冯亚森说："奶奶，雯虹讲天热了，她们最近比较忙，就不过来看您了。不如，我和我妈一起到雯虹的店里去，顺便让我妈妈散散心，好吧？"

"好，这个主意好！一会儿你小爷叔和小婶婶他们过来，你们早去早回吧。"

冯亚森和翟雯虹相处得越来越好。只是雯虹做的是服务行业，越是节假日，她们店里越忙。

冯一涛和郁仁芝来到大哥家里。冯一波去买菜了。仁芝没见到黄黎明，便问："妈，我大嫂也不在家呀？"

"还讲呢，亚森陪她去雯虹的店里给欢欢洗澡去了。"

"哦，亚森的女朋友还是蛮不错的。"仁芝说，"一个外地小姑娘，开个宠物店，真的很能干。我对这个小姑娘印象不错。"

"是啊，仁芝，我也觉得老好的。"

"那就早点儿给他们办了吧，他俩都不小了。"

"讲的就是。我比你们谁都要着急呢！"在这一点上，乐景怡很羡慕郁校长。她也巴望着能早日当上太奶奶。郁仁芝知道婆婆的心事，她说："妈，等一下亚森回来，我帮您老人家再催催啊。"

"好的呀！仁芝呀，这么一大家子人，你是最贴心的了。你爸爸和荣老师最近好吧？"

"蛮好的，谢谢妈妈。自从给他们请了住家保姆，两个哥哥，特别是我大哥大嫂轻松了不少。否则他们又要带小的，又要陪老的，真的忙不过来的。"

— 算·计 —

郁仁芝一边同婆婆说着话，一边把茶几上的果盘、茶杯和纸巾摆放整齐，"妈，您讲啊，我爸有啥事情，总是不太叫我去的。我就是不明白，他是心疼我这个最小的呢，还是觉得我嫁出去了，不想让我多管郁家的事情？不晓得他是怎么想的！其实，我现在蛮清闲的。您看，外面工作不去做了，家里各方面都安排好了。我就等着一涛退休，和他一道出去旅游，各地走走看看。所以，我能多去帮帮我爸他们不是蛮好吗？为什么他大事小事就一定要叫我大哥他们呢？真是搞不懂呀！"

这时，冯一波回来了，冯一涛上前帮着接东西。
"怎么样，听讲你们非常满意现在住的房子？"
"是啊，我们终于不用爬楼了，当然满意呀。"郁仁芝得意地说。

接近午饭时间，黄黎明母子才到家。黄黎明开心地说，难怪雯虹那么喜欢开宠物店，那些小动物实在是可爱极了。接着她讲了看到的一只泰迪狗的表现，说主人周末外出旅游，将它送店里寄养，女主人再三关照店员，喂狗粮之前，务必将它的两只大耳朵，用小夹子夹在耳朵下面的毛毛上，否则，它不会吃饭的。雯虹讲，店员们都知道的，女主人是店里的常客。说着，黄黎明打开手机把录像放给老太太和仁芝看："喏，就是这样的。看看，狗粮摆到它面前，就是不吃。喏，喏，这是小丽帮它夹上耳朵，开始吃了，好可爱吧？哎哟，看得我心里痒痒的，真想也养一只呀。"

看着黄黎明好像已经将被骗的事情忘了，乐景怡笑了："好的呀！不过，要给欢欢养老送终后再讲。"
"好呀，好呀！妈妈，真的，您不晓得有多可爱呀！"

这天，黄黎明和丈夫陪乐景怡参加退休人员体检，结束后丈夫开车，她和婆婆坐在后排。她把手机从拎包里取出来一看，三个未接电话，是同一个号打过来的。她回拨过去，手机里传来语音："对不起,您拨的号码是空号。"空号？咦，怎么一个空号给自己打电话，啥情况？看着丈夫专心开车，她不便打扰。回家

— 算 · 计 —

再试试看。

　　回到家，她将情况告诉冯一波，两人又试着拨了几遍，还是空号。丈夫说："别睬他。"

　　晚饭后，黄黎明洗好碗，收拾完厨房，来到客厅坐到沙发上，正想和丈夫一起看新闻。有条短信进来，她拿起手机打开来有这样一段话："黄黎明女士，你好！我们保险公司正在处理你之前在浦江北路买的理财产品问题，打电话给你过来处理，不接电话后果自负。"一看手机号码，正是上午自己回打过的。

　　"一波呀，又来了。"

　　"什么又来了？我看新闻，先不要讲话好不啦！"

　　"就是今天那个空号。"

　　冯一波一听，一把抢过黄黎明的手机，看到这则短信，他马上打这个号码，又是空号。

　　"亚森，亚森呀！"冯一波对着儿子房间叫道。

　　"老爸，啥事情这样大呼小叫的？人家在备课呢。"冯亚森出来，走到父母跟前。

　　冯一波简单说了一下白天的事情。冯亚森接过手机看短信，边看边说："看来这骗子的语文没学好，标点符号乱用。'后果自负'后面的句号也没有。"

　　"儿子，你快讲怎么办呀？"

　　冯亚森正在想对策，"滴"又进来一条信息，要求本人带好保单和身份证到一个代理公司去办理，还说过时不候，责任自负，最后是地址。

　　"有了，姆妈。明天下午两点去这个地址。我正好下午没课，我陪你去。我倒要看看这是个什么地方！"

　　"那我通知你蒋阿姨和沈阿姨一道去好不啦？"

　　"好的。明天下午一点半在咱家楼下集合。"

　　"太好了，太好了。还是儿子好！"

　　"我就不好了？"冯一波说，"明天我也去！"

　　"老爸，我们去讨债，又不是去打架，车子坐不下的。"

一·计一

"我就是要去！五个人，怎么坐不下？"冯一波声音一高，房间里的乐景怡被惊扰到了。

"我讲，你们一家三口在做啥？看个电视都不太平！"乐景怡打开门走到客厅。

"没啥，没啥，奶奶好好看电视吧。"冯亚森上前扶着奶奶的手臂，把老人家送回她的房间。

第二天，五人按照地址上的门牌号码，上了楼。办公室不大，楼梯右前方的墙上印有"上海海申联保险代理有限公司"的字样。前台没有人，冯亚森正要往里走，不知从哪里冒出两个人来。

"干什么的？"其中一人喝道。

"我们是来办理保险事情的。"冯一波说。

另一个人进到前台里问："身份证带了吗？"

三个大妈马上上前："带了，带了。"

"黄黎明是你？"

"对的。"

"拿着这张单子往里面走。"

刚才那个吼叫的人把黄黎明带进去。冯家父子刚想上去陪同，被那人拦住："你们不能进去。"

冯亚森看了父亲一眼，说："爸，我下去买几瓶水，你在这里等我妈。"实际上他给父亲发了一条微信："老爸，你在楼上等着，一旦有意外发生，你就打我手机，响一下就断掉，我立即打110。"

里边是一个空空的大房间，靠窗户放着一张办公桌和一把椅子。一个30多岁的职业女性接待了黄黎明。对上名字后，基本上不用黄黎明说话，都是那女子在核对情况。什么你是在某月某日将9万元转到了某保险公司，对吧？你是某月某日在某派出所报的案，是吗？等等信息。确认无误，女子让黄黎明签字。然后说，回家等消息吧。黄黎明刚想离开，突然想到那个手机号，于是问：

— 算 · 计 —

"请问你们的手机怎么是空号？如果我要联系你们怎么办？"

女子说："这个号码是网络平台号码，只能打出去，不能接听。再说，你没有必要打我们的电话，有事情我们会联系你的。"

接着，蒋阿姨和沈阿姨依次进入。黄黎明一出来，冯一波就发信息给儿子："上来吧，你妈出来了。"

等他们一行人下楼时，又有两个人上来，估计也是办理此事的。

在车上，三位大妈开始你一句我一句地讲述她们到里面去的情况。蒋阿姨说："你们讲，这个公司，把我们的情况摸得飒飒清呀。"

"是啊，连我们向派出所报案的事情都晓得的。"

"会不会是派出所委托他们的呀？你想呀，每天都有人被骗，这么多案子警察哪里管得过来嘛。"

"是啊，是啊。要真的能追回来，他们公司收两个点的管理费也是可以的，不算多，是吧？"

冯亚森开着车，听着大妈们的讨论，自己也觉得有什么地方好奇怪。算了，只要能追回钱来，母亲开心就行了。

郁校长有了住家保姆，他才真正明白什么是享受。原来享受的感觉这么好！"明日复明日，明日何其多。"自己都85岁了，再不享受更待何时？早晓得这样，开始孩子们要请住家保姆，自己真不该拦着，寻什么钟点工？这些钟点工，做个事有意给你磨洋工，明明四个小时可以做完的事情，偏偏拖到五六个小时。不晓得她们在做啥！有了住家保姆，那就大不一样，可以随叫随到，更不会计较时间长短。

看着父亲每天让保姆用传统的烧水壶烧水、灌热水瓶，第二天又把没有用完的水倒在脸盆里洗脸，仁芝便说："爸爸，我给你买个电热水壶吧，只要往里面加冷水就行了，24小时保温的。"

郁校长摆了摆手，说："不要不要。我这里本来就没有多少事让她做，再不烧水，那不成我们养保姆了？"所以，按郁校长的规定，保姆每天在做早饭

— 算·计 —

之前，必须把五个热水瓶灌上新烧的开水。

早饭后，保姆洗完碗，就开始擦桌子、柜子和地板。郇校长规定，地板是不能用拖把拖的，必须双膝跪地，使劲地擦。过去，洋房地板是要定期打蜡的，自从郇校长摔了一跤后，打蜡的工序就省去了。人老了，腿脚不灵光了，万一再摔一跤可不划算的。两层楼收拾下来，也就到了该烧午饭的时间。

郇校长家是隔天买菜的。保姆清扫房间也是隔天的。中午吃了饭，老两口要午睡。保姆等他们睡下，还要清理院子里零星的落叶、杂草，几盆花要浇水、修枝剪叶。只有这个时候，她可以休息片刻。等老人起来后，她要给他们送上四味茶、银耳莲子羹什么的。收拾完毕后，也该准备晚饭了。

郇校长的一日三餐，很是讲究。自打他从质子医院回来，四味茶是天天要煮的。近两年喝下来，他感觉很好。

早餐最重要。有豆浆机做的五谷豆浆，有鲜牛奶，有小米粥、大米皮蛋粥，有家附近金金生煎王的生煎包，有美旺早茶店的广式小点，还有保姆自己做的小煎饼、小馒头、小馄饨等，基本上能做到一周不重样。午餐和晚餐每顿四菜一汤的标准，只是素多荤少。中午一般是两荤两素，晚饭是一荤三素。中午的两荤还分大荤和小荤，大荤一般是指牛肉、猪肉、鸭鹅肉、鱼虾等，小荤则是指清炒虾仁呀，肉糜茄子煲呀，培根炒荷兰豆呀，还有毛豆肉丁、蚝油丝瓜炒蛋、蒜薹炒肉丝、青笋炒肉丝等。郇校长是不吃鸡肉的，别说那些快餐店用的，四十几天就出笼的白羽鸡了，就是人家从乡下带来的山里土鸡，他也是不吃的。他不知道从什么渠道得来的信息，得恶性肿瘤的人是不能吃鸡的。关于这一点，他还专门请教过亲家母乐景怡。

乐景怡说："具体情况具体分析。按照《黄帝内经·素问》上所言：'五畜，牛甘，犬酸，猪咸，羊苦，鸡辛。'鸡是辛味，辛味入肺，故肺病者宜食鸡肉。肺病者，可食黄黍、鸡肉、桃、葱。而肝病者，宜食甘，禁食辛，故禁食鸡肉，宜食麻、犬肉、李、韭。你郇校长的这个病完全可以吃鸡肉的。只不过快餐店里的白羽鸡不要吃。鸡场里不知喂了多少抗生素和激素的。"

为了保证自己吃不到那种白羽鸡，郇校长痛下决心，但凡是鸡肉，均不入

—算·计—

家门。郁校长把白羽鸡和与之毫无血缘关系的其他散养土鸡一起,全部排除在他的高蛋白摄取之外。

  说起郁校长的这一生,他现在的要求真算比较高的了。他经历长时间的苦日子。在他出生不久,父亲病逝,还没记忆时,大哥离家出走。母亲抱着他,拖着两个姐姐到处躲避战乱。最苦最艰难的要数母亲病逝,大姐离散,他和小姐姐成了孤儿。那些年他们几乎是吃百家饭,甚至靠乞讨熬过来的。

  他上大学的时候,已大学毕业的小姐姐被分配到甘肃。他毕业时,幸运地留在上海,成为一名中学老师。在学校,他积极要求进步,他要出人头地,因为他过够了遭人白眼的日子。后来,他真的成为学校的行政第二把手。他时常想,如果没有那十年,仅凭自己的本事,不要说高级中学的一把手,说不定区教育局,再或许市教委恐怕也会有自己的一席之地。只可惜,生不逢时,生不逢时啊!要是在三个儿子生活的时代,他郁文廷绝对会有一番大作为的。

  为什么这三个儿子不像自己?他们缺乏上进心,缺乏拼搏精神,辜负了这大好时光。孙子郁宏和外孙女婿付继伟,也让他烦心,他们两个更是胸无大志之人。一个仅仅满足于开个小公司,做个小老板;另一个在公司里为老板打工,差不多到了社会的下层了,这大学也是白读了。真是一代不如一代啊!每每想到这样的后代,他就很不愉快。但是,他又想,自己80多岁了,管不了这么多,老话讲得好,"儿孙自有儿孙福"。自己眼下的任务,就是要像老哥哥学习,保重身体,活过一百岁,颐养天年。收音机里一档节目《活到一百岁》他是经常要听的。他也知道这档节目应听众要求,早几年前就改成《活过一百岁》了。

  这天晚饭,小孙把一碗甲鱼汤端到郁校长面前,郁校长不一会儿就呼噜呼噜连肉带汤吃完了,就像那天他们在医院旁边的小面馆吃面一样。"小孙呀,你把锅里的汤都倒给我吧。"说着,他把碗递给小孙。

  "叔叔,汤没有了,我都盛给你啦。"小孙笑着说。

  "今天的汤怎么这么少?"

  "我今天多炖了一会儿。叔叔,你不觉得今天的汤有点浓吗?"

算 · 计

　　郁校长仔细回味了一下，没有啊！但他嘴上却回应："哦，哦。"其实，不止一次了，郁校长怀疑这个小孙偷喝他的甲鱼汤，还有那个亲家母开的四味茶。但是，他只是怀疑，要找证据，抓现行。甲鱼汤喝点儿就算了，四味茶里的虫草是什么价钱？这种乡下人，要不是到上海来打工，虫草长啥样子，恐怕她都不晓得。

　　郁校长想想就觉得有些郁闷。吃过晚饭，他拿着手机给孙女郁甜甜发起微信来。

　　"我的宝贝孙女，晚饭吃过了吗？"

　　"亲爱的爷爷，人家在同男朋友压马路。有事吗，爷爷？"在文字后面跟了两个"拥抱"和"笑脸"的表情。

　　"哦，没啥事情，你们好好玩儿啊。"

　　"好的。亲爱的爷爷，我会来看您的。爱您！（笑脸）"

　　虽说没和孙女讲多少话，但郁校长还是十分高兴的。这个孙女是最能让他开心的，他们之间有深厚的祖孙情。当年，三儿子结婚，没有房子，他们共同生活了十多年，直到甜甜小学毕业那年，郁校长把仁义动迁得到的一室一厅给了老三。在郁校长眼里，甜甜是最善解人意的小姑娘。不像大孙女郁潇潇，和她妈一样，从小带有一种清高，这些年又在国外读书，与自己更是疏远了。更不像孙子郁宏，很长时间不来看看爷爷，来了也不会讲些让自己高兴的话。还有他那个小宝，一见到自己就哭，真是让人不喜欢。外孙女冯亚琳，那是冯家的孩子，也不多说什么了。

　　有保姆伺候着，生活上是没有问题的，自己要尽情享受。但是在亲情方面，为什么冯家的孩子们就那么懂事？那乐老太太是一呼百应。自己的儿孙们就做得不够好，他们离自己还是远了点儿。不行，亲情大于一切，这些孩子恐怕还是要好好教育，多多提醒才行啊！

一算·计一

第十九章

　　终于等到冯亚森谈婚论嫁了。乐景怡在卧室里，手捧着丈夫的遗像，对他说："乾坤呀，告诉你，你唯一的孙子森森就要结婚了。女方就是上趟我同你讲过的，宠物店的翟雯虹。这个姑娘不是阿拉上海人，是福建厦门郊区的，一个人到上海来打拼了许多年。这孩子善良，能吃苦，有爱心，最最要紧的是性格脾气跟阿拉森森蛮对路子的。这下呀，我的一块心病总算没有了。不过，乾坤呀，森森这孩子就是主意太大。他妈妈被人骗了之后，他坚持要同雯虹旅行结婚，讲要去澳大利亚。你看我们就这么一个孙子，不请客摆酒席是讲不过去的呀！不讲别的什么人，第一个反对的就是一凤。她讲：'人家都摆，我们家不摆，显得我们冯家老小气的。再讲雯虹家里人同意吗？他们外地人可能更加讲究的。大家不是老讲要换位思考吗？如果我有女儿出嫁，我当然希望风风光光的啦。何况，人家是嫁到我们大上海来的呀。'乾坤，我觉得一凤讲得有道理。现在的生活都还不错，不愁吃穿，很多人家有房有车，大家聚在一起热热闹闹不是蛮好的吗？可是，我讲给森森摆酒席，我这个奶奶出20万。结果呢，森森讲啥都不要。还讲这不是钞票的问题，这是观念问题。他讲他问过雯虹了，雯虹这小姑娘也同意他的想法。你看，这可怎么办呀？我都没办法，他爸爸妈妈更拿他没办法了。对了，还是要请女婿出面。这帮孩子当中，姜羽维的话，他们最能听得进去的。嗯，乾坤呀，我就去给羽维讲，他一定会有办法的。"

　　是的，姜羽维确实有办法。他的办法是一个折中的，既让冯亚森接受的，又让亲朋好友皆大欢喜的好办法。

　　冯亚森和翟雯虹乘坐国航班机，飞行近11个小时，到达悉尼。在达令港著名的港口购物中心，他们欣赏着市中心的风貌。在悉尼标志性建筑白色风

算 · 计

帆——悉尼歌剧院，除了欣赏歌剧院美丽的外观，他们还到歌剧院内部游览了一番。

昆士兰的黄金海岸，银白色的沙滩缓缓向大海延伸，蓝色的海水卷着波涛向岸边扑来，雪白的浪花，奔腾而喧嚣。可伦宾野生动物园里，冯亚森和翟雯虹尽情地享受与考拉、袋鼠、鳄鱼的近距离接触。

一只小考拉依偎在雯虹怀中，小家伙的那股亲昵劲儿，让雯虹又激动又惊喜。"大冯，大冯，你看呀，我搂着它像不像抱一个小婴儿？"

冯亚森一边举起单反不停地抓拍，一边说："当然，像极了！好，好，这个表情实在是太棒了！再来一张，给你们一个特写。"

放下了小家伙，雯虹意犹未尽，说："要是我们能养一只就好了。"

"想什么呢？"冯亚森伸手摸摸雯虹的额头，又摸摸自己的额头，"你是看到什么就想养什么。一会儿去看袋鼠和鳄鱼，你不会也要养吧？"

雯虹笑笑说："鳄鱼就算了吧，袋鼠可以考虑。"

冯亚森说："真有你的。你这脑子里都装些啥东西？"他喜欢雯虹，喜欢她的单纯，虽单纯，却不无知。她曾跟亚森说过，她从小喜欢文学，喜欢古诗词。可是，那年高考时，她生病发烧，结果分数下来，她只能上大专。

昆士兰对岸的大堡礁，也是这对情侣留恋之地。站在汉密尔顿岛的独树山上，他们尽情欣赏圣灵群岛上的美景。夕阳西下时，他们喝着鸡尾酒，品着海鲜，相拥着欣赏美景和落日，实在是惬意和幸福。

第二天，在汉密尔顿岛野生动物园，他们再次邂逅袋鼠、考拉和鳄鱼，又见到了长颈鹿、大象、羊驼和狐猴。这里的动物都能和人类亲密接触，雯虹看看这个，抱抱那个，还给长颈鹿喂吃的，瞧她忙活的，多起劲儿，她实在是太兴奋了。她像个孩子似的激动地说："大冯啊，我真不知道应该怎样感谢你，这次带我出来，让我开了眼界，让我感受到世界之大，大自然的壮美，动物世界的奇特。我要是会作诗就好了。要不，你作首诗给我听，好吧？"冯亚森看着雯虹，欣赏着这个姑娘的可爱和善良。

"哎，人家跟你说话呢！"

— 算 · 计 —

"哦，我哪里会作诗？"冯亚森回过神来，想了想说，"要不，我们来个诗词接龙的游戏吧。走，到那边的长椅上坐一下。"

"好呀，好呀！"

"那我先来：白日依山尽，黄河入海流。欲穷千里目，更上一层楼。"

"楼外垂杨啼晓鸦，楼中倦客醉思家。东风不管春将半，一夜清寒勒杏花。"翟雯虹接。

"花自飘零水自流，一种相思，两处闲愁。"

"不对不对，是整首诗词，你这才抽了其中的一句。"雯虹叫了起来。

冯亚森笑着："没有呀，刚才只讲是诗词接龙，又没讲要接整首诗词。我没错，我没错。"

"哼，你要赖！"雯虹无奈，想了想，"愁损翠黛双眉，日日花阑独凭。"

"凭将扫黛窗前月，持向今朝照别离。"

雯虹不熟悉这首诗句，便好奇地问："这是谁写的？"

"'清词三大家'的纳兰性德呀。"冯亚森说，"在《于中好·雁贴寒云次第飞》这首词里。"

"哦，我背过他的几首代表作。其中最喜欢《木兰花·拟古决绝词柬友》的'人生若只如初见，何事秋风悲画扇'。"

"等闲变却故人心，却道故人心易变。骊山语罢清宵半，泪雨霖铃终不怨。何如薄幸锦衣郎，比翼连枝当日愿。"亚森接了后面的句子。

雯虹不接了，过了片刻，她略带忧愁地望着冯亚森："大冯，你看着我，我们都不小了，不是少男少女了。我再问你一遍，你会一辈子爱我吗？你会不会有'故人心易变'的想法？"

冯亚森将心爱的人搂入怀中，动情地说："雯虹，正像你讲的，我们不小了，那种山盟海誓我讲不出来，但我可以非常负责任地告诉你，我对你的感情是真诚的，是用心的，是专一的。"冯亚森清楚，这样的女人，值得自己用一生去爱。

回国后的一个周六，他们的婚宴以自助餐晚宴的形式举办，并邀请了亲朋好友。地点就是浦东的著名建筑金茂大厦。

这天冯亚森身着灰蓝格子西装，白色的衬衫配一条红色的领带。翟雯虹身穿非常喜庆的红色套裙。

冯一波和黄黎明的任务就是招待好来自厦门的翟雯虹父母和大哥。两口子不善言辞，冯一波事先求助了弟弟两口子。于是，冯一涛和郁仁芝把翟家亲家招待得舒舒服服、欢欢喜喜的。翟母不停地说："我们翟家前世修来的福，真是妈祖保佑，让我们雯虹遇上这样的好人家！"

郁校长和上次参加乐景怡的寿宴一样，早早让荣老师把自己的着装准备好，让保姆熨烫得平平整整。听说去金茂50多层的地方吃自助餐，80多岁的郁校长还是大姑娘上轿——头一回。他相信，今天的大多数宾客都会同他一样，一起来"开洋荤"的。他见了乐景怡，自然少不了夸赞四味茶，好好感谢了亲家母一番。

这次除了自己的亲戚外，冯亚森还邀请了中小学的同学、留在上海的大学同学、单位的同事和领导。单位领导认识新人双方的父母后，对冯亚森和翟雯虹说，这是他参加过的最独特的婚宴，不用讲话、证婚，是最最轻松的一次酒宴。他祝两位新人白头偕老，共同进步。

"亚森呀，你小子花样蛮多的嘛！听讲你已经带着新娘到澳洲浪了一圈回来了？弟妹一看就是个本分人。你小子有福气，来敬你俩！"高中时的一个同学说。

"对呀，亚森，新娘子是开宠物店的，我家那位就喜欢小动物，下趟我们要去拜访哟。"

"没问题，她的小店还望各位多捧场呀！"冯亚森一手举着酒杯，一手扶在妻子肩上。翟雯虹微笑着频频颔首。

亲朋好友们自由组合，谈笑风生，晚宴氛围轻松自在。

夜幕降临，客人们酒足饭饱之时，金茂大厦周围华灯初放，鸟瞰都市夜景，实在是美妙无比。

最抢眼的当属夜色中的东方明珠塔。它仿佛是从天河上直落下来的一串珍

一·计一

珠，时而碧绿如翠，时而金光灿烂，时而晶莹剔透，时而姹紫嫣红。它是红极浦江数十载的超级建筑明星，当年出道时便惊艳世界，今晚依然独领风骚、魅力无限。金茂大厦与两边的上海中心和环球金融中心，虽说是上海摩天大厦的"三剑客"，但此时此刻在色彩上绝对逊色于明珠塔。

夜晚的浦江对面，有万国建筑群，也是灯火通明，霓虹闪烁。不夜城的韵味与浪漫，尽在这夜色之中。夜上海独具的魅力应就在此吧！冯亚森和翟雯虹这对新人，在如此美妙的夜色中，得到亲朋好友的祝福，他们将携手走向更美好的明天。

冯一波和黄黎明做梦也没想到，经姜羽维的策划，旅行结婚加上酒宴的钱才用了预算费用的一半。姜羽维就是他们冯家的智多星！黄黎明感激地说："还是妈妈最有办法！我们谁都没想到羽维，只有妈妈最了解自己带大的女婿。"

自从翟雯虹成了冯家的儿媳妇后，雨习习宠物店的店员们，再也不用顿顿吃盒饭、点外卖了。每天清早，冯一波负责采购，黄黎明做好早饭，上班的小两口一走，他们夫妻俩就忙着准备中午饭。乐景怡出钱让儿子儿媳请了钟点工，干家务活。这样，翟雯虹就能每天吃到公公婆婆做的饭菜了。

冯一波将菜饭送到宠物店，总要关照一声，趁热吃，然后就打道回府。翟雯虹和三个小姑娘围在一起边吃边聊。她们常常是一边夸赞店长的公婆烧菜的手艺好，一边赞叹和羡慕店长找到了好人家。

季惊鸿今天来给凯文洗澡，见姑娘们正在吃饭，便说："不急不急。大嫂呀，你应该让大家叫你老板娘了，是吧？"

"惊鸿，没想到你会觉得'老板娘'好听，多俗呀？"雯虹嗔怪道。

"嘻嘻，不过是开你玩笑的。我早就问过你的小店员了，她们讲你就欢喜'店长'这个称呼。"季惊鸿笑道。

"惊鸿啊，还是你的工作舒服。能经常在家里，照顾到两个女儿。"

"大嫂，那都是单位看在我家姜申的面子上，才允许我拿报表回家里做的。你是不知道，我们会计的工作，主要忙在月底月初。等美媛和丽媛再大点儿，我是会调单位的。这里先混着再讲了。"

这时，小丽把猫咪接过去洗澡了。

正像郁校长看到的那样，冯家的人口在不断地增加，可冯家的传统却是坚不可摧——长者有威望，小辈懂礼节，亲人间互敬互爱、互相扶持，大家庭幸福和睦。

国庆节之后，郁校长感到胸部隐约作痛，尤其是夜深人静的时候。他吸取了前年腿部"蚕豆"被拖延的教训，立即召集三儿一女来家里报到。正值双休日，冯一涛说要陪郁仁芝一起去。两人来到溧阳路，见大哥大嫂和仁德仁道都到了。

郁校长告诉仁芝，疼得厉害时，胸肋骨都疼，有一天晚上，自己都被疼醒了。

"小妹呀，你看看是不是癌细胞转移了？"郁校长说出"癌细胞"三个字，腿都有些发软。他心急，他怕真的转移了。要是真的，怎么办？才过了几天有人全天伺候的好日子。若真是……他不敢往下想，他不甘心，他要长寿，他相信自己会像成都的大哥一样，活到一百岁。他曾经给儿子们开玩笑地说过，他的寿命指标是120岁。他自己也不知道说这话的科学依据在哪里，也许经历了峥嵘岁月的人们，都敢大胆地想或做。

"爸爸，您别急。我问问我们老主任。"仁芝给老主任打了电话。一家人在旁边听得断断续续："主任，您是讲做……哦，我明白了，好的好的，谢谢主任啊！再会！"郁仁芝一放下电话，荣老师就问："小妹，主任怎么讲的？"

"哦，是这样的，我们主任建议爸爸去做一个专业检查，通俗地讲，就是把全身快速扫描一遍，一次检查就可以准确判断肿瘤是良性的还是恶性的。要是恶性的是否有转移。就是七千多块不能进医保，全自费。"

"全自费就全自费，我来出这笔钱。下周我要去北京出差，没空的，接下来大哥大嫂、老三、小妹，你们受累了。要没事，我先走了。"

郁校长本来想说仁德，这么大的事情不再坐下来好好商量一下，但想到仁德讲他来出这笔钱，便忍住了，反而说："仁德，你有事，忙你的去吧。对了，你刚才说的那笔钱……"

— 算 · 计 —

"放心，回家就叫潘岩打到您上次的那个卡上。一万块够不啦？"

"够了，够了。小妹不是讲只要七千多吗？"

"走了，再会！"仁德出了房门，朝院门走去。

冯一涛听罢父子间的对话，看着仁德走出院门，他说："爸，这个钱不要让二哥出了，上次您住院，就是他们出的，这次让我和仁芝出吧。"

"那怎么可以？上次我不仅还了你们，仁德的钞票我也没要啊！就算这边出，也轮不到你们，我三个儿子一家两三千块，就行了嘛。对，就这样，仁义呀，你看好吧？"

"就是，就是，一涛，怎么着也轮不到你们出钞票。"仁道抢着说。

听到父亲点了他的名，仁义马上说："好呀，好呀。"

"那就这么定了，你们明天把钞票送过来。"

冯一涛一听，自己没帮上仁德的忙，反倒增加了仁义的负担。他推了一下仁芝。

"爸，我就不明白了，我是你的女儿不是？"

"怎么不是？小妹呀，你讲这话啥意思？"

"既然是你的女儿，为什么不让我尽一份孝心呢？我看你就是重男轻女的封建思想在作怪！"不等郁校长说话，郁仁芝又说，"我不管，这次我们一定要出四千块，三哥家里困难就算了。否则，下周一我不陪你去预约了！大哥他们下周要带小宝。再讲你们请保姆的钞票，是我大哥和二哥平摊的，这次就我和二哥一家四千。"

仁芝一连串的话，让郁校长听了心里很高兴。孩子们这么孝顺，他很得意："小妹呀，哪里来的重男轻女之说，你不要给你老爸扣大帽子！我是想到你家那个乡下女婿，他不是还要还贷款吗？你不心疼他，总不能不心疼琳琳吧？"

"对了，你不讲，我还忘记啦。继伟后来去的这个公司，没想到老好的！比他以前的公司大得多，待遇好，薪水高。琳琳讲这样下去，他们不出五年就能还掉所有的贷款。我和一涛也没什么负担。好了，就这样讲好了！明天上午老时间，我来接你和小孙。"

— 算·计 —

估计是这项检查费用高，不能进医保的缘故，做检查的人很少。所以，郁仁芝向医生提出这项请求时，医生说没问题，还不用排长队，今天预约，后天就能做。

周三8点之前仁芝和小孙就陪着郁校长赶到了医院。他们在检查室门口等候。这时，郁校长好像自言自语，又好像在对女儿和小孙说："这个检查要多久呀？我到现在是颗粒未进啊。"口气显得十分虚弱，有些可怜。在儿女和外人面前一直很坚强的郁校长今天十分反常。郁仁芝忙说："爸，你再忍忍，过个把小时就能吃东西了。你看，小孙手上给你拿着早餐呢。"说完她指向小孙手中的保温饭盒。小孙也很配合仁芝，微笑着把饭盒举了举。

听到护士叫父亲的名字，郁仁芝马上将轮椅上的父亲推过去。护士小姐说，手臂要注射一针，然后20分钟后去喝两杯水，在门口等候即可。

郁校长今天起来，就有一种不好的预感。他这辈子本是不相信这些的。可是，这种强烈的预感是他从来没有过的。

年轻时，为了争表现，他可以不顾家庭，不管孩子，甚至献出自己的生命，也在所不惜。记得那年他的演讲遭到反对派的攻击，一度被他们跟踪，不能回家，怕连累妻儿。他便趁黑夜，逃到徐汇区堂哥郁文麟家中。看着阿弟满脸灰尘，郁文麟问明情况，便立刻把郁文廷带到阁楼上。

郁文麟家的阁楼不像一般人家用来摆杂物。他家的阁楼有一排低矮的小柜子，柜子做满了小抽屉，那是郁文麟的小药房。那些中药都是稀罕物，有灵芝、人参、龙涎香、虫草、鹿茸等。阁楼另一边是两个很大的箱子，那是储存中药的樟木箱和石灰箱。郁文麟关照堂弟，一会你嫂子做点吃的让仁青送上来，吃好饭赶紧休息一下。如果听到下面有什么动静，就立即钻到樟木箱里去。当时郁文廷就想，只要到了堂兄家里，就是被找到，也不会害怕什么。大不了"活着干，死了算"！当时的信念是坚定的，是毋庸置疑的。幸运的是，他逃过了那一劫。

- 214 -

一·计一

不承想他郇文廷能度过古稀，更没想到，现已进入耄耋之年。这样的活法，让他越活越有劲头，越活越小心翼翼，越活越相信世上有神呀、鬼呀、魂呀的东西，就更让他相信预感了。总之越活越有劲头的他，也最怕死神来"光顾"。

仁芝看出了父亲的心神不宁。不知是父亲的思想负担太重，还是周围安静、紧张的氛围加重了父亲的思想负担。当检查室的显示屏上的"郇文廷"排到第一个的时候，他紧张极了。与其说是紧张，不如说是恐慌。门开了，轮到郇校长进去。

"等一下，等一下，仁芝呀，把你的手机号码抄给我！还有小孙的，一道给我！"父亲的口气充满了恐惧。

"老爸，进去一歇歇的时间，你要手机号做啥？"郇仁芝完全不解老父亲的意思。

"我，我，我是想，如果里面有什么情况，找不到你们怎么办？"

这哪里是平日里仁芝见到的父亲大人。平日里，郇校长思路敏捷，逻辑性强，多用果断的、命令的语气与他的孩子们讲话。多年来，他们在家中已经习惯了父亲管理者的风格。今天这是怎么了呀？

"爸，你就是做个检查，你做过的呀。"

"你不要管，我叫你写，你就快写！"郇校长脸上写满了焦急和惊恐。

"好好好，爸，我这里有纸笔，我抄给您。"郇仁芝写好自己的手机号，小孙报了她的手机号。然后郇仁芝将小本子上的纸撕下来交给父亲，她的手刚伸出去，父亲就把纸条抢了过去，似乎晚一点儿就会被旁人夺走似的。只见父亲把纸条折叠了两下，放进自己的薄外套兜里，他那表情一下子淡定了许多，他似乎把那张纸条视为救命稻草。

"爸，你进去后这件衣裳也是要脱掉的。我还是不明白，你的手机在我这里，你要打电话，只有号码也没有用呀？"

"万一，万一有啥紧急的事情，我可以让医生帮我打你们的手机！"

听着父亲的话，仁芝哭笑不得。一个哲学专业的大学毕业生，今天怎么连一般的逻辑和常识都没有了？是吓的？不可能啊！在郇仁芝的眼里，父亲是一

— 算 · 计 —

个顶天立地的男子汉。她从来没有见父亲掉过一滴眼泪,就连母亲去世,自己哭得昏死过去,也没见父亲掉过一滴泪。今天,这是怎么了?

仁芝对医生说:"请不要催促老人,对他热心点儿、耐心点儿。拜托医生,谢谢!"

医生说:"放心吧。"父亲在被推进去的那一刻,他又回头望了她们一眼。仁芝忽然明白了什么,眼眶顿时一热,竟掉出眼泪来。

郁仁芝此时意识到父亲真的老了。从来都很强势的他开始示弱了。他可能将检查室想象成了手术室,他怕万一……

郁仁芝记事以来,就听母亲说,大哥被送到很远很远的大伯家去了。为什么要送走大哥,她不明白。后来再长大一点儿,她才知道,当年父亲在学校组织学生"闹革命",完全撇开了这个家。在那个年代,吃穿都成问题,况且又有这么多孩子,母亲怎么照顾得过来?好在大哥在八十年代末回到了上海,回到父母身边,与弟弟妹妹团聚了。可惜母亲不到60岁就离他们而去。尽管父亲在家中有些家长制作风,但毕竟是她最亲的人啊!想到这里,郁仁芝眼泪一下子流了下来……她默默地为父亲祈祷,愿他平安健康。

一 算 · 计 一

第二十章

　　周五，保姆取回报告单，交到郁校长手里。他仔细看着报告上的每一个字，越看脸上越没了血色。他那本来已经坚强起来的心，像被人举着重锤狠狠地敲了一下。眼前的字有些模糊了，他的大脑也一片空白了。小孙见状，立刻到楼上叫荣老师下来。

　　"老郁，老郁，你没事吧？"

　　"我，我，我有啥事情？没事没事！"郁校长终于清醒了，强打起精神。

　　荣老师伸出手："报告单上怎么讲？"

　　郁校长像触电般将手中的报告往躺椅后面藏，"讲什么讲，你看什么看？"

　　"老郁，你不要一个人憋闷着。如果有问题，我们就抓紧时间去治疗。"

　　"没有问题！"郁校长不再理睬她。

　　远在北京的仁德，让保姆拍一张报告给他，说潘岩已经联系好一个医生，想请他找相关的专家看看，给点建议。可是小孙说报告给了郁校长，他谁也不给看，只能再试试。小孙胆怯地说："叔叔，二哥来微信，让我把您的报告拍一张照片给他，他和二嫂找专家看看。"

　　郁校长一听，立刻火冒三丈，对着小孙吼道："看什么看！已经扩散了，不要再扩散了！"小孙被吼得莫名其妙。荣老师过来说："小孙，你去做你的事吧。"

　　小孙心惊胆战地进了厨房，发语音跟仁德说道："二哥，二哥，叔叔发脾气了，说'看什么看！已经扩散了，不要再扩散了！'阿姨让我走开了。"

　　客厅里，荣老师心平气和地说："老郁呀，你的报告给我看看总可以吧？"

　　"不要！看啥看？啥人都不要看！"

　　"孩子们也是关心你呀。你让我看看报告上怎么讲的。也许你没看清楚，理解有误呢？"可是，不管荣老师怎么说，郁校长就是不肯拿出来。他觉得

一 算 · 计 一

这个报告,看上去是一张普普通通的纸,实则是一张索命单。"你们个个都不怀好意,想来索我的命,你们真够歹毒的!哼,我就是不给你们看,看你们能拿我怎样?"

荣老师说:"老郇呀,我就不明白了。孩子们工作忙时,你讲他们不关心你。现在仁德在北京,还惦记你的检查结果。你倒好,不给看。你是怎么想的啊?不是我讲你,都快86岁的人了,为什么还看不开呢?"

本来已经没有声音的郇校长,听到荣老师提到"都快86岁的人了",刚要熄灭的火,像碰到了汽油,"嘭"的一下又着了,"荣佩琪,你刚刚讲的是什么话?你讲,你再讲一遍!"

荣老师被郇校长的举动吓了一跳,"我讲什么了?我不就是讲你要想开点吗?"

"不对,你的原话不是这样讲的!你今天必须讲讲清楚!啥叫'都快86岁的人了'?难道86岁的人就该死了?就不准活了?"

荣老师也有点生气了,她说:"老郇,你讲点道理好不啦?我完整的一句话,到你这里就只剩前半句了。我再同你讲一遍,我的意思是讲,你我都80多岁的人了,有的事情要看开些,不要钻牛角尖。"荣老师希望郇校长能理解她的好心。可是,今天的郇校长就是听不懂,也不想听懂,"快86岁的人就该死了?我同你讲,荣佩琪,我哥哥都活到一百岁,凭啥我只能活到86岁?你讲,你讲呀!"

荣老师发现今天是秀才遇到兵——有理说不清。她干脆上楼回房间了。正在这时,一条语音进来了:"荣老师,您好!爸爸的报告取回来了,是吗?"

其实,仁德当然明白,父亲不想让别人知道他癌细胞扩散。这两年来,他本以为自己完全康复了,在他信心百倍要往百岁上奔时,突然受到这样的打击,他肯定是无法接受的。仁德立即将情况告诉了大哥和小妹。仁义不知该怎么办,他想去父亲家,可是老爷子正在火头上,想想两腿如灌铅。仁芝对仁德说,她来想办法。

"小妹,取回来了,但是你爸爸啥人都不给看,还在发火。你二嫂想请专

一 算·计 一

家看看报告,给点治疗的建议。他就是不给呀。"荣老师的语音中透露出焦急和怨气。

仁芝回复:"荣老师,请您把爸爸的预约单和社保卡的正面拍张照片给我,我来想办法。"

"好的,你等着。"

晚上睡觉前,郁校长让保姆给他灌了四个热水袋放进被窝。荣老师说:"你放这么多,当心烫着呀!实在怕冷你还是开空调吧。"

郁校长瞪了荣老师一眼说:"开啥开?跟你们讲了多少遍了,不准开空调制热,不准开。要开,等我死了你们再开!"

小孙一句话都不敢说,把四个热水袋依次从头到脚放进被窝。荣老师又关照一句:"你自己当心点,不要烫着了!"

郁校长躺进去,让小孙关了灯。实际上,他哪里睡得着?一排清晰的文字又在脑海出现:"左肺下叶软组织肿块影,考虑恶性肿瘤可能,伴癌性淋巴管炎。右侧第五肋骨、部分胸椎椎体溶骨性骨质破坏,转移……"郁校长想这个"考虑恶性肿瘤可能"只是可能呀,又不是确定。可是小妹他们老主任不是讲"一次检查就可以准确判断肿瘤是良性的还是恶性的。要是恶性的是否有转移"。既然都是肯定的,为什么医院报告没有确诊?还有,那天自己进检查室前,就有强烈的"不好"预感,下一步怎么办?绝不能坐以待毙,在家等死!他烦,他恨。为什么会转移?他想不通。30多万花进去,本以为万事大吉了,老天为什么跟自己过不去?越想心里越烦,越烦胸口越痛,越痛越睡不着。直到叫小孙给他吃了一粒止痛药,郁校长才渐渐睡了。

两天后,郁仁芝托人把父亲的报告拍了出来。她分别转发给二嫂和自己的老主任,等待着专家的建议。很快,九院的同学把自己和专家的对话截屏给潘岩,潘岩转发给了郁仁芝。内容如下:

九院同学:老师,可否进行穿刺,进一步确诊?

— 算·计 —

专家:不要穿刺,年纪大了,伤口愈合比较慢。建议适当考虑放化疗。

看着对话,郁仁芝深知父亲的病情加重了,她心头一酸,两行泪便从眼里溢了出来。她知道恶性肿瘤转移后,病人是如何受煎熬的。当年母亲肺癌转移至大脑,她亲眼看见了母亲的痛苦。她不想让这一幕再次上演,怎么办?怎么办?

她的手机不离手,期待着老主任的信息。

直到晚上,手机响了,她一看,是老主任的。

"喂,小郁啊,这几天,通过几道关系,终于寻了一条线索。我在交大医学院的同学章明教授,你应该知道的。他有一个学生,在江苏一家专门的基因检测公司工作。这个公司具体的检测内容叫'实体瘤精准用药基因检测'。换句话讲,给你父亲做个基因检测,有可能为他寻到国际上最先进的提高人体免疫力、杀死恶性细胞的靶向药物。但是,做一次检测要一两万。不知你们是否考虑?"

"主任,我们考虑的。只要能救我父亲,我们都考虑。"

"如果这个检测能找到匹配的药,那就最好了。但是,如果没有匹配的,这一两万就白白用掉了。你们考虑清楚。"主任停了一下又安慰地说,"不过,听说目前肺部的靶向药还是有的。这样吧,你们家人商量一下,如果需要,我就把章教授学生的联系方式给你。你看好吧?"

"好的,好的。太谢谢您了,主任。"

"不要客气。就这样子啊。小郁,自己也当心身体。"

"好的,主任。我尽快给您回音。谢谢,谢谢!"

郁仁芝披上大衣,冯一涛问:"你现在去哪里?"

"我乘地铁到溧阳路。你不要管我,明天你要上班的。"

"那怎么行?我开车同你一道去。"

进了门,郁仁芝发现父亲的精神明显差了许多。见女儿女婿来了,郁校长消极地说道:"小妹呀,看来你老爸逃不过这一劫了。"

— 算 · 计 —

"爸爸，你这是讲什么呀？现在医学的进步是一般人无法想象的。您知道吗？国际上有很多治疗恶性肿瘤的靶向药。老主任讲，目前治疗肺部的靶向药很多，也很有效果。他帮你联系了一家公司，可以做一项检测。做了检测就知道你这个肺上的毛病应该用哪一种靶向药物了。"

"是啊，爸爸，仁芝这几天都在等老主任的消息。这不，听到这个好消息，马上就过来了。到时候您只要配合就行了。"

本来心烦意乱的郁校长，听了女儿女婿的这番话，精神好了一些。肚子也咕咕地发出了警报。小孙把他中午没怎么吃的饭又热了一下，让郁校长接着吃。

"小妹呀，关键时刻还是要靠你们这些懂医学的人。你爸早上不肯吃东西，讲没有胃口，中饭还讲不饿。我和小孙怎么劝都没用。你看，你一讲就讲到点子上了。"荣老师把小孙削好的一盘水果推到仁芝面前。

"爸爸现在的首要任务就是吃好、睡好。有了精神和体力才能对付病症。你讲对吧，爸爸？"

"这个道理我会不清楚？你们带来了好消息，我就有了下一步方案，自然有信心了。"信心这一点郁校长还真不用家里任何人担心。如戏中所唱："几天来摸敌情收获不小，细分析把作战计划反复推敲。"一心要长寿的郁校长，有了女儿送来的"情报"，心中又燃起了希望。他可以按照自己的既定方针，一步一个脚印，脚踏实地地勇往直前了。

清早，米兰跟郁仁义说："中午我不回来吃饭，你自己吃吧。"这一周是米兰和仁义的休息周。

郁宏小夫妻跟小宝走了。小宝这周在外公外婆家，小两口下班就去那边。

郁校长做基因检测要半个月后才能出报告。今天米兰去冯一凤家里，冯一凤抱怨两个好姐妹见面越来越少。还在电话里说，米兰再不和她见面，她都忘记米兰长什么样子了。

米兰进门就问："惊鸿也不在家？"家里只有冯一凤一人。

"是啊，上班的上班，上学的上学。快月底了，惊鸿手头上的事情要多了。"

— 算 · 计 —

两个好友聊着家常，免不了要提到郇校长。米兰讲了郇校长近况不是很乐观，正在做基因检测。

"这老头子最近不'作'了？"

"前些天情绪不好。这不，仁芝帮他联系做检测，现在好些了。你上次讲他'生命不息，作劲不止'。看到他最近的状况，我和仁义都觉得人老了，蛮可怜的。"

"看吧，看吧，我就晓得，你和你家郇仁义就是良心太好，太老实。他在你们面前作天作地，你还不让我讲呀？我就是要讲他，看在你的面子上，我不咒他，已经算客气的了。就讲那年他住院问你们要钞票的事情吧。不要太欺负人哦！你家仁义60多岁的人，被他那样作弄一番，哪里是亲爹做的事情？要是当时在场的是我，我一定会抢过手机，好好骂他一顿。他又不是不晓得，仁义从小就被送出上海，回来后他的工作不错，那是因为他是大学生呀！再讲，他这个大学生又不是郇校长培养的，那是仁义养父的功劳，对吧？你和我一样呀，老早下岗在屋里蹲着了。他明明晓得你家里收入少，郇宏又是男孩，结婚、住房和生小孩，哪一样不是男方多出钞票呀？他不帮你们就算了，还要满世界做好人。只有我最晓得你家的情况。"

"可不是嘛！一凤呀，有的事情只能同你讲讲，跟不相干的人讲，谁会相信呀？总会讲是我们晚辈做得不好，不懂得孝顺。这也许就是这些年来我家仁义心情不好，总有压力的原因吧。"

"咦，你讲讲看，怎么会有压力？"显然，冯一凤有些好奇，她完全不懂。像她这种性格的人，从来没有机会体验过什么心理压力。她从小有冯家两兄弟和姜羽维的保护，可谓天不怕、地不怕。当年进了普通中学，她的美貌让班里的男同学争相追求，哪会有人欺负她？就连校外的小流氓们也不能拿她怎么样。虽说乐景怡总提醒她要矜持，要做个有教养的女孩子，但无济于事，她就是这样一个我行我素的人。

米兰想想这几年，仁义脾气的变化，真不知道从何处讲起。在外人面前，仁义不会发脾气，在他父亲面前更是没脾气。可是，他父亲对这个老大的要求是过高的，不切实际的。如果仁义达不到要求，他父亲不是冷嘲热讽，就是大

— 算·计 —

声斥责。以至于仁义常对米兰说，怀疑自己是不是他郁文廷亲生的。亲生的不会有错，要说父子间的感情，那是要靠时间来积累的。就说仁德吧，从小在父亲身边长大，耍个小性子是常有的事，父亲好像已经习惯了，从不与他多计较。再说仁道吧，那更是宠爱有加，管教不足。倒是仁义，越是谨慎小心，越是惹他父亲生气。用仁义自己的话说："一想到今天要去父亲家里，我的腿就像灌了铅一样沉重。"

米兰想了想说："应该是三年前的事了，那天我没去，是仁义回家讲的。他父亲突然问兄弟仨：'我的年龄一天天上去了，我们郁家最大的一笔财产就是这幢小洋房。你们看看，如果洋房给仁德，那么仁德你就要拿出两个三百多万来给仁义、仁道。给仁义，仁义就拿出两个三百万给仁德、仁道。仁道也同样。你们看怎样？'你说，他爸爸这样一讲，叫儿子怎么回答他？再说了，这不切实际呀！就算仁德家有钱，也不可能一下子拿出六七百万来。我家和仁道家，不要说三百万，三十万也没有。"

"是啊。他活得好好的，晓得的人会讲父亲要分财产了，那不晓得的人，还以为几个儿子盯牢他的洋房了呢！"

"谁说不是啊，你讲，叫我家仁义怎么回答他？"

冯一凤没有接米兰的话："哎，等等，不对呀，这老头子怎么把我小哥和小嫂忘记掉了？郁仁芝也是他亲生的呀。"

"所以呀，他父亲想到哪里，就是哪里。仁义一直等他爸点到他的名字，他才说：'爸，房子是你的，将来怎么处置是你的权利。你现在叫我们做儿女的怎么表态？再讲现在你身体蛮好的，不要去想那么多了！'一凤，你觉得仁义的话有毛病吗？"

"没毛病呀。是这样的呀！"

"可是，他爸生气了。"

"啊，为啥生气呀？"

"这就是仁义讲的心理压力，晓得吧？他爸爸经常想些事情，让你表态。主要是你不知他的用意是什么，答到点子上，那是你走运。要是你答不到他需

— 算 · 计 —

要的答案，就有麻烦了。"

冯一凤摸了摸趴在自己腿上的布偶猫凯文，一脸不解地问："那我今天倒要听听，你家仁义怎么就惹他生气了？"

"他父亲讲：'什么叫现在我身体蛮好的，不要去想那么多了？我告诉你，老年人常常是今天不晓得明天的事。难道你们忘记浦东文麟大伯，还是老中医，就在夜里睡觉睡过去了吗？前面不也是很好吗？啥毛病都没有呀。'你讲一凤，怎么跟他爸交流？我家仁义就讲，在他父亲家里就是受煎熬，讲不好，他要生气，不讲话吧，他爸说他是、是——对，叫冷暴力！"

"这个死老头子，横竖不讲道理！"冯一凤猛地从沙发上跳起来，凯文被主人的举动吓得"嗖"地逃到房间里去了。

"仁义在他爸那里受了委屈，回到家就莫名其妙地烦躁。有时候你同他讲句话，他在发呆，没听到。你再叫他一声，他会一下子发火：'干什么，这么大的声音，吓我一跳！'原先他不是这样的。看他这样，我也不开心了。上周末，郇宏他们不是在家里吗？仁义逗着小孙子，老开心的。我就跟郇宏悄悄地讲：'你爸现在见到谁都烦，只有看到小孙子是最快乐的。'我曾跟郇宏讲过爷爷要分房子的事，郇宏这孩子看问题简单，他讲：'我们家不要爷爷的东西，老爸也别去受他的气，不就行了？'"

"你家郇宏讲得对。我刚才也想这么讲。他一定是认为自己有一套房子，把你们的胃口吊起来，然后听他指挥。嗯，一定是。姜羽维就讲过，郇校长是一个权力欲和控制欲都很强的人。对，就是这样讲的。"

"羽维又没跟我公公有过多的交往，他怎么会讲得这么准呢？是有水平。这个概括太准了！但是，你和郇宏的想法，我和仁义是不能接受的。"

"为什么？难不成你们真的想要他的洋房？"

"唉，不想要那是假的。他爸的财产以后肯定是给他们四兄妹的。你讲是吧？先把房子的事情摆在一边，单讲你现在不去管他，不去照顾他，那就是不道德的呀！我和仁义做不出来的。这些年来，我们应该讲是尽心尽力了吧？但是稍不当心，他爸就会讲，'仁青大侄子比我的亲儿子都贴心呀！''人家保姆是外

— 算·计 —

人，都这么细心，比自己的儿女强啊！'你听听，他爸就会时不时地这样敲打子女。人家仁青大哥难得来看看他，讲点客气话，他就当糖精片吃了。我们忙里忙外，带他看病，他还经常不满意。真是难伺候！"

"我晓得了。这就是人家讲的叫'远香近臭'，外人总比自家的人好。还有，还有叫'多做多错'，是吧？"

"对的，还是你讲得对！我家仁义是老大，做得最多，但最不讨好。现在我们发愁的是什么，你晓得吗？不怕你笑话啊。"

"讲呀，跟我有啥客气的？有我冯一凤在，任何事情都不要愁。"

"发愁的是，他爸请保姆，我们每个月只给他一千块，其余五千是仁德出的。上次做一个什么什么检查八千块，好在你小嫂帮我们挡过去了。这次做基因检测，我们不好意思不出钱，结果讲好四家平摊。我知道，谢晓华已经很不开心了，听说在家里和仁道闹了一场。可是我也怕这接下来，还要出什么钞票，我们拿不出来怎么办？我老爸给的钱，我不敢动的呀！"

"那我就不明白了。他为什么不用自己的退休金？他的存款为什么不用？留着这些钞票做啥？你们现在有了第三代，用钞票的地方不要太多哦。这个死老头子，只想到他自己，太自私了！"

米兰无奈地苦笑，说："是的呀，我这么想的，你看对不对？老爷子会不会这样打算：我的财产早晚都是你们的，现在只不过让你们先垫出来，将来加倍还你们，不要拎不清哟！"

"对是对的。但是他也要看人呀！仁德家没问题，指不定人家潘岩还看不上他这几百万，你讲对吧？我小嫂家也可以对付的。嗯，看来只有你家和仁道家最困难。老头子基因检测后，如果有他用的药，我听讲都是老贵老贵的。哟，那可不是一两万的事情。这样吧，米兰，我有两个办法。一个就是你先用你老爸的钞票，万一他需要，我这里随时给你。还有一个办法就是，'要钱没有，要命拿去！'看他能把你家仁义怎么样。"

米兰想想说："这两个办法都不行啊。你看，我们要是拿出我父亲的钞票给他用，他一定会讲：'我就晓得你们有钞票，平时就会哭穷！'要是不给他，

— 算 · 计 —

他就会讲：'仁义呀，你就是拎不清，你现在表现好点，我会让你吃亏吗？这一点仁德仁道就比你强，你们三人的表现，我都看得清清楚楚，你这样下去是要打败仗呀！你不积极，到时候你哭都来不及的。我不是吓唬你呀！'"

"啊，真的假的，老头子会这样讲？"

"不是会这样讲。是他已经讲过好多遍了！"

要不是冯一凤和米兰的交情，要不是这些年和米兰的交往，郁家的事情换作别人讲出来，她无论如何不会相信的。因为在冯家，一切岁月静好，哪里会有这种父亲戏弄自己孩子的事情？郁文廷手里有幢洋房，又有多年的积蓄，便吊着儿子们的胃口，这不就像一个驯兽员，手里拿着肉干和皮鞭，让动物们按照他的要求做出各种各样的动作一样吗？做对了，奖励肉干，做错了，便赏一记皮鞭。这郁家的事情，在冯一凤眼里就像听天书一样，实在是难懂。

"啧啧啧啧，这老头子真是良心被狗吃掉了！他又忘记当年狠心地把你家仁义送出去的事情了？我同你讲，青藏高原我可是去旅游过的。风沙大，氧气少，非常干燥，条件非常艰苦。他爸也算是读过书的大知识分子，怎么连阿拉小工人都不如？就算他没去过青海，但高原的气候他总晓得吧？哪能有这么狠心的人？照这个样子，你们做也不行，不做也不行。你看，我就讲他能'作'吧。这个死老头子！唉，我苦命的米家大小姐呀！"冯一凤又哀叹一声。不承想，她竟然能碰到如此狠心的人。

不管怎么着，冯一凤也没能帮着解决任何问题。但是米兰能在她面前倒倒苦水，尤其是自己不能讲的话，冯一凤能随便讲，米兰的感觉也是蛮过瘾、蛮舒坦的。行了，回家多开导开导自家的仁义吧。

经历了一次失败的婚姻，又经历了一次失败的恋爱，郁甜甜似乎想通了许多。上次爷爷打电话给她，她的确在和新交的男朋友压马路。要说这个男朋友，不是别人，正是甜甜多年没有联系的小学同学林之鹏。林之鹏大学毕业后，到英国拿到了硕士文凭。小学同学聚会，看着都成家立业的同学们，只有他和郁甜甜还单身，于是，他主动加了甜甜的微信，两人开始交往起来。第一次约会，

— 算 · 计 —

郁甜甜就将自己的感情经历和盘托出，原因有二：一是不能再被当成骗子；二是彼此年龄不小了，来个痛快的，接受就谈，不接受就走人，别瞎耽误工夫。

可能是林之鹏去过英国见得多吧，又可能他也谈过两次恋爱吧，他没有过多计较，而是说可以考虑的。

大龄青年最怕人家介绍，不管怎样，他们都是从小就认识的。彼此都想到那句老话："三岁看大，到老不差。"

这天上午，郁甜甜前往溧阳路在爷爷面前晃了一圈，中午到浦东正大广场与林之鹏见面吃西餐，逛商店，直到看完一场电影才各自回家。

一 算 · 计 一

第二十一章

冯亚森和翟雯虹像约好了似的,都在吃晚饭前到了家。翟雯虹把公公中午送饭的饭盒放到厨房,黄黎明说:"你不要动,等下我来洗。去陪奶奶讲讲话吧。"

乐景怡坐在沙发上,她问:"森森呀,难得你们两个今天早回来。奶奶要问问,你们打算什么时候要小宝宝呀?"

"奶奶,您放心吧,我们在计划当中了。"冯亚森端着一杯绿茶坐过来。

"我同你讲,要是你们要小宝宝的话,我就把欢欢送到你孃孃屋里去。雯虹起码一年不能到宠物店上班。"

"奶奶,这可不行啊。我不去上班,店里谁管呀?"雯虹故意这么说。

"我看呀,叫森森他爸去帮你看着完全可以。"接着乐景怡小声地说,"你们没有发现吗?你爸现在对小动物的新闻呀,书呀,都老感兴趣的。不相信,等会儿吃饭的时候,你们问问他!"

吃饭的时候,正是地方台新闻的结尾,他们刚打开电视机就看到一条澳大利亚东部丛林大火的新闻。其实大火已经烧了几个月,人们都为这场大火揪心。尤其是冯亚森和翟雯虹,他们去过澳大利亚,对那片土地有感情,对那里的动物记忆犹新。当听到记者说:"澳大利亚东部丛林大火肆虐,灾情加剧,截至9日午夜,火灾已造成至少3人死亡,30多人受伤,150所房屋烧毁,数以千计的居民被迫逃离家园。此外,当地保护区的约350只考拉也在大火中丧生。"翟雯虹紧紧地拉着冯亚森的手,看着烧伤的考拉的画面,她不禁流下了眼泪。

乐景怡则关注着伤亡的人们。她说:"怎么这火就灭不掉呀?啧啧啧,这么多人被烧死烧伤,造孽呀,造孽呀!"

"是啊,当年大兴安岭火灾,不是烧得也很厉害?好像烧了有个把月的时间吧?"冯一波记得很清楚。

— 算 · 计 —

"人可怜，小动物也可怜。想想三百多只考拉被烧死。呜呜……"翟雯虹竟然哭出声来了。

"这小姑娘怎么回事呀，怎么这么难过的呀？"黄黎明不解。

冯亚森说："姆妈，你不晓得，上趟在澳洲，雯虹抱着考拉不肯放手，还讲想养一只呢！"

"哦，明白了，明白了。这是有感情了。好了，不哭了，不哭了。"

"对啦，我听一凤讲，郁校长最近身体不太好？"乐景怡转了话题。

"不晓得呀。一凤听啥人讲的？"冯一波说。

"你妹妹讲前些天米兰到她家里去讲的。你们看看，啥时候去看望看望他。毕竟是你弟的岳父。好吧？"

"好的，姆妈讲去，阿拉就去。我来联系吧。"

"嗯。还有一件事情，刚刚看新闻差点忘记了。一波呀，从现在开始，你去宠物店送饭时，不要急着回家，在那边学着帮雯虹照看照看店。上次我去的时候，那个叫小丽的姑娘蛮机灵的。以后，就多让她费点心思。雯虹，奶奶讲得对吧？"

"嗯，好呀，我听奶奶的。"翟雯虹听了郁校长的事，现在又谈到自己宠物店，便把新闻里大火的事先搁在一边了，"奶奶、爸妈，我和亚森是这样想的。以后小丽呢，让她做店长，给她加薪。那两个小姑娘如果能承担原来三个人的活，我就把原来小丽的工钱分给她俩。你们看可以吗？"

"好，我看完全可以。阿拉孙媳妇，良心老好的！"乐景怡甚是高兴。这个孩子不仅心疼小动物，更能想到为她打工的人。好，我家森森眼光好！

冯一波陪着母亲来到溧阳路。郁校长显得精神饱满："我又没有什么大毛病，怎么把亲家母给惊动了？来来来，请坐，请坐。小孙啊，倒两杯茶来。"

"你不用这么客气，我们的郁大校长，我有杯子。"说着乐景怡从拎包里拿出来一只小巧的不锈钢杯子。

"那就给我来一杯吧。"冯一波对保姆说。

"怎么样，感觉还好吧？"

— 算·计 —

"蛮好，蛮好。都是孩子们大惊小怪的。我想，一定是米兰讲的，对吧？"

乐景怡知道一些郁家的事，基本上都是一凤跟她讲的。她察觉到郁校长好像不太想让她知道他癌细胞转移这件事情，于是她马上说："哦，就是一凤讲了一嘴。讲郁叔叔可能是上次黑色素瘤的地方不太好。"

"对，对！其实没啥。"郁校长说着，让保姆把他的裤脚管挽起说，"你看看，就是这个地方变得有些硬了。"

"哦，不痛的，是吧？不痛就好，不痛就好。"

"乐医生，真是麻烦你了。老郁这里是老伤了。还惊动你跑一趟。"荣老师笑着说道。

"没啥，没啥，这不也是找个借口，出来跑跑。否则，把我闷在屋里多难受呀！"乐景怡做了一辈子的医生，什么样的病人没打过交道。眼下郁校长不愿意让人知道他的真实病情，那她就佯装不知道。

接下来荣老师问了冯亚森小两口的情况。得知他们准备要宝宝了，很为他们高兴。

送走了亲家母，郁校长的脸就拉得老长。荣老师马上给米兰发个微信："米兰，你们下午来的时候，千万不要讲你把爸爸的病告诉过冯一凤了。千万记住。"

"好的，谢谢荣老师。"

下午3点的样子，郁校长已经午睡起来，喝过了四味茶。说好今天仁德夫妇把基因检测报告拿过来，仁义、仁道和仁芝他们都过来，大家一起商量父亲下一步的治疗计划。

仁义和米兰在家里就开始纠结。如果早到父亲家，他一定少不了追问米兰，是不是把真实情况告诉了冯家；要是仁德仁芝他们先到，父亲就没有机会追问，但是又会嫌他们迟到而不高兴。出门上车，郁仁义说："伸头缩头都是一刀，随他去吧。"

一进院门，里面很安静。仁义夫妇紧张起来。

他们进到厅里，就看到郁校长坐在沙发上，像什么事都没发生一样："你

一·计

们来了！"

"嗯，爸，仁德他们还没到？"

"讲是快了！"

"爸，荣老师，我们来了！"郇仁芝和郇仁德在院子里喊道。

米兰心中一喜，"阿弥陀佛，老天保佑，救星来了！"

"都来了，快进来吧。"荣老师招呼着。

等仁道夫妇一来，人齐了，楼下厅里已经挤得满满当当。

仁德从公文包里拿出一本印制精美的册子。册子大小如A4纸，但是制作的纸张可是用了仅次于特级双面铜版纸的无光铜版纸。这种纸张的优点就是双面经特殊处理，纸质柔和优雅，具有雾光效果，视觉清爽舒适，印刷色彩饱和度及鲜艳度好，具有极佳质感。这要是让曾在印刷厂工作过的黄黎明看到，她一定会尖叫起来的。

看着这个册子，米兰想："乖乖，花了近两万块，就换回来一本跟杂志差不多的本子。"

"这样啊，昨天拿到报告后，我就先研究了一下。"仁德边翻边说，"前面的一些分析我要不要讲一下？"他征求大家的意见。

"好了，仁德，你就直接报结果吧。"潘岩在一旁提醒。

"好吧。直接从第19页开始……"仁德读给大家听，"总之，这次基因检测结果，对老爸非常有益。也就是讲，不管是原发的黑色素瘤，还是转移到肺上的，都有相应的药物可以使用。"

"太好了，太好了！老郇呀，你的病有救了！"荣老师激动得像个孩子，"这趟要好好谢谢小妹的主任呀！"

"这里面提到的好几种药，都叫'PD1'抑制剂。爸需要哪种药，还要请医生来选定。我同学讲，一般的医院都有，不妨就近问问。"

"潘岩呀，爸爸首先要谢谢你。你这么忙，还帮我咨询用药的事情。好了，接下来的事，交给你大哥大嫂就行了。"郇校长说。因为，他不想按照潘岩说的，随随便便找个小医院选一种药。他一定要去三甲医院看专家门诊不可。自己生

— 算·计 —

在大上海，长在大上海。上海的医疗条件这么好，为什么不好好利用这些资源？"

潘岩明白了郇校长的意思，便说："那好吧。接下来哥嫂辛苦了。荣老师，昨晚我给爸的卡里打了10万元，先用着，不够再讲。那仁德，我们先走了？"

"好的。我们先撤了。再会！"

"再会，再会！"

看着仁德夫妇走出了门，郇校长说："还是潘岩朋友多啊！嘿嘿，本来呢，我还要和你们商量接下来的费用问题。这不，仁德他们先解决了一部分，那就下一步再讲了。在商量下一个问题前，有件事情我还是要强调一下的。我的这个病情虽然向坏的方面变化了，但是检测报告告诉我们，这个病还大有可能向好的方面转化。哈哈，这就是马克思主义哲学的辩证思维。同样一件事情，你可以从消极的方面去看，也可以从积极的方面去看，关键是你如何调整自己的心态。你们讲对吧？"

冯一涛在旁边听着，觉得岳父大人并没有讲到点子上呀。癌细胞转移是坏事，再怎么积极地想，它还是坏事。如果说这个坏事能转化成好事，那也是因为遇到了靶向药，可能会发生转机。还有，岳父大人说要强调一件事情，好像也没强调呀？他看看郇仁芝，郇仁芝马上问："爸爸，你说要商量什么事情呀？"

"哦，就是下周你们谁陪我去市一院？潘岩不是讲，去最近的医院吗？我这里离市一院最近。"大家都知道郇校长指的是三甲医院。

"我下周很忙的，没有空呀，要不让晓华陪老爸吧。"仁道首先表态，自己是没空的，下岗的妻子倒是有空，但父亲是从来看不上这个儿媳妇的。就是自己提到，父亲也不会让她去的。

"我去吧，反正我没啥事情的。"父亲果然没接仁道的话，小妹自告奋勇了。

"蛮好，蛮好！小妹是护士，自然知道怎么和医生打交道。晓华这方面欠缺一点，欠缺一点，对吧，晓华？"仁道窃喜。

谢晓华一脸尴尬，却连忙点头。

"仁义呢？我记得下周你们不用带小宝的。"

"好的，爸爸。还是我和米兰陪您就行了，小妹这次就休息吧。"

- 232 -

— 算 · 计 —

"啥人讲的？我还是那句话，没事的人都去听听。一涛、仁道要上班没有办法。你们三个一道去，有啥事情好一道商量的。"郇校长的老一套。仁德不在，没人与他作对，大家都不作声了。

孩子们走后，荣老师带着老花镜，仔细翻阅着那本"杂志"。她真心为郇校长高兴，全然忘记了前几日与他的不开心。

那几日，郇校长等报告的时候，也是他最受煎熬的时候。他觉得癌细胞在有意和他作对，越是到了夜晚，他的几根肋骨越让他疼痛难忍。他一会儿叫小孙给他倒水吃止疼药，一会儿又叫小孙把荣老师叫下楼，他拉着荣老师的手，"佩琪呀，我真的受不了了，干脆死掉算了，这样活着没劲，真没劲啊！"

"老郇，可不要这样讲。上趟你不是还跟我吵，你要活到一百岁，像大哥一样吗？你怎么忘了？"本以为这样说，是鼓励郇校长要坚强，没想到郇校长突然高声吼起来，把荣老师吓得从凳子上站起来。

"你，你怎么这么狠毒啊！"

一头雾水的荣老师马上说："老郇，你这又是怎么了？我没别的意思，你，你……"

郇校长痛苦地叫道："最毒妇人心啊！荣佩琪，我看走了眼。痛不在你身上，都啥时候了，你还在纠结那天的事不放！你这是对我精神上的迫害！我，我去告你虐待患了绝症的老人！还有你……"他指着已经吓呆的小孙，"我就是要告你们虐待啊！"

荣老师又拉住郇校长的手："老郇，老郇，你不要发这么大的脾气呀，都是我不好！我知道你痛苦……"

"你滚！我不要看到你们。哎哟……"他用力把荣老师的手摔了下去。

荣老师再也无法忍受了，她跑到卫生间拽了一条毛巾，坐在餐厅的椅子上，掩住口鼻，呜呜地大哭起来。那哭声像闷雷一样，让人感到压抑和不适。她活到80多岁，向来都是受人尊敬的，除了郇校长还真没第二个人跟她发过脾气。大伟小伟的爸爸活着的时候，那可是把她荣佩琪当宝贝来宠着的。唉，可惜他

— 算 · 计 —

命薄呀！想到这些，她能不悲痛欲绝吗？小孙立即上前劝慰荣老师，荣老师根本听不到，只是痛哭。跟郇文廷生活快要二十年了，处处为他着想，为他们这个大家庭着想，到头来他竟用这样的语言来伤害自己。现在，看到老郇的病又有了一线希望，她早已忘记了悲伤。她为他高兴还来不及呀！

冯一涛和郇仁芝回到家中。冯一涛说："哎，你有没有发现，你爸的思路有点儿乱？"

郇仁芝说："没有呀，我觉得老正常的呀！怎么了？"

"我怀疑你爸这里……"说着，他指着自己的脑袋。

"你爸这里才……哎呀，对不起，对不起。"郇仁芝见冯一涛怀疑自己的父亲脑子有毛病，差点没忍住。可是，经冯一涛这么一提，她想起那天陪父亲做检查的事情来。郇仁芝说："一涛，被你一讲，好像真的是！"

"啥真的？"

"就是我老爸的反常呀！"接着郇仁芝把那天进检查室的事，仔仔细细讲给冯一涛听了。

"这么讲，他那天对做检查充满了恐惧。恐惧的程度使他担心会发生意外？嗯，从他的这些言行中可以证明。所以，我讲他的思路有点乱，你还不信。喏，你看，他讲商量事情前要强调一点，这一点是啥？他没讲。接下来他又没有商量要商量的事情，而是讲马克思哲学观，结果还混淆了概念。最后，经你的提醒，他才想起来问下周谁陪他看病。对吧？"

"对呀。那一涛，是不是人年纪大了，记性差了，老糊涂了，都会是这样子的呀？"

"讲别人，我相信。讲你爸，我觉得可能性小。他多精明的人呀！"郇仁芝听不出冯一涛话中的"精明"含有一点点贬义。

这些年来，作为郇家的女婿，郇校长认为冯一涛是蛮不错的。他在郇校长面前从来都是低调的，是属于"绿叶"型的。这样，郇校长在他面前颇有成就感。这片绿叶遇到事情，既不像仁义优柔寡断，也不像仁道事不关己，高高挂起，

一 算·计 一

更不像仁德沉不住气。郇校长认为女婿对他是谦而不卑、敬而不远、言而有度的。这就是郇校长当领导时，最喜欢的那种下属。而在冯一涛眼里，岳父大人不是那种"宠辱不惊，闲看庭前花开花落花满天；去留无意，漫观天外云卷云舒云蔽日"的人。他骨子里有一种非友即敌、非黑即白的东西。他对待亲朋好友，客客气气、彬彬有礼，但总感觉少了一样东西。这个东西用一个字来概括，就是"诚"。这便是仁义、仁德常说的：父亲的话，哪一句是真的，哪一句是假的，很难辨别。做儿子的要帮父亲办事，自然要弄清真假，否则事情办砸，是要吃批评的。

作为郇家女婿，大可不必计较岳父说话的真假，因为，他轻易不会被叫去为岳父做事，正像郇校长从来不叫潘岩做事一样。在郇校长心里，他冯一涛和潘岩都是受过高等教育的，且都是有"职务"在身的人，和他郇校长同属一个层级。冯一涛在郇家的作用，就是个气氛调节器。子女们惹郇校长不开心了，冯一涛就把棋盘摆出来，下棋时，再谦让一点儿，家里的氛围很快和谐起来。郇校长高兴的时候，冯一涛也陪着岳父下棋，听着"党给我智慧给我胆，千难万险只等闲"的样板戏，那是神仙过的日子了。

郇校长曾经是中学的领导，他骨子里有一种强烈的等级观念和权力意识。对待家里的普通人他又专横又自以为是。

同是儿媳妇，大儿媳和二儿媳待遇截然不同。对待"普通"的大儿媳和三儿媳，他又有区分。在郇校长眼里，米兰和谢晓华都是初中文化水平，两个小工人，40岁就下岗了。就说大儿媳吧，要不是当年嫁给自己的大学生儿子，哪有今天的好日子？老话中有"长嫂如母""老嫂比母"之说，严格要求米兰，在郇校长看来再正常不过了。对米兰的要求是严格的，但是收获赞誉的也是米兰。谁人不讲这个大嫂好？谢晓华还不一样，当年住在一起时，他就觉得这是一个有心计的女人，贪小便宜只是她的基本项。记得仁义母亲曾跟米兰说过一件事，当年仁道他们住的房间是现在的书房。那晚，仁义母亲去卫生间，经过新婚不久的小两口门前，无意间听到谢晓华说："你爸为什么要把老大调回来？这不是明摆着将来要和我们争家产吗？"

"瞎讲什么？老爸说了，大哥从小离开家，在高原上吃了不少苦的。"

— 算 · 计 —

"那又怎样？送出去了，自然就是别人家的了。"

"啥别人，那是我的亲大伯，我老爸的亲哥哥。"

仁义妈妈把这段话学给郇校长听了，郇校长本来就不满意这桩婚事，他们觉得这个小女人果然贪心，还有野心。郇校长的等级观念是很强的。他从骨子里看不起谢晓华，看不起她那对没啥本事的父母。这本是门不当、户不对的婚姻，却在仁道这个不争气的小赤佬脑子发昏的情况下成功了。谁知道当年仁道怎么就鬼迷心窍地找了这种媳妇？这些年仁道为了这个女人，跟其他兄妹渐行渐远。要不是她生了一个乖巧伶俐的郇甜甜，郇校长才不稀罕多理睬她呢。不管怎样，人家米兰本分，又是高干家庭出来的，对外讲出去也是他郇校长有面子。讲真心话，这几年自己看病、治疗，米兰出了不少力。

市一院肿瘤科门口。轮椅上坐着郇校长，仁义两口子和女儿仁芝在他身边。接近上午11点，他们才进入诊室。专家见是郇校长，便问："老先生，检查做好了？"

"是的，是的。医生呀，我们这次不仅做了这个检查。"郇校长满脸堆笑，"我给你看啊，喏，你就从第十九页看。"他把手上的那本"华东基因医学诊断有限公司"的基因检测报告递了过去。

医生看了看，又拿起报告单看了看。见医生半天没说话，郇校长有些讨好地补充道："您看，医生，原本我们想先给你看报告，再去做基因检测。但是，正好我女儿单位的主任，哦，我女儿也是在医院工作的，她的主任托人帮我们寻到这家基因检测公司。这样一来，是不是算减轻您看病的负担了？是吧，否则还要再来一趟。看看外边这么多病人，我是于心不忍的呀！"

"老先生，你看这样好吧！这个药你是可以用的，但是有两种价格的。你比方讲这个Pembrolizumab，翻译过来叫'帕博利珠单抗'，中文商品名叫柯瑞达。进口的近1.8万一支，三支为一个疗程。国产的就便宜多了,7千多……"

"用进口的，用进口的。"没等医生把话说完，郇校长就叫起来，一副"不差钱"的样子。医生略微皱了一下眉头，然后依旧用平缓的语调说："在不良反应方面，柯瑞达的耐受性良好，仅有8%的患者因不良反应停药。"

一算·计一

"医生，这个不良反应是什么？"郁校长又按捺不住了。

"最常见的不良反应为乏力、皮肤发痒和皮疹。最后，用不用，你们决定，毕竟是昂贵的药，不能进医保的。"

"不用商量，孩子们都同意的。"郁校长此话一出，三个孩子立即非常配合地点着头。

仁义排队付费、取药后，已到了午饭时间。他们仍然像往常一样，在医院大门外的小面馆，一人吃一碗面。仁义依旧给父亲要了双份牛肉。

饭后，仁芝和米兰到门诊输液室找空位子，仁义推着郁校长紧跟其后，直到吊完了针，再把父亲送回溧阳路，已经下午四点多了。

第二天一大早，郁仁芝赶到溧阳路，将手中的一个进口可水洗的电热毯交给小孙。昨夜里，父亲对药有排异反应，浑身发冷，全身无力。小孙给他灌了五只热水袋，半夜还换了一次水。两床被子捂得严严实实。郁仁芝发微信给二嫂，让潘岩问问医生同学。结果医生说，再观察两天，如果副作用实在太大，后两针就要停掉。

"爸爸，二嫂同学说要再观察两天。那你就坚持坚持啊。"

郁校长一连三天都是在这种情况下度过的。好在恒温的电热毯让他感到温暖了许多。他三天没有下床，一切都由保姆小孙照顾着。这三天比三年都难熬。郁校长想了很多，想到最坏的就是自己可能将不久于人世。今天凌晨一点多，他睡不着了，似乎感觉头脑开始清醒了。这是不是人们说的"回光返照"？想到这里，他立即开灯给仁义发了一条微信："仁义，今天，你把你的房贷欠款余额发我，我愿帮你还清这笔债务。"

七点钟，郁宏和倩倩上班走了，米兰抱着小宝给他喂辅食。"滴"的一声，仁义又收到了微信。

仁义拿着手机说："爸爸一大早不知道要干啥。讲他要帮我们还贷款。还要我把还贷证明发给他。天不亮就发了一遍。"

"爸这是又要唱哪一出？郁宏毕业那年不是拿给他看过吗？我记得他看了

— 算·计 —

以后还说：'你们能贷这么多，证明你们有这个还款能力。在上海，也不是人人都买得起房，贷得起款的。你们不是蛮好的！'后来有一次他又讲过：'仁义呀，你从外地回到上海，买房贷款，总比租房子好吧？'你当时回来还挺生气的，讲爸把你当成进城打工的了，完全忘了是他把你送出上海的。"

"就是呀！这都发了两遍了。我回他一段话，等会读给你听听。"说着，仁义开始组织语言，思考怎么给郇校长回复。

"爸爸，您好！首先感谢您在身体欠佳的情况下，还替我们的生活担忧。买房贷款，这是我们自己的事。我们会计划好生活的开支，慢慢还清房贷的。其次，爸爸一定要保重身体，千万不要为我们的事担心了。再次感谢您。我明天上午去看望您。儿，仁义。"仁义读完后，米兰说："嗯，就这样发过去吧。"

信息发出后，仁义忐忑不安，他不知道父亲会回复什么，他抱着小宝，心不在焉。米兰收拾好厨房出来，"哎哟，小宝的口水都流出来了，爷爷也不给擦一下。来，奶奶抱抱。"

九点多，米兰择菜，仁义抱着小宝，正逗他玩得开心时，"滴"的一声，他拿起手机一看，是仁德的，"哥，老爸情况怎样？我听小妹讲，他三天没下床了，是不是很严重呀？"

"还好吧，今天天不亮爸就给我发信息了。脑子很清楚的。我明天去看他。你放心上班吧。"

快十点，父亲的信息总算来了，可是一看内容，郇仁义就不高兴了。米兰问："爸回复了？"

"你自己看吧！"他把手机递给米兰。

"仁义，你7点39分给我的回复，已看清了。你可以接受我的真诚表示，由我帮你还清你的房贷欠债，也可以明确予以拒绝！如选择后者，望你今后别再向我提起房贷事宜！"看完之后，米兰也生气了，说："我们什么时候在他面前提贷款的事了，每次不都是他在提吗？"

郇校长看到仁义的信息，他更生气了。他本来是想以一个强者的姿态，趾高气扬地站在高处来俯视你、怜悯你、施舍你。他要看到的不是你的不在乎，

— 算·计 —

他要看到你的示弱,是你对强者给予的帮助,感激涕零,感恩戴德。最好你带着一家三代给他磕三个响头,来"谢主隆恩"才是。而你却这么拎不清!活该你背这么多债务!

再想想,这几年来,孙子郁宏来看过爷爷几趟?当孙子真来看他时,他又不肯放下姿态,硬要"端着",让孙子跟他总有距离感。说真心话,他想孙子,毕竟那是郁家的血脉,特别是孙子又很争气,给他郁文廷带来了第四代。按理来说,四代同堂,应是"会桃花之芳园,序天伦之乐事"的。眼下自己的身体都到这个程度了,为什么就不知道来看看爷爷呢?他越想越生气。

在郁家,第二代的仁道与另三个孩子又不是很合拍,那是自打他娶了谢晓华之后,原来的手足情发生了微妙的变化。刚进入郁家的谢晓华,总以自己是"纯正"的上海人而感到一种优越感,渐渐的,他们一家就与其他兄妹间有了间隙和隔膜。第三代郁宏与郁甜甜就更不合拍了,成年后他们更是少有来往。在甜甜的成长过程中,谢晓华给孩子灌输的是"阿拉是真真正正的上海人",你大伯出生在上海,可是在外地长大,郁宏虽然生在上海,长在上海,但他外公家毕竟不是阿拉上海的。这种"血统论"的教育,让郁甜甜和自己的父母在亲戚中孤立出来。就这样破镜容易,重圆则是难上加难了。不得不说郁甜甜的双重人格是谢晓华一手培养出来的。这姑娘常常是优越的、自信的,因为"阿拉是上海人"。同时,她又是自卑的、狭隘的,因为在郁家和冯家的亲戚面前,他们一家三口总是低人一等。比学问,老爸比不过冯家姑父和自家大伯二伯,自己比不过冯家表姐亚琳、表哥姜申、自家堂哥郁宏和堂妹潇潇。比家庭、比文化、比修养,哪哪都不如。三观不同,正是话不投机半句多呀。郁宏、亚琳和潇潇对于这种小市民意识的人家,更是不屑了。

郁甜甜是个女孩子,虽然她也不常来看望爷爷,可是小姑娘总是隔三岔五发微信给爷爷,开口闭口"亲爱的爷爷"。一想到这个孙女甜甜的笑和那穿着漂亮裙子舞动的身影,郁校长就倍感舒心。久而久之,在对待郁宏和甜甜的态度上,就有了区别。

— 算 · 计 —

第二十二章

　　元旦的气氛，远不如春节那么热闹。但是，郐校长又闯过了一次鬼门关，实属不易。仁义作为大哥，他提议四个家庭陪父亲和荣老师吃顿饭，也算一次新年团圆饭。仁义预订了爸爸最喜欢去的"上海屋里厢"饭店。

　　郐校长终于挺过来了，一个疗程下来，已经有了明显的效果。他晚上渐渐不怕冷了，胸部的疼痛感也在渐渐变轻。他的思想活跃起来，心情也跟着好起来。听说大儿子召集家人聚会，更是来了劲头。

　　仁德、潘岩负责接郐校长、荣老师和小孙。仁芝和仁道两家直接去饭店。

　　这个饭店，如它的店名，客人们像回到家里一样，郐校长每次来都有宾至如归的感觉。他太熟悉这个店了，熟悉他家的环境，熟悉他家的味道，就连大堂经理也会过来跟他打招呼："郐校长，今天可不是您一人来喽！"

　　"是的，是的。张经理，我大儿子他们请客。"随后，他指挥着小孙，先给他取一盘水果来。这是上海屋里厢的特色，一年四季各种水果都有，食客随时可以吃。有人说，饭后吃点水果，清口，去油腻，很舒服。后来又见有人撰文称，饭前水果有益健康。上了年纪的人，最讲究养生之道。郐校长只相信一点，大多数水果都含有多种维生素，特别是维生素C，能提高人体的免疫力。因此，他二者兼收，餐前餐后都吃点水果。

　　仁芝和潘岩去点餐了。仁德和一涛陪着郐校长和荣老师聊天。

　　门开了，进来的是仁义一大家子，小宝由吴倩倩用童车推着。

　　荣老师马上迎上去："小宝来了，我们的小宝来了！"

　　吴倩倩笑着说："小宝，快叫太奶奶！"

　　小宝奶声奶气叫了声太奶奶。吴倩倩又把小宝抱到郐校长身边："小宝讲，

一 算·计 一

太爷爷好！"

小宝学着妈妈的话："小宝讲，太爷爷好！"大家一起笑起来。一岁半的小宝，这次见了郁校长不哭了，但是郁校长要抱他，他急忙回过身，将吴倩倩的脖子搂得紧紧的，生怕太爷爷会把他抢了去。

郁校长举起手中的水果说："要不要吃水果呀？"

小宝还是紧紧搂着妈妈不放手。

这时，两位点菜的女士回来了。接着，冯亚琳和付继伟带着付亮出现在家人面前。打一圈招呼下来，亚琳说："亮亮，去跟弟弟玩吧。"她便坐在潘岩旁边聊起来。付继伟也扎到郁家两兄弟和郁宏当中去了。仁芝和米兰一个看着外孙，一个看着孙子。仁道一家最后到了。

十八人的大桌子，外加两个宝宝椅，显得有点拥挤。看着郁校长精神很好，潘岩问："爸，看来这个药还是挺不错的，是吧？"

"是的，是的，潘岩啊，这次要好好谢谢你呀！"

"哎，您怎么这样客气？您是仁德的父亲，潇潇的爷爷。对了，潇潇讲，她五月份就毕业了，这次寒假不回来，六月份再回来看爷爷和奶奶。我呢，还在计划，争取去参加她的毕业典礼。"

日子过得快呀。郁潇潇高中毕业后，直接去国外上大学、读硕士。这一晃六七年过去了。本科的时候，回国比较勤。而这两三年之中，只回过一次。

十二个冷菜上来了，服务员在上菜，仁芝在旁边介绍说："今天我们点的菜，是顾及每个人的。有爸爸最喜欢的响油鳝丝，荣老师的酒酿蒸时鱼，男同胞的小笼牛肉、粤式牛肉粒，继伟的红烧肉，郁宏的剁椒鱼头，我们女同胞欢喜的糖醋小排、水晶虾仁、鱼面筋、松子鳜鱼、橙香蟹糊，还有就是大家都欢迎的菜泡饭。"

"如此丰富的呀！真是难为小妹和潘岩了。"荣老师非常开心地说。

冯一涛说："别看都是一些家常菜，但是论本帮菜，这家的确是地地道道的上海味道。"

— 算·计 —

"是啊,关键是价格还比较亲民。"仁义说。

"对的,对的。大哥讲的这一点顶顶重要的。"谢晓华忙插上一嘴。

开席了,小孙不停地给郁校长夹菜。荣老师提醒了几次:"小孙呀,你自己也吃呀!"

"就是的呀。小孙,你看爸面前都堆成山了。"仁芝也说。家里其他人看着小孙这么尽心,都十分高兴。

看着眼前的四世同堂,郁校长心里很是开心。他猛然醒悟到,原来自己家也可以像冯家一样的呀!为什么过去没有想到?为什么以后不能经常这样呢?对呀,以后郁家也要经常组织这样的全家活动。他说:"仁义啊,今天这个新年聚会很不错呀,这就是你做大哥应该考虑的。"

仁义笑道:"是,是,爸爸说的对。"仁义心说,要不是这次您老人家输药的反应大,哪里有我发言的权力。其实,早些年父亲也模仿过冯家,找点名头把全家聚起来,开始还行,基本上人人参加。可是,他常常在饭桌上诲人不倦,话题单一,聚会乐趣全无,谁还想来?于是大家就找各种借口逃避了。

如今大哥召集,仁德和仁芝两家自然力挺。仁道和谢晓华也知道,他们如果不参加目标太大,所以,硬着头皮也要来。如此,郁校长看到了这红红火火的场面,加之饭桌上有亮亮和小宝,光谈小孩就有无尽的话题,谁还怕郁校长的诲人不倦?

"爷爷,我有一个问题。其实这个问题在我的脑海中已经盘旋了很多年,今天能不能提出来?"郁宏见爷爷少有的放松和开心,便趁机问道。

郁校长吃着可口的菜,总算见到孙子、孙媳妇,心情自然也是极好的,他便说:"哦,有问题好哇!"

"那我就问了?"再次得到郁校长的确定后,郁宏问,"爷爷,您还记得您那台飞利浦CD机坏了以后,很长时间没有听《智取威虎山》吗?"

"怎么不记得?还不是你给爷爷买了那个'天猫精灵'以后,我又可以每天听了呗!讲到这里,是不是要来讨奖赏呀?"

"没有,没有。爷爷别误会。我的问题是,有那么多样板戏,您为啥单单

— 242 —

— 算 · 计 —

喜欢《智取威虎山》？我问过我爸，他也不清楚。"

"对呀，对呀。外公，郁宏问的问题，也是我想了许多年的问题。郁宏高明，终于提出来了。赞！"冯亚琳竖起大拇指。

"快讲，亲爱的爷爷，我也要听。"郁甜甜叫道。

"我看呀，这个问题根本不用爷爷回答。最清楚不过的就是荣老师了。对吧，荣老师？"仁德说。

"哈哈哈，算你们寻对人了。"荣老师笑着看看郁校长，似乎是要征得校长的批准。郁校长正眯着眼睛听着，笑着。荣老师说："那我就来讲讲，你们爷爷为什么只喜欢《智取威虎山》。那是七一年吧，对，一九七一年，运动开始的第五年，各个学校都在排练演出样板戏。我们学校就排练《智取威虎山》全剧。是全剧，整整十场啊！演员全是当年在校的高二学生。你爷爷那时是高二的年级组长。天天盯着这帮学生排呀，练呀。国庆节要汇报演出的，那可是政治任务。他从暑假开始，那几个月吃住都在学堂里。仁德、仁道应该有印象的，当初仁芝还小。"

"嗯，我就记得好长的时间都见不到老爸的人影。家里所有的家务活都是老妈一个人做。"仁德说到这里，仿佛见到母亲操劳的身影。

"就这样，你们爷爷耳朵里就是这出京剧。他也没有什么音乐细胞，好像之前也没听他讲喜欢啥音乐。看来这出戏影响了他大半辈子啊！"

"原来是这个样子的，怪不得。"郁宏总算明白了。

吴倩倩好奇地问："那么，爷爷他们演出拿到奖了吗？"

"当然拿到了。爷爷个人还拿到了'优秀组织奖'。"

"奖金是多少？"郁甜甜问。

"想得美！那个年代哪里来的奖金，啥人谈钞票？都是讲无私奉献的，好不啦！"荣老师道。

"原来是这个样子呀。"付继伟也插了一句。那个年代的事情，只有郁校长和荣老师经历过，感受最深。仁义这一代虽然也经历过，但是年幼，谈不上有多少感受。郁宏这一代，既没经历过，又很少听说过。到付亮和小宝这一代，

— 算·计 —

更不知道在中国大地上演出过数都数不清的样板戏。那是一代人的记忆啊！

今年的元旦，郁家总算过了一个十分愉快的假日，实在是难得。四代同桌吃了一顿饭。郁校长把微信头像给换了，换成中午吃饭时拍下的小宝照片。郁家群里顿时炸开了锅。

仁和语音："小爷叔，一看就晓得，你们一家聚会了。小宝都这么大了！我老娘看到小宝照片就讲，快让你小爷叔多发几张照片上来。"

郁校长："哈哈哈，谢谢你妈妈想着我的这个重孙子。好的，我马上发上来。"

郁校长接连发了好几张上去。群里一片赞美之声。

可能是中午吃得过饱，仁义回到家就在沙发上打起盹来。郁宏和倩倩也带着小宝回房间午睡了。米兰把上午走之前洗的衣裳，一件件挂在阳台的晾衣架上。

"我讲，你要睡，就到房间去睡。这样躺着会着凉的。"

郁仁义嗯了一声，"不睡，不睡，就躺一会儿。"说着，仁义拿起手机，看到郁家群里热闹非凡。

群里堂兄弟姐妹如此热情，赞美之词雨点般砸到仁义的手机里。他赶紧也输入一段话："仁义在此替我家小宝谢谢伯爷爷、叔爷爷和姑奶奶们了！各位多保重。问候伯母老人家！"

接下来又是一阵轰炸般的夸赞。仁义在微信里不停地回复着"谢谢""拱手作揖""鲜花"和"拥抱"等表情。

最后，是仁青语音："过两天来看望小爷叔哦。"

"好的，好的。热烈欢迎！"郁校长回复文字。

郁文麟的儿子仁青，上了古稀的年龄。一辈子干过好几个单位，混得普普通通，若是按照郁校长的标准，他就是一个没有太大出息的人。他妻子周盘妹当年在上海电视机厂工作。那些年，厂里的效益好，奖金高，一家人的日子还算不错。可惜啊，她突然患上了血癌，仅仅三个月就离开了人世。想着女儿上高中、上大学都需要钞票，仁青厂里效益不好，他咬紧牙关，停薪留职，把女

— 算 · 计 —

儿托给母亲和小弟仁和，便跟两个朋友南下了。

开始的时候，也赚了点钱，老太太都给他存着，供孩子上学用。后来很久却没了音讯。为此，老太太还急得生了一场病。终于，有一天其中一个朋友的家属找到他家，说仁青他们三人在南方涉及一桩诈骗案，被判了三年有期徒刑。仁青不想让家里人知道，所以断了来往。朋友家属在收拾丈夫的东西时，发现一个本子，记有他家的地址，就过来找寻，说是想结个伴去南方探视。可是，仁和夫妻上班，老太太年事已高，孙女正备战高考。

好在三年也快，等仁青回到上海，静静已经考上大学了。当静静知道仁青的事后，并不理解父亲的行为。随后她的高考志向也就确定了，她填报了政法学院学习法律。这两年随着父亲上了年岁，自己成家立业，她慢慢理解了父亲当年的苦衷和不易。

— 算 · 计 —

第二十三章

"小爷叔,看侬大侄子讲话算数吧?讲好来看看侬,就来了。"仁青言而有信,不过,他今天带了一个60多岁的女人,被他称作"阿芳"的女朋友。

"哎哟,仁青呀,你总算想明白了。是要寻个伴的。静静嘛,也有了自己的小家庭。你就该过自己的老年生活。你讲对吧?"荣老师高高兴兴地说着。

"是啊,小婶婶。您看,今天也是特意让您二老见见阿芳。"

"好,蛮好的。阿芳原先是做什么工作的?"郁校长问。

"小爷叔,我在纺织厂里做过的。"阿芳大大方方回答。阿芳长得白白胖胖的,属于发福的那种胖。她头发染成亮红色,在后脑勺的上方盘着一个大大的发髻,就连前刘海也是吹得反翘上去的。两只眼睛又大又双。文过的眉毛,像蜻蜓的翅膀一样紧紧贴在眉骨上。上身穿着一件中长款的鹅黄色羽绒服,下身穿一条紧裹着双腿的类似于迷彩色的花裤子。

"哦,哪个厂子呀?"

"两毛,锦州湾路上的。"阿芳讲的"两毛"是上海市第二毛纺织厂,地址在宝杨区锦州湾路上。老上海人都知道,当年上海的轻工业发达到什么程度。但是改革开放后的八九十年代,上海纺织行业连年滑坡,仅有上海第二毛纺织厂连续多年创造了许多的第一。那可是红极一时的大企业呀!"二毛人"在上海滩,那都是能拍着胸脯对人讲自己单位的。

阿芳是个能说会道的女人,又极会察言观色。她跟两位老人聊家常,让老人感到贴心,像自己的女儿一样。郁校长本来没想留两位吃饭,可是阿芳给他们带来的快乐,让他不得不关照小孙多备饭菜。下午送走了仁青他们,郁校长才躺下午睡。可是,不知怎的,他翻来覆去睡不着。他突然对小孙说:"上楼去叫阿姨,把家里的户口本和我的身份证取下来。"

— 算 · 计 —

"好的，叔叔。"小孙蹑手蹑脚地上了楼，她轻轻推开卧室的门，见荣老师正坐在床上看电视，便说："阿姨，您没睡觉呀？叔叔说让你把户口本和他的身份证拿给他。"

"他要做啥？"

"我不知道，叔叔只说他要。"

"哦，我来拿。"

郁校长也没跟荣老师打声招呼，就带着保姆出门了。他们上了一辆出租车，直奔长虹区派出所。郁校长叫小孙在机器上取了一张号码小票，便等候在户籍受理窗口。

"民警同志，请你帮我查一下我家大儿子郁仁贤是哪一年迁出上海的。"说着郁校长将户口本和身份证递进窗口。

女民警接过身份证，看了一眼，然后再看郁校长，确定是本人后便说："请稍等。"

很快有了结果，"郁仁贤是1966年8月5日从溧阳路迁到青海省格尔木的。"

"好的。谢谢你！民警同志，我现在有两个请求，一是能否把老户口本的复印件给我一份，我想做个纪念。第二就是请你们出具一份我郁文廷与郁仁贤是父子关系的证明。"

"没有问题。您稍等。"

郁校长想到在溧阳路，自己怎么将仁义的母亲娶回家，他们怎么会慢慢有了四个孩子，这一切仿佛并不遥远。

"老伯伯，好了。"郁文廷接过户口本、身份证和打印出来的几张纸。"您还有什么需要帮助的？"

"没了，没了。感谢感谢！"

"叔叔，咱打车回家吗？"

"打车回家。"

一回到家，郁校长就躺在那张藤椅上，让小孙把三张复印纸依次摆在茶几

— 算·计 —

上，然后将自己的手机递给保姆，"小孙，你给我把这三张纸头拍照拍在我手机上。"

"好的，叔叔。"拍好照片，经郁校长审查合格后，小孙去烧晚饭了。看他忙完这一切，荣老师才问他："下午去哪里了？怎么不讲一声？"他说："没啥，办点小事情。"然后将户口本、身份证和三张纸一并交还给荣老师。荣老师心想，你不说，我也不问，省得又讲是你们郁家的事，同我不搭界。

郁校长拿着手机，开始编微信信息："仁义吾儿，今天下午，我去了一趟派出所，开具了户籍证明（后面附上）。证明郁仁贤是我郁文廷的儿子，但是无法证明郁仁义是我的儿子。所以你必须想办法出具郁仁义是我的儿子的证明。要快，要快！"

发完后，再把拍好的证明和老户口的复印件发给仁义。

此时正是各家各户烧晚饭的时间，仁义家也不例外。直到晚饭后，仁义才看到父亲这段文字和后面的户籍材料。

仁义看着那张"上海市公安局户籍证明"中的"证明事项"一栏，上面写着母亲的名字和出生年月日，以及他们四个子女的名字和出生年月日。只不过长子的名字叫"郁仁贤"。他没有多想，只认为父亲可能是近期身体上的原因，他想得多了点儿，也可能就是怀念过去全家人在一起的日子吧。想到这里，他的鼻子有点酸，他忽然觉得人老了，很可怜。于是，他马上回复想安抚父亲："爸，对不起，刚看到信息。您叫我去开证明干什么？不管证不证明，我本来就是您的亲儿子，放心吧。您好好休息啊！"

晚上快8点了，父亲回复："公证处和房屋交易中心均要求必须提供的资料！你是当事人，你学过法律并担任过司法局的普宣科科长，对此法律常识早该应知应会，怎么要问我呢？你是权利人，你如要主张并获得相关权利，你就一定要主动履行某项法定义务，向有关机关提供如实和完整的合法证明，除非你明确放弃某项权利！法律是有情的，也是无情的，面对当前的现实问题，不是愚蠢和任性所能解决的，所以你一定要头脑清醒！"

什么叫痛苦？什么叫压力？郁仁义再一次领受到了。原本仁义是对父亲充

— 算 · 计 —

满怜爱，好心劝他别多想，保重身体。他哪里知道父亲的真正用意又绕到家产上去了！结果他的善意被父亲完全误解了，莫名其妙地让父亲给自己上了一堂法律课。

他再将父亲的微信看了一遍，更加痛苦。自己什么时候愚蠢？什么时候任性？这种莫须有……唉，谁让他是自己的亲爹呢？

为了不惹生病的父亲生气，他回了一条："爸爸，您别生气。我记得当年拆迁时，您的户口迁到过我们家的，那我就到国济路的派出所去一趟。好吧？今天爸爸辛苦了，您早点儿休息吧。"

没想到父亲又发过来一条："那明天你去国济路的派出所，凭身份证去查询复印户籍资料！要快！"仁义刚看完，又来了一条："还有，在青海报户口并改名时，应有申请和记载！当时你是小孩，才9岁！但现在不能再停留在那个岁月啦！个人档案也应有曾用名资料记录的！"

仁义看着几乎每一句话后面都是感叹号，他大学学的专业是中文，他对文字和标点是很敏感的。回到上海，他又参加了成人自学考试，学了法律专业，他当年在单位里是唯一一个有双本科学历的人。

正是因为仁义懂法，他才清楚，父亲大可不必如此大费周章，去找寻父子关系的证明。什么当年改名报户口了，什么个人档案有曾用名了。说真的，要是按此思路，父亲的第一条建议就点了一个死穴。他清楚，养父当年工作过的单位，地点在青海，可是行政隶属西藏驻格尔木办事处，当年简称"西格办"或"格办"下属的一个企业。早就不复存在的单位谁给你保留户籍的底根？就算是保存着，它在哪里？难不成为了父亲要给你家产去跑一趟？可能有人会说，去呀，绝对值得！可是，仁义不敢想，因为这些年来，父亲到处说给钞票，给家产，结果都是"空心汤团"。自己可不上那个当，搞不好又是父亲想出来考验你的！其实父亲真想痛痛快快地给很容易。只是仁义感觉到，就是真要给，父亲也会诚心给他派点事情做。你仁义、仁德、仁道要不要父亲的家产，我做父亲的给你们之前，叫你们跑跑腿，走走路，动动脑还不应该吗？就算是天上要掉馅饼，让你们去寻个面盆来接总不会错吧？

— 249 —

— 算 · 计 —

按照仁义的思路，眼下至少有三个路径可以证明父亲与他的父子关系。其一，当年父亲请求组织上把他调回上海，若是父亲手上没有相关证明，空口白牙，组织上怎么可能帮父亲办理？其二，当年自己房子拆迁，请求父亲把户口迁入自己这个户主名下，若没有痕迹，派出所怎么会清楚地在户口本上写他们是父子关系？其三，郇宏参加高考前，把户口迁到父亲的户口上，派出所凭什么在户口本上写着户主与郇宏是祖孙关系？父亲的真正用意无非是要让我郇仁义知道，我获得他的财产之前，他需要做很多准备工作，这是要花时间和精力的，不是你们想的那么容易的。

仁义不是仁德，他不会去顶撞父亲，为什么要把简单的事情复杂化，他总会顺着郇校长的意思去做任何事情。只不过他没有按父亲的提醒去国济路那边的派出所，第二天他到家附近的派出所，开具了父亲需要的父子关系证明。也许是父亲真不知道，全市户籍管理早已联网，在任何一个派出所均能办理。

今年的春节比往年要早。去年荣老师儿子小伟说，春节前会接母亲到美国去过年，说是给郇叔叔减轻点负担。荣老师走后，仁义一连几天都陪父亲到他家附近的商业广场晒太阳。他听着父亲讲荣老师和他视频的情景，说她在那边挺好的，向仁义他们问好什么的。奇怪的是，父亲一直没有问仁义的"父子关系证明"是否开好？他想父亲不问他要，他不要主动拿出来。他见父亲坐在轮椅上，若有所思。一个80多岁的老人，到了风烛残年的时候，说心里话，仁义已将前几天的不快忘记了。忘记了父亲颐指气使地指挥他去开证明，盛气凌人地给他上法律课。

在这个寒冷的冬日，阳光却是温和的。仁义对郇校长说："爸，前两天和仁明大哥视频了，说是原定于今年三月我养父的百岁宴，推迟到明年过足岁的。他们说按照农历，今年太早，天还冷，明年晚，天暖一点儿……"

"那怎么可以？啥人给他们的权力？那是我的亲哥哥！"仁义的话还没说完，郇校长就打断了，"这么大的事，他们讲改就改了？明年啥情况，啥人讲得清楚？我还不知道我能不能活到明年！"好好的气氛，被郇校长这么一吼给

— 算 · 计 —

吼没了。仁义不多说了，只是答应父亲，再去和仁明沟通。其实，郁校长不同意改期，这只是理由之一，还有一个理由，就是元旦期间仁青来他家里，他早已和仁青商量好了，他要亲自组团去成都，给自己的哥哥祝百岁寿诞，他还想好了一个名称：上海郁氏祝寿团。仁青他们推他做团长。郁校长想象着，由他带领的20多人的团队抵达双流机场时，那会是一幅多么壮观的景象啊！于是，他又说："你和仁明要好好商量一下，这么多人过去吃的问题、住的问题和游玩的问题，那都是要落实好的，绝不能有半点差池。不能让人家几千公里过去，吃一顿饭就回来吧？怎么也要陪他们去成都的武侯祠呀、杜甫草堂呀、宽窄巷子呀，还有都江堰转转，是吧？都好好看看嘛！"郁校长说得轻巧，郁仁义越听越紧张。因为，和仁明商量的时候，考虑到了吃住玩，就觉得这是一笔不小的开销。

郁校长好像察觉到仁义他们怕花钱，可能不想让这么多人去，于是他又说："你们兄弟俩不要太小气，净算小账，人生能有第二个一百岁吗？再讲，亲戚们过去都会给红包的，你们不过是先垫出来嘛！"仁义心想：哥俩都是退休的人，哥嫂都70多岁了，就算有这个钱，也没这个精力呀！郁海和郁燕他们都要上班的。何况，养父所有的钱，都在那边继母的手里。就算寿宴当天，红包也是送到继母手上，怎么会到他哥俩的口袋里呢？父亲从来不会为他们着想的。他只管狮子大开口，你们要这样做，那样做。万一做不到他还不开心。

就如去年的大年三十，仁义和米兰陪着郁宏来给爷爷拜年，大年初一他要到公司值班。电话里说，还有十几分钟就到了。结果爷爷说他们在广场晒太阳。郁宏把车子停进院子，便和父母一起来到广场上。爷爷披头就问，为什么不把车子开过来接他和荣奶奶？

郁宏兴奋地说："爷爷，我想好了，等会儿我推您回家去。"

"那奶奶怎么办？"郁校长不悦。

"我爸妈搀着奶奶呀。"郁宏答道。

这时的郁校长火冒三丈地说："我不要你推，我们要么坐你开的车，要么自己回去，你走！你们走！"

— 算 · 计 —

"爸爸,这是为什么?你孙子推着你,多好呀?"米兰似乎已经看到下午的斜阳下,孙儿推着轮椅,爷爷坐在上面,祖孙俩有说有笑,往老洋房的家中走去的温馨画面。

"你们走,仁义,你们一家都走!"郁校长任凭大家怎么劝都听不进去。仁义说:"郁宏,你就去把车开出来呀,别惹你爷爷生气了。"

"我又没做错什么!他为什么发这么大的火?"郁宏也犟了起来。

"老郁呀,孙子难得有空来看我们。你就让他推推你呀。"

"走走走,我不需要!"

"走就走!"说完,郁宏扭头就走,刚走出几步,又折回来,将一个事先备好的大红包交到荣老师手上:"奶奶,这是我给您和爷爷的新年红包。"

米兰说了声:"荣老师,那我们先走了。"便去追上郁宏。

仁义坚持要送父亲回家,郁校长说什么也不肯走。结果,荣老师推了推仁义说:"你们先回去吧。放心,我陪他再坐一会儿。"

"那您多劝劝我爸,叫他千万别生气。郁宏这孩子太不懂事了,我回家骂他。"

"这不怪宏宏,是你爸爸不对。孩子来看他,怎么着都行。他就是指挥人指挥惯了。不去睬他。"

晚上,米兰跟荣老师视频,问公公为什么发这么大的火。荣老师说了原因。原来郁校长经常在广场上晒太阳,跟两个保安很熟。这天他已经跟保安说好了,孙子会开车过来接他。他对保安说,自己的孙子很厉害,是公司的老板,还不到三十岁,年轻有为。保安说:"老爷爷,下次我没工作了,叫你孙子帮我找个工作,行吗?"

郁校长自信满满地说:"这算啥,那还不是他一句话?不过,你有什么技能?"

"我只会做保安,对了,原先还送过快递的。"

"哦,这样恐怕就有点难了。他们公司是搞什么精密电子仪器的,要专业人员才行。咦?你现在不是干得很好吗?这么认真负责,像你们这辈人,能这么认真的人不多呀!"保安听了郁校长的夸奖,非常高兴,早把让郁校长的孙

— 算·计 —

子给自己找后路的事儿，忘到爪哇国去了。这正是郁校长要的结果。但是没想到孙子跟他没有一丁点儿默契，本想让保安看看做老总的孙子开着车接他回家的风光场面。你说，老爷子能不火大吗？

米兰问："荣老师，您说，这保安跟咱家非亲非故，爸爸为什么要在这些人面前显摆呢？再说，郁宏他们是一个很小的公司，根本不值得一提的。"

"就是讲呀，你们爸爸就是这样。总是觉得自己家什么都好。唉，还是要强，要面子呀！"

"那就更没必要了。上次听姜羽维说，现在很多外来打工的人，只看见上海人住着几百万上千万的房子，却不知道人家的贷款够他们在乡下买好几套房子了，这是多大的压力呀。人家低调还来不及呢！爸爸反而要出去宣扬，这不是让人家仇富吗？再说，咱们又不是富有家庭。您说是不？"

"谁讲不是呀！讲来讲去，还是他从小穷怕了。没想到郁家太爷爷留下的这套洋房这么值钱了，也算有炫富的资本吧。"

郁校长的做派，荣老师是不能适应的，仁义和米兰是不能理解的。但是不适应不理解又能怎样？一家之主，他说了算。为了在保安面前显摆，不惜再次与孙子闹翻。孰重孰轻，没人来判断。

回到家的第二天，仁义赶紧给仁明大哥发视频。把父亲的要求跟他通报了一下。仁明说："要不然这样，叔叔他们来，我们就接待他们吃顿饭，然后我们两个陪他们去青城山玩一下。寿宴的仪式不整了，其他客人我们也不请。明年再说，你看可以吧？"

"好是好，但是我觉得爸爸想象的寿宴应该是和仁芝她婆婆80大寿那样的。万一他看不到这样的场面，他心里会有落差的。"

"你说的是亚琳以前发给郁燕的那个视频？"

"对的！爸爸很喜欢那种仪式感强的场面。最好能安排他讲讲话，他一定开心得很。"

郁仁明想了想，就说："这个简单，到时候开席之前，请叔叔发表一个致

— 算 · 计 —

辞嘛！你帮他写好，他念一念不就可以了？"

郇仁义觉得仁明大哥的建议不错。写个发言稿，对他来说是小意思。"好的，哥。那就这样子。"

这一天，仁芝也没有闲着，这不马上过年了，乐景怡的麻友们说，年前再聚一次。这次是到浦东陆家嘴的常医生家。一大早仁芝开车送浦西三个老太去浦东。老太们硬是留下仁芝看她们打牌。

"哎，你们有没有觉得这退休金一年比一年加得少了？"陈护士长说。

"我没有觉得呀。"常医生说。

"这倒也是，你工资高，肯定不会觉得。"

"嗨，我讲你们也是，管它加多少，每年有得加不是蛮好嘛！"乐景怡说，"陆老师，你出牌！"话说出去，乐景怡才意识到自己忘了陈护士长还有个不争气的儿子。

陆老师打出一张六条，说："就是，乐医生讲得对，够吃够用就行了。"

乐景怡马上又说："不过啊，这每家的情况不同。你们谁记过账了吗？肯定是一年比一年少？"

陈护士长立刻说："我就是记账了才有发言权的啦！"

"九饼！"常医生出牌。

"哎呀，我和了！"陈护士长叫起来。

陆医生说："你今天手气蛮好的呀，和了几把了？"

仁芝不会打麻将。她一会儿看她们出牌，听着她们聊天，一会儿又拿着手机看新闻。就这样，一个上午很快过去了。

中午，常医生请大家在正大广场旁的餐厅里吃饭，她说："提前吃个年夜饭，阿拉姐妹们先团圆团圆。"也不知是今天的菜实在是好吃，还是其他什么原因，她们践行了一次"光盘行动"。

按照惯例，中午小憩片刻后，进行下半场。直到吃好下午茶，郇仁芝在离开之前说了句："常医生，再会，下趟再聚！"

— 算 · 计 —

"好的，好的，小郁！"

趁交通晚高峰到来之前，仁芝又载着三位老人回了家。路上，她们还在谈论麻将谁赢谁输的事。郁仁芝边开车，边建议道："两位阿姨，看你们这么开心，下趟我还送你们过来！"

"乐医生，怪不得你总是讲你这个小儿媳妇善解人意。今天见了果然如此，你好福气呀！"陆老师赞道。陈护士长也应和着："就是，就是。"

仁义等小孙烧好晚饭，陪着父亲吃好。父亲说："小孙后天就走了。我放她10天的假。接下来你们四个怎么过来，你要排个值班表。"

仁义想，又不是政府机关部门在节假日安排值班，自己家里谁有空谁来呗。但是嘴上还是回答："好的，爸爸。"

记得上周父亲的大学同学郑克军叔叔到家里来看父亲。父亲与他谈笑风生，他们一起回忆大学时光。仁义和郑叔叔的儿子在一旁听着，他跟郑叔叔不熟，只能客客气气地听着他们的谈论，基本上不插话。郑克军好奇地问："仁贤呀，我记得你小时候话挺多的，怎么在高原生活了这些年，性格都变了？"

"哪里有，郑叔叔。小时候正是鸡狗都嫌的年龄，让叔叔笑话了！"

"我跟你讲，仁贤，你爸爸一辈子不容易呀。你们几个孩子一定要好好孝顺他。他现在可是最关键的时候。"

"嗯，叔叔放心。您自己也多多保重身体。"在两位老人的交谈中，郑叔叔讲到他的四个子女如何如何孝敬他。父亲听着，不停地夸，可就是不提自己的孩子也都孝顺，难怪郑叔叔要说上面一番话。

就像米兰曾经学过冯一凤的话，"他郁校长年轻时，只有外面的事业，没有家里的亲情，现在他老了，却拼命讨要亲情。他也不想想亲情应该是父母先付出多少，才会有子女回报多少。不讲别的，你家仁义在外地20年，回到上海也30多年了。就算在上海时他抚养了他9年，但是他回来照顾郁校长也有30多年了吧？还他好几倍了吧？还不够呀，那按照他这样的讨要，一辈子都不会够的！"

— 算·计 —

　　当时仁义还觉得冯一凤口无遮拦，话说得太过分。可是，现在想想，父亲还真是一个不知足的主。人都是需要鼓励和表扬的。你看人家郑叔叔多好，当着自己儿子的面，在外人面前表扬四个孩子，这些孩子都知道后，孝敬老人是不是更起劲儿？道理很简单，人性是趋利的，如果他们兄妹几个人，为了老父亲忙里忙外地付出，而经常能得到父亲的奖励（尽管是精神上的），他们是不是更有精神和干劲地付出了？当然，不是说不表扬就不孝敬他。只是他们的父亲，跟他沟通起来总觉得他缺乏坦诚，更别说让他发自内心地表扬子女了。他的话常常让人难辨真假，事情做好了是应该的，做不好就要挨批评、落埋怨。仁义经常会想起那句"伴君如伴虎"的话。

一 算 · 计 一

第二十四章

　　年二十八，保姆走了，仁义接班。本来兄妹四人商量，这段时间把父亲接到小妹家去住。可是郇校长不同意，他说他受不了热空调。

　　晚上，仁德下班过来了。他拎着大大小小的年货包进门。仁义说："今天的菜我都带来了。你又买这么多干啥？"

　　"过年了，家家备年货，你忘了小时候？"

　　仁义比仁德大三岁，仁德比仁道大不上两岁。仁义记得在上海的最后一个春节，家家户户备年货，贴春联，放炮仗。仁义记忆中最深的不是年货，也不是糖果和糕点，而是母亲买回的一束塑料花。就是因为那束花，母亲受了父亲的一顿气。那天，母亲和同事到百货商店买年货，看到一个柜台前挤满了人，原来是在卖各种各样鲜艳的塑料花。这种花能以假乱真，母亲和同事一看就喜欢。她们排在了购花的队伍中，说着话。在寒冷的冬日，家中能有这样一束充满生气的花，该有多好呀！

　　回到家，母亲拿出花瓶，擦拭干净，将那束逼真的百日菊插入花瓶中。仁芝趴在桌子边，怎么看也看不够，"姆妈，怎么有这样好看的花花呀？"母亲将仁芝抱起来，在她的小脸上亲了一口，说："是啊，小妹，就是有这么好看的花呀，你开心吧？"

　　仁芝望着母亲："就是开心呀！姆妈真好！小妹今晚不想吃饭饭了。"

　　"为啥？"

　　"小妹看花花就可以了！"

　　母亲放下仁芝："乖囡囡，花花要看，饭饭也要吃的呀。"说完忙着烧晚饭去了。

　　父亲回来了。他一进门，看到那束百日菊，便问："仁贤，你妈呢？"

— 算 · 计 —

"在厨房呢!"仁义看着弟弟和妹妹。仁芝坐在桌边,看不够那束"鲜花",不停地用小手去轻轻触碰。

厨房里传来父亲的斥责声:"你知道现在家里没有钞票,还要乱买,你想不想过日子了?"

"过年了,有花多喜庆的呀?你没看到小妹多欢喜吗?"

"你还强词夺理?好看,再好看能当饭吃吗?对了,今年给他们都做新衣裳了,我不是跟你讲过吗?老二、老三不要做,不要做,穿老大剩下的,为啥就听不进去呢?做就做了吧,今天又乱花钞票买什么花!你会不会过日子呀?"

四个孩子在外面听着,仁义心里却为母亲抱不平。这几年来,仁德、仁道一直捡仁义衣裳穿。有人说:"疼大的,爱小的,中间夹个受气的。"年前,仁德跟母亲提过:"人家小朋友都穿新的,为啥自己老穿旧的,小朋友讲我是你们拾来的。"母亲听了,很难过,说:"仁德,妈妈今年保你穿上新衣裳,好吧?"母亲是不忍心让自己的孩子受气。她心里暗下决心,一定要给老二做套新的,明年再给老三做新的。孩子是没受气,但是母亲却被父亲训斥了一顿。

就在同年的大热天里,仁义离开了上海。他清楚地记得,他在火车站哭着恳求父母不要送他走,他知道母亲深深地爱着他们四个孩子。

"哥,去成都的事,和老爸讲好了?"仁德问。

"嗯,讲好了。"

"我是没时间去的。但是贺礼你要帮我带给大伯伯的。"

"晓得,晓得。"

烧好了饭,两人陪着父亲一起吃。

郁校长说:"仁义呀,今天这个牛肉,你是不是忘记放点冰糖了?"

"哟,真的忘了,对不起,爸爸。"

"我一直同你们讲,做事情一定要仔细。细节决定成败,这话是有道理的。"

"哎哟,老爸,好嘞!我看蛮好吃的,什么成败都讲到了。"

"仁德你又要插话,我问问你,怎么不叫细节决定成败?你看,牛肉的色泽、

一 算 · 计 一

咸淡都够了，但是缺少那一点点甜味，就是缺了鲜味，你晓得吧？"

"我不太晓得。我只晓得这菜，若烧熟了，烧烂了，那就叫成功；若是烧得不熟不烂，那叫失败；若是熟了不烂，也最多叫欠火候，怎么也不能算作失败。哥，你讲对吧？"

父亲本来就在钻牛角尖，眼看着仁德也跟着钻进去，仁义哪里还敢支持仁德？于是，仁义说："仁德，怎么就你话多？今天这个菜，就是我做得不好，爸爸提出来也是帮我改进，没错呀！"说完他向仁德眨眨眼。仁德显然不服，刚想再张口，仁义马上说："来来来，仁德，你尝尝这只蛤蜊炖蛋，肯定好吃！"他给仁德舀了一调羹，然后又给父亲舀了一调羹，"爸，你也吃，包你满意。"

眼看着要爆发的一场唇枪舌剑被仁义给压了下来。

"嗯，这个蛤蜊炖蛋不愧是阿哥的拿手菜。"仁德总算和仁义调到一个频道上了。

看来郁校长也是吃着可口，但是他并没有像仁德一样夸两句。而是转移了话题："你们两个听好了，明天我要到医院去看病的。"

"老爸，你有没有搞错，明天就是小年夜了。你这病又不是急毛病，非要去看急诊。安安心心过个年不行吗？"

可是，郁校长像没听到这些话似的。他只说，要过年了，家里一定要备足自己常吃的药。仁义叫他开个药单，他明天去医院开，可是父亲坚持要自己去。

仁德说："要不这样，明天单位应该没什么事了。我明早过来接老爸去看病。"

"好的，好的。仁德，你早点回去吧。"郁校长总算把明天他想做的事情落实了。

郁仁道带着郁甜甜来郁校长家送年货了，是单位配发的年货大礼包。

"亲爱的爷爷，您最近好吧？我妈今天去看我外公外婆了。喏，她讲这些年货一定要给爷爷带过来。"

郁校长笑眯眯地看着孙女，心情十分舒畅，"我讲，甜甜呀，你那个男朋友，怎样了？"

— 算 · 计 —

"蛮好的呀，爷爷。"郇甜甜拿了一个小凳子坐在躺椅边，双手搭在爷爷的左腿上，抬头甜甜地说。

"哦，怎么蛮好的，讲给爷爷听听？"

"哎呀，就是对我老真心的呀！亲爱的爷爷，您放心好了。"说着，郇甜甜双手摇着郇校长的左腿。

"对了，老爸，我那天碰到你的学生周雪平了。"仁道说。

"哪个周雪平？"郇校长对这个名字熟悉，但是记不起他是哪一届的，长什么样子也记不得了。

"应该比仁德高一届，那时您已经是学校的副校长了。他讲你只给他们上过一学期的课。"

"哦，那我是不记得了。"

"就是讲呀，一般老师记不得学生，那是因为教的学生太多，再加上周雪平在班级里的表现一般般，老师肯定不记得了！"

"嗯，不过照你这么讲，你也表现一般，怎么凡是教过你的老师，都记得你呢？"

"呀，这不秃子头上的虱子——明摆着的吗？您老人家是大校长，校长的小孩子哪个老师不想教呀！"

"不见得吧？我看是你总捣蛋被老师记得的。"

"爷爷，你怎么又提我爸小时候的事？您不是讲过，您就喜欢调皮捣蛋的学生吗？他们往往都是老聪明的呀？对吧，老爸？"

"看吧？还是我家囡囡晓得她老爸！"仁道得意地笑着。

"你讲这个周雪平怎么了？"郇校长想起来刚才的话题。

"哦，也没啥。他就讲向你问个好。他讲当年你嘴巴怎么怎么能讲，文章也是怎么怎么会写。他讲你是他这辈子最最佩服的老师。"

郇校长听着，笑着，此时他非常得意，自己的才学，到现在还有学生记得。

孙女此时也是乖乖地听自己爸爸讲着，一脸崇拜地望着爷爷，甜甜地笑着，还伸出右手的大拇指晃着，郇校长似乎又回到了自己风华正茂的年代里……

— 算·计 —

  坐了个把小时，仁道父女俩准备离开溧阳路，仁道还说，春节期间他要加班，就不过来了，今天就是提前给老爸拜个年。
  郁校长这辈子最得意的事情，就是把这个最调皮、最没出息的小电工培养成一名公安干警。他这些年总在第一线，辛苦是很辛苦的，但收入比他在那个大集体厂子里当电工不知高出多少倍。简直就是天上和地下！再讲，那个厂子早不知哪一年就从地球上消失了。

  清早，仁德到了父亲家，"哎呀，好大的雨，过年这几天，好像预报了天天有雨。"仁义已经做好了早饭。仁德催促仁义，叫他吃好饭赶紧回家休息。可是郁校长却说："啥人讲的仁义要回家的？"
  "老爸，昨晚上不是讲好的吗？你又变了？"
  "那不叫变了。只不过是一个调整，调整你晓得吗？"
  仁德一听火又出来了，"怎么调整？"
  郁文廷漫不经心地说："我昨夜里考虑过了，今天还是要你们两个一道陪我去。"
  "为什么？没必要呀！"
  "仁德，你不要急，好吧？我就想不通了，就你这副腔调，在单位怎么工作的？你自己是要反省的！"郁校长不给仁德反驳的机会，接着说，"今天去看医生，不仅要开药，还要顺便让医生看看我这个病，除了吊那个进口针外，还有没有更好的办法。仁义不是打了几个大医院的电话，没有门诊了吗？那我们可以另辟蹊径。所以，我觉得还是要你们两个一道去。"这口吻，哪里是商量、讨论，就是决策。
  仁德一听不说话了，心说："不讲道理，懒得睬你！"自己只管坐到沙发上看晚报去了。
  仁义听着老父亲不分青红皂白地把仁德数落了一番，终于憋不住了："爸爸，看你这话讲的。你明明晓得仁德在单位的表现是不错的，这样讲他你会后悔的。"仁德一听仁义这样说，马上看着仁义，摇了摇头。仁义不说了。

— 算·计 —

"我有什么后悔的？难道他又得先进了，还是提正处了？"

仁义心说：对，被你猜对了，人家仁德提正处已经一年多了。但是我要信守承诺，不会告诉你的。嘴上却说："对，对，上个年度仁德又得了区先进个人。"

"哎哟喂，我当是市先进呢，原来就是个区先进，尾巴就翘到天上去了？"

记得德国有位哲人说过，职位和职业都不是夸耀的资本，只有在自己职位上做出了与职位相称的贡献，在自己的职业生涯中取得了与职业相关的成就，才能赢得世人的尊重和喝彩。仁义仁德从不会以自己的职务来炫耀什么。

仁义一看，跟父亲说不清楚，又怕仁德跟他争吵，他马上转移话题："对了，爸爸，今天到哪家医院去？"

"等我吃好饭，好吧？"

"好好，你慢慢吃。"

仁义坐在旁边，看着手机，不再与父亲说话。

要出门了，问郁校长到哪个医院看病，他仍然不说。直到坐上车，仁德要导航了，他才告知——上海中达肿瘤医院。这是个什么医院？父亲怎么会寻到这家医院？哥俩都这么想，但是谁也不愿多问。

一路上，雨越下越大，仁德把雨刮器开到最大档位。他实在想不通，父亲为什么就不能在家里太太平平过个年？为什么要开药，非要自己来，还一定要拖着照顾了他一天一夜的仁义。仁义此时也在想，父亲的"作"是由来已久的，也就是从那时起，他才真正了解了自己的父亲。

那是二十多年前，仁义刚回到上海六七年，还没来得及好好孝敬为这个家操劳一辈子的母亲。母亲就得了肺癌，术后三年癌细胞转移至大脑。很快，她住进了肺病医院。医生明确告知，最多一个月，让家人做好思想准备。

父亲为母亲请了24小时护工。记得第一天下午，仁义和仁德下班后直接到医院看望母亲。父亲就当着母亲的面说："医生讲过了，只要我们一家人对你们的母亲精心呵护，会有奇迹发生的。因此，我考虑，从今天晚上开始，你们弟兄两个都陪在妈妈身边。你们知道，老三刚到单位，小妹是护士，他俩是

— 算 · 计 —

指望不上的。"

听到这里，母亲说："文廷呀，有护工，叫两个儿子都陪在这里做啥？宏儿、潇潇都小，两个儿媳妇都上班，这样下去，他们小家庭吃不消的。"

"你是病人，你不要讲话。你的任务就是安安心心养病，一切由我来安排。就这样定了。"

"唉，这样可不行。起码从明天开始吧，我们回家拿点换洗衣裳过来，还要有被子和躺椅吧。"仁德没说出来的是，至少要回家跟潘岩打声招呼，这样搞突然袭击，亏父亲想得出来。

"仁德呀，这些都是小事情。换洗衣裳明天叫米兰和潘岩送过来。躺椅我已经找护士长借好了。你们是和衣而睡，要被子做啥？我带了一床你大伯老早给的一条西藏毛毯。"郇校长又对两个儿子说，"你们两个在时间上分下工，一个看护你们母亲，一个就在躺椅上睡觉，两个小时调换一次。看护的人不能打瞌睡，一定要注意她的细微变化，一有异常，就打铃叫护士。还有，就是要注意导尿管排尿的情况。我这样讲你们明白了吗？"

仁义提议道："爸爸，要不我们两人分开来，各值一个晚上的班。大不了一夜不睡，白天到单位有午休时间的。再说本来就有护工了……"

"那怎么行？"郇校长安排的事情，其他人只有执行的份儿。

就这样，母亲在时而清醒、时而糊涂中，一天天地消耗着。这天，米兰带着年幼的郇宏来看奶奶，奶奶正是清醒之时，她指着病床尾部自己的外裤，对米兰说："米兰，你把我的裤子拿过来。"米兰把一条深灰色的长裤递给婆婆。只见她十分吃力地在裤袋里掏着什么。

"妈，您寻啥，我来吧。"

"不用，我能行。"婆婆笑笑，终于从另外一个口袋里拿出一个折叠的纸头来。原来是一张百元钞票。

"宏宏，来，到奶奶身边来。"郇宏听话地走到奶奶床边，"我的乖孙孙，这里有一百块，让妈妈帮你买点自己喜欢吃的东西啊！"

"妈，这怎么行呢？小孩子不能拿这么多钞票的。"

— 263 —

— 算·计 —

"我身上只有这点儿,米兰你拿着吧。"

"不,妈,我们不要。宏儿,你快跟奶奶讲,等奶奶身体好了,让奶奶亲自买给你吃。快说!"

"我要奶奶买给我吃!"

"乖,我的乖孙儿!"母亲的声音哽咽了。就这样三周过去了,母亲病情不见好转,倒是经常因为头疼而面部抽搐。如果可能的话,仁义恨不得替母亲承受这样的痛苦。

父亲每天不知道从哪里淘来各种医学和健康小报,只要他认为是有价值的信息,他就连夜乘飞机到外地把那所谓的神药弄回来给母亲服用或把外用药膏敷在母亲的太阳穴上。

父亲学校的领导、老师和他的朋友,还有他以前教过的学生都纷纷来医院看母亲。当时送的西洋参,把母亲病床前的床头柜堆满了。过个几天父亲就往家里拿一批,过几天又拿回去一批。扎扎实实地捆在他的燃油助力车后架上,那阵势就像小商贩批发进货一样。有一天,正巧碰上护士长:"我讲,郁校长呀,你手上这么多西洋参,好给两个儿子多吃吃的呀。你看看,他们白天上班,晚间过来陪妈妈,多么辛苦的呀!就是铁打的人,时间长了,也是吃不消的。"

父亲满脸赔着笑,说:"对的,对的,我是要给他们吃的。谢谢护士长,你对我们家人真好!"

这些话是在场的潘岩听到的。几天过去了,也不见郁校长拿出半根西洋参来。这天下班后,潘岩叫上米兰到医药商店去买西洋参。潘岩就跟大嫂说:"他爸不心疼两个儿子,我们不能不心疼自己的老公。你讲对吧,阿嫂。你看兄弟两个快一个月没回家了吧?公公只要老婆不要儿子。不是我讲啊,明知他妈是不治之症,在上面投多少钞票那是公公的事,情理上都应该。可是两个儿子还要被拖垮掉,他爸良心是真好还是假好呀?我听仁德讲,要不是他爸那些年不管家庭,他妈兴许不会得这种病。讲他妈完全是累出来的毛病。"

两人进了药店,一看标价,都吓了一跳,原来西洋参这么贵呀!难怪郁校长不舍得拿出来给儿子吃。她们在柜台前站了半天,一个售货员听到她们的议

一 算·计 一

论后，走过来建议她们可以不买整支的，买西洋参参须，说营养价值差不多，不是送人，自己喝很实惠。结果一人买了50克。从此，弟兄俩的水杯里都泡上西洋参须了。

四十多天过去了，母亲基本上睡多醒少，父亲似乎也冷静了许多，前一阵子他上沈阳，下广州，去昆明，到兰州。尽管他跑得辛苦，但他收获了各种的赞誉。什么"郁校长对妻子真好"啦，"夫妻感情深厚"啦，真是"一日夫妻百日恩，百日夫妻似海深"。住院不到六十天，仁义他们还是没能留住母亲。

办完了母亲的后事，仁义和仁芝被郁校长叫到家里。父亲拿出一个小小的工作手册，上面记录着一行行密密麻麻的字。谢晓华问，要不要帮忙，郁校长说，这个忙你帮不了，你只管忙自己的事去。郁校长开始布置任务："仁义呀，我报一个人的名字和他送的东西，你就在柜子里拿出一样，然后小妹负责写上名字，但是东西要调换一下。譬如讲陶国宝老师送的西洋参，那么仁义就寻出两盒蜂王浆，小妹就在蜂王浆上贴个陶宝国名字的纸头。明白了吗？"

"明白了，但是老爸，要是没有蜂王浆了呢？"仁芝问，因为她发现家里绝大多数都是人家送的西洋参，除了蜂王浆，还有几盒阿胶、红桃生血剂。

郁校长想了想说："不管那么多了，反正这些礼品都要还给人家的，我们不能欠这么多人情的。"那时，仁义才知道为什么米兰她们去买参须给他们吃。再就是过去听的笑话，礼品送出去，转了一圈又被送回来的事。在别人看来不可能，但仁义知道在这个家里是完全可能的。父亲是一个很有主意和主张的人。也许是做老师和校长的缘故吧，一般都是他说什么，就是什么，容不得别人的建议和意见。家里就仁德会顶撞他几句，但多数也是没用的。仁道和仁芝有时还能提出点反对意见，一般也没啥用。可仁义却从来不敢提任何意见，更不要说像仁德那样去顶撞了。久而久之，他习惯了，父亲就更习惯了。

到了那个叫中达的医院，他们冒着大雨，进入大堂，大堂内几乎没有病人，仁义到窗口挂号，挂号费30元。进入诊室，一个女医生拿着郁校长的病历看了两遍，又把各种检查报告看了一遍。问郁校长，现在还有哪里不舒服？郁校

— 算 · 计 —

长说，胸口有时还有点痛。医生最后说："你可以住进我们医院来，慢慢查。"

查什么？都是有结论的东西，还用你们查？郁校长知道自己来错了地方。便说："好吧，我们回去商量一下吧。"医生说："当然可以。不过，你这个病越早越好的，不要耽误了。"郁校长拿着医生开的六元钱一盒的止痛药片出了医院门，再由两个儿子护送回家。仁义和仁德真是哭笑不得。因为，走出诊室，在大堂里的专家介绍栏里他们清楚地看到，父亲在网上联系的这个医生，原来是一个乳腺肿瘤专家。这半天时间就收获了十粒止痛药片。他们还不得不冒着大雨回家去。

古话说：病急乱投医。可是父亲的病已经大有好转，他为什么还要出来折腾一下？这么大的雨，又是这样的一个医院。按照他的求医要求，非三甲医院不去。今天这个医院完全上不了台面的呀！他老人家到底怎么想的？无人知晓。

— 算·计 —

第二十五章

这几天郁校长关于公证处和户口一事只字未提。也好,只要父亲安心养病就行,仁义想。

上午回到家,郁校长在纠结要不要洗澡,按平时,洗就洗。但现在是流感高发阶段。仁义说:"爸爸,再坚持两天吧,下雨天,天太冷,你又不让开空调。万一洗澡着凉,发热去医院,可不得了。"

中午吃好饭,郁校长刚准备午睡,郁仁芝来接班了。

"大哥回去了?"

"上午看病回来后,我就叫他先回去了。"仁德说。

"那我来了,你也回去吧。"

"我把碗洗好再走。"

"不用,爸睡了,我又没事做。走吧,走吧。"

郁仁芝趁郁校长睡觉之时,先清扫楼上,再收拾楼下厨房、卫生间。父亲醒了,她把四味茶送到父亲身边。

"爸爸,听讲上午又去看毛病了?"

"小妹呀,你讲,是不是人老了,就招人烦呢?"

"你又来了,哪有呀,你遭啥人烦了?啥人敢烦你呀?"郁仁芝笑嘻嘻地问父亲。

可是,郁校长一脸严肃:"哼!还说没有。你晓得吧,今天上午,我叫你两个哥哥陪我去看病开药。哎哟,你不晓得他俩,一路上板着面孔,不同我讲一句话。搞得嘞,像是我被他俩养大的,我欠他们的!你讲气人不气人?"

"不会吧?爸,一定是你的要求过分了,对吧?两个哥哥谁敢不听我老爸的话?就算二哥会顶撞你两句,但是,他往你这里送的东西最多。荣老师都讲过,

― 算·计 ―

柴米油盐仁德家都包了。是吧？"郁校长不说话，郁仁芝接着又说，"讲到大哥，那更是没话好讲的，可以讲为你郁校长马首是瞻。啥地方不听你的话了？哪里烦你了？我看你就是身在福中不知福！平时你眼中的仁道最好，关键时候你见得到他人吗？"

"哎，小姑娘，怎么同你老爸这样讲话的？"女儿的话虽然过分了点儿，但全在理上，郁校长还是笑了。他心里明白，今天去的这个医院，不知道是什么资质的，完全是自己在百度上看到的，打了电话，对方很热心，问了几个问题，对方回答得也不错，这才让他动了去看看的心思。还好女儿没有问自己到哪个医院去看的，否则要被她数落一顿了。

的确，郁仁芝知道父亲非三甲不去的，两个哥哥没讲，她也没问。所以，郁校长钻空子告了两个儿子的状。

晚上，吃过晚饭，郁仁芝把电视机打开。他知道父亲是不太看电视的。以前没有手机时，他就看看新闻，新闻一结束，他就关电视机，多一秒钟他都不会看的。自从手机可以上网后，客厅的电视机更是摆设了。

"爸，你快看！这条新闻蛮有意思的。"

"嗯，嗯。"郁校长在埋头发信息，只是应付了女儿一下。

"仁义、仁德、仁道：你们好！现在是2020年1月23日晚上7点13分，关于我的房屋值价分配方案如下：若房价是1000万，你们三个各200万，仁芝100万，孙子宏儿100万，孙女潇潇50万，孙女甜甜50万，剩下100万，用于佩琪，含另租电梯房，约10年的费用。佩琪的100万由仁义米兰保管并使用！孙辈由你们各自转告，若谁不接受，谁的钞票仍由我处理！"等郁校长发完这条信息之后，他才问："小妹呀，刚刚你讲啥？"

"哎呀，老爸，跟你讲了多少遍了，少看手机，少看手机，你就是不听！喏，我讲刚才那条介绍人家农村过年前的热闹场面的新闻，家家备的年货，那么多！怎么吃得掉呀？"

"哦，农村跟阿拉上海搭啥界呢！"郁校长不以为意。他在想三个儿子接

一 算 · 计 一

到信息后会是什么反应。

"哎呀，爸爸，你就晓得看手机。我们从小在城里长大，人家乡下人的生活其实蛮有意思的呀！对了，明天你不要去了，这几天天气预报都是大雨。听到了吧？"

"听到了，晓得了，好了吧？"郁校长见女儿如此关心自己，心里暖暖的。他突然有些后悔，后悔刚才的信息里不该讲只给小妹100万，这样被外人晓得了又要讲他重男轻女了。转念又一想，不要紧。这样做就是要让三个儿子感受做父亲的公平。他们多劳就能多得。小妹这边我自有办法补上的。

可是，发出去的信息，似乎飘向了宇宙，一个晚上，再没了音讯。不应该呀，别人家的孩子为了分父母的财产，兄弟姐妹反目为仇的多了去了，吵架的、打架的，还有对簿公堂的。他郁校长就是怕他走了以后，会出现那不堪的一幕，所以才会一次次地早做打算。可惜呀，他们怎么不懂老父亲的一片苦心啊！

仁义家里，三代在一起其乐融融。明晚仁义要去陪郁校长吃年夜饭。他们这个小家就提前一天团圆了。仁义看到父亲的信息时，已经是晚上11点多了。怎么回父亲，一时半会儿还没想好，已经太晚了，明天再说吧。

往年的大年夜，郁家都是在外面酒店订年夜饭，后来他们不出去团圆了，再后来也不大团圆了，而是四个家庭轮流陪父母吃年夜饭。今年轮到仁德、潘岩。因此，他们小年夜提前到岳父家里吃年夜饭。

潘岩是家中的独女，从小父母疼爱有加。潘父当年在一个厂里做车间主任，下海大潮把他卷了进去，十几年的起起伏伏，置了几套房产。当年为支持潘岩开物业公司，老潘卖掉一套房，给女儿做启动资金，没想到，女儿还真行，公司被她越做越大。老两口守着几套房子的租金，日子算是有滋有味。郁仁德这个女婿，老潘家是十分认可的。一个女婿半个儿，老夫妻可是把仁德当自己的亲儿子。但是郁校长与老潘家鲜有来往，因为郁校长的客气和老潘的豪气不在一个轨道上，虽在同城，几乎形同陌路。

仁德陪着老潘喝着珍藏的茅台酒。仁德品了一口说："爸，好酒，好酒。"

— 算 · 计 —

"仁德，你多吃菜，吃老酒要多吃菜的。"潘岩母亲招呼着。

"是吧，一分价钱一分货嘛。这都是我的存货，放开了吃。哈哈哈……来来来，一醉方休，一醉方休！"

"谢谢爸妈。"

郁仁德喜欢老丈人的性格，豪爽、真实，从来不装！所以，在潘岩父母家比在自己父亲家舒坦得多，放松得多。这才是家的味道，家的感觉。趁着这爷俩还清醒，潘岩拨通了大洋彼岸郁潇潇的视频电话。

"嗨，亲爱的外公、外婆，Happy New Year，新年快乐，身体健康！"

"好好，新年快乐！潇潇呀，你啥时候回来呀？外婆想你呀，早晓得你要去这么多年，外婆就不该放你走呀。"

"我最最亲爱的外婆，我也想您和外公呀。不过，不要急哦，今年六月我不是就可以回家了吗？"

"我讲潇潇呀，快跟你爸讲两句，等一会儿他舌头大了，你就听不清了。"

"潇潇，别听你妈这样子损你老爸……"

潘家的小年夜团圆饭，尽管只有四个人，却溢满了浓浓的亲情。

晚饭后。仁道坐在自家的三人沙发上，用牙签剔着牙。突然，他接到郁校长的一条微信。

"喂，晓华，谢晓华！"他对着厨房叫道。

"哎哟喂，啥事情这样大呼小叫的，做啥啦？"谢晓华出来，郁仁道示意她坐下来，"哎哟喂，你爸爸要分家产了？"

"是啊！"

"哎哟，哪能才分到两百万？"谢晓华显然不满足。她心里想，当年自己讲过的，要是仁义不回上海，自己起码能多得一百万。

郁仁道听了老婆的话，马上瞪起双眼说道："啥意思，加上甜甜的，不是250万了吗？还嫌少！我倒要看看，你爷娘能给我们多少？"

谢晓华知道自己说错了话，她的父母哪里有钞票给她？平时，父母有点钱

- 270 -

— 算 · 计 —

都贴给她唯一的哥哥了。当年她哥哥17岁去东北插队落户，回来后分到公交车队，干了几年下岗了。嫂子是他哥哥从东北带回来的。唯一的侄子户口随她哥签回上海，而嫂子的户口前几年才解决。于是，她马上讨好地说："仁道，讲真心话，这钞票阿拉可以换一个大房子了，最起码和你大哥家一样大的，对吧？"

"我就不明白了，你哪能老是跟老大家比？"

"为啥不能比的啦？他一个外地大学毕业的，你可是阿拉上海电大毕业的。米兰和我一样不都是下岗工人？她家郁宏是大学生，阿拉甜甜也是大学生。他家凭啥就可以住那么大的房子？"说着，她双臂合抱比画了一个圆，"这下好了，阿拉也能住大房子了，嘻嘻嘻……"功夫不负有心人，谢晓华终于盼到了头。这么多年来，她就是从心里嫉妒仁义一家。最叫她耿耿于怀的就是仁义生的是儿子，郁父重男轻女，以后家产肯定都给孙子的。所以她要防，要盯牢！

仁道一听老婆的话，懒得和她解释，自己一个电大大专生怎么能和老大全日制的本科生相提并论？米兰和她倒是一样的，但是人家父亲是老革命，是军队离休老干部好吧！你自己家世代农民，到了你这一代总算进厂做了工人，也算你们谢家光宗耀祖了。

"小年夜的，甜甜疯到哪里去了？"仁道问。

"不是同你讲过了吗？和几个同学出去了呀。我讲，你快回你爸信息呀，就讲我们没意见，听爸的安排。"

"你懂啥呀？急吼吼的做啥？明天再讲！"仁道这是策略。越是想要的，越不能表现得着急，他相信，大哥二哥也不会这么急。真是头发长见识短的女人！

郁仁道明白，为了谢晓华，他跟大哥二哥的关系渐行渐远，远不如婚前那么融洽了。要不是谢晓华给自己生了一个伶俐的女儿，说不定他早就休了她了。在晓华前面谈的一个女朋友多贤惠、多好看，母亲也是喜欢得不得了。可是一次偶然的机会，他就鬼使神差般，与谢晓华好上了，没过多久，他就将那个贤惠、好看、善良的章恬静给抛弃了。父亲只说仁道在婚姻上有些草率，可是母亲怎么也想不通。

— 算·计 —

"我讲仁道呀，你和恬静谈了有三年了吧？怎么就吹了呢？现在这个女朋友，家里的情况你清楚吗？"

"姆妈，这件事情你就不要问了。"当谢晓华正式进入溧阳路的家时，郁母更是不能接受，单从外貌和谈吐上，她就和章恬静差远了。但就是这个谢晓华，别看她文化不高，相貌不及章恬静，可是对付恋爱对象，她有她的绝招。不久，仁道跟父母说，要和晓华结婚了。母亲说："仁道呀，你这岂止是草率，你这是拿婚姻当儿戏呀！"仁道说，自己没办法，他和她要奉子成婚了。郁校长一听，差点气炸了肺。这是多么丢人的事情呀！在这样一个知识分子家庭，居然会养出这么没出息的儿子来！他对仁道说："你这不争气的东西！赶紧滚，我可丢不起这个人！"

母亲终归是母亲。看着可怜巴巴的小儿子求她，求父亲原谅他。母亲心软了。虽然不情愿，但毕竟是自由恋爱的时代。眼下谢晓华又有了身孕，能把他们往哪里赶啊？好说歹说，一个星期后，郁校长也默许了这桩婚事。

当他们从医院抱着女儿回家，叫郁家父母给孩子起名字时，母亲建议把"恬"字放进去，郁校长说不妥，毕竟不是仁道和恬静的女儿。母亲说，我就是舍不得恬静这姑娘，留个纪念总可以吧？郁校长灵机一动，说："老二家的叫潇潇，不如这小姑娘就叫'甜甜'，'甜甜蜜蜜'的甜。"

"好呀，好呀，就这么着吧。"郁甜甜的名字就是这么来的。

岁月不饶人，如今仁道跟谢晓华也生活了20多年。他想，父亲这次能分家产，虽说不能再多分点给他，毕竟还算公平。

谢晓华还是有些不服气，凭啥只得250万。他郁仁义生在上海，可是长在外地，基本上就是外地人，米兰生在山东，长在上海，也是半个外地人。而哪里像自己娘家，那可是真真的上海土著呀！爷爷奶奶都是当地的农民，是大上海城中村里的人呀！要不是拆迁，爹妈把分到的两套房子，给了哥哥一套，恐怕他们到现在还在租房子。娘家是指望不上了，千万不能放过婆家的一切机会。她不明白，潘岩和冯一凤清高，是因为她们家里都有钞票，而米兰家跟她谢晓

— 算 · 计 —

华家都差不多，她也跟着老清高的，搞不懂。不管怎样，我谢晓华马上也要有钞票了！

谢晓华当然不明白，拜金主义者往往是一个极端的个人主义者，他们奉行金钱至上的观念，认为金钱不仅万能，而且是衡量一切行为的标准。

她怎会懂得金钱以外还有更重要的呢？真是难为她了。

大年夜，冯家的年夜饭吃得尤为热闹。他们把原本计划在外面吃的年夜饭，改在了家中。因为大家一致认为，冯一波夫妇的厨艺不逊色于外面的大厨。

冯一波和黄黎明是主厨，郇仁芝带着亚琳打下手。一时间厨房内外食材摊了满地。客厅里，姜家父子、一涛、亚森、继伟在高谈阔论。双胞胎和付亮都跑到乐景怡房间里，由季惊鸿看着，在老太太屋里寻宝。

这宝贝本来也不算什么稀罕物，只因古人诗句里有"葡萄美酒夜光杯"而使它名扬天下。早年，乐启钊为甘肃酒泉的一个官员的儿子治好了癫痫病。那官员亲自登门，百般感谢，一进门便呈上一套夜光杯。客人很健谈，说这夜光杯是他们祁连山的特产，当地有"金张掖、银武威、玉酒泉"之说。酒泉玉按照颜色可分为墨玉、碧玉和黄玉，这些都可以用来制作夜光杯。客人给乐启钊送的是一套墨玉制作的，纹饰天然形成，墨黑如漆，高贵大气。这种杯子具有耐高温、抗低温的优点，无论斟烫酒还是冰冷酒都不会爆裂。交谈之中，客人讲了夜光杯的历史故事，乐启钊十分感兴趣。在将要离开时，客人突然从身上掏出一个信封，要塞到乐启钊手里。乐启钊当即谢绝。最后，答应留下这套夜光杯。

自从双胞胎会背诵王翰的《凉州词》后，一到老太太家里，准要来看这套神奇的夜光杯。她们每次都问夜光杯真的会发光吗？妈妈季惊鸿答不上来，她说："等会儿问你们爷爷去，他一定晓得的。"

冯一凤嗑着瓜子，陪着乐景怡坐在大阳台的藤椅上，谈着翟雯虹怀孕的事，这是今年春节冯家最开心的一件事情。

冯一凤更是为了这个高龄孕妇忙里忙外。年前，她就拉着米兰去万达广场、

― 算·计 ―

巴黎春天，逛妇婴商店，买了一大堆母婴用品。还声称，要是雯虹给冯家生个男丁，她承包宝宝三年的里外行头。

这么一说，便遭到母亲的批评："一凤呀，又在瞎讲八讲了？都啥年代了，你比我这个老太太还封建？"

"姆妈，你可不好批评我的。我还不是为冯家着想的呀！"

"那如果雯虹生了女孩，你这做姑奶奶的就不认她了？没有道理的！"

"哎呀，我也就是嘴巴上讲讲呀。姆妈，侬千万不能在此地开我批斗会呀。咯咯咯……"冯一凤说完自己先笑了起来。

"喂，小管呀，你好你好！新年快乐！"郁仁芝接到中介管彤彤的电话。只听到小管说："阿姐，电梯房住着适宜吧？满意就好，满意就好。今天就是给你和大哥拜个年，祝你们一家新年快乐，平安幸福！"

"好的，小管，谢谢你。我也祝你们全家新年快乐，健康幸福！"

"谢谢！不打搅了。再会，再会！"

郁仁芝挂了电话，正要到厨房继续帮忙，冯一涛问："啥人电话啊？"

"就是帮我们卖房买房的小管。"

"啥事情？"

"没事情，就是给阿拉拜个年。"

"你老厉害的，买卖房子也能同人家交朋友。"

"这有啥的啦。我妈妈就讲过多交个朋友多一条路。"

年夜饭开始了，以地方电视新闻为背景声音，大家有说有笑，按照辈分顺序，儿孙们给乐景怡敬酒祝福。

一轮敬下来，老大美媛问姜羽维："爷爷，爷爷，夜光杯真的会发光吗？"

"咦，怎么想到夜光杯了，美媛？"姜申奇怪。

"喏，刚刚三个小朋友又到太太房间里看宝贝了。上趟就问过这个问题，我哪里晓得？"季惊鸿道。

"爷爷，你快讲呀！"老二丽媛也叫起来。

"好好，爷爷给你们讲。但是爷爷有个小小的要求，还有小亮亮，你们三

一 算 · 计 一

个听好了,爷爷讲完以后,你们要去给太太磕头,一人磕三个头。嘴巴上还要讲:'祝太太新年快乐,健康长寿!'听清楚了吗?"

"听清楚了!"

"听——清——了。"

"哎哟,姜羽维,你不要欺负他们了,快讲呀!"冯一凤着急了。

"哈哈哈,好,爷爷开始讲了。"姜羽维告诉大家,这夜光杯本身是不会发光的。在古时候,人们在月光之下把酒言欢,将那美酒斟入杯中,月光透过通透如薄翼般的杯壁,与酒色相辉映,杯子便会闪闪发光,由此产生了奇妙的视觉效果。

"爷爷,我们也来试试看好吧?用你杯子里的酒。"丽媛说。

"好是好呀,可惜今晚到哪里去寻月亮姐姐呢?"姜羽维问。

"唉,真没劲,为什么过年还要下雨呢?"丽媛又说。

"好了,好了,爷爷刚刚怎么讲的?去给太太磕头去,要不然过年红包没有啦!"姜申逗着孩子们。乐景怡更是合不拢嘴,"你们不要寻他们开心了。都啥年代了,还让人家磕头呀。"

冯亚琳提议让双胞胎给大家唱了一首《新年好》。于是美媛和丽媛拉着亮亮的手,唱起:"新年好呀,新年好呀,祝福大家新年好……"

一曲唱罢,掌声响起。亮亮见大人们鼓掌,他也跟着拍起小手来。

"上菜了!"随着冯一波的这一嗓子,年夜饭开席了。

冯家的年夜饭,热热闹闹,欢天喜地。足足的年味充满了整个客厅。

相比之下,郁校长家里的年夜饭气氛是沉闷的、严肃的。仁义和仁德陪父亲吃着饭,默默地看着新闻。

快吃完饭了,郁校长说:"仁德呀,等一下你洗洗碗,我要跟仁义谈点事情。"

"晓得了!"

"来,仁义,你到沙发这边来。"郁校长把仁义叫到客厅里,声音压得很低,神神秘秘的,生怕仁德听到。

— 算·计 —

郁校长问:"昨天晚上你们收到我的微信了吧?"

"收到了,时间太晚,怕影响您休息,所以没回。"

"我估计也是。那么你现在好表态了吧?"

"爸爸,眼下您不要想这么多,您的主要任务就是治病养病,不要多想。我们都会尽心尽力照顾您的。"

"我怎么不要多想?我百年后,假设我的房子是八百万,你们三兄弟各一百五十万,一百万给宏宏,给潇潇和甜甜各五十万,还有一百万给你妹妹仁芝,最后五十万放在你这里,给荣老师养老看病。房子里的东西由你这个老大全权处理。你看怎么样?"

"爸爸,现在是集中精力给您看病的关键期,我不想听这些。"

"公证处、房产交易中心我都去过了。我准备这样分配这个房子。我现在除了这个房子,没什么别的财产。"

仁义不知道再怎样和父亲交流,因为前不久他说自己还有100万现金,声称给荣老师50万,自己留50万看病足够了。再回忆一下昨晚的微信,房子总价值1000万,过了一个晚上少了200万,真不知道父亲的真实想法是什么,他哪一句话才是真的。

郁校长又开口了:"我给你讲了,你要是同意,就要签字。你要是放弃,也要签字。郁宏也一样。春节一过,我就和你们几个到公证处公证,然后房子进行拍卖!"

仁德洗完了碗,说他要走了。郁校长说:"我还有事跟你商量,怎么就走了?"

仁德说他要到岳父家去接潘岩,郁校长只能作罢。

郁校长原以为自己坐拥上千万的房产,儿女们一定会殷勤伺候、百般讨好。可是,这几个孩子怎么跟别人家的不一样呢?他们孝顺,但不谄媚;尊老,但不虚伪。按理来说,老大仁义家境不太好,怎么一提及房子,他就避而不谈?他是真不想要,还是想要又不好意思讲?仁德和仁芝他就更猜不透了。仁道家里最困难,加上一个谢晓华,你全给了他们,恐怕他们也敢要。郁校长可能忘了一个常识,家族传承财产,只管往下传,一般没有不要的道理。因为大家都

— 算 · 计 —

知道那些身外之物是带不走的。除非你自己不想传给子孙,那就另当别论了。可是,郁校长硬是要多此一举,让孩子们表态,要财产就签字,不要财产也要签字。这不太像是家里留财产,倒像法院判决案子。

晚饭之后,仁道和谢晓华来了。两人一进门满脸堆着笑。

"甜甜呢?"郁校长一看只有他们夫妻来便问。

"哦,甜甜到小林家去了,丑媳妇总要见公婆的。"

"仁道,你凭啥讲阿拉甜甜是丑媳妇?甜甜哪里丑了?"

"哎呀,你不要搞,好不啦,我就是用一个现成的俗语讲明意思,真是的!"仁道把带来的东西给父亲看,"老爸,这是我单位援藏干部带回来的虫草,我叫他帮我买的。你看好吧?"

见小儿子拿出一盒足有半斤的虫草来,郁校长笑了:"仁道呀,看来我这个老爸没有白疼你呀!"

"晓得的,爸爸。阿拉都晓得,爸爸一直最欢喜阿拉仁道和甜甜啦!"谢晓华笑得满脸绽花,"你看,昨晚你发的信息,讲要给我们250万,真是太好了,我们终于可以调换一套大房子了。谢谢爸爸!"

"哈哈,先不要急着谢谢我。要是我把这个洋房统统送给你们,你们看好吧?"

"真的,爸爸?"谢晓华先是不敢相信,看着郁校长一副认真的样子,"哎哟喂,老天爷真是帮忙了!"这不正是她梦寐以求的吗?

想想这些年在他郁家受的气,现在终于有出头之日了!钱是什么?钱是亲爷娘!她潘岩傲气,冯一凤傲气,不就是仗着自己家里有钞票吗?哼,没想到老天爷开眼,我谢晓华也是有钞票的人了!她心里不停地默默念着:"老头子千万别变卦!千万千万不能变卦呀!老天爷,再帮帮阿拉一家呀!"

— 算 · 计 —

第二十六章

　　年初一早上，仁芝来换仁义的班，叫他早点回家。昨晚他们自家的团圆饭都没吃上，这边有她就行了。下午仁德来，父亲在午睡，兄妹俩怕影响到父亲，就到楼上书房里聊天。

　　仁芝有一个疑问在脑海中，但一直没有机会问。

　　"二哥，我问你，你为啥从来不在爸爸这里过夜？"

　　仁德一听，苦笑了一下，说："想听吗？"

　　"当然想啦，否则我问你做啥？讲来听听呀！"

　　仁德讲从质子重离子医院回来的那段时间，父亲说自己的身体到了关键时刻，怕半夜有什么事情，荣老师应付不了，于是要求两个儿子轮流在家里过夜，要像在医院那样陪护他。

　　仁德指着保姆现在用的这张折叠床说："就把这张床搬到楼下，陪着老爸。你晓得吧，有天半夜，我睡得正香，忽然有一张脸向我凑近，本来我当是自己做梦，睁眼一看，你猜是啥人？"

　　"啥人？"

　　"老爸！"仁德指着楼下说，"哎哟，当场吓死我了。定睛一看，老爸手里拿着一只杯子，双眼直勾勾地盯着我。我讲，'半夜三更你做啥？'他也不讲话。转过身，回到自己床上去了。第二天问父亲为啥半夜起来？他讲睡不着，起来吃点水。你喝水就喝水吧，黑暗之中，一张老脸快贴到我的脸上，多吓人的！"

　　仁芝听完，不禁咯咯咯地笑了起来。仁德示意她小声点。她笑了好一会儿才说："我当是啥呢！自己的爸爸看看你有啥的？像我们在医院工作的人，每天都要见那么多生老病死，像你这么胆小，老早不是吓死也吓疯了，你讲是吧？"

　　"哎哟，小妹你不懂，他要是这一次就算了。好几次，我都怀疑老爸脑子

- 278 -

算·计

是不是有毛病呀？怎么像夜游症一样？"说着仁德不由得打了个寒战。

所以，这就是仁德再闲也绝不在父亲家里留宿的原因。仁芝心想，这个哥哥还是男子汉吗？如此小的胆量。

"小妹，你想妈妈没有？"

"以前工作忙的时候不太想。这几年倒是常想小时候的事情。想妈妈给咱们做新衣裳，做好吃的。对了，哥，人家讲常常回忆过往的人，是变老的表现。呀，我是不是要衰老了？"

"废话，啥人不是慢慢在变老，你看到有人越活越年轻吗？"

"有的呀，一涛他阿妹呀。"

"小妹，小妹呀！"

"哟，老爸睡醒了，来了来了！"兄妹二人下了楼。

仁芝把温在小电锅里的四味茶端出来，父亲慢慢地喝着，喝完之后，仁芝将一条温热的小毛巾递给父亲。父亲擦好了嘴巴，又擦擦自己的双手，把毛巾还给仁芝。

"小妹呀，过半个小时，我要吃药的，别忘记了。"

"忘不了，你忘了你女儿是做啥的了？"

"仁德呀，你把猕猴桃拿一只出来，等会用温开水温一下，我要吃的。"

"晓得了！"

"哎哟喂，不是你那种温法。猕猴桃什么含量最高？自然是维生素C了，你直接把热水瓶里的水倒进去，会把维生素给破坏掉呀！"郐校长叫起来，随后他又对仁芝说，"小妹呀，今天是几号了？"

"1月25号，大年初一呀。"

"哦，上趟讲各大医院2月3号就有门诊了，还有九天。"郐校长心里数着，自言自语道，"1月30号小孙回来，还有——五天，对，还有五天就回来了。"

"老爸，我可提醒你，今年不比往年的，小孙能不能按时回来还难讲，医院能不能按时开诊也难讲。"仁德说。

— 算·计 —

郁校长把仁德和仁德说的话当空气，他只管拿着手机给仁义打电话："喂，仁义呀，仁义，你赶紧跟小孙联系，问她30号的票买了没有？叫她一定要30号回来，她的车票我来报销。你跟她讲清楚。"

郁校长对这个小孙十分满意。年轻，漂亮，还勤快，让干啥就干啥，使唤起来得心应手，就是能吃了点儿。记得有一次，仁德说他爸挑保姆，又不是挑妃子时，郁校长直言不讳地说："你倒讲得轻松，要是让你每天看着一个丑八怪在身边晃来晃去，你还会有食欲吗？况且我这个病本来就是要靠多吃来维持营养的。真是站着讲话不嫌腰疼！"

郁校长希望小孙如期到来，他可以不像关照仁德这样费力气，可以优哉游哉地享受余下不多的人生。各大医院只要一开门诊，有保姆推着轮椅，左右儿女相伴，他的新一轮求医问药就可以正式拉开帷幕了。

"爸爸，我哥讲的话，你不要不当一回事啊。最近一段时间，你就好好在屋里待着，哪里都不要去。需要啥东西，我们都会带过来的。"

晚上，仁义打来电话说，小孙买到车票了。

郁校长一听，高兴起来："好好好，仁义。回到上海，我会大大地奖励她的。太好了，太好了！"自从下午四点多仁德离开后，郁校长就在焦急地等着仁义的回音。

这精神一放松，瞌睡就来了，"小妹呀，你帮我早点灌热水袋吧，今天再多灌一个，昨夜里有点冷。"

"爸，我给你的电热毯为啥不用了？要不就开空调吧。"

"不要，我不要开空调。你要开，回你自己书房去开好了。"

"那就开电热毯吧！"

"不要，不要，我还是欢喜热水袋。"

郁校长总觉得电热毯不安全。仁芝跟他解释过，说这种进口的质量很好，可以放到洗衣机里洗的。他才不信呢！他认为最最安全的就是热水袋！

年初二一大早，仁芝还在给父亲烧早饭。仁义已经到了，他说外面很冷，

— 算·计 —

风很大。

"仁义呀,我今天突然想吃红烧肉了,好想的!"

"那我马上去附近超市看看。"仁义刚想走,被父亲叫住。

"这样,你一样要出去,就帮我看看这四个地方,开不开门?何时开门?要是有通知的话,拍个照片回来。"父亲递过来一张小纸条,写着"中西医结合医院、吴记新客来、红星照相馆、智存打印社"。仁义出了门,迎着寒风走了。

"爸,你也是的,这么冷的天气,叫我大哥买好肉就赶紧回来,看那么多地方开不开门做啥?不是同你讲过,没事千万少出门,尽量不出门。你是病人,病人免疫力最差,你晓得吧?"

郇校长说:"仁芝呀,你帮我把轮椅推到院子里,我要晒晒太阳。"

"不行的,外面老大的风!"

"我就是要晒太阳嘛!"郇校长又像小孩子一样胡闹起来。郇仁芝说:"好好好,我来给你想办法,好吧?你不要闹啊。"

郇仁芝打开房门,太阳照了进来,冬天是西北风,这个位置蛮好,刚巧是背风的。她把父亲推到门口,再到他的床上取来一床轻薄但很保暖的法兰绒毯子盖在父亲腿上。"怎样,舒服吧?"

"好得很,好得很!谢谢我的小妹!"

仁芝带着既心疼又埋怨的口气说:"爸,你现在可不像以前的。怎么搞得像个小孩子一样的?我看就是荣老师和小孙把你宠坏了。"

"天猫精灵,播放京剧《智取威虎山》第五场。"

"好的,天猫精灵为您播放京剧《智取威虎山》第五场,'打虎上山,穿林海跨雪原……'"

郇仁芝无奈地摇着头:"唉,真是个老小孩呀!"

仁义回来了,"爸爸,你怎么坐在门口,不冷吗?"

郇校长得意地说:"小妹想的办法,好吧?"

"好是好,那你当心点,冷了就关门。"仁义把肉递给仁芝。仁芝到厨房里忙去了。仁义拿了个小方凳坐在父亲身边和他一起听着京剧。过了一会儿,郇

— 算·计 —

校长要喝水,说想喝白开水了。天天喝四味茶,喝得都反胃了。仁义取来一个玻璃杯,倒了半杯开水,然后掺点凉开水。郁校长接到手里就说:"太烫了!"

"爸,不烫的,杯子热,是因为我先倒的开水,你试试看。"

"我不要试。人家小孙都是这样试好了给我的。"说着他给仁义做个示范,仁义不看不知道,一看吓一跳!原来就是像喂婴儿的奶瓶一样,奶瓶头朝下,滴出奶滴到手背上试温。仁义觉得不可思议。给婴儿试温,是因为婴儿没有行为能力,更不知烫。父亲是腿不好,又不是脑不好,手不能动。要做这个动作,他自己也完全可以完成的呀,何况成人用自己的嘴去感温再正常不过了。为什么非要叫大家这样做?是小孙做过母亲的一种习惯,还是父亲要求她这样做?匪夷所思,匪夷所思呀!腿部伤口已经愈合的父亲,在家不是睡在躺椅上,就是坐在轮椅上,外出一定要坐在轮椅上。小妹曾提醒过父亲,要适当走动,否则腿部肌肉会萎缩。可是,他不听。他有自己的一套训练腿部肌肉的办法,那就是叫小孙把他每天晚上用过的热水袋留出来一只,不要倒掉里面的水,放在自己的双脚背上。这样他可以双腿抬上去,又慢慢放下来,每次做20下,一天做两三次。郁氏大蒜精没有机会制作了,郁氏腿部肌肉训练操倒是被给他发明出来了。

中午,仁芝把红烧肉烧好了,郁校长又说不想吃了。下午仁义又出去给他买回两条鳜鱼来。仁义进了门,仁芝才离开父亲家。

这一天下来,兄妹两个一刻不停。郁校长一会儿提这个要求,一会儿又提那个要求。仁义深深体验到,小孙能应下父亲家的活,还真不容易呀!

小孙终于准时回到上海。郁仁芝早早等候在父亲家里,与小孙做了个交接班,她才离开溧阳路。

回到家中,仁芝觉得有些疲乏。她打开音响,邓丽君纯净甜美的声音,《千言万语》舒缓的曲调,如同一个按摩师,温柔地给仁芝的精神按摩着,很快她就感到一种轻松和舒服。

他们这一代是改革开放时的青年一代,那时的他们朝气蓬勃,听着港台歌

- 282 -

一·计一

星的"靡靡之音",憧憬着美好的未来。在国家恢复高考制度后,他们发扬中国女排的拼搏精神,践行着周恩来总理的"为中华之崛起而读书"。仁义和仁德就是在那三四年内分别考上大学的。虽说几年后仁芝上了卫校,但那是她自己喜爱的专业。她的榜样是南丁格尔。她喜欢她的一句名言:"能够成为护士是因为上帝的召唤,因为人是最宝贵的,能够照顾人使他康复,是一件神圣的工作。"因此,她为病人服务了一辈子,无怨无悔。如今,在照顾老父亲的过程中,虽然辛苦,而几十年的习惯,让她依然极有耐心和一丝不苟。但毕竟也是奔六的人了,她明显地感觉到有些体力不支。还好父亲有小孙的照顾。

在沙发上休息了一会儿,她要收拾整理家务了。

多年来,不管是以前的复式大房子,还是现在住的电梯房,仁芝从来都是一个人收拾打扫。她爱干净,喜欢整洁。每逢看到妻子累得满头大汗时,一涛帮不上忙就会说:"搞这么干净做啥?又不是天天来客人。"仁芝总是回答道:"你懂啥?自己的屋里,清清爽爽,我心里舒服,又不是给外人看的。"一涛建议请个钟点工,更是被仁芝驳道:"你钞票太多是吧?"一涛就不再讲什么了。

整个春节期间,天像漏了一样。这雨几乎没停过。

仁义跟米兰絮叨着,还是要经常给父亲买点菜送过去。米兰说下雨天,多不方便,小孙买就行了。在一旁的郁宏说:"这还不简单,我同学家里在用'东东买菜',直接送货到家。"

"什么东东买菜,郁宏快给咱们家弄一个,我给你爷爷买菜。"

"手机给我。"只见郁宏很快下载了一个"东东买菜",又把郁校长家的地址设为默认收货地址,"好了,老爸。"

这天,仁义在"东东买菜"上成功为父亲买了甲鱼和黑鱼,还有几种蔬菜。他微信通知保姆:小孙,今天在网上给我父亲买了菜,快递留你的电话。谢谢。

"知道了,大哥。"

一连几天都这样买,保姆也说很好。

就在仁义十分得意这个买菜软件时,万万没想到这天买的一条鲈鱼和一份

— 算 · 计 —

稻花鱼出了问题。鱼本身没有一点问题，问题在于要吃鱼的人在主观上认为鱼有问题。

原来上午收到菜，小孙把一条鲈鱼洗好，又把稻花鱼去掉了鱼头，洗洗干净。这时，郇校长问今天中午吃什么，小孙说，大哥今天买了一条鲈鱼，中午吃，还有七条小鱼晚上烧。

听到七条小鱼，郇校长像触电般抖了一下，他执拐杖走到厨房，七条没有头的小鱼齐刷刷摆在菜板上，郇校长顿时勃然大怒，小孙不知道自己做错了什么，带着哭腔问："叔叔，你不要生气，是我做错什么了吗？我改，我改。"

"同你没关系，你，你马上给我大儿子打电话，不对，打视频，视频。你就问他，买七条小鱼是啥意思，他想干什么？"郇校长完全失态了。

"大哥，叔叔让我问问你，今天为啥买七条小鱼？"

仁义看着手机屏幕上的小孙，一头雾水："什么七条小鱼？小孙你把话说明白。"

还没等小孙再说话，郇校长抢过小孙手机，在屏幕上几乎是穷凶极恶，"郇仁义，你买七条鱼给我是啥意思？你是不是要故意气我！盼着我死对吧？你这个混账东西！"

不等仁义明白过来，更不等仁义辩解，对方已挂掉了视频。米兰在旁边听着，也是云里雾里，他们不知道自己做错了什么！过了几分钟，父亲发过来一张照片。照片上横放着一条大鲈鱼，它的下方依次排列着七条无头小鱼。小鱼的下方有父亲的亲笔字条一张：这是逆子特地送我的"纪念品"！

看到这里，仁义总算明白了，原来这份稻花鱼是七小条，而自己家收到的比父亲家的大，是四小条。这是商家按分量称的呀，这哪里是郇仁义能决定的。米兰说，要是把这四条和爸爸家的调换一下就好了。仁义立刻说，那样更是在找死，四条鱼的四，不就是"死"吗？直接盼他死，我看你是不想活了。米兰说，那可怎么办？唉，欲加之罪，何患无辞啊。仁义心里苦闷极了。但是转念一想，兴许父亲今天心情不好，最近一段时间他不能出门，心里憋得慌，明天可能就忘了。

— 算 · 计 —

又过了半个多小时,仁义手机响了,他一看是荣老师从美国打来的,"您好,荣老师,您这个时候还没休息呀?"

"哎呀,仁义呀,你怎么会闯这么大的祸呀?"

"怎么啦,荣老师?"

"你爸爸刚才跟我视频了半个小时啊,你怎么好给他送七条鱼呢?这七条鱼你爸爸理解是'头七'的意思,是有用意的!他活得好好的,怎么就给他做头七了呢?"

仁义这才知道父亲为什么发这么大的火。他在青藏高原生活了近20年,对上海是不是有这种风俗,他是不知道的。兴许是这几年生病,父亲更加惜命,他忌讳与死相关联的一切。仁义马上说:"荣老师,我哪里知道商家会送七条鱼呢?这不大家都在网上买菜,我们也想不要叫小孙老跑菜场,您也知道这边疫情发展很快,我不明白父亲为什么会这样想。我,我……"

听着丈夫还没说到点子上,米兰急了,抢过仁义的手机,对荣老师说:"荣老师,爸爸是不是故意找事情,他就是欺负我家仁义老实!那按我的理解,还有一条大鲈鱼加起来不是八条了吗?怎么就变成做头七了?这么多年来,我们做儿女的,什么事情都依着他,尽量不惹他生气,他毕竟是仁义的生父。可是,这样诬陷我们谁受得了?"说完把手机又扔给仁义。

"我明白了,仁义、米兰,看来这件事情上是爸爸错怪你们了。这些年来,我都看着的,你这个半路回来的亲儿子,做得仁至义尽了。好吧,我再同你爸爸说明一下。好了,米兰你也别多想了。"

"谢谢荣老师理解。"

这么多年来,荣老师就是家里的天平秤,在力所能及的情况下,她总能维护仁义他们这几个孩子,尤其是对仁义。

记得有一回也是为一点点小事,郁校长大做文章,恨不得把仁义批倒批臭,再踏上一只脚,让他遗臭万年!那是母亲住院近一个月,仁德的丈母娘摔了一跤,仁德下了班直接到潘岩父母家。他跟仁道说,让他无论如何到医院替自己值一晚上班。仁道爽快答应。其实,这期间,仁道也来过医院一两次,都是因

一·计一

为两个哥哥临时有急事,把他叫过来顶一下。

晚上,护工只管自己睡觉,可能是白天太累了。仁义和仁道说好还是两个小时换着看护。到了夜里三点,该仁义值班了,可是仁道叫了他几声,他没听到。仁道便不作声,直到快五点,仁义一下子醒了,看着仁道在母亲床边,他猛地从躺椅上跳起来。

"不好意思,怎么睡过头了。仁道,你怎么不叫我呢?"

"大哥,我知道你一定是累极了,没关系的。我多值一会儿也是应该的。"

仁义对这个难得过来陪护母亲的小弟,有点小小的感激。毕竟是手足情分啊!

可是,没过几天,父亲对他说:"仁义呀,你们每天晚上陪护你们的妈妈,一定要尽心再尽心,现在可是关键时刻了。"

仁义立刻回答:"那是那是,儿子一定尽心尽力。放心吧,爸爸!"

郇校长用质疑的眼神看着仁义,仁义被看得心里直发毛。父亲这是怎么了?见仁义有些拎不清,郇校长就帮他拎拎清楚:"仁义呀,爸爸也知道你们三兄弟很辛苦,但是再苦再累,你们也是在照顾你们的亲妈妈,她这辈子为我们郇家立下了汗马功劳。你们两小时换一班,不是我随便安排的,那是有科学依据的。你们要是谁多睡了两个小时,没有及时观察和排放导尿管,那是会出现问题的!"仁义总算听明白了。自己多睡了两个小时,可是又不是没人看着呀,这,这……

"哦,我晓得了爸爸。以后一定当心!"

这件事随着母亲的离世,应该成为历史了吧?可是多年后,荣佩琪进了溧阳路。郇校长就不止一次地提到过这件事。在他郇校长看来,仁义对母亲的感情不深,所以不尽心。荣老师却劝道:"年轻人,白天上班,夜晚陪夜,又连续那么多天,多睡一会儿再正常不过了。"可是,郇校长哪里听得进去。荣老师心中一疑,这家老三打小报告干什么?

荣老师跟郇校长生活的时间越长,她越能看清他本质上的东西,也就越能懂得仁义这些年来的委屈。近几年,荣老师私下不止一次地对仁义说:"仁义呀,

— 算·计 —

你爸爸就是这么一个人，过去我们只看到他光鲜的一面，我和他结婚10多年，才知道他的庐山真面目。唉！老都老了，许多事情我也就忍了。你是他的亲儿子，你就多让着他吧。唉！怪来怪去，仁义呀，你就是投错了人家呀！"听到这里，仁义居然会掉下眼泪。是啊，同样是一个大家庭，为什么小妹她婆家就那么和睦，为什么我们家就天天要搞"阶级斗争"？自己也快65岁的人了，也有妻儿，还有了小孙子，为什么父亲四代同堂其乐融融的日子不过，非要隔三岔五寻出点事情来？这么精明的父亲应该明白的呀，他寻事，大家不开心，最后他自己也不开心，不舒畅，这是何苦呢？今天为了七条小鱼，他就这样不依不饶！

米兰看着仁义如此痛苦，她想帮他顺顺气，就说："真不知爸是怎么想的，你回到上海30多年，我们哪一次不是按照他的要求做事？可是做到最后，他还是不满意。为什么？按照姜羽维对一凤讲的，他的要求就是太高了，他把我们，包括仁德都当成他的私有财产，任意支配惯了，他的要求就是让我们都跪下来给他做奴隶，他才能满足！别生气了，气坏了，小孙子要心疼爷爷了，是吧？"

米兰这最后一句话，是仁义顶要听的。他冲着米兰笑了一下："好了，没事。我不会生爸爸的气。"

晚上，荣老师发来一条信息，说她跟父亲解释了半天，就是解释不通。随他去。仁义，你是没有错的。

虽说荣老师理解仁义两口子，但是他俩心里还是很委屈。第二天早上，两人心情都不好。米兰在客厅擦桌子，见仁义又将耳机乱扔，便顺手甩到沙发上，不料掉入缝隙中。仁义问："怎么了？一大早摔什么东西？"

米兰说："你的耳机乱放，我把它扔到沙发上，不小心落入缝隙里了，你捡一下吧。"

仁义不耐烦地说："这要把沙发拖开来才行呀。"

米兰："不用拖，手伸进去拿得到的。"

"不拖拿不到的呀！缝隙这么小！"

米兰生气了："既然你要拖出来，就把沙发下面打扫一下。"

"啊，都要扫？整个拖出来都要扫？"

— 算·计 —

米兰更气了:"扫什么扫?你能扫干净吗?"

"你不是让我扫吗?扫就扫!"说完仁义把茶几拉动了位置,显然他在赌气。

"说不要扫,就不要扫,你扫不干净!你为什么非要搞点事儿!说不扫就不扫了!"

"你的意思是要扫!那你去休息,我来扫!我慢慢扫总能扫干净吧?"

"郁仁义,你今天硬是要扫,我就把沙发剪了,不想过就不过了!忍你到现在!看着你被你爸折腾的可怜相,我就提醒自己,尽量不跟你吵!尽量不跟你吵!你这样走极端,非要搞点儿事,这日子就别过了!我是不是欠你们郁家的,真是见鬼了!呜呜呜……"米兰第一次发这么大的火!她实在是太委屈了,她需要发泄。长期以来,丈夫受他父亲的气,他却既不敢怒,也不敢言,就会在家里生闷气,或是跟米兰过不去,米兰能不气愤吗?这时,仁义不知所措,沙发上的贝贝狗却紧挨着米兰,小舌头不停地舔着米兰的手,好像在安慰女主人不要哭了。

说心里话,仁义也不知道自己为什么会与米兰过不去,他心里苦,心里烦,但又不知道找什么人去倾诉,憋在肚子里,时间长了,就变成一种钻牛角尖似的对抗了。只是对抗的人,他不敢找父亲,那自然而然就落在米兰身上。他也知道不公平,父亲搞出来的事儿,却让无辜的米兰来承担。他真是没用啊!

郁校长把那张"图文并茂"的照片同样发给了仁德、仁道。仁道收到后,让谢晓华一起看。谢晓华看后愤怒地说:"啧啧啧啧,万万没想到,你大哥看着蛮老实,实际上他们最坏。他们这是明摆着盼老头子死呀!太毒了!太恶毒了呀!"过了一会儿,谢晓华突然忍不住一阵狂笑。仁道不解:"你疯了,有啥好笑的?"

谢晓华笑了好一阵子,说:"看你这点出息!你不觉得老天真的要帮咱们了吗?明早,我们到老头子家里去!"谢晓华此时的得意,绝不仅仅是她平时占占小便宜的贪心了,她对仁义家的羡慕嫉妒恨,就要有结果了,她怎么能不得意呢?

"你想去做啥?"

"当然去劝劝老头子不要生气了呀。讲来讲去,还是阿拉一家对他最好。"

— 算 · 计 —

第二十七章

仁义、仁德和仁芝在进行三方视频。仁义将事情发生的经过告知仁德和仁芝，他们今天要一起商量一下，接下来怎么照顾他们的老父亲。

"大哥呀，从近两年的种种迹象看，老爸可能脑子真有问题。你看，上次搞得兴师动众，要分割房产，闹腾了一圈后，现在也不提了。你好心给他买菜，他却把你想成盼他死的大坏蛋。退一万步讲，就算盼他死，第一个人怎么也轮不到你呀！就是全世界的人盼他死，那你也是最后一个！"仁德有点激动。

"大哥大嫂，你们看这样好吧？"潘岩略加思考后道，"我先把这种症状给我同学讲讲，让他问问他们医院的精神疾病专家，看看爸是不是有这方面的问题。我晓得，让他本人去，是绝对不可能的。他在'此山中'，未必看到自己的'真面目'。你们看怎样？"

"这个办法好，还是潘岩主意多。"米兰夸道。

"我觉得二嫂讲得有道理。"仁芝附和着。

潘岩最后说道："不管是精神上的，还是心理上的，我们也有的放矢地给他治疗。等有消息，我就告诉你们。"

放下手机，仁义似乎轻松了许多。在几家人商量之后，他感到有了一种力量。这种力量就是弟弟妹妹对他的理解，对他的尊敬。尽管父亲看不上他这个从外地回来的孩子，随便指责和训斥，这次更是过分，已经开始辱骂他了。他本以为自己受的委屈无人理解，荣老师理解他，但她在遥远的大洋彼岸。要是她在上海，在父亲的身边，她一定会向父亲解释，大儿子不是他郇校长想的那么坏，那么阴毒。他想起刚才仁德的那番话来忽然间有些感动。是啊，多年来自己在父亲面前如此唯唯诺诺，百依百顺，谨小慎微，还落得个图谋不轨的罪名。这是为什么？要不是自己离开上海时已经懂事了，他真不敢相信这些年来

— 算 · 计 —

这个叫郁文廷的人是自己的生身父亲。要说反省，仁义不知反省了多少回，可是得出的结论就是：人善被人欺，马善被人骑。难不成就是荣老师说的，他郁仁义投错了人家了？

仁道和谢晓华一大早进了溧阳路的院子，小孙把他们迎进门。仁道一见老父亲，就按照谢晓华出的主意，做出一副义愤填膺的表情来："老爸，昨天你发给我们的照片是真的假的？我不敢相信的！"

郁校长边吃着早饭，边点着头。

"我大哥太不像话了！老爸，不是我们讲你，你当初非要把大哥弄回来做啥？他记事不久就不在你的身边了，同你哪有父子情？你对他再好，最后怎样？还有你那个孙子郁宏，一年能来看你几趟？"

"就是，就是，爸爸，当年你叫大哥回来，我就同仁道讲过，你这边有仁德和我们家仁道，还怕没人照顾您老人家？这下可好了，谁能晓得他们会这样对你！"

"这是多大的伤害呀！郁仁义看着老实，真是'知人知面不知心'呀，太歹毒了！"仁道又说。

在一旁的小孙听不下去了，她小心翼翼地插了一句话："三哥三嫂，这是你们的家事，我一个外人本不应该插嘴的。我就是想说一下，叔叔现在不太生气了，你们就让他安心吃个饭吧。还有，就是昨天听叔叔和阿姨在视频里说的，大哥给叔叔的鱼是他们网购的，他们也不知道一份里边有几条鱼。"

"你闭嘴，这里有你讲话的份吗？你一个下人少管我们家的事！"谢晓华一副主人的姿态，瞪着双眼。小孙立马进了厨房。

郁校长吃过早饭，又吃了一大堆药片。他说话了："仁道呀，前些天我同你们讲的事情，你们考虑过吗？"

"什么事情？"仁道一下子没有反应过来。

"爸爸，是不是250万的事情？"谢晓华问。

"是整套房子的事！"

一 算·计 一

"啊,老爸讲的是真的?我们还当你随便讲讲的呀!"

"这么大的事,我怎么会当儿戏呢?"

"那,那……"

"那什么那!你不是有个同学在区公证处上班吗?叫梁,梁啥?"

"梁超。"

"对!"

"老爸,我懂了。"于是,仁道立刻联系了梁超。郁校长拿着一堆早已准备好的材料,仁道开车,三人直奔公证处……

进了家门,仁芝见冯一涛还没回家。她换了鞋,脱掉外套,开好空调,赶紧回婆婆一个电话。

"妈妈,我刚刚到家。你讲雯虹有急事寻我?哦,好的好的,我同她讲!喂,雯虹,我是婶婶。嗯,嗯嗯……"

郁仁芝听完安慰道:"没事没事,这项技术已经非常非常成熟,在我们骨科算个寻常的手术了。"

翟雯虹说,是自己嫂子去年听哥哥说婶婶是骨科的护士,她心急,她怕哥哥残废了。就瞒着爹妈给自己打电话的。

仁芝说:"雯虹放心了!不会残废,只是以后恢复了,左手不能拎重的东西,更不能干重活。"

但仁芝不明白,怎么会手臂被撞断呢?

雯虹告知,哥哥半夜开车犯困,喜欢开窗抽烟,左手习惯搭在车门上,唉,谁知会闯这么大的祸?仁芝还是想不通。但她马上问,肇事司机找到了吗?雯虹说找到了。

原来,翟雯虹的哥哥开货车,半夜在公路的一个转弯处,与对面一辆疾驰而来的大货车擦肩而过。对方的远光灯,让翟家哥哥眼前一片白茫茫,他急忙往右打了一下方向盘。总算躲过一劫。可是过了十几秒,才发现自己拿香烟的左手怎么不见了?怎么没有感到一点点痛呢?

一·计一

  他慌了。但很快他又镇定下来。当过汽车兵的他，将车停在路边，亮起双闪灯。他迅速将左臂上的衣袖绕在残缺的上臂上。这时，他已满头大汗。他清楚，时间就是生命。他熟悉这段路，距离附近的一个县级市很近，设好导航后，单手紧握方向盘，往市医院驶去。
  急诊室一个值班医生接待他，护士马上为他止血，套氧气罩。
  "周玲，通知手术室。"护士立刻打了内部电话。
  这位被称作主任的医生问翟家哥哥："断掉的手臂呢？"
  "丢了！"
  "丢了？那怎么给你接断臂呢？你在哪里发生的事故？"
  "手机，我的手机呢？"
  "在这里。"一个护士拿给他。他对医生说："我设的路线，导航的起点就是事故现场。"

  主任吩咐急诊室的所有人跟他走。打电话的护士也要跟着上车，主任叫道："周玲，你马上把处方上的药给伤者吊上，注意观察血压。"
  救护车直奔事发地。主任先给同事打一个电话："向主任，不好意思，有个急诊手术需要你来医院，断肢再接。对，对，我们正在去事故现场的路上。"只见他又拨通一个电话："喂，你好。110吗？我报警，一个车祸事故，在……"
  没等医生们到达，交警已经在勘查现场了。主任带着三名护士和司机跑到交警跟前。
  主任向警察说明情况。警察分析断臂应该在翟家哥哥这边的路上或路边。主任说："小张，你带着郭护士在马路上找，我们三个在路边草丛里找。"交警也自觉加入寻找队伍中。十分钟过去了，二十分钟过去了，一个小时过去了。警察问主任："要在多长时间里找到？"主任说："当然是越快越好，六小时内为最佳时间。"
  一个多小时过去了，他们不停地扩大搜索范围。"找到了，我找到了！"司机小张捧着一截手臂过来。一个护士把救护车里的冷藏箱子拿下来。

— 算 · 计 —

等翟雯虹的父母和嫂子赶到医院，手术已经成功完成了。

晚上，一涛回家，仁芝讲了翟家哥哥的事。一涛说："真是不幸中的万幸。他要是反应慢一点，还不让对方连车带人一起撞翻掉？所以，平时开车都要多加小心啊。"

接着，仁芝提出那个让她疑惑不解的问题来。一涛说："这还不简单，小时候坐车，父母不是都要关照我们不要把头和手伸到车窗外，就是这个道理。现在的高速公路都有隔离带，倒是没问题。但是国道、省道就没有了。速度跑起来，再加上天黑，很容易出事故的呀！"仁芝听着都觉得后怕，心说，自己开车一定要当心再当心。

"对了，把关键的事忘了。我讲雯虹他哥出了这么大的事，妈妈他们一定会表示的。你看阿拉给多少？"

"你跟我商量干什么？你同妈去讲。你们出多少，我都没意见。"

在乐老太太的倡议下，冯家凡是有工资的都出了一份力。这让翟雯虹再次感受到这个大家庭的温暖！

元宵节到了，家家都在包汤圆。

上午9点多，仁义突然接到仁德的电话，说："父亲要把他的房产赠予郇仁青的女儿。"仁义不太相信，前些天父亲还催着自己去办父子关系证明，今天又出这一辙，这是怎么回事？

"仁德呀，你会不会弄错了？啥地方来的消息？"

"小孙，小孙刚才发过来的信息，讲仁青他们过来接老爸去了房产中心。哥，这样，我先赶过去看看啥情况，你在家里听我消息。"

接着荣老师也发来信息："仁义、米兰，小孙讲早上8点多，仁青带着静静把你爸接走了，可能去了房产交易中心。小孙昨晚听到电话的。讲他们先给你爸200万，剩下的300万等下次给，还有50多万的过户费，你爸讲，他来出。你们务必马上去房产中心阻止他们，你爸这样做太不负责任了，对不起你们死

— 算 · 计 —

去的妈妈呀！仁青他也是太不仗义了，这不是空手套白狼吗？"

让仁义去阻止父亲的行为？他哪里有这么大的本事？仁义很清楚荣老师是着急，看着他们这两个儿子在父亲身上的付出，她是心疼本应该郁文廷自己孩子得的财产，这样莫名其妙地落入旁人之手。

但是，父亲为什么要把房子赠予跟他毫无赡养关系的浦东堂兄弟家的孩子呢？这也是仁义他们谁都没有想到的，也实在是让人费解。结果就是仁道大闹交易中心，仁德奋力劝阻，兄弟俩无功而返，他们成交了。

晚上，仁德打电话给姜申。想请教一下，从法律的角度有没有追回的可能性。姜申先是一惊，然后说："按房价的百分之五十成交，不太可能。房产中心评估这一关就过不了。估计是先做低价格，走程序。再私下退还差额部分。总之一定是一切手续完备，无懈可击。看来没办法。只是太可惜了！"

"姜申，如果能证明我老爸脑子有病呢？"

"怎么证明？老爷子不去，你们又不能绑架他，没用的！再讲交易已经完成，事后做任何鉴定都于事无补了。"

办过大大小小各种案子的姜申放下电话，说这简直是上海滩上的一大奇闻了！郁大校长是怎么想的？按照正常思路，郁校长若觉得儿女不够孝顺（暂且不谈他的要求高不高），那还有孙子孙女外孙女呀！你要觉得他们也不够孝顺，那还有两个目前什么都不懂的、但有着你血脉的重孙子和重外孙呀！他有没有想过，这笔钱很有可能使第四代接受更好的教育，这个曾祖父可不可以给他们留一点教育基金呢？他对这个家族有这么大的仇吗？奇了怪了！再不济，也应该考虑他在成都的亲哥哥的孙子孙女呀！他们才是你的亲侄孙和亲侄孙女呀！唉，若是如此，真的应验了一句老话：多做多错，不做没错。对于郁仁青一家来讲，真是天上掉馅饼，不，不，不，直接掉钞票了呀！

冯一凤听到姜申讲郁家出了大事，马上给米兰发视频，一个劲儿大骂郁校长，说他如何如何做出不像人做出的事情，说他连动物都不如，什么兔子不吃窝边草，什么虎毒还不食子。最后说："米小姐，明天我陪你去寻这个死老头子，我帮你骂他，骂死他不偿命！白白活到这把年纪，怎么这样坏的呀！唉，苦命

— 算·计 —

的米小姐呀！米兰，既然是这样的结局，你们不要管老头子了，啥人拿他的钞票啥人去管，你讲对吧？"

同样往死里骂郁校长的，还有一个人，那就是郁校长的三儿媳——谢晓华。看着煮熟的鸭子飞走了，她能不骂吗？

那天，他们夫妻俩陪着郁校长到了梁超所在的公证处，进行了一番十分复杂的公证流程后，一份遗嘱公证书就握在了郁文廷手上。夫妻二人把老父亲送回溧阳路，便欢天喜地地回了家。他们清楚，在郁校长心脏停止跳动的那一刻，这个房产赠予的公证书立即生效。也就是说，溧阳路的老洋房就全归他们一家了。

可是，这才几天时间，这个为老不尊、不守信用的老不死的，说变就变了，比孙猴子都快。真是气死人啊！谢晓华在家里又哭又骂，骂到最后，还是讲仁道没本事。仁道何尝不是窝着一肚子的火呀，任凭老婆的大哭大骂，他自己也要解解恨。但是谢晓华骂他无能时，他发火了。

"姓谢的，你有啥资格骂我无能？你不要忘了，你那点下岗工资能生活吗？你有本事，到你爷娘那边去要呀！在这里抽什么疯！"

"凭啥我要问我爸妈要？我是嫁到你们郁家的，是你们郁家的人了呀！呜……呜……老不死的，遭天杀的死老头子呀！"

几天后，仁义还是去了父亲家里，他不敢再到网上买鱼虾，就在父亲家附近的超市生鲜柜台看实物买。

进了门，仁义叫了一声："爸。"郁文廷跟什么事都没发生一样，坐在客厅门口，"来了。"继续听着样板戏。仁义和保姆一起进了厨房。

"小孙，谢谢你啊！"仁义小声地说。

"不用谢，我就是看着你们都是好人，叔叔这样做，你们都不知道，怕你们吃亏。千万不能让叔叔知道是我告诉二哥的。他回来就问过我的，我死不承认。"

"知道，小孙你真好，你很善良的。我们一家都很感谢你。你把我爸照顾得这么好。对了，一会儿，我妹也过来，午饭多烧点儿。"

— 算 · 计 —

"好的，大哥。"

仁芝果然来了。她进了门就说："老爸，我今天是来打抱不平的，你要有个思想准备。"

"哼！怕是来兴师问罪的吧？"郁校长眯缝着双眼慵懒地说。

"那好，就算是吧。我就问你，我们四个是你亲生的吧？"

"嗯，亲生的又怎样？亲生的不孝之子大有人在，亲生的有啥用？"郁校长放下手机，看着满脸怒气的女儿道。

"爸，你要是这样的话，就真不讲道理了。你自己拍拍良心，啥人对你不好了？我今天是站在中间立场上跟你谈这件事，你不是老早就讲嫁出去的女儿泼出去的水吗？好，我不讲我自己。两个哥哥哪一个对不起你了？我二哥给仁青打电话，讲他和大哥一道同仁青哥见个面谈谈，仁青却讲没必要，说他是在帮你的忙。因为是你亲口告诉他，讲你的儿子要抢你的房产。爸，这话你讲过吧？"郁校长不作声，郁仁芝接着说，"你这样冤枉你的儿子做什么？据我所知，你要给他们，他们根本就没有表态，怎么成了他们抢你的了！老爸，天地良心，你是做过校长的人，难道为人师表就是这样的？你叫女儿怎么讲你呀？"

"爱怎么讲就怎么讲，随便你们！"郁校长看来是炒菜锅里的四季豆——油盐不进。郁仁芝说："好，要是这样子，你后面的日子还长呢。你的赡养义务，郁仁青他们家也该承担一半。"

"凭啥，凭啥呀？我有子女，凭啥叫别人来养我？我告诉你们，你的孝敬是远远不够的，你们想现在甩手不干，门都没有！你们要是敢不管我，我就到法院告你们，告你们虐待罪、遗弃罪！"

仁芝一听就更火了，她提高了嗓门："爸，你到底还讲不讲道理？"

"仁芝，别这样和爸爸讲话。"仁义怕妹妹惹郁校长生气，便劝道。

这一劝不要紧，仁芝矛头就对准了大哥，她大声道："郁仁义，你还好意思讲话，我看老爸这副样子，都是你给宠出来的。现在不是赡养不赡养的问题，是赡养多少的问题。真的有一天没人管他了，我郁仁芝一定把他接到我的家里去！本来调换房子时就这样考虑的。但是，你看这个父亲，我大嫂老早下岗了，

— 算·计 —

郁宏他们刚成家，小宝还小，你哪里不需要钞票？对，没有钞票也能活，是的！贫困山区的孩子能活，非洲难民也能活。但是活的有质量吗？老爸把本来可以给自己的第三代、第四代的钞票拱手送出去了！"

"仁芝啊，你这话讲得不准确，应该叫半卖半送，我拿到了一半的钞票。"郁校长竟然还厚着脸皮插话。仁芝一听真是哭笑不得。她恨死了，跟他还有啥好讲的呢？

仁芝说她还有事，午饭也没吃，就被郁校长气走了。

回到家，她失声哭了一场。冯一涛知道是为家产的事，也知道仁芝是去抱不平，但没必要这样伤心呀！言轻休劝人，冯一涛劝了几句丝毫没用，他也就随她去了。

郁仁芝哭得两眼红肿，她就不明白了，这个父亲为什么跟别人家的父亲不一样？慈父严母，严父慈母，他算哪一种？何况再严厉的父亲，都是爱自己孩子的。难道天下真有不爱自己孩子的人？仁芝明白，父亲不给孩子们家产不代表他不爱孩子，这两项之间不能简单地画等号。记得当年汶川地震时，一个上海阿姨与子女商量后，捐出自己的一套房子。她难道不爱自己的孩子吗？当然不是，她的行为体现出她心中有大爱，令人们敬佩！可是自己的父亲算什么？大爱？不可能！乱爱？有道理！当年母亲生病住院，他把老大老二当亲儿子对待了吗？当时他有心疼过郁宏和潇潇近50天见不到自己的爸爸吗？他把儿子当包身工了吧！这些年来，他的行为更是过分，常常对老大老二提出无理要求，他自己一点感觉也没有，他比周扒皮还周扒皮！

仁德下班回家，潘岩说："我同学回信了。"

"哦，怎么讲？"仁德急忙问。

"我把截屏发到你手机上，自己看吧。"

仁德看完后，说："这么讲两种可能都有？"

"对呀，因为没有看到本人，有些是需要进行测试的。"

"那我觉得老爸更像这个'疑病性神经症'（臆想症）。"

— 算·计 —

当晚，仁义、仁德、仁芝兄妹三个家庭再次进行视频会议，讨论郇校长将来的安排。最后达成一致。

第一，等到了七月份的交房日，郇仁芝会把父亲和荣老师接到她的和平名苑，小孙继续雇用，费用还是两兄弟出。仁义说他要另加200元给小孙。原因是，这次小孙准时返岗，父亲当时承诺的车费、奖励都没兑现。仁义明白自己是老实人被人欺，但自己不能再去欺负老实人。

第二，就是一个备案，万一郇校长不愿意到仁芝家，那么他们三家出钱给父亲租房。

按照父亲先前的意思，房屋内的所有东西由仁义全权处理。仁芝说，母亲的两个小物件她需要留个念想。

这样的一个家庭，这样的三个儿女，无论如何还是要把赡养郇校长的义务进行到底……

— 算 · 计 —

第二十八章

郁校长还住在溧阳路老洋房里。原来他与郁仁青的女儿郁安静签了一个私下协议。协议上明确，如果他在年中离世，七月份就交出房产；如果年底之前他离世，就离世后一个月交房。换句话说，这幢房子几个月之后，抑或年底才真正属于它新的主人。

一大早，郁校长觉得他的状态不错，便给仁义和仁芝发微信，说今天务必叫郁宏和亚琳到他家里来一趟，有要事相告。

上午9点，两个孙辈前后到场。郁校长说："有件事情，我要跟你们宣布一下，我这个房款400多万拿到了之后，我怕我身体不好，来不及安排，我就把这笔钱打给了甜甜，先存放在她那里。今天，我就叫甜甜分别转给你们，你们有意见吗？"

冯亚琳立刻表态，说她不要，她的一份给郁宏。郁宏见她说不要，自己也说不要。亚琳立刻掐了一下郁宏的胳膊，骂道："你傻呀！你是你们小家庭的顶梁柱，你需要用钱的地方多得是！这是外公的心意，你怎么能辜负你爷爷的厚爱呢！我讲得对吧，外公？"

"你们都有份，都有份。"

于是，郁校长语音给郁甜甜："甜甜呀，上趟爷爷转给你的450万，请您拿出300万分别给郁宏、潇潇和亚琳各100万吧。"

大约过了十分钟，甜甜才回复："爷爷，那钞票不是您给我一个人的吗？怎么又变了，还有这笔钞票现在也不在我手上，我爸妈保管的。要不，爷爷跟他们联系吧。"

谢晓华看着女儿这样回复，松了一口气。心想，这个死老头子，哪有给了又要回去的，我呸！

— 算·计 —

郁校长一看信息就知道是甜甜父母教唆的。于是，他又编写了一段话发过去，意思就是只拿回来300万，多给她50万，其他三个孙辈各只有100万。郁甜甜没有回复这位"亲爱的爷爷"。

两个孙辈在郁校长家里坐了一个多小时。这期间，郁宏几次想走，都被亚琳给按住。他们最后还是无果而返。冯亚琳对外公家的事知道得少，是因为母亲总是护着自己的父亲，对郁校长做的糊涂事，她是包容的，没有告诉一涛和女儿，她要维护父亲的威望。有的事一涛知道，女儿没必要知道。亚琳不了解外公，所以，她把事情看得简单。可是，郁宏绝对清楚这是一个什么样的爷爷。知道爷爷叫他们来的用意，他就明白了，爷爷又要将他像猴子一样耍一遍。

回到家中，亚琳把去外公家的情况跟父母发微信说了一下。冯一涛听了就觉得郁校长这个事情办得不妥。这不是诚心在兄弟间制造矛盾吗？这么大的一件事，居然不开家庭会议，随意安排。安排完了，又后悔。他对仁芝说："你父亲是聪明人办糊涂事呀！"

"谁讲不是！我看他脑子是有问题的。前面把一半财产给郁仁青，你看郁仁青来吗？"

"这一点倒怨不得仁青，他没有赡养义务，当然可以不来呀。不过，我听仁德讲，浦东伯母和其他堂弟姐妹们，对仁青的做法很是看不惯，说他没有廉耻地侵占小爷叔家的财产。我个人倒是觉得这也不完全是仁青的错，根源还是在你父亲这边。好在我们不去争，最委屈的应是仁义大哥他们。"

"你讲得对！那天二哥在房产中心为什么会跟他们吵，就是为大哥打抱不平。老爸口口声声讲，他对不起大哥。我看他就是做给外人看的。他骨子里不喜欢大哥他们一家。仁道他们正好相反，那两口子精明，嘴上像抹了蜜。你没注意到？那谢晓华叫我老爸，比我叫得都甜。他们的甜甜更是青出于蓝。"

"我也觉得。你想呀，大哥一家，只做不说。大哥笨嘴拙舌，米兰简单、淳朴，郁宏年轻倔强，是那种绝不为五斗米折腰的。唉，这下是亏大了！总之，你父亲这件事情办得不光明、不公平。"

算 · 计

郇仁道加班回到家中，听着谢晓华说父亲想把已经给他家的几百万要回去三百万。郇仁道一下就火了。他说："甜甜，甜甜，你把前些天爷爷发给你的那段话寻出来！快点！"

"哪句话呀？"

"就是爷爷恳求你收下他给你钞票的。"

"哦，晓得了！"郇甜甜很快找到了。

"你发给我。"

郇仁道一字一句看起来：

"亲爱的甜甜，下午好！今天，爷爷我，想对你说说心里话。近几年来，我曾想把老洋房的房产证交给你，也就是把房屋的所有权过户给你。为啥？因为你是我的亲孙女，你出生后，就一直住在溧阳路，那时你的奶奶、爸妈，我们幸福地生活在一起。后来你考上了大学、就业。特别是你在第一段婚姻失败后，我却一直没有给你提供过帮助。对此我深感内疚！

"2018年以来，我患上癌症后，常常想，甜甜现在生活很美满幸福吧，我很放心。但人生是一个很慢长的过程，其中会有幸福愉快，也难免遇到各种各样的困难和挫折……虽然，我相信你是一位聪明坚强勇敢的女强人，一定会笑迎并战胜各种艰难困苦，走向人生的新征途。但聪明人总是会有未雨绸缪的科学思维。

"如今，我们的大家庭各方面都算不错，你老爸和你两个伯伯，我都尽过我应尽的义务和责任，他们都是机关干部，退休后生活都会有物质保障。我的孙子宏宏，未来的企业家，孙女潇潇从小条件优越，还有外孙女亚琳是公司的高管，他们让我这个长辈很放心的。

"总之，我有充分的理由，在我神志清醒而又具备经济条件的今天，决定将属于我个人所有的现金四百五十万元赠予你，深望我深深爱着的你，一定要遵照爷爷的嘱咐，坚决而果断地接纳爷爷的一点真诚的心意和心愿！

"此事，请暂时不要告知你父母，谢谢！

"2020年3月10日下午于家中客厅。"

一·算·计

看完后，仁道十分得意而又坦然地对她们说："你们听听这几句话'在我神志清醒而又具备经济条件的今天，决定将属于我个人所有的现金四百五十万元赠予你，深望我深深爱着的你，一定要遵照爷爷的嘱咐，坚决而果断地接纳爷爷的一点真诚的心意和心愿！'我亲自把这段话发给老头子，看他还有啥好讲的。"

"就是讲呀，你爸是不是脑子有病呀？讲好给阿拉甜甜的，这才多少辰光又要讨回去，哪有这样的事呀！"谢晓华愤愤地补充道。

郁校长收到这段由他亲自编写的赠予的话，他沉默了。

其实那日，从公证处回到家，郁校长就后悔了。上次他只是试探一下郁仁道两口子，没想到他们这么贪心。偌大的财产，竟然心安理得地吃独食！这样可不行。于是第二天他让小孙陪着，到离家不远的公证处去咨询了一番。

两天之后，郁仁青被郁校长叫到家中。郁仁青一听小爷叔要将他的房产赠予自己，欣喜若狂。真是喜从天降呀，小爷叔这不是为自己种了一棵金钱树吗？这棵树自己还没摇一下，钱币就落到自己的钱袋子里。哇，我郁仁青真的要走大运了！可是，他又不放心，问：为什么要将一半财产给他？仁义他们没有意见吗？

郁校长谎称："还讲呢，提到他们我就生气！你看我现在还活得好好的！他们就要来抢我的房子，你讲我能放心吗？所以，不如在我活着的时候，尽快处理掉它，否则，将来他们闹起来，我睡在地下也不得安宁。仁青啊，你若能在这个关键时刻答应接了我的房子，就是为你小爷叔完成了生前最后的一个心愿，你不要有任何顾虑和负担，你是在帮我的忙。明白吧，你郁仁青是在做好事，在帮你可怜的小爷叔呀！"接着，郁校长又充满深情地说，"仁青呀，你爸爸虽不是我的亲阿哥，但是比我的亲阿哥要亲呀。当年我躲到你们家好几天，那可是救命之恩呀！你爸生前跟我讲了好几回，他讲他最对不起你。你是家中老大，初中毕业就进工厂，为家庭分担生活压力，耽误了学业。我也曾经表示过，在我的能力范围内，会帮助你的。"

— 算 · 计 —

郁仁青一辈子混得不好，郁校长没忘了自己的承诺，认为是时候帮助他了。

按照房产交易中心的评估价格，他们签订二手房屋买卖合同，以合同价710万成交。随后办完了过户手续。

自从郁仁道他们收到了这450万，郁甜甜再没出现在"亲爱的爷爷"面前。"甜甜呢？甜甜为什么不来看我？"

仁道说："老爸，钞票你是给甜甜了，但是我每次来看你，也在替甜甜尽孝呀！"

"放屁！照你这样讲，仁义比你来得多，郁宏虽然来得少，他也是尽孝了。那你们就不应该在我面前讲郁宏不好了！这是什么混蛋逻辑！"郁校长明显发现，郁仁道一家变成了另一副嘴脸。生活中，一个真实的人令人感动，而一个伪装真实的人，也容易让人产生某种错觉而感动。但是，一切都晚了。当他再一次提到300万时，郁仁道瞪大眼睛说道："那钞票你给了甜甜，跟我一点关系都没有，请你以后不要再提了，好吧？"

"我怎么这么糊涂呀！呜……呜……"郁文廷居然哭了起来。

四月初，郁校长的身体状况明显变差，原来是他注射的药物副作用显现出来了。他的肾功能极速衰退，全身出现了浮肿……

在荣老师回上海之前，郁仁道连续几天来溧阳路。他趁郁校长头脑时而清醒，时而迷糊之时，又趁小孙在厨房做饭之际，对父亲说："老爸，我看到你的手机支付宝里的钱怎么总是100、200地转到小孙账上？我怀疑她在偷你的钱。你讲，小孙是不是常拿你的手机看？"

"是的。我手机银行都是小孙帮忙的，买菜总要给她钞票的，还有股票账号，她都晓得的。"郁校长半清醒半迷糊地将郁仁道想知道的全盘托出。

"唉，老爸呀，老爸，你怎么情愿相信一个外人，也不相信你的亲儿子。最起码你要相信大哥的呀！"仁道看着父亲眯着眼睛，知道他在听，"这样好不啦，老爸，今天你就把手里的银行卡和你的工资卡交给我，我暂时先替你保管，

— 算 · 计 —

等荣老师回来，我就交给她。"

郁校长没有说行还是不行。

吃中饭了，小孙将饭菜摆上桌，仁道搀扶着父亲来到餐厅。郁校长吃得少，他说吃多了，肚子胀气。等父亲午睡了，仁道把小孙叫到二楼书房。

"小孙呀，最近这几个月你太辛苦了！要不是你把我爸爸照顾得这么好，他恐怕早就走掉了。"仁道满脸堆笑，充满感激地说。

"三哥，你不用这么客气，我拿你们家的工钱，自然会好好做事情的。这都是应该做的。"小孙小心翼翼地说。

仁道依然笑着："小孙呀，是这样的，荣老师还没有回来，家里的事全靠你一个人做，最近股票蛮好的，可是老爸这种情况不可能再炒了。万一糊涂，买错了股，那可就亏大了。你知道，你三嫂股票炒得老好的，她可是资深股民了。当年最高的时候，她炒到了40多万呢！不信，你问我老爸。老爸都要请教我家晓华的！"

说完，郁仁道自豪起来。他说得一点不假，在当年人人炒股都赚钱的时候，谢晓华把家里的五万、她父母的五万，还有她兄弟的五万作为股资，最后她还给各家10万，自己余下20多万，就这么，今天赚了，明日亏了。因为家里收入来源主要靠仁道，平日的开销，女儿上学，前两年还还着房贷，每月算下来真没什么结余的。谢晓华的下岗基本生活费，也就是拿来应应急，或是人情往来买点礼品什么的。

小孙听着，不知道仁道真正的用意在哪里，便说："三哥，那我能做什么呢？"

"很简单，你把我父亲的股票账号密码和它绑定的银行卡密码给我，以后，你就不要再操心这一块了。"

小孙没有思考，马上说："三哥，这个我可不敢做主，你要问叔叔的。"

"我晓得，我晓得。一会老爸醒了，我肯定会同他讲的。你放心！"

"三哥，请你不要为难我。那就等叔叔醒了，当着你我的面，他同意给你，我就告诉你，好吧？"

"好呀，好呀，没问题的呀！"仁道显出不耐烦的样子来。

— 算 · 计 —

午睡后，郁校长喝了四味茶，精神好了许多。仁道忙前忙后，本是小孙做的事情，他今天都亲力亲为，倒四味茶，伺候父亲吃药，搀扶他上卫生间。忙完了这一切，郁校长说："仁道呀，你这几天不上班吗？去上班吧！我这里有小孙就行了。"

"我休几天年假，跟领导讲了，我要好好陪陪老爸。"仁道觉得时间成熟了，继续说，"对了，老爸，你看你这个股票多长时间没有管理过了？小孙要照顾你，她又不懂炒股。不如，你的股票就交给晓华吧，讲不定，最近股市好，可以帮你多赚点，怎样？"

"嗯，这倒是一个办法，不过，我现在一只股都没有买了，以前的也都抛掉了。账户里还有，小孙呀，我账户里还有多少？"

"120多万吧。"

"哦，对，还有100多万。"

仁道一听，喜出望外。心里一直在说，谢晓华真的聪明，要不是她逼着自己来问父亲，这笔钞票别想得到分文。不是郁仁道和晓华我们贪心，而是老头子上次的450万，名义上是给郁甜甜的，又不是给我和谢晓华的。再讲也是父亲出尔反尔在先，本来自己家可以得到整幢小洋楼的，可是老爷子先反悔了，白白让自家的财产拦腰折损。今天这个机会不抓住，以后就做梦吧！

在郁校长的许可下，小孙把股票账号连同一张银行卡交到郁仁道手上。本以为，郁仁道会离开了，不承想他得寸进尺："对了，老爸。上午跟你讲的事情，你不能不放在心上呀。要不然干脆你都给我吧，你需要钱时，我随时转给你，你看好吧？小孙呀，除了刚才你给我的一张卡，老爸还有几张？"

"有三张。还有一张在大哥那里，大哥每次带叔叔看病，结账、报销用的。"

"好，老爸，你就把手上的三张卡都给我吧，我一定帮你保管好。"

"郁仁道，我就问问，你还是不是人？"郁校长发怒了，"你，你……我没有想到你变成了这个样子，连畜生都不如！"

郁仁道依然微笑着："老爸，至于吗？我也是为你着想的呀！"

"小孙，把我的手机给我！"郁校长拨通了110报警电话："110吗？我是溧

一 算 · 计 一

阳路……我家里有人抢我的银行卡,你们快点来!"

郁仁道万万没想到父亲会来这一遭,等他上前抢过手机,郁校长已将意思表达得差不多了。"老爸,老爸,你这么不相信你儿子。你忘了我郁仁道是干什么的了!"郁仁道冷冷一笑。

十来分钟后,两个警察按响了门铃,郁仁道抢先一步,打开门出去,把两个警察拦在门外。

他随手从牛仔裤后兜里掏出警员证,"兄弟,兄弟,不好意思。大水冲了龙王庙。一点家事,老父亲患老年痴呆,正发病呢,没看好他。真是不好意思,劳烦两位了!抱歉抱歉!"

两个警察相互对视了一下,摇摇头,走了。"不好意思,走好走好!"

郁仁道得意的表情,好像在告诉父亲和小孙,看你们还有啥办法!

"你,你就是混进公安队伍里的人渣!老天呀,呜呜呜……"郁校长号啕大哭起来。他清楚这个人渣是他亲手送进公安队伍的。作孽呀,作孽!

郁仁道离开之前,威胁小孙说道:"我家的事情,你最好闭嘴!"

又过了两天,郁仁道再次出现在溧阳路。天气很好,郁仁道说要推父亲到广场去晒晒太阳。郁文廷说:"不去!"

郁仁道对小孙说:"我晓得,老爸要叫小孙推轮椅,是吧?来来来,我扶着老爸,好嘞!"生拉硬拽地将郁校长按到了轮椅上。四月底的阳光温暖、柔和,郁校长看着周边的景致,想着当初自己给孩子们起名字的事情来。

老大仁贤之名,取自孔子的七十二贤,他希望这个儿子成为一个道德品质优秀的人,大哥接走后改为"仁义",也是取自儒家的仁义思想,这孩子基本上具有仁者之心,能尽君子之责;老二也善良,爱憎分明,正义,爱抱不平;仁芝呢,"芝"是一种香草,喻指德行高尚,不必多讲,这孩子贤惠、善良,又有爱心;这个仁道呀,原本希望他能从小"道德首出,仁为根本",可是,不承想,父亲对小儿子的放纵,和他自己的不思进取,结果来了报应呀。做父亲的对不起上面两个儿子和下面的女儿,也对不起他们的母亲呀!更对不起郁家的列祖

一 算 · 计 一

列宗啊！想到这里，郇校长已是老泪纵横。他清楚，此时的他已经无力回天了。

仁道将父亲的初衷辜负得一塌糊涂。郇校长万万没想到，当年的一个小警察，在车站与孕妇发生争执，经过派出所领导的教育和帮助后，还以为起到了警示作用。因为那天晚上郇校长见到老三垂头丧气地回家来，还以为他接受了批评，认识到了错误，也就放了心。谁承想，一个天天跟流氓小偷打交道的警察，正义公平没有学到多少，流氓行为居然显现出来！这种人幸亏是个别的，否则百姓到哪里说理去？

回到家中，仁道安排父亲坐到躺椅上，说自己到书房找本书，随后就走了。

当天晚上，他和谢晓华打开电脑，进入父亲的股票账户，将100多万的股资全部转到父亲绑定的银行卡上。

第二天，仁义来了，他给父亲送了很多的菜。

父亲说："昨天仁道来了，他把我的股票拿走了。"

仁义说："爸爸，既然你已经看穿他了，为什么还要给他？"

"我怕他，我真的怕他。我报了警，他把警察轰走了。你不知道他当时多凶呀，我要是不给他，万一他打我怎么办？"

"小孙呀，你怎么不给我和二哥打电话呢？"仁义一听很气愤。

"我，我也不敢！三哥叫我不要管你家的闲事。他很凶的，我也怕！"

"这个畜生不如的东西！"仁义心里骂道。

自从郇宏回家说爷爷的450万三叔家绝对不会再拿出来时，米兰又急又气地说："仁义呀，仁义，我就觉得你好像是后娘养的，你爸不是到处讲亏欠你吗？为什么好事就想不到咱家呢？我们到底做错了什么？这么遭你父亲的恨呢？郇宏可是他的亲孙子呀！小宝是他的亲重孙呀！不说别的，难道你还不如他郇仁青？"

仁义想，事已至此，我们能怎样？去闹去抢？我们家的人做不出来呀。记得在哪里看到这么一段话，"世间的事，争不完，不如放一放；世间的利，占不尽，不如顺其自然。"他没有说出来，说出来米兰一定会说他是精神胜利者。儿子郇宏也说过，郇甜甜他们多了450万，小市民终究还是小市民，永远不会成贵族的！的确，财富并不能代表高贵，只有具备了文化素养的人才能代表高贵。

第三天的事情就更奇了。郁校长鬼使神差地由郁仁道开车跑了几家银行，把三张卡里的钱统统转到了郁仁道的银行卡里。这是他对父亲说的，由他暂时保管。这个"暂时"恐怕是永久了！

得知郁家发生了重大的变故后，姜羽维总觉得应当做点儿什么。这天早餐时，他叫姜申这个周六约上郁家兄妹到松江农家乐聚一聚。让郁家的儿孙们散散心，他们知道这次的事件影响了郁家的老老小小。

还是老规矩，从下午茶开始，住一晚上。男人们一组，女人们带着孩子一组，他们吃着下午茶，桌子上摆着煮花生、炒葵花子和自家准备的小甜点。男人们谈天说地，海阔天空，十分轻松热闹。女人们在谈郁家事情的细节，一会儿是冯一凤的怒骂声，一会儿是黄黎明和季惊鸿她们的惊讶声，一会儿又是亚琳的叹息声。潘岩插了一句话："还好冯伯母没来，她老人家若听了这些，一定会生气的。"

"她在家里陪身怀六甲的孙媳妇呢。"季惊鸿说。

仁芝讲述近段时间家里围绕父亲的房产发生的事。米兰是当事人之一，有小姑子讲给大家，她就在一旁静静地听着。听到最后，一桌的女人们将满腔怒火全部集中到郁仁道一家人身上，"仁道怎么是这种人？太贪心了吧？""就是讲呀，我看那个谢晓华最不是东西！""仁道都被她教坏了！""还有他家甜甜，跟她妈一式一样的呀，也这么坏，真是没想到的。"冯一凤说："让我看呀，叫他们早晚遭报应！"

"就是，就是，不是不报，时候未到！"黄黎明说。

季惊鸿看两个女儿带着亮亮和小宝在旁边玩得挺好，便说："我也给你们讲一个真实的故事，要听不？"

"当然要听了！"吴倩倩喊道，"阿嫂快讲呀！"

"这是十多年前的事了。我家姜申刚做律师，他的主任接了一个好朋友的电话。这个好朋友只有一个妹妹，姐妹俩从小到大都老好的。姐姐非常爱护妹妹，

— 算·计 —

妹妹嘛，爷娘非常溺爱。结果，发生了一件大事情。这个妹妹结婚不久，就伙同他的老公把爷娘唯一的一套房子转到了自己的名下。这个姐姐一直不晓得，对妹妹和妹夫依然老好的，有啥好东西都想着他们。他们生了小孩，姐姐还经常给小外甥买吃的穿的。直到三四年后，姐夫说，他的生意做得不错，不如帮岳父岳母换个大房子。姐姐回家把丈夫的意思讲给父母听了，父母才讲，这个房子老早给妹妹了。"

"哎呀，真有这样的事情呀？我们总以为是电视里编出来的呢！"吴倩倩道。

潘岩问："房子赠予过户或买卖过户，姐姐也要到场的，要签字的。他们怎么做成功的呢？"

"难就难在这里。"惊鸿继续讲，"妹妹和妹夫胆子特别大。他们做了不少手脚，包括姐姐的签名，都是妹妹仿冒的。再讲，当年没那么严格，不像现在房产交易手续繁杂。"

"最后结果呢？房子能要回来吗？"亚琳问。

"主任亲自跑了几次，好像也没跑出什么结果来。"

"啧啧啧，她妹妹不是同仁道这个混蛋一式一样吗？"冯一凤说。

潘岩说："如果姐姐生活不错，姐夫生意好也就算了。只当姐姐给妹妹扶贫了。可是郁仁道就更恶劣了。但凡他长着人心，不想着大哥，那么他作为长辈亲叔叔，自己的亲侄子、侄孙子总要顾及一下吧？做人的起码道理都不懂！这种侵欲无厌、贪财取危的人，等着看吧！"

这边一桌，姜羽维看大家聊得差不多了，便抛出一个话题：当今社会如何看待"厚道"。

郁宏和付继伟立刻叫起来："这个话题太严肃了吧？""对呀，姑父！"

此时，吴倩倩也跑到这边来问："什么太严肃了？"只听姜申说，仁义伯伯家的家产都没了，你们讲这个话题能轻松吗？

大家立刻不作声了。姜羽维看看众人，说："郁家的事，我们大概都清楚了。而我们是局外人，没资格参与他家的事。可是这几天，我就在思考一个问题。在什么样的环境中，或是在哪一种情况下，人会变得不厚道。为什么有的人没

— 算·计 —

有变，而有的人却变了呢？哎，巧了！我最近看到一篇著名作家的文章，他在开篇就提出问题：'现在人怎么都不厚道？'你们都有什么看法？"

仁德不假思索第一个说："这还不简单，我觉得从小厚道的人，怎么也不会变，而从娘胎里带出来的不厚道，长大就一定不厚道。郇仁道就是最好的例证。"

"这个观点是不是有点偏激了？仁道小时候不是跟我们一样吗？这就是羽维提出的，在什么样的环境中，或是在哪一种情况下，人会变得不厚道了。"仁义谈自己的看法。

郇宏说："这还用讨论？反正我觉得现在的老实人、厚道人就会吃亏，例如我老爸、二叔和姑姑！"

冯一涛说："我倒觉得，一个人若不加强学习和自身修养，后天会变坏的。那些贪官就是最好的例证。"

"依我看，"姜申思考了一下，慢慢地说，"这里面涉及方方面面，是一个比较复杂的问题。比方讲，它可以涉及社会、文化、宗教、法律和道德等。我就从道德和法律的角度谈谈个人的看法吧。"

"阿哥，你最好结合我们郇家，好吧？"郇宏建议。

"好！先讲这个道德层面。《道德经》上说：'上善若水，水利万物而不争。'我个人理解这就是厚道。厚道，可以是一种不张扬的品德，是一种真挚的情感。也可以是一种远见卓识，一种大智若愚。厚道能印在一个人的骨子里。厚道之人，必有厚福。郇家最有代表性的人就是仁义伯伯和仁德叔叔，还有我小舅妈。"

"还有我和我家倩倩。"郇宏补充道。

"对！这么讲吧，郇家除了郇爷爷和仁道一家三口外，都是厚道之人。对了吧？"郇宏和倩倩立马喝起彩来，姜申继续说，"这说明什么？这就说明郇家的绝大部分子孙对中国传统的道德继承得好。"

一直没讲话的冯亚森，此时开口了："这个'厚道'吧，其实是拜金主义、精致的利己主义的反义词。你们看，拜金和利己的出发点和落脚点都是为一己之私利。郇仁道一家能做出令我们在座各位都感到愤怒的事情来，就说明他们眼中只有金钱，没有最起码的责任感，也不会有《墨子·兼爱》中所言的'爱

— 算·计 —

人者，人必从而爱之，利人者，人必从而利之'。他们对自己的亲人都没有丝毫的同情与关心，这里包括对待郁爷爷、荣奶奶和郁伯伯他们兄妹三人。更不要讲他们会自觉主动加强什么个人道德品质修养了。他们的利己呀，已经到了登峰造极的境界了！"

大家许久都没有声音。过了一会儿，姜申说："我再简单地从法律层面讲讲'厚道'吧。厚道是美德，而美德是有标准的，是可以量化的。现如今为什么很多人做事不计后果，胆大妄为，甚至无法无天？这说明我们的法律不够完善。是不是法律完善了，就能解决一切问题了？未必。这就是我老爸刚才提到的那位作家的观点，那就是最最重要的——人间要有爱。上苍赋予人类的宽容与厚道，善善相报，宽厚待人，渐成社会风尚，形成良性循环。"

"哈哈哈，非常好，非常好！没想到一石激起千层浪啊。刚才姜申叫我把文章发到群里。我想发了不一定每个人都会看。不如，我把最后几句读给大家听听吧！"

"好呀，好呀！"

姜羽维拿出手机，扶了一下眼镜，读道："人生不过百年余，万不能占尽世间所有荣华富贵。心存善念，援于他人，却能够收获人间绵长的真情与挚爱。有些东西，或许只是一个数字，不必刻意去追求；有些人，只是身边的过客，不必过多在意留恋；有些事，也只是事，不必太往心里去。厚道的人，你的人生路总是越走越宽越长……"

此时，仁义仁德完全明白了姜羽维的良苦用心。他们不再去计较郁仁道的占尽便宜，他们展望的是今后越走越宽越长的人生路……

— 算·计 —

第二十九章

　　远在大洋彼岸的荣佩琪这几天心急如焚，每天视频问候少不了。但人老眼花，手机屏幕又小，她只可闻郁校长之声，却不能清晰见其貌。这天仁义仁德将她从浦东国际机场接回家中，她才真正看清郁校长消瘦得已经脱了相的面容，不由地落下泪来，后悔不该去美国。

　　五一节一过，郁文廷的病情进一步恶化。除了仁道，仁义兄妹三个都来到父亲家里，商量着，还是把父亲送进医院。可是，郁校长坚持不去医院。说来也怪，平日里，父亲有点儿小毛病，就往医院里跑，多年来总是小病大养。这次是重病了，为什么不去？只有仁芝明白，父亲越是病重，生的欲望就越强。他是怕自己进了医院，就再也回不到家中了。可是，这样在家里是万万不行的。还没等她说话，仁义先开口了："我看就依着爸爸吧，爸爸想在家就在家吧。"

　　仁德一听急了："大哥，老爸的情况属于危重了，万一需要抢救，家里有条件吗？"

　　仁义说："就是因为爸爸病情严重，可能时日不多，能随他老人家的心愿就随了吧。"

　　"我讲你们都不要吵了。"荣老师说，"我知道，你们都是爸爸的孝顺孩子。要讲最希望与你们爸爸相守的人肯定是我，但是，眼下的情况在家里估计不行。仁义呀，还是联系医院吧。"

　　"就是，让爸爸住院吧。"仁芝说。

　　郁校长住进三甲医院肿瘤科的特需病房。科室主任对仁义和仁芝说："这个靶向药我们是不建议给80多岁的老年人用的，它对肾脏的损害很严重。你们家属怎么不好好问一下呢？"

　　仁义有苦难言，心说：我们的父亲啥时候让别人给他做主了，凡事不都是

— 算·计 —

名下有多少？有多少你们就去分，我一分钱都不要。如果没有，以后别来影响我们家的生活，好吧？"荣老师气得快要吐血了，"哦，对了，我老爸的抚恤金不算遗产，我就不参加分配了，拜拜。"

"这个流氓无赖！"从不会骂人的荣老师被激怒了。

曾有名家大师说过："一个心地干净、思路清晰、没有多余情绪和妄念的人，是会带给人安全感的。因为他不伤人，也不自伤。不制造麻烦，也不麻烦别人。某种程度上来说，这是一种持戒。"荣老师就是这样的人，仁义米兰是这样的人，仁德潘岩、仁芝冯一涛都是这样的人。可是，现在荣老师遇见的正是与他们相反的人。

最不能饶恕郇仁道的人，是仁德。他知道仁道说的浑话，坚持要去仁道家和他理论。他的牙咬得咯咯响，他的拳头在发痒，他一定要把这个败类痛打一顿！结果，他还是被仁义他们给拉住了。要去理论，和他讲得清吗？清官还难断家务事呢！要去暴打他一顿，仁德你打得过他吗？能和他打吗？打人犯法，值得吗？可是，这件事情就这么算了吗？他见不得那家的小人得志，他见不得大哥仁义家生活的艰难。千怪万怪，还是怪那个不通情理的老父亲。"死者为大"，怪也没用！

唉！这是一个什么样的家庭呀？别人家是老人走了，子女为遗产反目。自己的父亲可好，生前草率地处理房产，这不也是让他们反目吗？罢罢罢，郇仁道这类小人不来往也罢！但他们兄妹三人相信一句话："善恶终有报，天道好轮回。不信抬头看，苍天饶过谁？"

人生啊，要允许一切发生，并能接受它的发生，因为没有人有本事去阻挡它。既然阻挡不住，不如顺势而为。若如此，你便会发现你变得淡定从容起来。

2020年的中国大地上，人们的生活在继续，郇家的儿孙们的生活也在继续……

2021年10月于上海